SECRET D'ÉTÉ

Beach Club, Michel Lafon, 2001.
La Nuit de Nantucket, Michel Lafon, 2002.
Pieds nus, Lattès, 2009.
L'Été sauvage, Lattès, 2011.
L'Été de la deuxième chance, Lattès, 2012.

www.editions-jclattes.fr

Elin Hilderbrand

SECRET D'ÉTÉ

roman

Traduit de l'anglais (États-Unis)
par Carole Delporte et Sabine Boulongne

JC Lattès

Titre de l'édition originale
SUMMERLAND
publiée par Reagan Arthur Books / Little Brown and Company,
un département de Hachette Book Group, Inc.

Maquette de couverture : Atelier Didier Thimonier
Photo : © Joe Biafore/Getty Images.

ISBN : 978-2-7096-4382-5

À ma très chère amie Manda Popovitch Riggs.
Nulle n'est plus forte, plus intelligente, plus douce.

I.

JUIN-JUILLET

Nantucket

Nantucket… Une île qui évoque des rues pavées, des maisons en brique, des bateaux de pêche, des Jeep Wrangler avec des planches de surf fixées sur les arceaux de sécurité. Mais aussi des soirées cocktails sur des pelouses verdoyantes, des banquiers vêtus de pantalons rouge passé, les pieds nus dans leurs chaussures bateau défraîchies, des fillettes aux cheveux blonds comme les blés en train de lécher un Esquimau au goût raisin, qui goutte sur leur robe gaufrée. Nantucket… Une terre d'opulence et de privilèges, une cour de récréation estivale pour les vieilles fortunes, les gamins des écoles privées, les étudiants de Boston férus de régates sur la rivière Charles.

Ainsi, peu d'étrangers (et par « étrangers », j'entends aussi bien les travailleurs journaliers qui viennent de West Bridgewater que Monica Duncombe-Cabot, dite « Muffy », qui passe ses étés sur l'île depuis son existence *in utero* en 1948) comprenaient que Nantucket était une vraie terre, peuplée de vraies gens. Comme partout ailleurs, l'île comptait des médecins, des chauffeurs de taxi, un capitaine de police, des plombiers, des plongeurs de restaurant et des assureurs. Ainsi que des mécaniciens, des kinésithérapeutes, des maîtres d'école, des barmen. Ces gens constituaient le cœur de Nantucket : les pasteurs, les éboueurs, les femmes au foyer, les employés de voirie qui bouchaient les nids-de-poule de Surfside Road.

Les lycéens en dernière année à Nantucket High School
– vingt-sept élèves – reçurent leur diplôme le 16 juin. Ce
fut l'une des premières belles journées de la saison, une
journée assez chaude pour s'asseoir sur le terrain de football en regrettant de ne pas avoir mis un grand chapeau
pour se protéger du soleil, comme la grand-mère de Garrick Murray.

Penelope Alistair se tenait sur le podium. Bien qu'élève
de troisième année, Penny avait été invitée à chanter
l'hymne national à la cérémonie de remise de diplôme.
Elle était la voix de Nantucket, une voix si pure, si éthé-
rée qu'elle n'avait besoin d'aucun accompagnement. Nous
articulions les paroles en même temps qu'elle, sans cependant oser proférer le moindre son, de peur de gâter la
mélopée enchanteresse de la jeune fille.

La prestation de Penny terminée, un silence religieux
s'installa, suivi d'un concert d'applaudissements. Les
élèves de dernière année, assis en rangs serrés sur des
gradins de fortune derrière le podium, poussèrent des cris
de joie, à en faire vibrer le pompon de leur chapeau de
diplômé.

Penny se rassit parmi les spectateurs, entre son frère
jumeau, Hobson Alistair, et sa mère, Zoe. Deux chaises
plus loin se trouvait son petit ami, Jake Randolph, au
côté de son père, Jordan Randolph, propriétaire du *Nantucket Standard*.

Patrick Loom, major de la classe, monta sur le podium
à son tour, et certains d'entre nous sentirent les larmes
leur brouiller la vue. Qui ne se souvenait pas du petit
Patrick en uniforme de scout, collectant de l'argent dans
un pot de mayonnaise pour les victimes de l'ouragan
Katrina ? C'était nos enfants, les enfants de Nantucket.
Cette remise de diplômes, comme toutes les autres, faisait
partie de notre expérience collective, de notre réussite
commune.

Vingt-trois des vingt-sept diplômés avaient écrit un
essai universitaire intitulé « Grandir sur une île à trente
kilomètres du continent ». Certains étaient nés au Cottage
Hospital. Du sable coulait dans leurs veines. D'autres

connaissaient par cœur les plages noyées de brume du nord-est. Ils savaient que le nord était le territoire des Congrégationalistes, le sud celui des Unitariens. Capables de distinguer les pétoncles géants des pétoncles de baie – grâce à leur différence de taille –, ils habitaient des maisons de bardeaux gris, et avaient appris à conduire sur des routes désertes et obscures. Ils étaient à l'abri des tueurs armés de haches, des kidnappeurs, des violeurs, des voleurs de voiture, ainsi que de démons plus insidieux comme les fast-foods, les centres commerciaux, les librairies pour adultes, les monts-de-piété et les stands de tir.

Certains d'entre nous s'inquiétaient à l'idée d'envoyer ces enfants dans le vaste monde. La plupart iraient à l'université – Boston University, Holy Cross, ou, dans le cas de Patrick Loom, Georgetown –, d'autres prendraient une année sabbatique pour aller skier à Stowe, dans le Vermont ; d'autres encore resteraient à Nantucket et se lanceraient dans la vie active, menant alors une existence finalement assez similaire à celle de leurs parents. Nous avions peur que les festivités du week-end de fin d'année ne poussent nos jeunes à faire des excès – boire trop d'alcool, avoir des relations sexuelles non protégées, prendre de la drogue, ou s'opposer à leurs parents – parce qu'ils avaient dix-huit ans, bon sang !, et pouvaient faire ce qu'ils voulaient. Nous avions peur qu'ils se réveillent le lundi matin en se disant que leurs meilleures années étaient derrière eux. La joie électrisante des quatre rentrées précédentes, du premier match de football de l'année, quand les joueurs entraient sur le terrain sous les hourras de la foule et les feux des projecteurs… ce bonheur ne reviendrait jamais. En septembre prochain, les Nantucket Whalers pénétreraient de nouveau sur le terrain, dans l'atmosphère fraîche, empreinte d'une appétissante odeur de saucisse grillée, mais l'équipe aurait un nouveau gardien. Et les élèves qui montaient aujourd'hui sur l'estrade, leur diplôme à la main, appartiendraient au passé.

C'était la fin des années lycée.

La cérémonie de ce 16 juin avait un parfum doux-amer, si bien qu'au moment de quitter la pelouse plusieurs affirmaient qu'ils n'oublieraient pas cette journée – un effet du temps particulièrement clément pour la saison, ou du discours particulièrement poignant de Patrick Loom. Non, aucun de nous n'oublierait la remise de diplômes de cette année-là, mais pas pour ces raisons. Elle resterait gravée à jamais dans nos mémoires car c'était cette nuit-là, la nuit du 16 juin, que Penelope Alistair s'était tuée.

Quoi ? crie le monde entier, incrédule. Le monde voulait garder de Nantucket le souvenir des gin-tonic frappés sur la balustrade du porche, des voiles gonflées par le vent du large, des caisses de tomates mûres à l'arrière d'une fourgonnette de ferme. Le monde ne voulait pas se remémorer la mort d'une fille de dix-sept ans. Pourtant, il devait accepter ce fait : Nantucket était un endroit bien réel.

Où se produisaient parfois de réelles tragédies.

JAKE

Vu du ciel, tout était différent. Là, sous ses yeux, s'étirait l'île de Nantucket, le seul foyer qu'il ait jamais connu. Long Pond, le terrain de golf de Miacomet, les champs de la ferme Bartlett. Le croissant de sable blanc de South Shore. Déjà, les voitures s'alignaient le long de la plage. Jake avait passé tous les dimanches d'été de son existence sur cette même plage avec ses parents, les Alistair et les Castle. Ensemble, ils faisaient du bodysurf, jouaient au

football américain, se cachaient dans les dunes, construi-
saient des forts avec des planches de morey et des serviettes dénichées à l'arrière du pick-up de M. Castle. Jake
se rappelait l'odeur du charbon, de la viande marinée,
des épis de maïs dégoulinants de beurre aux herbes. Il y
avait toujours un bon feu de camp avec des brochettes
de marshmallows, sans oublier les feux d'artifice de
M. Castle.

La main de son père pressa doucement son épaule. Cela
s'était produit quatre ou cinq fois en une heure, ce geste
qui n'avait d'autre but que de le rassurer, de vérifier que
son fils était toujours là.

Jake reconnut la route de Hummock Pond Road, tel
un diseur de bonne aventure lisant les lignes de la main.
Il voyait une ligne de vie sans vie, une ligne d'amour sans
amour. La route partait de la ville de Nantucket et piquait
vers le sud. Vu du ciel, un simple chemin à travers une
forêt de pins. Les véhicules qui roulaient dessus avaient
l'air de voitures miniatures.

Il pressa son front contre la vitre vibrante. L'avion
plana au-dessus de Madaket, puis Eel Point. Nantucket
disparaissait peu à peu. Non ! pensa Jake. Des larmes
lui brûlaient les yeux. Il perdait son île. Tuckernuck
apparut en contrebas, puis l'îlot de Muskegut, avec ses
rives peuplées de phoques. Puis apparurent les eaux bleu
marine de Nantucket Sound, cette aire océanique trian-
gulaire délimitée par Cape Cod au nord, Nantucket au
sud et Martha's Vineyard à l'ouest. Si seulement il pouvait sauter dans le vide, atterrir sans encombre, et
rejoindre Nantucket à la nage ! Trop d'événements horribles s'étaient produits ces quatre dernières semaines,
et l'un d'eux était la décision radicale de ses parents :
fuir leur île.

JORDAN

Le téléphone avait retenti au milieu de la nuit. Personne – surtout pas le père d'un adolescent avec sa propre voiture – ne voulait être réveillé par une sonnerie pareille. Mais Jordan était le propriétaire du journal de l'île, le *Nantucket Standard*, aussi le téléphone sonnait-il plus souvent dans la maisonnée des Randolph que chez les autres habitants de l'île. Parfois à des heures incongrues. Des tas de gens l'appelaient pour lui apprendre un événement spécial, ou ce qu'ils considéraient comme tel.

Zoe aussi était capable de lui téléphoner au milieu de la nuit, mais seulement sur son portable, ce qui incitait Jordan à le couper au moment de se mettre au lit, pour éviter tout drame inutile. Ce que Zoe attendait de lui à 2 heures du matin lui paraissait toujours moins pénible à 8 heures, quand il était déjà en route pour le bureau.

On était samedi soir, techniquement dimanche matin, 1 h 18. Or Jordan avait une idée assez précise de ce qui se passait sur l'île à toute heure du jour et de la nuit.

À 1 heure, un samedi de la mi-juin, une flopée de clients déboulait du restaurant Chicken Box et s'égaillait sur Dave Street. Dans la rue, une file de taxis patientait et une voiture de police patrouillait. En ville, des grappes de gens arpentaient les trottoirs, passaient devant le Boarding House et le Pearl. Inévitablement, une femme perchée sur des talons aiguilles tentait de traverser la rue pavée. Une clientèle plus âgée et assagie sortait du Club Car après les dernières notes de *Sweet Caroline* au piano.

Il y a quelques années, Jordan s'était retrouvé par hasard au Club Car avec Zoe, la nuit où ils avaient expérimenté ce qu'ils appellent aujourd'hui « leur moment ». Le moment où tous deux avaient su. Oui, ils savaient déjà à l'époque, pourtant ils n'avaient pas franchi le pas. Pas tout de suite. Pas avant une année entière, une nuit sur Martha's Wineyard.

Le téléphone, toujours le téléphone. Jordan était éveillé et alerte, mais son corps avait besoin de quelques secondes de plus.

Il laissa tomber ses jambes par terre. Ava dormait dans la chambre d'Ernie, porte verrouillée et rideaux tirés, sans doute indifférente à la sonnerie stridente, grâce aux boules Quiès vissées dans ses oreilles. L'élixir magique de son cachet d'Ambien du soir apaisait ses démons. En cas de problème, elle dépendait entièrement de lui.

Un incendie peut-être ?

Puis la mémoire lui revint brutalement – la cérémonie de remise des diplômes.

Il se précipita vers le téléphone. L'identificateur d'appel indiquait « Ville de Nantucket ». Ce qui signifiait police, hôpital ou école.

— Allô ? répondit Jordan en s'efforçant de paraître éveillé.

— Papa ?

Ce fut le seul mot que Jake réussit à articuler. S'ensuivit un cafouillage incompréhensible, mais Jordan remerciait le ciel de savoir son fils vivant, capable de parler et se rappeler le numéro de téléphone de la maison.

Un policier prit la communication. Jordan connaissait de nombreux agents de police, mais pas les jeunes recrues, venues pour la saison.

— Monsieur Randolph ? dit un agent dont la voix ne lui était pas familière.

— Lui-même.

ZOE

Oh, elle avait une foule de défauts, bien sûr ! Lequel était le pire ? Elle pouvait citer les plus flagrants, mais préféra les mettre de côté un moment, et réfléchir à la période précédant sa liaison avec Jordan Randolph. Quels défauts avait-elle à l'époque ? Elle était égoïste, égocentrique même, mais qui ne l'était pas ? Souvent – mais pas tout le temps ! –, elle faisait passer le bonheur des jumeaux avant le sien. Une fois, elle avait confié Hobby et Penny aux Castle toute une semaine pour s'envoler à Cabo San Lucas. Elle s'était persuadée – en même temps que Al et Lynne Castle – qu'elle souffrait d'un TAS, un trouble affectif saisonnier. Elle avait même raconté à Lynne, qu'elle avait « consulté » un médecin du continent, le mythique « Dr Jones », qui lui avait effectivement « diagnostiqué un TAS » et « prescrit » un séjour balnéaire à Cabo. Le mensonge n'était pas nécessaire. Lynne avait répondu qu'elle comprenait, que Zoe méritait une semaine de repos loin de tout, et que cela ne les gênait pas du tout de s'occuper des jumeaux. Comment faisait Zoe pour élever deux enfants seule ? Voilà la vraie question ! avait ajouté Lynne.

Ce voyage à Cabo avait été la seule toquade de sa vie. (Il vibrait encore dans sa mémoire : la chaise longue au bout de la piscine interminable, le ceviche aux pétoncles, les daiquiris à la mangue, et le réceptionniste de vingt-sept ans avec qui elle avait couché cinq nuits sur sept.) S'était-elle sentie coupable d'abandonner ses enfants cette semaine-là ? Si oui, elle ne s'en rappelait pas. Pourtant, à son retour, quand ils s'étaient tous deux jetés dans ses bras en poussant des cris de joie, elle s'était juré de ne plus jamais les laisser. Et elle avait tenu parole.

Certains soirs, néanmoins, Zoe débouchait une bonne bouteille de Burgundy blanc et regardait six épisodes des *Sopranos* à la suite pendant que ses enfants dînaient de céréales et se couchaient tout seuls. D'autres fois, elle perdait son sang-froid, pour la simple et bonne raison qu'il lui arrivait de ne plus du tout savoir par quel bout prendre ces petites créatures complexes. La majeure partie de l'héritage laissé par ses parents avait été investie dans un cottage en bord de mer, un choix difficile pour élever une famille. Zoe ne faisait jamais d'exercice et était accro à la caféine. La phrase « Mon mari est mort » lui servait parfois à s'attirer la sympathie des gens (par exemple l'agent de police qui lui avait demandé de s'arrêter sur l'accotement parce qu'elle roulait à cent vingt kilomètres heure).

Elle avait tant de défauts.

La plupart étaient cachés, aimait-elle à penser, pourtant elle savait bien que les insulaires la considéraient non pas comme une libre penseuse, mais comme une cause perdue. L'éducation qu'elle donnait à ses enfants était jugée trop laxiste, trop indulgente. Zoe laissait les jumeaux seuls à la maison depuis qu'ils avaient huit ans. À neuf ans, ils avaient l'autorisation de faire du vélo en ville. Cette liberté avait provoqué un incident, le jour où Hobby avait roulé sur Main Street sans son casque. Le capitaine de la police, Ed Kapenash, avait appelé Zoe à son travail pour lui expliquer qu'au regard de la loi, il devait lui mettre une amende pour avoir laissé son fils circuler à bicyclette tête nue. Zoe avait rétorqué qu'elle ne lui avait jamais donné une telle permission. Comme elle était au travail, elle n'avait pas pu le voir quitter la maison sans son équipement ! Ces mots à peine sortis de sa bouche, elle comprit son erreur. Ed Kapenash allait contacter les services de Protection de l'enfance ! Et ils lui enlèveraient les jumeaux.

Parce que je ne suis pas capable d'élever mes enfants seule, pensait-elle.

Ed Kapenash avait soupiré avant de répondre :

— S'il vous plaît, dites à vos petits de ne plus jamais faire de vélo sans casque.

Zoe avait quitté son travail aussitôt après. Décidée à punir Hobby, à lui donner une fessée si nécessaire, elle s'était ravisée quand son fils lui avait expliqué que son vieux casque était trop petit. Après enquête, elle découvrit que Hobby avait raison. Pas un casque de la maison ne lui allait. Son petit garçon grandissait trop vite.

Zoe était certaine que cette histoire allait faire le tour de l'île et que les citoyens de Nantucket verraient leurs soupçons confirmés : c'était une mère négligente ! Pas un casque dans la maison à la taille du gamin ! Comme si cela ne suffisait pas, Zoe conduisait une Karmann Ghia orange datant de 1969, qu'elle avait achetée à l'époque de son école de cuisine. Même si les gens klaxonnaient lorsqu'ils la croisaient sur les routes, ils se demandaient sans doute pourquoi elle ne transportait pas ses enfants dans un véhicule plus sûr, équipé d'airbags.

Non, elle ne buvait pas de lait bio.

Elle n'imposait pas à ses jumeaux des horaires de coucher.

Elle ne surveillait pas leurs programmes télévisés.

Elle leur permettait même de choisir leurs propres vêtements, si bien qu'un jour, Hobby avait mis son sweat de base-ball All-Star cinq jours de suite, tandis que Penny se pavanait à l'école en chemise de nuit et legging.

Cela dit, qui pouvait critiquer leur éducation ? Zoe avait des enfants fantastiques, et incroyablement talentueux ! La crème des élèves de troisième année – Hobson et Penelope Alistair.

Commençons par Hobson, surnommé depuis toujours « Hobby », né cinq minutes avant sa sœur. La réincarnation même de son père, lui aussi prénommé Hobson. Hobson senior était l'homme de ses rêves, fabuleusement grand et impressionnant. Fort comme un arbre. Zoe l'avait rencontré à l'âge de vingt et un ans, alors qu'elle faisait ses études à l'Institut culinaire américain de Poughkeepsie. Bien que de six ans seulement son aîné, Hobson était déjà instructeur à l'ICA. Il donnait un cours intitulé « Viandes » et se révélait être un maître-boucher en la matière. Il était capable de désosser une vache ou un porc avec un fendoir et un couteau de boucher tout en conférant à la scène l'élégance d'un ballet.

Hobby tenait de son père sa carrure imposante, mais aussi sa grâce et sa méticulosité. Le jeune homme était en passe de devenir le meilleur athlète de l'île. À Nantucket, on n'avait pas vu cela depuis quarante ans. En deuxième année, il avait intégré l'équipe des Whalers, qui avait réalisé de bons résultats la saison passée, et surtout avait battu son redoutable adversaire de Martha's Vineyard. Hobby jouait aussi dans l'équipe de basket du lycée. Dès ses débuts en première année, il en est devenu le meilleur marqueur. Le base-ball n'était pas en reste : Hobby était le roi du *home run* ! À le regarder jouer, Zoe se sentait parfois mal à l'aise, comme si les prouesses de son fils avaient quelque chose d'indécent. Hobby était tellement plus fort que ses partenaires et ses adversaires qu'il attirait l'attention de tous. Zoe se sentait toujours obligée de s'excuser auprès des autres parents, même si son fils était beau joueur. Il ne gardait pas le ballon pour lui, encourageait ses partenaires, et ne réclamait jamais plus que sa part de gloire.

Zoe surprenait parfois des commentaires tels que :

— Son père devait être un géant.

— Ils sont divorcés ?

— Non, je crois qu'il est mort.

Plus tard, Hobby voulait devenir architecte. Cette idée enchantait sa mère. Il pouvait être architecte et rester sur Nantucket. Rien ne l'effrayait davantage que l'idée de voir ses enfants quitter l'île et ne jamais revenir.

— Mais tu ne peux pas les forcer à rester, lui disait Jordan. Tu le sais bien, n'est-ce pas ?

En revanche, Zoe était persuadée qu'elle perdrait sa fille. Penny était une somptueuse créature avec de longs cheveux noirs et raides, des yeux d'un bleu cristallin, le teint pâle, et un adorable petit nez piqueté de minuscules taches de rousseur. À trois ans, la petite Penny crapahutait dans toute la maison en talons hauts, et à quatre ans, elle fouillait déjà dans la trousse à maquillage de sa mère. À cinq ans, elle réclamait d'avoir les oreilles percées. Un jour, Zoe était allée chercher les jumeaux à l'école – ils avaient huit ans –, quand elle avait vu Mme Yurick, la professeure de musique, l'attendre devant la porte de la classe avec Penny.

Qu'est-ce qui se passe ? s'était demandé Zoe. Quel est le problème ? Ses enfants s'étaient toujours bien conduits à l'école et, ce jour-là, elle n'était même pas en retard (bien sûr, elle en avait parfois, mais jamais plus de dix minutes – plutôt bien pour une mère active). Zoe savait qu'elle ne méritait pas le prix de la parentalité, mais elle préparait des déjeuners équilibrés pour ses enfants et, par temps froid, n'oubliait jamais de leur mettre un bonnet et des gants. Enfin, il lui arrivait d'oublier un gant.

— Est-ce que tout va bien ? demanda-t-elle à Mme Yurick.

— Votre fille... ! articula l'enseignante en plaquant une main sur son poitrail, comme si l'émotion l'empêchait de poursuivre.

Ce que Mme Yurick essayait de dire, c'était qu'elle avait découvert la voix mélodieuse de Penny. La voix la plus douce, la plus pure et la plus vibrante qu'elle ait jamais entendue.

— Vous devez faire quelque chose ! ajouta la professeure de musique avec emphase.

Faire quelque chose ? Mais quoi ? Zoe avait compris le propos de Mme Yurick. En tant que mère d'une fillette à la voix exceptionnelle, elle devait tout faire pour développer ce don, pour exploiter au mieux son potentiel. Déjà, Zoe passait des heures interminables sur le terrain d'entraînement et au Club Boys & Girls pour voir Hobby jouer au base-ball, au football américain et au basket-ball. Maintenant, elle allait faire les mêmes sacrifices pour les leçons de chant de Penny.

Une mission qu'elle avait remplie avec brio. Cela n'avait pas été facile, d'autant que l'entreprise était coûteuse. Une fois par semaine, Penny avait un cours particulier avec un coach vocal sur le continent, plus quelques week-ends à Boston avec un professeur de chant renommé. Tous deux étaient fascinés par le talent de Penny. Quelle amplitude, quelle maturité dans la voix ! À douze ans, Penny chantait comme si elle en avait vingt-cinq. L'été de ses quinze ans, elle avait interprété *The Star-Spangled Banner* avec le Boston Pops Orchestra. Et elle avait des solos dans tous les concerts madrigaux.

Un rossignol.

D'où ce don lui venait-il au juste ? se demandait Zoe. Elle-même était tout juste capable de fredonner un air. Certes, Hobson senior aimait la musique (les Clash, les Sex Pistols), mais durant leur brève union, elle se rappelait seulement l'avoir entendu chanter *Should I Stay or Should I Go ?* à une soirée de chefs cuisiniers.

Pour être parfaitement honnête, Zoe n'était pas certaine que la voix de Penelope soit un pur bienfait. Par moments, l'adolescente paraissait presque porter un fardeau. Sa voix devait être choyée comme un petit animal exotique – un ara ou une race précieuse de chinchilla. Penny n'avait pas le droit de manger de nourriture épicée ni de boire de café. La nuit, elle enroulait autour de sa gorge un tissu chaud et humide et elle écoutait Judy Collins chanter *Send In the Clowns*, encore et encore. La fumée l'incommodait. Tous les hivers, elle suppliait sa mère de se débarrasser de sa cuisinière à bois.

Un soir, l'année de ses treize ans – l'année de ses règles, et aussi celle où Ava et Jordan avaient perdu leur bébé –, Zoe entendit sa fille sangloter dans sa chambre. Elle toqua à sa porte et, n'obtenant aucune réponse, entra. Assise par terre dans son placard, les genoux repliés contre la poitrine, Penny se balançait doucement d'avant en arrière. On eût dit un rituel, auquel Zoe assistait pour la première fois. Après avoir réussi à l'extraire du placard, elle lui demanda la raison de son chagrin.

— Qu'est-ce qui se passe ? Qu'est-ce qui ne va pas ?

Penny expliqua qu'elle pensait qu'il y avait moins d'amour sur terre pour elle. Parce qu'elle n'avait pas de papa.

Sa réponse l'avait laissée sans voix. Hobson senior était mort d'une crise cardiaque quand Zoe était enceinte de sept mois. Elle avait donné naissance seule à ses jumeaux. Les avait élevés seule. Alors qu'elle cherchait partout un poste de chef, une occasion était tombée du ciel. Un emploi sur l'île de Nantucket. Saisissant sa chance, elle avait déménagé sur l'île, acheté un cottage, mis les jumeaux en crèche et travaillé pour la famille Allencast, sur Main Street. Les Allencast lui versaient un salaire généreux, incluant une assurance maladie et une épargne retraite, avec des horaires flexibles. Grâce à ses nouveaux employeurs, elle avait rencontré d'autres clients, qui lui avaient proposé des missions ponctuelles. Désormais, Zoe avait un rôle sur l'île – elle était un chef privé de haut vol, ainsi que la mère de deux enfants exceptionnels. Souvent, elle avait l'impression de tout rater, mais parfois, elle avait aussi le sentiment de bien faire.

Mais ce soir-là, en voyant sa fille sangloter et hoqueter dans son placard parce qu'elle n'avait pas de papa, Zoe fut convaincue qu'elle avait tout fait de travers. Pendant treize ans.

— Je t'aime deux fois plus que les autres mères, lui avait-elle répondu en l'enlaçant et en lui baisant les cheveux. Tu le sais bien, Penny !

Elle avait toujours eu peur que ses enfants grandissent avec un manque. Surtout, elle s'était inquiétée pour Hobby, alors que son fils avait finalement eu des figures paternelles dans sa vie – ses entraîneurs, comme les pères admiratifs de ses amis. Jordan était aussi un père pour lui, tout comme Al Castle. Ce n'était pas pour Hobby qu'elle aurait dû s'inquiéter, mais pour Penny !

Tandis que Zoe resserrait son étreinte, elle remarqua que Penny essayait de fuir son emprise, telle une anguille. Zoe avait beau faire de son mieux, elle ne pouvait être deux personnes à la fois.

Elle décida d'emmener sa fille chez une psychologue. Une séance de plus à caler dans son planning extrêmement chargé, un sacrifice onéreux, mais nécessaire. La psychologue, une charmante jeune femme prénommée Marcy, reçut Penny une douzaine de fois avant de s'entretenir enfin avec Zoe.

— C'est une enfant géniale, dit Marcy.

— Merci, répondit Zoe avec un sourire, attendant la suite.

Marcy lui sourit à son tour, puis dodelina de la tête, sans ajouter un mot.

— C'est tout ? insista Zoe.

— Eh bien...

La thérapeute ouvrit les paumes, comme si elle voulait lui montrer un objet – un poussin ou une bogue de châtaigne, qui sait ? – que Zoe ne pouvait voir.

— Le cœur de Penelope est fait de la plus délicate des porcelaines, susurra-t-elle. Ne l'oubliez pas.

« Le cœur de sa fille était fait de la plus délicate des porcelaines » ? Voilà l'une des rares fois où Zoe avait regretté ne pas avoir un compagnon, un mari, un conjoint, quelqu'un vers qui se tourner pour lui dire : « C'est quoi ces conneries ? »

Ce fut la fin de Marcy la psychologue. « Ne l'oubliez pas. » Ha ! Zoe ne risquait pas de l'oublier, bien au contraire ! Mieux, elle saurait prendre soin de sa fille toute seule.

Ce n'était pas la première fois qu'elle entendait des avertissements de la bouche des autres mères.

— Méfiez-vous ! Aujourd'hui, elle est adorable, mais vous verrez plus tard !

Une menace se profilait à l'horizon, noire comme une tempête. L'adolescence. Pourtant, Zoe et Penny étaient restées proches. Elles étaient même les *meilleures amies du monde*. Comme stratégie parentale, on ne faisait guère plus impopulaire et démodé, mais Zoe s'en fichait. Elle chérissait son intimité avec sa fille. Certaines nuits, Penny se glissait dans le lit de sa mère, et elles dormaient l'une contre l'autre, partageant leur oreiller, comme des sœurs orphelines. Zoe répétait constamment aux jumeaux : « Vous pouvez tout me dire. »

Ils n'avaient aucune crainte à avoir – ni jugement ni semonce. Son amour pour eux était inconditionnel.

« Vous pouvez tout me dire. »

Et jusqu'au jour de sa mort, Penny avait tout raconté à sa mère, du moins Zoe le croyait-elle.

JAKE

Ils atterrirent à Boston, puis prirent un bus pour gagner le terminal international. Jordan continuait à lui presser l'épaule machinalement, alors qu'il ne touchait jamais Ava, pas même par accident. Mais cela n'avait rien d'inhabituel. L'esprit de Jake tournoyait comme un gyrophare. Fuis ! Rentre à la maison ! Encore dix mois avant ses dix-huit ans...

La terre sur la tombe de Penny, humide et noire, lui avait fait penser à un gâteau au chocolat. L'herbe allait la recouvrir, mais Jake n'aurait su dire si c'était une bonne ou une mauvaise chose.

Terminal E. Boston à Los Angeles, Los Angeles à Sydney. Après ce voyage interminable, il endura encore un vol de six heures jusqu'à Perth.

À l'autre bout du monde.

Devant leur porte d'embarquement étaient rassemblés un groupe d'Australiens joyeux. C'est dans leur nature ? se demandait Jake. Ou bien existait-il quelque part sur terre des Australiens qui n'étaient *pas* ouverts et affables ? La mère de Jake se redressa dès qu'elle entendit leur accent familier. Elle avait l'impression d'être dans un épisode de *Home and Away*, le sitcom australien qu'elle regardait inlassablement sur les DVD piratés envoyés par sa sœur May. Elle fit voltiger ses cheveux avec grâce et déclara :

— Je vais chercher un café. Tu en veux un ?

Jake secoua la tête.

Ava lui adressa un grand sourire, si rare qu'il en fut tout retourné. Sa mère était la femme la plus malheureuse qu'il connaissait, même si elle n'avait pas toujours été comme ça. Avant la mort de son frère Ernie, Ava agissait comme une mère normale. Un peu agaçante, peut-être, et surtout très angoissée à l'idée de ne pas donner un frère ou une sœur à Jake. Mais dans l'album rouge, il avait vu des photos d'Ava où elle faisait des grimaces, embrassait bébé Jake et souriait à son mari. D'autres clichés, pris avant sa naissance, la montraient en bikini, la peau très bronzée, avec une longue tresse blonde dans le dos. On la voyait aussi en train de faire du surf, du kayak, ou encore figée dans les airs, juste avant de frapper le ballon de volley-ball. Autrefois, Jake regardait souvent ces images. Voilà la femme qu'il aurait aimé avoir pour mère. Mais depuis le décès d'Ernie dans son berceau, à l'âge de huit semaines, Ava hésitait entre l'irascibilité et le mutisme. La colère et l'amertume – simple reflet de son immense chagrin, d'après son père – habitaient son corps tels des monstres. Jordan l'avait supplié de pardonner à Ava son comportement, mais c'était trop lui demander.

Penny avait rejoint Ernie au cimetière. Sa mère entretenait la tombe de son fils disparu, achetait un bouquet de fleurs chaque semaine. Quand elle était à la maison, elle s'enfermait dans la chambre où Ernie – sans raison apparente – avait cessé de respirer. Là, elle regardait des épisodes de *Home and Away*, ou relisait des passages de son livre préféré, qui, étonnamment, loin d'être un classique australien, était le plus américain des romans – *Moby Dick* –, car son père le lui lisait quand elle était enfant. La tombe d'Ernie, la série australienne, *Moby Dick...* occupaient quatre-vingt-dix pour cent de l'existence d'Ava Randolph. Les dix pour cent restants – ses piètres interactions avec le monde extérieur – étincelaient tels des bris de verre au bord d'une route. Restait sa colère, qui pouvait atteindre n'importe qui en plein cœur comme une flèche perdue. Et son venin, qu'elle semblait réserver exclusivement au père de Jake.

Ava assistait aux événements scolaires importants, comme l'intronisation de Jake dans la National Honor Society ou la représentation finale de la comédie musicale du lycée. L'année dernière, ils avaient joué *Grease*, avec Jake dans le rôle de Danny et Penny dans celui de Sandy. Pour l'occasion, Ava s'était coiffée, maquillée et parfumée. Elle était entrée dans l'auditorium la tête haute, le port régalien, suivi par Jordan, tel un loyal serviteur dans son sillage. Jake les avait repérés derrière les lourds rideaux de la scène. Un murmure parcourait l'assemblée : Ava Randolph était de sortie ! Ses apparitions publiques étaient aussi rares que des comètes, et tous savaient pourquoi, aussi conservaient-ils une distance respectueuse. Tous sauf Lynne Castle, la seule amie de sa mère. Lynne se laissa tomber sur le siège à côté d'Ava et l'embrassa sur la joue comme si de rien n'était, comme si Ava était incapable de s'en prendre violemment à elle sans raison, ou de se lever et de quitter la salle sur un coup de tête.

Le spectacle semblait lui avoir plu. Elle applaudit chaleureusement à la fin de la représentation, et quand Jake et Penny s'avancèrent sur la scène, elle se leva comme les autres spectateurs pour acclamer les vedettes du jour.

La seule personne qui recherchait la compagnie d'Ava était Penny Randolph. Certains jours, quand Jake s'attardait au lycée pour peaufiner un numéro de *Veritas*, le journal de l'école, ou à cause d'une réunion du Conseil des élèves, il trouvait en rentrant chez lui Penny dans la chambre de sa mère, en train de regarder *Home and Away*. Ava expliquait à sa complice les grandes lignes de l'intrigue en cours. Jake mentirait s'il prétendait que cela ne le dérangeait pas.

— Tu n'es pas obligée de passer du temps avec ma mère, avait-il dit un jour à Penny.

— Oh je sais ! Mais je l'apprécie.

Elle l'appréciait ? Jake aimait sa mère – comme on aime ses parents – mais il ne pouvait pas dire qu'il l'appréciait. Ava le mettait mal à l'aise. Les bons jours, elle déambulait dans la maison tel un fantôme qui vivait sous le même toit que lui, hantait à l'occasion la salle à manger, avalait quelques bouchées de leur dîner. (Ils mangeaient beaucoup de pizzas et de plats thaïs à emporter.) Ava flottait partout dans la maison – surtout aux heures précédant l'aube –, avec les fleurs coupées destinées à la tombe d'Ernie. Elle dormait dans la chambre du bébé.

Selon lui, ses parents n'avaient jamais de relations sexuelles. Ils ne se touchaient pas et se parlaient rarement, même si certaines nuits Jake était réveillé par leurs cris.

SA MÈRE : Je veux m'en aller d'ici, Jordan !
SON PÈRE : Tu es libre de partir.
SA MÈRE : M'en aller pour de bon, mais pas sans Jake. Ni sans toi.
SON PÈRE : Ma famille dirige le journal depuis 1870, Ava. Six générations de Randolph ! C'est mon héritage, et devine quoi ? Je l'adore. Tu le savais quand tu m'as épousé. Tu savais que ma vie était ici.
SA MÈRE : Ma vie à moi ne compte pas. Ma vie n'a jamais compté.
SON PÈRE : Si tu veux partir, pars. Pour l'amour de Dieu, vas-y ! Aussi longtemps que tu veux ! Ça ne t'a jamais posé de problème !
SA MÈRE : Mais tout est différent aujourd'hui. N'est-ce pas ?
(*Pas de réponse.*)
SA MÈRE : N'est-ce pas ?
SON PÈRE : Oui.
SA MÈRE : Ernie est mort ! Dis-le ! Je veux te l'entendre dire, Jordan !
SON PÈRE : Ernie est mort.

Dans le terminal E, Ava réapparut avec un *latte* fumant et un bagel au sésame. Jake aurait bien demandé à son père s'il trouvait le comportement de sa mère aussi bizarre que lui, mais Jordan avait le regard perdu dans le vide, et il ne voulait pas le déranger. En général, Jordan réfléchissait aux titres de une, aux accroches, au moyen de justifier l'augmentation des encarts publicitaires, ou encore de virer le chroniqueur sportif et d'en embaucher un autre parmi les rares candidats potentiels. Il s'interrogeait aussi souvent sur la mort des journaux papier. Mais aujourd'hui, à quoi pensait-il ? Il songeait au passé, non à l'avenir. Jake le devinait à son regard morne.

Ava souffla sur son *latte* et croqua un petit morceau de bagel. Jordan avait expliqué à Jake qu'elle ne mangeait presque plus depuis la mort d'Ernie, parce que manger faisait partie des nombreuses activités auxquelles elle ne prenait plus aucun plaisir.

Aujourd'hui, néanmoins, elle semblait apprécier son encas. Une gorgée de *latte*, une bouchée de bagel. Elle ouvrit même le petit pot de fromage crémeux pour y plonger son bagel.

Jake n'avait jamais été aussi en colère contre sa mère. On quitte Nantucket à cause de toi ! hurlait-il dans sa tête. Il avait envie de lui jeter son *latte* à la figure. De la voir s'étouffer avec son bagel. Mais ce moment de rage passé, un océan de désespoir l'engloutit.

Ils quittaient Nantucket à cause de lui.

DEMETER

On l'avait emmenée à l'hôpital, pourtant elle n'avait rien. Rien, excepté qu'elle tremblait sans discontinuer. Penny était morte. La voiture avait grimpé le talus de Cisco Beach, puis chuté de... deux mètres cinquante ? Trois mètres ? Au début, la Jeep avait paru planer – ils roulaient tellement vite ! Au début, Demeter avait adoré cette sensation, comme dans un manège de fête foraine, effrayante et grisante à la fois, jusqu'à ce qu'elle se rende compte que Penny, en proie à une sorte de frénésie, ne ralentirait pas, et qu'ils allaient s'écraser.

La police les attendait à l'hôpital. Médecins, infirmières, policiers... Demeter ne comprenait pas : où étaient ses parents ? Peut-être n'étaient-ils pas venus ? Mais quelqu'un les avait forcément contactés. Le faux Louis Vuitton de

Demeter était dans la voiture, avec son portefeuille, son permis de conduire et – écœurante pensée – une bouteille presque vide de Jim Beam. Elle en avait bu une partie seule dans sa chambre, quand tous les autres étaient à la soirée chez Patrick Loom. Elle n'avait pas été conviée à la petite fête – ou plutôt si, mais uniquement à cause de ses parents, réclamés partout parce que son père était conseiller municipal. Non, ce n'était jamais une invitation personnelle. Jamais.

Donc, elle s'était enfilé du bourbon dans sa chambre, puis avait verrouillé sa porte et filé par la fenêtre. Elle s'était laissée glisser sur les fesses le long de la pente doute du toit et, une fois au-dessus du garage, elle n'avait eu qu'à sauter sur la pelouse meuble. Ses parents ne la croiraient jamais capable d'un tel exploit, car en plus de son surpoids, elle avait de graves problèmes de coordination. Pas question néanmoins de répéter l'opération en sens inverse, car elle se voyait mal remonter la gouttière ? D'autres auraient réussi – Hobby, Jake, peut-être même Penny –, mais pas elle. Trop lourde. À la première tentative, elle risquerait d'arracher le conduit du mur de la maison ! Elle attendrait plutôt que ses parents soient rentrés – ils n'avaient pas moins de quatre soirées de prévu – et endormis, pour s'introduire dans la maison à pas de loup et crocheter le verrou de sa chambre à l'aide d'une épingle.

À l'hôpital, personne ne faisait attention à elle. L'activité frénétique du personnel et les voix paniquées autour d'elle lui donnaient le tournis. Elle entendit les mots « morte sur le coup » et comprit qu'il s'agissait de Penny. Penny était morte. Demeter était censée éprouver quelque chose, mais elle ne ressentait rien du tout. La pièce était chauffée, pourtant elle tremblait de plus belle. Un bourdonnement d'hélicoptère. Le transport sanitaire aérien. On transportait un blessé hors de l'île. Penny ? Non, Penny était « morte sur le coup ». Emmenait-on des cadavres en hélicoptère à Boston ? Certainement pas. Donc, c'était l'un des deux autres : Jake ou Hobson. La maison des Castle se situait sous le couloir aérien de l'hélicoptère de secours, et chaque fois que sa mère entendait le ronronnement des pales, elle faisait une génuflexion et murmurait : « Que Dieu protège le blessé. Que Dieu protège la mère du blessé. »

Demeter avait alors compris qu'être la mère de la victime était pire qu'être la victime elle-même.

Une infirmière s'approcha d'elle et lui souleva le menton. Demeter convulsait dans l'oreiller qu'elle serrait contre sa poitrine.

— Je crois qu'elle est en état de choc, déclara l'infirmière, comme pour elle-même.

En état de choc ? Probablement. Oui, sûrement. Quand la Jeep s'était écrasée sur le sable, l'impact lui avait paru de l'ordre de l'apocalypse, un impact de fin du monde. Un horrible bruit de verre brisé, une odeur âcre. Puis la voiture s'était retournée, et son estomac avait fait les montagnes russes. Une main agrippée à la poignée de la portière, l'autre appuyée contre le siège devant elle – la place de Jake –, elle avait enfoui sa tête dans ses genoux. La Jeep avait basculé sur la gauche, si bien qu'elle aurait écrasé le pauvre Hobby de tout son poids, si elle n'avait été retenue par sa ceinture de sécurité.

À cet instant, elle avait remarqué l'angle étrange de la tête de Penny.

Soudain, tout ce qui s'était produit durant ces quelques secondes lui parut insupportable. Et son esprit se mit en veille. Le noir total. Était-ce un état de choc ?

— Mes parents sont ici ? murmura-t-elle.

Le visage de l'infirmière ne lui disait rien.

— Oui, mais je ne peux pas te laisser les voir tout de suite. Nous allons d'abord t'examiner. Puis tu devras parler à la police.

Ils avaient trouvé la bouteille de Jim Beam, forcément.

— Est-ce que quelqu'un a été emmené en hélicoptère à Boston ? Quelqu'un qui était dans la voiture ?

L'infirmière, qui prenait son pouls, regarda posément sa patiente.

— Oui.

— Qui ?

— Je ne peux pas te le dire.
— C'est grave ?
— Oui, c'est grave.

L'infirmière vérifia sa tension, lui examina les yeux, les oreilles, le nez, la gorge. Puis elle lui demanda de se lever, de bouger les bras, les jambes, les doigts. De réciter l'alphabet à l'envers, puis de lui donner son adresse, sa date de naissance et la date de la Saint-Valentin.

— Le 14 février. Pas mon jour préféré.

L'infirmière laissa échappa un rire bref.

— Vous avez mal quelque part ?

— Pas vraiment, répondit-elle.

Pourtant, quelque chose lui trottait dans la tête, à la manière d'une pièce de monnaie abandonnée au fond d'un puits. Les yeux clos, elle essaya de se concentrer. Puis elle comprit que l'objet de son tracas était Penny, mais Penny était « morte sur le coup ». Décédée.

Elle se pencha et vomit.

L'infirmière recula d'un bond, mais pas assez vite. Sa blouse turquoise et ses jolies baskets blanches étaient tout éclaboussées. Demeter vomit de nouveau. Tout le bourbon ingurgité, ainsi que des paquets entiers de Curly, avalés par poignées coupables dans sa chambre – enfin pas si coupables, puisque les Curly contenaient surtout de l'air.

La dame en blouse hoqueta de dégoût, qu'elle essaya ensuite de masquer par des gestes professionnels, automatiques. Tout en lui tendant une cuvette, elle appela un employé de l'entretien pour nettoyer les dégâts.

— Aviez-vous bu ce soir ? lui demanda l'infirmière.

Demeter se racla la gorge et cracha dans la cuvette. Devait-elle mentir ? Ou bien avouer la vérité ? La vérité n'était pas toujours bonne à dire. Voilà une leçon qu'elle avait apprise ce soir même : certaines vérités ne devraient jamais voir le jour.

— Oui, murmura-t-elle.

L'infirmière lui tapota le dos.

— Le capitaine de la police va venir vous parler. D'accord ?

Oh, mon Dieu, non ! Pas d'accord ! Le capitaine et son père étaient des amis de longue date. Des membres du Rotary. Ils jouaient au basket ensemble. Demeter connaissait Ed Kapenash depuis qu'elle était enfant. Elle ne voulait pas lui parler !

Ils allaient sûrement l'emmener dans une petite pièce carrée, dotée d'une unique table de bois, comme les salles d'interrogatoire des séries télévisées. Ils la conduiraient dans le beau commissariat flambant neuf, un édifice de plusieurs millions de dollars sur Fairgrounds Road. Grâce à son influence politique, son père avait permis le financement et la construction de ce beau bâtiment. Le capitaine en tiendrait-il compte au moment de l'interrogatoire ?

Oh mon Dieu, le Jim Beam.

Oh mon Dieu, la balade avec Penny dans les dunes de Step Beach. Qu'avait-elle fait ? D'accord, elle détestait un peu Penny, mais elle l'adorait aussi ! Beaucoup d'amour et un tout petit peu de haine, et probablement une haine excusable. Comment ne pas être jalouse de Penelope Alistair ? Rien que pour sa beauté, sa voix, sa relation avec Jake Randolph ! Demeter, Penelope, Hobby et Jake étaient amis depuis la maternelle. Ensemble, ils fredonnaient des chansons, faisaient de la peinture dans la salle de dessin, apprenaient le nom des continents, préparaient leur repas de midi. Penny et Demeter s'asseyaient tous les jours côte à côte pour déjeuner et babillaient comme des fillettes de quatre ans. De quoi parlaient-elles à cette époque ? Elles se pourchassaient dans la cour de récréation et houspillaient les garçons. Ouste !

« Morte sur le coup. »

Le capitaine entra dans la pièce. Elle faillit ne pas le reconnaître avec sa tenue de ville – jean et sweat-shirt gris à capuche portant l'inscription bleu marine NANTUCKET WAHLERS. Il tira une chaise près du lit où elle était assise.

— Demeter...

Elle hocha la tête.

Ed Kapenash enfouit sa tête dans ses mains, puis releva les yeux. Des larmes brillaient dans son regard.

— Penelope Alistair est morte...

Elle se mordit les lèvres et opina de nouveau du chef. Elle aurait voulu lui dire qu'elle le savait déjà, lui expliquer que son cerveau avait bloqué toute réponse émotionnelle. Très probablement parce qu'elle était en « état de choc ».

— ... Hobson Alistair est dans le coma. Il a seize os fracturés. On l'héliporte en ce moment même à l'hôpital de Boston.

Demeter hoqueta et cracha une fois de plus dans la bassine. Son corps était en mode rejet. Elle émettait des bruits bizarres. Ed baissa les yeux.

— Il ne reste que toi et le fils Randolph. C'était la Jeep de Jake, mais il ne conduisait pas, c'est bien ça ?

— Non, monsieur.

— Penelope était au volant ?

— Oui, monsieur.

— Avait-elle bu de l'alcool ? Tu peux me dire la vérité. Nous allons faire des analyses toxicologues.

— Non. Penny n'avait pas bu. Elle ne...

Demeter cligna des paupières.

— Elle ne boit jamais, pas une goutte. Ne buvait jamais, je veux dire.

— Mais vous autres aviez bu.

À ces mots, son faux sac Vuitton se matérialisa entre les mains d'Ed Kapenash, qui en sortit la bouteille de Jim Beam presque vide.

— Où t'es-tu procuré cette bouteille ?

Oh mon Dieu. Dans l'esprit de Demeter était logé un gros rocher qui refusait de bouger. La vérité ? Elle l'avait volée chez les Kingsley, un jour où elle était venue garder les enfants – Barrett, Lyle et Charlie. Les parents sortaient souvent, la payaient grassement, et Mme Kingsley s'extasiait à chaque fois de la savoir disponible. (« C'est parce que je n'ai pas de vie », aurait voulu lui avouer Demeter.) Le garde-manger de Mme Kingsley était toujours plein à craquer : chips, Dorito, Triscuit, cheddar, pop-corn, bretzels fourrés au fromage, crackers italiens. D'où le surnom donné par M. Kingsley à leur placard : le 7-Eleven, comme ces magasins d'alimentation ouverts vingt-quatre heures sur vingt-quatre. De même, le réfrigérateur contenait d'innombrables denrées : saucisses fumées, fromages, restes de salade de pommes de terre ou de *fettuccine* Alfredo. Sans oublier, dans le tiroir du bas, des canettes de Coca, de bière et de soda. Et chaque fois que Demeter venait faire du baby-sitting, ces cinq dernières années, Mme Kingsley l'accueillait les bras ouverts en déclarant : « Fais comme chez toi ! Prends tout ce que tu veux ! »

C'était une forme rare de torture pour elle, surtout une fois les enfants couchés. Demeter se retrouvait alors seule avec de longues heures devant elle. Deux choix s'offraient à elle : ses devoirs et lectures facultatives ou deux cents chaînes de télévision par satellite. Son portable restait en charge sur le comptoir de granit de la cuisine, mais personne ne lui envoyait jamais de SMS. Aucun appel non plus. Enfin, pas tout à fait. Un soir, sa mère lui avait adressé un message pour lui demander comment elle se « débrouillait ». Bien sûr, elle n'avait pas répondu. Recevoir un SMS de sa mère était déjà assez humiliant. De temps à autre, elle envoyait des messages à Penny, véritables bouteilles à la mer. Une généralité inoffensive comme « tu fais koi ? » Et, à l'occasion, Penny lui répondait : « Suis avec J » ou « Suis avec A » – A étant Ava, la mère de Jake. Pour Demeter, Ava était une figure tragique, digne de l'épouse aliénée de M. Rochester dans *Jane Eyre*. Alors que pour Penny, elle ressemblait plus à Sylvia Plath ou Virginia Woolf : une artiste brillante, bipolaire, aux tendances suicidaires.

Demeter avait un jour demandé à sa mère :

— Est-ce que Mme Randolph va bien ?

— Est-ce qu'elle va bien ? avait répété Lynne Castle.

— Ouais, enfin, je sais qu'elle est vraiment triste pour le bébé.

Le bébé était mort quand Demeter, Jake, Penny et Hobby étaient au collège.

— Mais qu'est-ce qu'elle fait ? Enfin, dans la vie, qu'est-ce qu'elle *fait* ?

— C'est une question intéressante, répondit Lynne Castle.

Le type même de réponse qui lui donnait envie de hurler. Ses parents se montraient toujours évasifs. Ce qu'elle voulait, c'était la vérité.

— Dis-moi, maman !

— Elle est juste...

Lynne leva les paumes, comme pour vérifier s'il pleuvait.

— Eh bien, on dirait qu'Ava est perdue...

Perdue ? Demeter était horrifiée à l'idée qu'une personne puisse définitivement être perdue. Et si c'était son destin, à elle aussi ?

— Qui te l'a vendue ? demanda le policier en brandissant la bouteille. Quelqu'un de l'île ?

Demeter ne savait plus quoi répondre. Son esprit avait tellement divagué qu'elle avait oublié la question.

— Non, répondit-elle avec sincérité.

— Quelqu'un hors de l'île alors ?

Ed Kapenash parut brusquement soulagé, elle ne pouvait l'en blâmer. Il n'aurait pas à ordonner la fermeture d'un magasin de l'île au motif de vente d'alcool à une mineure. Facile, Demeter n'avait qu'à lui dire qu'elle avait acheté le bourbon sur le continent. « Hors de l'île » représentait le reste du monde, une immensité infinie remplie de gens et de lieux. Impossible d'enquêter « hors de l'île », car par où commencer ?

Devait-elle mentir ? Non, elle n'en avait pas envie. Elle pouvait avouer avoir volé la bouteille aux Kingsley, ce qui n'était pas vraiment un vol à ses yeux, puisque Mme Kingsley lui disait toujours : « Fais comme chez toi, prends tout ce que tu veux. » Ainsi, la semaine précédente, le soir de la cérémonie de remise des prix du lycée de Nantucket – un événement auquel elle n'assistait pas parce qu'elle n'avait aucune distinction à recevoir –, elle s'était en effet servie. Ce qu'elle ne pouvait avouer au chef de la police, c'était le sentiment de bonheur et de liberté que cette bouteille lui avait procuré. Le secret. L'interdit. Une promesse de réconfort, en cas de blessure plus douloureuse que celle de ce soir-là. Une promesse d'oubli sous forme liquide. Demeter le savait car elle avait déjà sifflé toutes les bouteilles de la maison de ses parents. Al et Lynne Castle n'étaient pas de grands consommateurs d'alcool – ils ne buvaient pas de bière devant les matches de football américain, pas de vin au club de lecture. Au dîner, Al prenait de l'eau et Lynne un verre de lait, comme les enfants. La présence chez eux d'alcools forts avait de ce fait été une surprenante découverte. Demeter était tombée dessus par hasard, un soir où ses parents étaient de sortie et qu'elle retournait toute la cuisine en quête de chocolat. Dans le placard toujours fermé au-dessus du réfrigérateur, elle avait découvert de la vodka, du gin, du rhum brun, du scotch, du Vermouth et du Kahlua. Toutes les bouteilles étaient ouvertes, mais à peine entamées. Sans doute des alcools achetés pour une soirée des années auparavant, oubliés depuis.

Demeter les avait tous bus. Le Kahlua agrémenté de lait avait sa préférence. Elle avait mélangé la vodka à du jus d'orange pressé, le gin au vermouth – un martini ! Puis elle avait remplacé la vodka par de l'eau, le scotch par du thé glacé. Ses parents découvriraient-ils la supercherie ? Non, Demeter en était certaine. Lynne Castle avait oublié jusqu'à l'existence de ces bouteilles. Même quand ils recevaient des amis, ils ne les proposaient pas. Le jour où Al et Lynne comprendraient ce qu'il était advenu de l'alcool, Demeter serait partie de la maison depuis belle lurette. À l'université, ou plus loin encore.

— Hors de l'île, dit-elle en évitant de croiser le regard fuyant du capitaine, qui griffonna aussitôt sur son bloc-notes.

— Et tu es certaine que Penelope n'avait rien bu ?

— Elle ne buvait jamais.

— Et les garçons ?

De l'eau ! Demeter avait besoin d'eau. Sa bouche était engluée d'une pâte de vomi. Elle en demanda à Ed Kapenash.

— Euh...

Il regarda autour de lui et fit signe au malheureux Hispanique chargé de nettoyer ses régurgitations de fromage noyé de Jim Beam.

— *Agua ? Por favor ?*

L'homme hocha la tête. Il réapparut une seconde plus tard avec une petite coupe bleue remplie d'eau tiède. Demeter était si reconnaissante qu'elle faillit se mettre à pleurer. Elle but à petites gorgées, même si elle crevait d'envie de tout avaler d'un coup.

— Donc, je te demandais...

Oui, elle savait ce qu'il attendait : qu'elle dénonce les garçons. La vérité ? Jake et Hobby avaient tous deux pris des lampées de bourbon. Puis tous les quatre étaient allés à un feu de camp sur Steps Beach. Une grande fête qui réunissait des diplômés – rescapés des soirées légitimes – ainsi que des troisième année et quelques deuxième année. La soirée s'était animée dès l'arrivée de Hobby, Jake et Penny. Tout le monde aimait ce trio. Et Demeter avait la chance de les accompagner parce qu'elle avait dit plus tôt à Penny par SMS qu'elle avait une bouteille et surtout – n'étant pas certaine que le Jim Beam suffirait à la séduire – qu'elle voulait lui dire un truc « dément » et « giga important ». Un truc énormissime.

Au feu de camp, un fût de bière avait été inséré dans une poubelle remplie de glaçons. Une file d'attente s'était formée devant le fût et, sans savoir comment, Demeter s'était retrouvée de corvée de service. C'était une bonne serveuse, avait dit quelqu'un. Pas trop de mousse. Au cours de la soirée, elle avait rempli au moins cent gobelets en plastique. Combien pour Jake et Hobby ? Deux ou trois chacun peut-être. Elle-même en avait bu trois ou quatre, mais après tous les alcools forts ingurgités à la maison, la bière n'avait guère eu d'effet sur elle. Un peu comme du jus de fruits.

— On était à une soirée à Steps Beach. On a bu de la bière.

— Hobson et Jake aussi ?

— Oui.

— Que s'est-il passé ensuite ? demanda le capitaine.

Demeter avala le reste de son eau.

Impossible de parler de la suite. De plus, cela devenait confus dans sa tête. Cette soirée sur la plage s'était-elle vraiment passée la veille ? Parce qu'elle avait l'impression que c'était il y a plusieurs jours. La semaine dernière. Penny était-elle morte ? Comment pouvait-elle être morte alors qu'elles discutaient dans les dunes il y a quelques heures seulement. Et Hobby était-il vraiment parti en hélicoptère à Boston ? Dans le coma ? Seize os brisés ? Quand elle était plus jeune, Demeter était amoureuse de Hobby. Ce qui manquait cruellement d'originalité, étant donné que tout le monde à Nantucket était amoureux de Hobby Alistair – les filles, les mères, les pères. Finalement, elle avait reporté son affection sur Patrick Loom, puis Anders Peahsway, puis Jake Randolph, mais seulement parce que Jake aimait Penny, et qu'elle voulait ressembler à Penny.

Demeter prit une expression terriblement affligée.

— Après, je ne me souviens pas.

— Tu ne te rappelles pas être montée dans la voiture ? s'étonna Kapenash.

Demeter se mordillait la lèvre inférieure. Comme elle aurait voulu jouer dans *Grease* l'hiver dernier – le rôle de Rizzo ! Mais elle n'avait obtenu qu'une place dans les chœurs, alors elle avait laissé tomber, au grand désarroi de ses parents. Ce que M. Nelson et Mme Yurick n'avaient pas repéré durant les auditions, c'était ses talents d'actrice.

— Si, je suis montée dans la voiture. J'étais sur la banquette arrière, à droite. Hobby à gauche. Jake sur le siège passager avant. Et Penny au volant.

— Penny conduisait alors que c'était la voiture de Jake ?

— C'était la seule qui n'avait pas bu.

Pourtant, Jake avait bien essayé de lui prendre les clés. Il lui avait attrapé le poignet et tenté de lui faire lâcher prise. La réaction de Penny avait été violente : un geste brutal du bras, comme pour le frapper. Complètement hystérique. C'était exactement ce que pensait Demeter à ce moment-là : Penny est hystérique. Hystérique, hystérique !

Alors Hobby avait dit, avec son calme olympien habituel :

— Putain, Pen, relax.

— S'il te plaît, avait insisté Jake. Laisse-moi conduire.

Et Penny avait poussé un cri. Pas un mot, juste un cri primal.

L'estomac de Demeter faisait de drôles de pirouettes. Elle était persuadée que Penny allait cracher le morceau, même si elle lui avait promis de garder le secret. Elle avait juré.

— Penny a pris la route de Cisco Beach, continua-t-elle. Elle roulait vraiment très vite.

Sur la route, la voiture tremblait. Jake la suppliait de ralentir, et Hobby s'était penché pour essayer de lire le compteur de vitesse. Apparemment, il était curieux de savoir quelle vitesse la Jeep pouvait atteindre. Demeter flottait dans une nébuleuse alcoolisée, un état vaporeux entre rêve et réalité. Mais elle avait sa ceinture de sécurité. Tout comme Jake. Le résultat d'une éducation sévère. Les jumeaux n'étaient pas attachés parce qu'ils avaient été élevés selon des principes plus libertaires. Zoe n'imposait aucune règle à ses enfants.

— Écoute, avait récemment dit Zoe à Lynne Castle, les éduquer sans règles strictes a fonctionné. Regarde quels jeunes gens accomplis ils sont devenus !

« Morte sur le coup. »

« Coma. »

— Et on s'est écrasés, conclut Demeter.

ZOE

Jordan était à l'hôpital, elle l'avait vu. Il patientait dans la salle d'attente avec les Castle. Ava n'était pas là. Son absence était un soulagement, mais pas pour les raisons habituelles. Si Ava n'était pas là, se disait Zoe, cela signifiait que ce n'était pas très grave.

La police l'avait informée d'un accident et sommée de venir immédiatement à l'hôpital. Quand elle vit l'expression de Lynne Castle à son arrivée, elle sut. La mort ou un état proche de la mort. Mais lequel de ses enfants ? Elle avait lu *Le Choix de Sophie* et, comme tout le monde, elle avait pensé : Non, je suis incapable de choisir. Si on me le demandait, je leur dirais de me tirer une balle dans le crâne. Je préfère mourir plutôt que d'avoir à choisir l'un ou l'autre. Le Dr Field apparut. Zoe le connaissait depuis quinze ans. Il avait recousu son index quand elle s'était fait une vilaine entaille avec son couteau *santoku*. Il avait soigné ses enfants pour des angines streptococciques, des conjonctivites et une cinquantaine d'otites à eux deux. C'était lui qui avait remis en place l'épaule déboîtée de Hobby, sur le terrain des Whalers. Il était encore le premier sur les lieux lors de la mort subite du nourrisson dont avait été victime le petit Ernie Randolph. Médecin de l'île, il se rendait disponible trois cent cinquante jours par an. Zoe était fière d'être sa patiente. Elle lui apportait un pot de moutarde maison et un paquet de bretzels à chaque Noël.

Mais elle ne l'avait jamais vu regarder personne comme il la regardait en ce moment même.

Avec tendresse, et effroi.

— Zoe... je voudrais que vous vous asseyiez.

— Dites-moi..., murmura-t-elle d'une voix tremblante.

— Eh bien...

— Dites-le-moi, bon sang !

— Penelope..., laissa-t-il tomber.

— ... est morte, termina-t-elle.

— Et Hobston a dû être transporté à Boston. Il est dans le coma. Il a seize os cassés.

Zoe défaillit. La pièce autour d'elle se brouilla et elle pensa : Je tombe.

— Patsy ! cria le Dr Field.

Il tenait Zoe dans ses bras, mais elle était loin, très loin, dans les limbes de l'incompréhension. Sans ses enfants, la vie n'avait aucun sens. Jusqu'ici, elle avait réussi à tenir le coup, à trouver une forme de bonheur modeste et personnel, mais sans les jumeaux, il ne restait rien.

Patsy, l'infirmière, aida le médecin à l'asseoir sur une chaise.

— Donnez-lui de l'eau et un Ativan, ordonna le Dr Field.

— Non, protesta-t-elle.

Elle aurait accepté une balle dans la tête, mais pas de calmant. Elle refusait de faire preuve de faiblesse. Ouvrant les yeux, elle se concentra sur la blouse blanche du Dr Field.

— Hobby est en vie, dit-il. Il est en route pour le Mass General. Vous devez aller à Boston.

— D'accord.

Elle se sentait assez forte pour ouvrir les yeux, mais pas pour se lever, encore moins pour aller toute seule à Boston.

— Puis-je savoir ? Ce qui s'est passé ?

— Un accident de voiture, répondit le Dr Field, dont la voix flottait dans son esprit. C'était Penelope qui conduisait. Hobson était assis à l'arrière.

— Quelle voiture ? La voiture de Jake ? La Jeep ?

— Oui, Jake Randolph était dans la voiture. Ainsi que Demeter Castle.

— Ils sont morts ? demanda-t-elle, même si elle connaissait la réponse.

— Non, ils vont bien. Seulement quelques coupures et contusions. En état de choc.

Coupures et contusions. En état de choc. Pas morts. Ni dans le coma. Zoe aurait aimé se réjouir de savoir les enfants de ses amis sains et saufs alors que les siens étaient morts, mais elle en était incapable.

— M. Randolph a proposé de s'assurer que vous arriviez bien à Boston, reprit le Dr Field. Et les Castle vous offrent aussi leur aide.

Zoe tourna la tête et les vit tous les trois sur des sièges. Jordan, au bord du sien, la fixait, tandis que Al et Lynne étaient serrés l'un contre l'autre. Lynne pleurait et Al – toujours fort et solide – lui massait le dos. Les Castle et leur intimité lénifiante, leur lien indestructible, lui donnaient envie de hurler. Elle s'était servie de leur union comme d'une forteresse, elle le reconnaissait. Ils étaient ses plus proches amis, et Zoe avait profité de leur situation sociale avantageuse.

Conseiller municipal, propriétaire de la concession automobile, Al connaissait tout le monde, et Lynne, qui ne perdait pas non plus son temps, donnait des conseils juridiques immobiliers depuis chez elle, ce qui lui permettait de gérer les affaires domestiques en même temps. Ils avaient deux fils à l'université – Mark à Duke, Billy à Lehigh – et une fille, Demeter, en troisième année de lycée, comme Penny et Hobby. Cela dit, Demeter était un peu une épine dans le pied de ses parents.

Mais elle était vivante.

Je n'ai pas de fille, pensa Zoe. Je n'ai plus de fille.

Non, impossible !

Elle laissa échapper un cri aigu, un feulement, un son qui n'était jamais encore sorti de son corps. Comme le Dr Field se tenait devant elle, Zoe fixait sa boucle de ceinture. Cet homme intelligent, distingué, devait réparer tout cela. Quand Hobby s'était pris de plein fouet l'énorme linebacker de l'équipe de Blue Hills et était resté étendu par terre, accablé de douleur, Ted Field avait trottiné jusqu'à lui et, de ses mains magiques, avait remis son épaule en place d'un mouvement leste et précis.

Zoe leva les yeux sur lui. De son corps tremblant, ce cri étrange, horrible, continuait à éructer d'elle. Réparez ça ! Une fois, elle avait emmené Penny aux urgences à 2 heures du matin. La petite, âgée de quatre ans, avait vomi dans son lit. Son front était brûlant. Elle était partie à la recherche d'un thermomètre en état de marche dans la salle de bains – le genre d'objet qu'on n'avait jamais sous la main –, puis avait fini par abandonner. Sa fille était en feu, il lui fallait un médecin. Cela n'était pas simple pour une mère célibataire. Elle avait dû transporter Penny dans la voiture, puis retourner dans la maison et réveiller Hobby pour l'emmener à son tour dans le véhicule. (L'idée l'avait effleurée d'appeler Lynne Castle pour lui demander de rester avec Hobby, mais Zoe était déterminée à s'en sortir seule.) Les joues de Penny étaient rouge vif, ses cheveux humides, mais quand Zoe était entrée dans cette même salle, il y a plusieurs années, Ted Field l'avait accueillie à la porte et lui avait pris Penny des bras. Après avoir pris la température de la fillette – 40,2 –, le médecin lui avait injecté du Tylenol. Le problème venait d'une double infection auriculaire.

Mais il ne pouvait réparer les dégâts, cette fois. Penny était morte.

— Vous voulez la voir ? demanda-t-il.

Zoe vacilla. Cette simple question était insupportable. Voulait-elle voir sa fille morte ? Un choix cauchemardesque. Qui serait suivi par un autre choix inhumain, comme enterrer sa fille ou l'incinérer.

— Non, répondit-elle.

Non. Voir Penelope morte ne ferait qu'aggraver la situation. Peut-être était-ce la mauvaise décision. Peut-être qu'une autre mère, une meilleure mère, une femme comme Lynne Castle, aurait été assez forte pour regarder une dernière fois le corps de son enfant. Zoe n'en était pas capable. *Je t'aime deux fois plus que les autres mères. Mais je ne peux pas te voir morte.*

Penny. Ses cheveux noirs, ses joues rosies, ses minuscules taches de rousseur autour du nez. Zoe n'était pas croyante, mais chaque année les catholiques demandaient à sa fille de chanter l'*Ave Maria* lors de la messe de Noel et, tous les ans, Zoe venait l'écouter. Entendre Penny chanter cet air sublime la rapprochait de Dieu.

Les Castle étaient venus la soutenir. Ils avaient beau être ses meilleurs amis depuis quinze ans, ils ne savaient manifestement pas quel comportement adopter. Tous deux se tenaient devant elle.

— Oh, Zoe ! murmura Lynne.

Zoe hocha la tête.

— C'est trop…, dit Lynne.

Trop quoi ? pensa Zoe.

— On peut t'emmener à Boston, suggéra Al. Il y a un vol à 5 h 30. Ensuite on louera une voiture à Hyannis, je m'occupe de tout.

Zoe le fixa sans un mot. Al était presque impassible, ce qui expliquait pourquoi les gens l'appréciaient tant. Avec ses cheveux bruns, son léger embonpoint, ses pantalons en toile et ses pinces à cravate, il incarnait un certain idéal américain – l'homme d'affaires du coin, le conseiller municipal affable et fiable. Avec lui, jamais de mauvaises surprises. Il pouvait paraître un peu chiffe molle, mais savait comment parvenir à ses fins. Il mettrait Zoe dans l'avion et louerait une voiture à l'aéroport de Hyannis. Al serait son mari de substitution maintenant, pendant la pire nuit de sa vie, comme il l'avait déjà été cent fois auparavant… Quand il fallait faire la vidange et la révision de sa voiture, vérifier la pression des pneus avant une virée sur la plage, faire renforcer l'étanchéité des baies vitrées face à l'océan en prévision de l'hiver, appeler la compagnie du gaz pour un problème de chauffage. Al lui donnait même des billets pour les réunions du Club Boys & Girls – comme il en achetait vingt-cinq pour ses employés, il en avait toujours quelques-uns en rabe.

Al et Lynne Castle étaient ses meilleurs amis. Mais comment expliquer son sentiment ? Un gouffre les séparait à présent, un gouffre qui se creusait un peu plus à chaque minute. Leur fille était vivante, la sienne était morte. Cette vérité était insupportable en leur présence.

— J'ai besoin d'y aller seule, murmura-t-elle.

— Tu ne vas pas y aller seule, Zoe, ne sois pas ridicule !

Cette repartie venait de Jordan. Sa silhouette la dominait à présent, mais où était-il quand le Dr Field lui avait
annoncé la catastrophe il y a cinq minutes ? Il aurait dû
la soutenir, l'aider à affronter l'onde de choc. Jordan Randolph était son mari de substitution dans tous les rôles
qu'Al Castle ne remplissait pas. Il lui envoyait des fleurs,
lui appliquait de la crème solaire sur le dos et lui faisait
l'amour les mardis et jeudis matin, pendant que les
enfants étaient à l'école. Il lui embrassait le bout des
doigts, mangeait ses petits plats. Tous deux avaient passé
exactement six nuits ensemble : deux à New York, deux
à Boston, une sur Martha's Vineyard, et une au Radisson
minable de Hyannis. Les six plus belles nuits de sa vie.

Elle l'aimait tant. Il était cet homme-là pour elle.
L'homme qui donnait un sens aux petites choses de sa
vie.

Ses cheveux noirs et bouclés étaient emmêlés. Les
verres de ses lunettes crasseux. Combien de fois avait-elle
pris ces lunettes, soufflé dessus, et essuyé les verres avec
un pan de son T-shirt ?

— Je vais emmener Zoe à Boston, dit-il aux Castle.

Zoe se leva d'un bond et gifla Jordan de toutes ses
forces. Lynne hoqueta. Les lunettes de Jordan étaient de
guingois. Il les remit en place. Sans un mot.

JORDAN

Son père trompait sa mère. Rory Randolph entretenait
une relation extraconjugale martini-talons aiguilles clas-

sique avec la directrice artistique du *Boston Globe*. Pendant des mois, il avait sa suite à l'hôtel Eliot. Ensuite, un flirt au long cours avec une mondaine de Philadelphie du nom de Lulu Granville, qui venait passer tous ses étés dans sa propriété de Monomoy Road. Rory avait aussi séduit l'une de ses relectrices. La rumeur courait que l'employée était tombée enceinte et que le patron avait payé l'avortement. Comment savoir la vérité ? Une chose était sûre, la relectrice en question avait démissionné après une scène de larmes mémorable dans le bureau clos du directeur, le soir d'un bouclage urgent. Sans oublier cette étudiante de dix-neuf ans, en stage au service des petites annonces. Plus tard, elle avait étudié le droit et déposé une plainte rétroactive pour harcèlement. Rory avait dû débourser dix mille dollars pour faire classer l'affaire. Voilà pour les liaisons dont Jordan avait eu connaissance.

À l'époque, Rory Randolph était l'homme le plus puissant de Nantucket. Beau et séduisant, il buvait beaucoup de scotch, fumait un paquet de Newport par jour, avait une médaille Purple Heart pour avoir fait la guerre de Corée, était allé à Yale grâce au GI Bill[1], et se moquait de ce que les gens disaient. Sa famille possédait le journal depuis toujours. Convaincu de sa supériorité, Rory était la voix de l'île.

Avec l'âge, Jordan avait fini par mépriser son père. Il haïssait la tromperie, le mensonge, la puanteur de la fumée de cigarette, le goût du whiskey. Il détestait voir sa mère jeter les notes d'hôtel de son mari d'un geste las. Jordan et elle ne parlaient jamais des autres femmes, mais aucun des deux n'était dupe.

Sa mère préparait les repas de son mari, lui servait son scotch. Un jour, elle avait dit à Jordan, comme si de rien n'était : « Je prends le mauvais avec le bon. »

Jordan était heureux d'avoir choisi des voies différentes. Il avait fait l'école préparatoire privée de Tabor au lieu

---

1. Loi adoptée en juin 1944 aux États-Unis qui aide les soldats américains de la Seconde Guerre mondiale à financer leurs études. (*Toutes les notes sont de la traductrice.*)

de Choate, puis l'université de Bennington au lieu de Yale.
Il préférait la marijuana aux cigarettes, et le vin au whiskey. Démocrate, et non républicain, il se plaisait à afficher
une attitude humble et effacée, au lieu de l'arrogance et
l'autosuffisance de son père.

Comment se comportait-il avec les femmes ? Eh bien,
comme son père, il n'avait aucun problème de ce côté-là.
Les cheveux mi-longs, il portait des lunettes sans monture, et s'habillait en jean délavé et tongs. Il avait appris
à jouer de la guitare seul. Les femmes papillonnaient
autour de lui. Mais Jordan n'était pas intéressé par une
épouse et une famille – des êtres qu'il finirait inévitablement par décevoir. Après avoir observé son père pendant
des années, il avait décidé de rester libre et ne rien devoir
à personne.

Puis, un été, il avait rencontré Ava.

Nantucket attirait des gens du monde entier. Jordan
avait passé ses étés avec des gamins riches de Manhattan,
Boston, Washington, Londres, Paris ou Singapour. Mais
il n'avait jamais rencontré de créature aussi envoûtante
qu'Ava Price.

Ava était serveuse au Rope Walk. La première fois qu'il
l'avait vue, elle portait son uniforme – mini-jupe rouge,
T-shirt blanc, baskets blanches. Penchée sur une table,
elle débarrassait des assiettes remplies de carcasses de
langoustes. Ses cheveux blond miel étaient tressés dans
son dos en une longue natte et un crayon était fiché derrière son oreille. Mais ce qui avait frappé Jordan, c'était
son accent. Quel Américain ne craquait pas pour l'accent
britannique ? Accent, dans le cas d'Ava, non pas britannique, mais australien. Un détail que Jordan n'apprit que
plus tard, quand il la vit jouer au beach-volley en bikini.
Ce samedi-là, son jour de congé au journal, il était allé
à la plage avec une bouteille de vin et un livre de poèmes
de Robert Bly. Il avait choisi un emplacement stratégique.
Le ballon de volley atterrit sur sa serviette ou à côté au
moins une demi-douzaine de fois, obligeant Ava à venir
le récupérer avec des excuses de plus en plus amusées.

— Peut-être devriez-vous changer de place ? finit-elle par lui dire.

— Quelle idée !

C'était l'ancienne Ava... Une déesse de vingt-trois ans originaire de Perth, en Australie-Occidentale, venue passer l'été à Nantucket parce que son père lisait *Moby Dick* à ses six enfants. Il avait fallu trois ans à son père pour en venir à bout, lui expliqua-t-elle. Résultat, elle rêvait de visiter Nantucket depuis qu'elle était toute petite.

Merci, Herman Melville, avait pensé Jordan quand elle lui avait raconté cette anecdote.

Avant, Ava était d'une incroyable fraîcheur. C'était une fille intelligente et directe, une noceuse au tempérament enjoué typique des Australiens, et une environnementaliste avant l'heure. Sur son vélo d'occasion à dix vitesses, elle s'aventurait partout, son panier sur le porte-bagages. C'était une joueuse de volley féroce et une nageuse intrépide – elle avait appris à nager à l'âge de dix-huit mois et se jetait dans des vagues que Jordan se contentait de regarder de loin. Pourquoi pas sortir avec lui un soir, disait-elle, mais rien de sérieux, car l'idée de tomber amoureuse l'attirait autant qu'un bout de chewing-gum englué dans ses cheveux.

— Parfait, répondit Jordan. Super. Je ne veux rien de sérieux non plus. Jamais de la vie.

Il l'emmena dîner au Club Car et, pour l'impressionner, commanda du caviar, accompagné d'une bouteille de vodka enchâssée dans un bloc de glace. Le tout pour la modique somme de soixante-quinze dollars. Une petite fortune ! Mais ça valait le coup de voir Ava s'enfiler des shots de vodka en lui faisant des sourires radieux. Puis d'avoir le plaisir d'être chevauché par cette créature sublime sur le sable et de goûter ses baisers au parfum de caviar. Les soirs où elle ne travaillait pas, Jordan passait la prendre en voiture et l'emmenait voir le coucher de soleil à Madaket. Ils buvaient du vin, ouvraient les huîtres et les palourdes qu'elle rapportait de son restaurant, et ils discutaient. De tout et de rien, de leurs vies. Ils n'avaient presque rien en commun. Lui avait été élevé avec prodigalité sur une île minuscule, elle avec frugalité sur une île géante. Il détestait son père et plaignait sa mère. Elle adorait son père et craignait sa mère. Il aimait la poésie et les nouvelles, elle lisait des romans-fleuves comme *Moby Dick* et *La Source vive*. Lui était fils unique, elle avait deux sœurs et trois frères. Son enfance avait été solitaire et protégée, celle d'Ava joyeuse et équitable. Il n'était jamais tombé amoureux, alors qu'elle avait été follement éprise d'un homme du nom de Roger Polly, de quinze ans son aîné, avec qui cela s'était mal terminé.

Jordan travaillait en qualité de bras droit de son père. Il détestait le personnage de Rory Randolph, mais ne pouvait se résoudre à mépriser le journal. Il avait grandi en son cœur. À l'approche de la retraite, son père projetait d'acheter un bateau de pêche à Islamorada. Jordan attendait cela avec impatience. Tant qu'il était question d'affaires, il n'y avait pas de conflit entre père et fils. La passation s'annonçait sans heurts. Encore une année, et Jordan prendrait les rênes. Ava était-elle impressionnée ? Il l'avait cru, mais en réalité, elle avait de la peine de le voir ainsi enchaîné à son île minuscule.

Cette idée le vexait.

— Je ne suis pas *enchaîné* !

Ava resta jusqu'au Colombus Day[1], puis le Rope Walk ferma et le temps devint trop froid pour s'attarder à la plage. Ava lui annonça alors qu'elle rentrait en Australie.

À ce moment-là, ils passaient toutes leurs nuits ensemble dans le petit appartement que louait Jordan sur Rugged Road. Il s'était habitué à dormir avec les longs cheveux d'Ava en travers du visage. À écouter Crowded House, le groupe de rock australo-néozélandais qu'elle écoutait sous la douche. Sur l'insistance d'Ava, Jordan lisait *La Source vive*. Mais lorsqu'il aurait fini le roman, elle serait partie.

---

1. Le Colombus Day, commémorant l'arrivée de Christophe Colomb dans le Nouveau Monde, est célébré aux États-Unis le deuxième lundi du mois d'octobre.

Il n'aurait plus personne avec qui en discuter. Alors à quoi bon ? Le jour où elle empaqueta ses affaires, il jeta le livre à travers la pièce. Leurs regards se rivèrent l'un à l'autre. Elle fronça les sourcils.

Vingt et un ans plus tard, une question le taraudait : Et si je l'avais laissée partir ?

Ava était retournée à Perth et avait pris un boulot de serveuse dans un restaurant de fruits de mer de Fremantle. Elle économisait de l'argent pour acheter un bateau, disait-elle. Pour naviguer autour de Rottnest Island le week-end. Jordan lui écrivit des lettres enflammées, même s'il savait que ses élans amoureux seraient mal accueillis. Le dimanche, aux heures les moins coûteuses, ce qui restait très cher, il lui téléphonait.

— Je veux que tu reviennes, Ava.

— Pourquoi ne viens-tu pas, toi ?

Comme il ne savait pas quoi dire, elle éclatait de rire.

— Tu ne peux pas, n'est-ce pas ?

Il repensait à cet échange aujourd'hui. Et s'il l'avait laissée partir ?

Jordan s'était accordé une semaine de vacances au milieu du mois de mars pour traverser le globe jusqu'à Perth. Quand il arriva enfin, groggy et épuisé, au charmant pavillon des Price, situé dans une rue arborée au bord de la rivière Swan – la maison d'enfance chérie de sa dulcinée –, Ava parut amusée par sa présence, et non folle de joie. Elle le prit par le bras et le présenta à sa famille comme s'il s'agissait d'un curieux animal de cirque.

— Voilà Jordan ! Il est américain !

Les parents d'Ava n'avaient jamais entendu parler de lui, cela crevait les yeux.

Le père d'Ava, le Dr Price, donnait l'impression d'être un homme attentionné. À près de soixante-dix ans, il arborait une grosse barbe, dégageait une odeur de fumée de pipe et semblait ne jamais se séparer de son *Livre de la prière commune*. La mère d'Ava, que tout le monde appelait Dearie, y compris ses propres enfants, était une femme de poigne, corpulente, dont le chignon sévère était si tiré en arrière qu'il semblait étirer sa bouche en une ligne sinistre. Jordan n'aimait pas porter de jugement négatif, mais rien n'y faisait : cette femme était à la fois terrifiante et imposante. En guise de bienvenue, elle le renifla. Puis elle croisa les bras sur son impressionnant poitrail et dit à Ava :

— J'imagine qu'il a besoin d'une bonne douche, hein ?

— Bonjour, madame Price, répondit Jordan. Enchanté de faire votre connaissance.

Sur ces mots, il lui tendit un bocal de prunes qu'il avait pris la peine d'apporter de Nantucket – seize mille kilomètres enroulé dans son T-shirt le plus moelleux. Dearie plissa les yeux pour lire l'étiquette et, comme s'il s'agissait de fruits empoisonnés, posa le bocal sur le comptoir derrière elle. Une fois douché et rasé, Jordan revint dans la cuisine, mais son cadeau avait disparu. Il la soupçonnait de l'avoir jeté.

Le deuxième après-midi, Jordan coinça le Dr Price pour lui demander la main de sa fille. Le docteur parut gêné, voire horrifié, par les paroles du jeune homme. Pourtant Jordan était bien clair, n'est-ce pas ? (Il était tellement assommé par le décalage horaire que ses propres paroles résonnaient bizarrement à ses oreilles.)

— Je veux épouser votre fille. Je veux vivre avec elle en Amérique. J'aimerais avoir votre bénédiction, monsieur.

Le Dr Price serra le *Livre de la prière commune* contre sa poitrine et Jordan sentit la présence d'une sorte d'esprit démoniaque que son interlocuteur essayait de chasser.

Le brave homme finit par répondre :

— Je ne sais pas quoi te dire, fiston. Il va falloir poser la question à Ava.

Deux jours plus tard, Jordan loua un voilier avec le reste de son argent et, sur le pont, demanda à Ava de l'épouser. Il n'avait pas de bague à lui offrir, mais si elle disait oui, il en achèterait une. Acceptait-elle de devenir sa femme ?

— Ta femme ? répéta Ava, visiblement aussi déconcer-
tée que son père, et peut-être encore plus horrifiée. Tu
vas t'installer ici ?

— Non.

Non, il ne venait pas vivre ici. Il voulait qu'elle revienne
avec lui à Nantucket.

— Je ne comprends pas. Tu me demandes de quitter
l'Australie ?

Peu après, Jordan avait repris l'avion pour les États-
Unis, épuisé et le cœur brisé. Pendant trois mois, il avait
pansé ses blessures. Ava avait raison, s'était-il résolu après
son odyssée australienne de soixante-douze heures, il était
bel et bien enchaîné à son île. Donc, il embrasserait son
destin. Il aimait son île, il épouserait son île.

Puis en juin – le 11, pour être exact (il n'oublierait
jamais la date) –, Ava entra dans son bureau au journal.
Assis sur le coin de son bureau, Jordan mangeait une
pomme tout en discutant avec Marnie, la responsable de
la mise en page, de la taille et de l'emplacement de la
publicité pour la ferme Bartlett. Quand il leva les yeux,
Ava se tenait devant lui, tout sourires.

— Je pensais bien te trouver là, déclara-t-elle.

À l'aéroport de Sydney, Jordan posa la main sur l'épaule
de Jake, puis tous trois se hâtèrent vers la porte d'embarquement du vol Qantas en direction de Perth, un vol
qui les éloignerait encore plus de Nantucket. Jake ne se
retourna pas. À présent, il était aussi insensible au toucher de Jordan que sa mère. Jordan essayait de croiser
le regard de son fils pour s'assurer qu'il comprenait bien
la situation : ils étaient partis.

— Un an, avait dit Jordan à Marnie, qui était désormais
sa responsable du personnel. Je serai de retour l'été prochain.

— Un an, avait dit Jordan à Ava. Je te donne un an.

— Un an, avait dit Jordan à Jake. Seulement un an.

— Ma dernière année de lycée, avait répondu Jake.

— Exact.

Jordan ne comprenait pas les réticences de son fils.
Après les événements que Jake venait d'endurer, sa der-

nière année de lycée sur Nantucket aurait été une torture
quotidienne. Tout lui aurait rappelé le drame. La fontaine
où il retrouvait Penny après le cours de français. Les
auditions pour la prochaine comédie musicale. Les
matches de football américain. L'entretien des voitures,
le choix d'un thème pour le bal de fin d'année, la pitié
des professeurs... Tout cela aurait immanquablement
ravivé sa douleur.

— C'est une île, lui avait rappelé Jordan. Nous sommes
pris au piège. Comme des poissons dans un bocal.

— On fuit ! J'aurais préféré rester et affronter tout ça.

C'était parce qu'il était jeune, pensait Jordan. Et brave
ou stupide.

— J'aurai dix-huit ans en mai. Et je rentrerai.

Jordan avait acquiescé. Se quereller avec son fils ne
servait à rien. Il raisonnait en parent type : le changement
lui ferait du bien. Jake avait besoin de voir de nouveaux
horizons, de respirer un air différent, de fouler d'autres
plages, d'entendre d'autres points de vue. Ils ne fuyaient
pas, ils s'en allaient.

— Je ne supporte pas d'être loin d'elle, se lamentait
Jake.

Jordan avait fermé les yeux, puis laissé ce sentiment le
pénétrer.

— Elle est morte, Jake. Elle n'est plus à Nantucket.

JAKE

Il était allé trois fois en Australie avec sa mère, mais
c'était avant la mort d'Ernie. Lors de leur précédent séjour,

le seul dont il se souvenait, il avait neuf ans et ils étaient allés chez ses grands-parents, à Applecross.

Cette fois, ses parents et lui allaient habiter un pavillon à Fremantle, une ville portuaire à vingt kilomètres au sud de Perth. C'était un lieu magique. Comme Nantucket, affirmait sa mère. Enfin, la liberté.

Était-ce de l'ironie ou de la méchanceté ? Difficile à dire.

Par la vitre de la voiture, il scrutait les pavillons de pierre calcaire à un étage, aux fenêtres encadrées de briques. Les larges porches étaient surmontés de marquises d'où pendaient de luxuriantes plantes vertes. Des fauteuils à bascule, un chat orange roulé en boule, des vélos, des planches de surf.

Sur un muret, une pipe à eau. Sa mère dut la remarquer elle aussi, car elle se mit à rire.

— J'avais oublié à quoi ressemblait cet endroit !

Jake jeta un coup d'œil à son père. Trouvait-il la métamorphose d'Ava aussi stupéfiante que lui ? Jake enrageait car cela donnait raison à son père, du moins en partie.

— Si on s'en va, ce sera moins dur pour toi, avait souligné Jordan. Et cela ira mieux aussi pour ta mère.

— Pas pour moi, non, avait répondu Jake, avant d'ajouter, avec dureté : Maman est irrécupérable.

Et voilà qu'elle riait.

Jordan gara leur véhicule devant une maison – un vieux pick-up Holden Ute cabossé que son père avait acheté parce qu'ils n'étaient pas en vacances, ils emménageaient ici. Le volant se trouvait du mauvais côté, les Australiens conduisaient du mauvais côté, se garaient du mauvais côté – tout cela lui donnait le tournis rien qu'à les regarder. À deux reprises, durant le trajet, il crut qu'ils allaient entrer en collision avec la voiture qui arrivait en sens inverse. Ses muscles étaient tendus comme des câbles d'acier. S'installer en Australie présentait au moins un avantage : il n'aurait jamais à conduire ici. Jamais.

Il se sentait épuisé, abattu et ridiculement triste. Il voulait Penny. Il l'aimait à la folie, il l'avait aimée dès la maternelle, quand il lui cueillait des pâquerettes dans la cour de l'école et dessinait des cœurs sur sa table d'écolier. Ils sortaient ensemble depuis la première année de lycée et Jake était persuadé que rien ne pourrait jamais les séparer, même s'il pensait de plus en plus que Penny chérissait un univers intérieur auquel il n'avait pas accès. C'était une fille complexe, sérieuse – ce qui était une bonne chose. Penny avait bien plus d'esprit que n'importe quelle autre fille du lycée. Mais elle avait aussi ses démons – ce qui n'était pas une bonne chose. Son père était mort avant sa naissance, de sorte qu'une part d'elle-même lui était inconnue et inaccessible. Elle devait éviter certaines zones d'ombre, tout comme Jake, dont le petit frère était mort tout bébé.

— Mieux vaut se concentrer sur le présent, lui disait-il.

Jake avait plusieurs objectifs personnels : suivre les traces de Patrick – donc terminer premier de sa promotion –, être chef de sa classe, président de la branche scolaire de la National Honor Society, rédacteur en chef de *Veritas*, et obtenir une nouvelle fois le rôle principal de la comédie musicale. Il voulait être élu roi du bal de promo si Hobby n'était pas à l'honneur. Cela mettait une grosse pression sur les épaules de Jake, qui espérait réussir sur tous les fronts. Il avait de grandes ambitions.

Penny s'était elle aussi fixé d'importants buts. Ses facultés étaient bien trop grandes pour Nantucket. Elle n'aimait pas l'opéra, mais pourrait signer à Broadway ou partir en tournée avec la troupe de *Mamma Mia* ou du *Roi Lion*. Oui, elle avait un don. Elle irait à la faculté de musique de Julliard à New York, Curtis à Philadelphie ou Peabody à Baltimore. Quelqu'un découvrirait son talent et la lui enlèverait. Mais Penny ne s'inquiétait pas pour tout cela. Au fil du temps, son esprit paraissait de plus en plus souvent ailleurs, dans un autre lieu, une autre sphère. Sa voix, selon elle, était un don accidentel.

— J'ai l'impression qu'elle n'a rien à voir avec moi, affirmait-elle. Avec mon être intérieur.

Ses parents sortirent du véhicule et son père prit les bagages à l'arrière.

Jake avait besoin de Penny. Il voulait vivre sur la terre où elle reposait pour l'éternité. Son frère Ernie était enterré dans le même cimetière, son petit corps dans un cercueil de la taille d'une boîte à chaussures. Comment sa mère pouvait-elle supporter l'idée d'être à l'autre bout du monde ? Jake aurait cru cela impossible, et pourtant elle remontait l'allée du pavillon avec une gaieté manifeste.

La pelouse, devant la maison, était divisée en deux par une allée de pierre. Une volée de trois marches menait au porche. Au pied des murs, des fleurs blanches s'épanouissaient dans des jardinets aquatiques.

— Regardez comme tout est vert, ici ! s'extasia Ava. En hiver !

Jordan se rappelait ce détail de ses précédentes visites. Les hivers étaient luxuriants dans cette région de l'Australie. Les étés chauds et secs laissaient l'herbe sèche et cassante. En ce début du mois de juillet, au cœur de l'hiver, le soleil brillait et la température avoisinait les vingt et un degrés. Il faisait peut-être plus froid à Nantucket, alors que c'était le plein été.

Sous le porche, se trouvait une longue balancelle en teck.

— Magnifique ! s'exclama sa mère en caressant le bois sombre du banc.

Si elle s'asseyait dessus, Jake était sûr de se mettre à pleurer. Comment Ava pouvait-elle revenir à la vie alors même que Penelope était morte ?

Une porte moustiquaire donnait accès à la maison. Personne n'était venu les accueillir, pourtant sa mère avait cinq frères et sœurs dans le voisinage et Jake vingt-six cousins. Mais son père lui avait promis que, durant les premières semaines, ils ne seraient que tous les trois, pour s'habituer à leur nouvelle vie. Jake lui en était reconnaissant. En septembre, il entrerait à l'école américaine, mais n'aurait que trois jours de cours obligatoires par semaine. Les deux autres seraient consacrés à des enseignements libres.

La maison embaumait l'eucalyptus. Les sols étaient en bois verni sombre, mais les murs du pavillon en vieux bois noueux. Les portes n'étaient pas assorties, comme si elles avaient été récupérées dans des maisons différentes. Jake fit quelques pas à l'intérieur. Une porte sur sa droite ouvrait sur une chambre avec une cheminée, celle sur sa gauche donnait sur la chambre principale, avec sa salle de bains attenante et sa véranda. Plus loin dans le couloir, se trouvait le salon, avec ses poutres de bois apparentes et deux canapés de cuir à l'air confortable. Une marche au-dessus, la cuisine au sol de brique rouge était équipée d'une énorme cuisinière avec une plaque noircie. À côté, un évier en émail profond et un vieux réfrigérateur blanc aux coins arrondis, doté d'une poignée chromée. D'immenses fenêtres donnaient sur la cour de derrière. Au-dessus de la table de chêne entourée de six chaises, pendait un lustre de fer ancien. Jake se sentit immédiatement bien dans la cuisine, un sentiment qu'il réprouva aussitôt avec aigreur. Depuis la mort d'Ernie, sa mère avait cessé de cuisiner et mangeait comme un moineau. Alors à quoi bon cette belle pièce chaleureuse ? Peut-être Ava allait-elle se remettre aux fourneaux ? Et tous les trois s'assiéraient de nouveau autour de la table, comme une vraie famille ? Cette perspective le rendit livide. Mais pourquoi ? Il en rêvait depuis si longtemps, depuis cette douloureuse matinée, quatre ans plus tôt, où il avait été réveillé par les cris de sa mère.

— Maman ? avait appelé Jake.

Mais elle ne l'entendait pas.

Par la suite, son père et lui s'étaient progressivement adaptés au nouveau fonctionnement d'Ava, à l'être humain mystérieux et bizarre qu'elle était devenue. Le dîner consistait généralement en pizzas et plats à emporter, qu'ils mangeaient séparément. Et maintenant ? Maintenant que Penny était morte et qu'ils avaient traversé la moitié du globe, Ava allait-elle se transformer en fée du logis ?

Tous trois sortirent en file indienne pour explorer le jardin. La cour était fermée de murets de pierre calcaire surmontés d'une clôture de fer. Le jardinet rectangulaire délimité par des galets de couleur beige était tapissé d'herbe, avec un parterre de fleurs orange et rouge, et au centre, une fontaine circulaire. Sur l'herbe, un banc invitait à la détente. L'ancienne Ava s'y serait assise et aurait fixé d'un air absent les jets de la fontaine.

De nouveau, Jake sentit la main de son père sur son épaule. Dans une minute, il allait mordre.

— Et on a gardé le meilleur pour la fin, annonça Jordan.

Au fond de la propriété se trouvait une remise. Non, pas une remise, mais une maison d'invité. Jordan entra et découvrit une chambre avec un lavabo et, derrière un rideau, des toilettes. Deux fenêtres voûtées surplombaient le lit, flanqué de deux petites tables.

— Cool, commenta-t-il.

— Il est à toi, dit Jordan.

— Quoi ?

— Cet espace est à toi. Ta mère et moi avons pensé que tu avais besoin d'intimité.

Jake fit ce que Penny appelait « son drôle d'air ». D'accord, il était vanné, mais c'était quoi cette proposition ? Cet espace était à lui ? Encore une fois, c'était exactement ce qu'il désirait : un endroit bien à lui, loin de la sottise de ses parents. Et ils le lui offraient maintenant, quand ça ne comptait plus ! Que n'aurait-il donné pour avoir son intimité sur Nantucket quand Penny était en vie ! En l'état, ils avaient été obligés de traîner dans la piaule de Jake, contiguë à celle d'Ernie. Ils ne faisaient jamais l'amour chez lui parce que Ava passait ses journées dans sa chambre, à regarder sa série télé stupide ou à lire à haute voix des passages de Melville. Ils faisaient l'amour dans sa Jeep (chose à laquelle il ne supportait plus de penser), sur la plage et dans les vestiaires près du terrain de football du lycée. Souvent, aussi, dans la maison des Alistair, quand Zoe était au travail.

Ce lieu était une forme de corruption. Mais aussi un trésor inutile.

Comme Ava retournait à l'intérieur, Jake s'adressa à son père.

— Alors maman et toi allez de nouveau dormir ensemble ? Ou bien vous ferez chambre à part ?

Jordan fourra une main dans la poche de son pantalon et se frotta les yeux de l'autre. C'était une question bizarre, Jake en avait conscience, mais il voulait savoir à quoi s'en tenir.

— Nous allons essayer de partager la chambre principale.

— Ça fait un bout de temps.

— Comme tu dis, répondit Jordan avec un soupir.

NANTUCKET

Nous avons suivi l'évolution de l'état de santé de Hobby Alistair comme on traque le parcours des ouragans de septembre : heure après heure. Les rapports tombaient à 11 heures, 14 heures et 18 heures. Les nouvelles résultaient d'une chaîne de messages électroniques orchestrée par Lynne Castle. En toute logique, elle était notre informatrice. Nous savions tous qu'elle était la plus proche amie de Zoe Alistair. En revanche, nous ignorions que Zoe ne communiquait rien à Lynne, si bien que les données provenaient en réalité de Al Castle, qui les transférait en premier lieu à son épouse. Nous avions entendu parler d'une scène – une dispute ? un incident ? – entre Zoe Alistair et Jordan Randolph à l'hôpital, mais personne ne pouvait dire ce qui s'était réellement passé. Al et Lynne n'avaient fait aucun commentaire sur le sujet, pas plus que le Dr Price. Le seul témoin oculaire à avoir laissé échapper quelques bribes d'informations était Patsy Ernst, l'infirmière des urgences en poste cette nuit-là. Son récit était cependant resté très vague. « Tout le monde était bouleversé... Ils se sont disputés... Un incident s'est produit... »

Bien sûr, Zoe Alistair pouvait en vouloir aux Randolph. Après tout, c'était la voiture de leur fils, Jake.

Jour 1 : Hobby était dans le coma. Les médecins ne savaient pas s'il allait se réveiller. Seize os fracturés, tous du côté gauche, dont le fémur, le pelvis, trois côtes, l'ulna et le radius, et la clavicule. En apprenant la nouvelle, de nombreux pères de famille de Nantucket poussèrent un profond soupir. Ils n'osaient avouer la raison de leur désespoir, mais c'était inutile, car nous connaissions tous le fond de leurs pensées : Hobby Alistair ne jouerait plus jamais au football américain. Le meilleur athlète de l'île depuis des décennies, un gamin dont le cœur battait pour Nantucket, et dont le destin était de jouer au football américain à Notre-Dame, au basket-ball à Duke, ou d'intégrer l'équipe de base-ball des Pawtucket Red Sox après le lycée, ce joueur hors norme voyait son avenir brisé. Comme son père biologique était mort, ces hommes pouvaient se réclamer de lui. Ils se partageaient ce droit. Hobby avait joué avec leurs fils dans la cour de l'école. Il avait cassé la vitre des toilettes pour dames des Glover avec une flèche. Il était allé avec Butch Farrow et son fils Colin à son premier match des Patriots. Le père d'Anders Peashway, Lars, emmenait tous les ans les deux garçons à leur stage de basket-ball de Springfield, au mois de juin.

Hobby avait atteint sur l'île une dimension supérieure, une grâce.

Il ne jouerait plus jamais, songeaient les pères.

Les mères pensaient la même chose que Zoe Alistair : *Réveille-toi.*

Jour 2 : Pas de changement.

Jour 3 : Pas de changement. Al rapporta que Zoe refusait de manger. Et de quitter l'hôpital, alors que Al lui avait pris une chambre au Liberty Hotel tout proche. Elle dormait sur des chaises dans le couloir, à côté de la chambre de son fils. Une infirmière lui avait gentiment apporté un oreiller et une couverture.

Jour 4 : La classe de troisième année, désormais celle de quatrième année, organisa une veillée silencieuse aux chandelles. D'habitude, les actions collectives étaient menées par Jake Randolph, mais cette fois, il n'était pas de la partie. Pas plus que Demeter Castle (qui avait tendance à se mettre en retrait). De l'avis général, Jake et Demeter étaient tous deux trop intimement impliqués dans le drame pour prendre part à la manifestation. Donc, la veillée avait été organisée par d'autres membres de la classe : Claire Buckley, qui était allée au bal de promo au bras de Hobby (sans cependant pouvoir prétendre être sa petite amie), Annabel Wright, capitaine des pom-pom girls, et Winnie Potts, qui avait joué Rizzo dans la comédie musicale *Grease*. Vêtues de longues robes blanches, les trois filles tenaient chacune un grand cierge blanc et une rose blanche (M. Potts était fleuriste en ville.) Au crépuscule, un groupe de jeunes se réunit en cercle sur le terrain de football fraîchement tondu. Au début, il s'agissait seulement des filles avec leurs frères et sœurs et leurs parents, mais l'assemblée grossit peu à peu. Plusieurs employés du Marine Home Center – l'entreprise où Hobby passait l'été à porter du bois de charpente – firent leur apparition, suivis des coéquipiers de Hobby et leurs parents, ainsi qu'une poignée d'anciens qui assistaient aux matches juste pour voir jouer leur prodige. Puis arrivèrent pêle-mêle le personnel de la concession automobile d'Al Castle, les serveuses du Downyflake (qui servait des spaghettis aux joueurs toutes les semaines), les bénévoles du Club Boys & Girls (où Hobby avait acquis ses compétences athlétiques étant enfant), les pilotes qui transportaient Hobby et ses coéquipiers à leurs matches hors de l'île, les professeurs de Hobby, les membres du conseil d'administration de la Chambre de commerce de Nantucket, plusieurs infirmières de l'hôpital, dont Patsy Ernst... Sans oublier le Dr Field, le proviseur du lycée, M. Major, et des policiers, dont le capitaine Kapenash. La présence de tous ces gens n'était pas surprenante. En revanche, personne ne s'attendait à voir arriver des touristes et des résidents récents, venus par solidarité pour entendre battre le cœur du vrai Nantucket. Ils restaient néanmoins au bord du terrain et consultaient nerveusement leur montre Panerai ou fouillaient leur sac à la recherche d'un mouchoir en papier. Alors qu'ils n'étaient pas sûrs d'être les bienvenus à la cérémonie, ils se virent remettre par Claire, Annabel et Winnie un cierge et une rose. Le nombre faisait la force.

Winnie Potts s'exprima la première. D'une voix claire et forte. Elle nous demanda de prier – d'abord pour l'âme de Penelope Alistair, puis pour que Hobson Alistair reprenne conscience et s'en sorte sain et sauf. Toutes les mères de famille priaient pour Zoe Alistair – nous avions été trop dures avec elle par le passé, c'était évident –, quand le Révérend Grinnell, de l'Église unitarienne, arriva de nulle part avec un microphone sans fil. Il nous invita à une longue supplique, plutôt décousue, sur le pouvoir du Tout Puissant. Évidemment, nous nous demandions si les Alistair allaient à la messe unitarienne. Personne n'en avait le souvenir. La seule église où les Alistair mettaient les pieds, une fois par an, le jour de Noël, était catholique, même si la famille n'était pas croyante. Nous soupçonnions même les jumeaux de ne pas être baptisés – ce qui en alarmait certains plus que d'autres –, mais si c'était le cas, alors les Unitariens étaient certainement le pari le plus sûr. Leur religion ressemblait à un grand panier vide capable de transporter en toute sécurité même les âmes les moins pieuses.

— Amen ! a déclaré la congrégation à la fin de son discours.

Le Dr Field, un homme spirituel, comme chacun d'entre nous, alluma la première flamme. Il la passa à Ed Kapenash, qui la donna à Claire, qui la transmit à Annabel, qui la tendit à Winnie, et ainsi de suite, de sorte que la flamme se propagea en cercles concentriques jusqu'aux touristes un peu gênés les plus excentrés. Bientôt, le terrain de football brilla d'une lueur dorée et Winnie Potts entama *Amazing Grace*. Les filles se mirent à pleurer ; qui pouvait écouter cette chanson sans penser à Penny ? Malgré tout, ce fut un grand moment. Nous imaginions la conscience évanescente de Hobby planer au-dessus de la terre, admirer les pétales de feu de la fleur qui s'épanouissait sur son cher terrain de sport, et décider de revenir parmi nous.

Jour 5 : La veillée était une charmante idée. Plus pour nous, apparemment, que pour Hobby.

Pas de changement de son côté.

À noter que nous étions jeudi, jour de parution du *Nantucket Standard*. Nous nous étions précipités au Hub pour en avoir un exemplaire, curieux de savoir qui avait écrit l'article, quelles citations avaient été utilisées et sous quel angle l'histoire avait été racontée, étant donné que l'accident impliquait le fils du propriétaire du journal. Nous avons été ébahis de ne trouver aucune mention du drame ni de la mort de Penny, en dehors d'un court texte de rapport de police statuant que dimanche, à 00 h 53, un accident de voiture mortel s'était produit sur Hummock Pond Road et qu'une enquête était en cours.

C'est tout ? pensions-nous, sous le choc. Rien d'autre ?

Certains étaient même outrés. Nantucket n'avait qu'un journal. Ses habitants n'avaient-ils donc pas droit à un récit circonstancié des événements ? Certains se montraient plus compréhensifs. Mme Yurick, le professeur de musique de l'école élémentaire, disait que la vie de Penelope Alistair méritait un panégyrique. Avec sa photo en première page. D'autres pensaient que Jordan Randolph essayait d'étouffer l'affaire parce que Penelope conduisait la voiture de son fils. D'autres encore soupçonnaient Zoe Alistair d'avoir demandé à Jordan de ne rien écrire – et qui pouvait blâmer Jordan d'avoir accepté ? Des rumeurs couraient que le rédacteur en chef attendait de savoir si Hobson Alistair allait sortir du coma avant de faire paraître quoi que ce soit.

L'histoire finira par être publiée, disaient les gens. La semaine prochaine ou la suivante. Nous devons juste nous montrer patients.

Jour 6 : Al Castle régla la note de sa chambre du Liberty Hotel de Boston, où il était descendu pour garder un œil sur Zoe Alistair, à distance respectueuse. L'état de Hobby était stationnaire et Al était attendu chez lui. Lynne avait des problèmes avec Demeter, qui se comportait bizarrement. Le fils Randolph avait apparemment appelé cinq ou six fois, mais l'adolescente refusait de lui parler. Et quand Jake était venu en vélo chez eux, elle s'était enfermée à double tour dans sa chambre, décrétant n'avoir rien à lui dire. Le jeune homme voulait lui parler d'une chose importante, mais elle ne semblait pas intéressée.

Jour 7 : Claire Buckley et sa mère, Rasha Buckley, prirent la place d'Al Castle à Boston. Rasha Buckley ne connaissait pas très bien Zoe Alistair. Comme nous, elle supposait : Zoe a sûrement d'autres amis, plus proches de sa famille, dont la présence la réconforterait ? Mais personne ne se porta volontaire et Claire voulait désespérément aller à l'hôpital. Elle s'approcha de Zoe dans la salle d'attente, sa mère à trois mètres derrière. Rasha et Zoe avaient bavardé plusieurs fois au cours de l'année écoulée. Elles s'étaient vues au printemps, le soir du bal de promotion. Zoe était allée chez les Buckley, où leurs enfants s'étaient donné rendez-vous pour la photographie rituelle. Hobby portait une veste de smoking, une cravate sur un bermuda de coton et des tongs. Il était époustouflant. Claire arborait un fourreau de dentelle blanche et des talons de satin rose assortis au motif écossais du short de son partenaire.

Rash et Zoe, rayonnantes, comme leurs enfants, se tenaient côte à côte pour prendre des photos avec leur iPhone. Hobby avait apporté à sa cavalière un bouquet de roses blanches et des arums au lieu du traditionnel petit bouquet à épingler au corsage.

— On dirait qu'ils vont se marier ! s'était extasiée Zoe.

— N'est-ce pas ?

Rasha avait souri avec mélancolie. Car quelle mère ne souhaiterait pas voir sa fille épouser Hobby Alistair ?

Le premier rapport de Rasha disait que Zoe semblait sur le point de disparaître. Zoe, chef cuisinier, appréciait la bonne nourriture et Rasha se doutait qu'après une semaine de jeûne, en dehors de crackers du distributeur, la malheureuse devait mourir de faim. Elle alla chez Whole Foods sur Cambridge Street et lui acheta une soupe de potiron et une salade au poulet asiatique à emporter. Auxquels elle ajouta du hummous, de la burrata, des bruschetta, une baguette aux céréales complètes, une barquette de framboises fraîches et des barres de chocolat noir. De retour à l'hôpital avec ces merveilles, elle découvrit que Zoe et Claire étaient avec Hobby. En train de le toucher, de lui parler. Rasha elle-même réussit à jeter un coup d'œil dans la chambre et aperçut le jeune rescapé, dont le côté gauche était entièrement bandé, comme une momie, sa silhouette majestueuse au repos tel un roi déchu.

Zoe ôta quelques mèches de cheveux du visage de son fils.

Rasha avait entendu des gens faire des commentaires peu amènes sur Zoe Alistair, mais, à ce moment précis, elle ne voyait en elle rien d'autre que force et grâce.

Jour 8 : Nous commencions à nous interroger au sujet des funérailles de Penny. Son corps reposait au Lewis Funeral Home de Union Street. Zoe avait opté pour l'enterrement plutôt que la crémation. Mais quand ?

Zoe mangea la moitié de la soupe de potiron et dix framboises. C'était son premier repas depuis l'accident, une nouvelle suffisamment importante pour entraîner une chaîne de messages électroniques.

Jour 9 : À 22 heures, les téléphones retentirent un peu partout sur l'île. Annabel Wright, capitaine des pompom girls, dont la famille vivait à Sconset, avait reçu la

permission de sonner les cloches de la chapelle de Sconset.

Hobby Alistair avait ouvert les yeux. Il avait repris
connaissance.

ZOE

Il fallait être une mère pour comprendre. Mais combien
de mères comprenaient *vraiment* ? Certaines en étaient
capables, oui. Des mères avec des enfants malades. Des
mères avec des fils ou des filles en Afghanistan ou dans
d'autres pays en guerre. Parfois plusieurs. L'un était tué
dans l'exercice de son devoir, l'autre se battait toujours
sur le front.

Telle était la situation de Zoé.

Penny était morte, mais Zoé avait mis cette information de côté pour se concentrer sur Hobby. Depuis la
naissance des jumeaux, c'était son *modus operandi*. En
poser un par terre, prendre l'autre dans ses bras pour le
bercer. Donner son bain à l'un, installer l'autre sur le
tapis doux de la salle de bains, en train de pleurer. Aider
l'un à faire ses devoirs, laisser l'autre se plaindre sur le
côté. Regarder l'un jouer au basket, demander à l'autre
de s'asseoir dans les gradins et encourager son jumeau.
Zoé devait faire face à deux séries de besoins. Et diviser
son attention n'avait jamais fonctionné. Ses enfants le
savaient : elle s'occupait ou de l'un ou de l'autre exclusivement.

Pendant neuf jours, elle s'était entièrement consacrée
à son fils. Un gardien armé d'une longue machette tran-

chante habitait son esprit – aucune autre pensée n'avait droit de cité en dehors de Hobby.

Zoe parlait aux médecins. Elle parlait, laconiquement, à Al Castle : « Pas de changement. » « Pas de changement. » « Penny sera enterrée, pas incinérée. » « Pas de changement. » « Dis à Jordan de ne pas publier l'histoire. Rien. Pas un mot. » « Pas de changement. »

Seule une mère pouvait se montrer aussi obtuse. Elle passa en revue chaque seconde de la vie de son fils. Chaque seconde ! Depuis la première fois où elle l'avait tenu dans ses bras – seul – pendant que les médecins s'affairaient à faire sortir Penny. Ses petits yeux fermés, son minuscule poing enfoncé dans sa bouche. Ils étaient jumeaux, mais techniquement il était son premier-né. Il avait fait d'elle une mère. Dès cet instant au contact de Hobby, elle avait ressenti une incroyable déferlante d'amour, puissante et terrifiante.

Hobby souriant pour la première fois, Hobby mangeant des pêches dans un bocal, les roulés-boulés de Hobby, trop grassouillet pour se hisser sur ses pieds. Tandis que sa sœur déambulait déjà dans la pièce en se tenant aux meubles, lui la regardait et se mettait à pleurer. Zoe avait immortalisé ce moment sur un film. Quelques mois auparavant, un des rares soirs où Hobby et Penny étaient tous les deux à la maison, elle avait cuisiné des crevettes et du maïs, leur plat préféré, et après le dîner, ils avaient ressorti de vieilles vidéos d'eux bébés : Hobby assis par terre comme un gros pot de fleur, l'air bougon, pendant que la petite Penny trottinait autour de lui.

Zoe avait ébouriffé les cheveux du petit Hobby – couleur sable comme ceux de son père, pas noirs comme les siens et ceux de Penny – et avait dit :

— Oh ! Ne t'inquiète pas, tu la rattraperas plus tard.

Hobby avait appris à faire des ricochets à l'âge tendre de quatre ans. Il était tout le temps en train de courir, bondir, grimper partout : sur les arbres, les voitures, les étagères. Elle l'avait inscrit au cours de natation de la piscine municipale. Pendant que les autres mères bavassaient ou lisaient, Zoe ne quittait pas son fils des yeux, le menton appuyé sur la rambarde d'aluminium. Elle adorait assister aux matches de son fils. La première année de football américain de Hobby, au Club Boys & Girls, son entraîneur l'avait désigné quaterback. Il était agile de ses mains, avait remarqué l'un des pères de famille, et courait vite. Cerise sur le gâteau, il faisait une tête de plus que ses coéquipiers. Sur le terrain de basket-ball, il tirait soixante-quinze pour cent des paniers à trois points. À dix ans, il avait réalisé son premier *home run*. Zoe se rappelait avoir martelé les planches de bois de ses sabots de chef, faisant un boucan de tous les diables dans les gradins. Plus tard, Hobby avait récupéré le ballon et le lui avait donné. À cette époque, Zoe était la seule femme de sa vie.

Quelques détails plus intimes lui revinrent. Pendant des mois, Hobby avait eu peur du noir. C'était sa faute. Elle avait invité les Castle et les Randolph à dîner un soir, et ils avaient discuté de la tuerie de Colombine. Hobby s'attardait près de la table pour avoir du rabe de dessert et écouter les conversations des adultes, qu'il appréciait plus que la plupart des enfants de son âge. Il observait leur monde, puis s'efforçait d'analyser ce qu'il comprenait. Zoe aurait dû le bannir de la salle à manger ce soir-là ou mettre fin à la discussion, mais elle avait déjà bu trois ou quatre verres de cabernet, et elle voulait démontrer aux autres que ses enfants pouvaient prospérer dans une maison où ils n'étaient pas constamment protégés des dures réalités du monde. Ainsi, elle avait laissé la conversation flotter autour de lui. Deux tireurs – des gamins accros aux violents jeux vidéo – avaient tué douze de leurs camarades de classe et un professeur avant de se suicider.

Cette nuit-là, Hobby était venu se blottir contre sa mère dans son lit. Il pleurait. Il n'arrêtait pas de penser à ces jeunes qui avaient tiré sur leurs copains. Pour les tuer.

— Je suis désolée, dit Zoe.

Son principe d'éducation libre venait lui botter le cul.

— Je n'aurais pas dû te laisser écouter notre conversation.

Il était revenu dans son lit toutes les nuits pendant des mois, presque toute une année.

— Que se passe-t-il quand on meurt ? lui demanda-t-il une fois.

Zoe se rappelait avoir voulu lui donner une réponse encourageante sur le paradis, un endroit où on pourrait s'asseoir sur un petit nuage pelucheux et observer ce qui se passait sur terre. Où des anges, peut-être, avaient le pouvoir de faire gagner les Red Sox. Au lieu de quoi, elle lui donna la seule vérité à sa portée.

— Je ne sais pas. Personne ne le sait.

— Alors où est notre père ?

— Je ne sais pas, chéri.

Hobby en train de verser du lait sur ses céréales. Hobby en train de lacer ses chaussures à crampons. Hobby en train de sourire aux filles alignées au bord du terrain de base-ball pendant qu'il exécutait sa version personnelle du signe de croix : toucher du bout de sa batte les quatre coins de son plastron, Père, Fils et Saint-Esprit.

Elle aurait dû les emmener à l'Église, songeait Zoe. Elle leur aurait donné la possibilité de croire en quelque chose.

Hors de question de penser à Jordan. Ce qui n'était pas simple, car il avait infiltré toutes les dimensions de leur existence et, depuis deux ans, était devenu aussi vital à Zoe que l'oxygène. Jordan avait parlé à Hobby de ses études. Vu son talent, n'importe quelle université lui financerait entièrement sa scolarité.

— Tu dois l'encourager dans ses démarches, répétait Jordan. Tu veux qu'il aille dans une grande école, n'est-ce pas ?

— Je veux qu'il soit heureux. Il peut être heureux à l'université du Massachusetts.

— Une chance sur mille.

— Peut-être qu'après cette île, cela lui plaira.

Jordan donnait des conseils à Hobby, faisait des recherches pour lui sur les différents établissements.

Hobby aimait l'idée d'intégrer une faculté prestigieuse.
Stanford, Georgetown, Harvard.

Jordan et Hobby abordaient aussi un tas d'autres sujets,
comme la musique ou la politique. Jordan téléchargeait
des chansons d'artistes suggérés par Hobby – Eminem,
Arcade Fire, Spoon – et Hobby faisait de même avec Neil
Young, Joe Cocker, The Who, The Pretenders.

— Je voudrais l'interroger sur les filles, avait dit un
jour Jordan à Zoe, mais je n'ose pas.

— Pourquoi sur les filles ?

— J'aimerais lui parler de l'amour.

Et qu'as-tu l'intention de dire à mon fils à propos de
l'amour, Jordan Randolph ? avait pensé Zoe. Parfois, cette
façon qu'il avait de se prendre pour le père de son fils
l'exaspérait.

— C'est moi qui lui parlerai de l'amour, merci bien !

L'occasion s'était présentée un jour, alors qu'elle le
ramenait en voiture à la maison après son entraînement
de base-ball. Penny avait obtenu son permis de conduire,
mais Hobby, en pleine saison de basket-ball, n'avait pas
eu le temps de le passer. Cela ne semblait pas le déranger d'avoir Zoe ou Penny pour lui servir de chauffeur,
bien au contraire.

Hobby avait adopté sa posture décontractée habituelle,
sur le siège passager de la Karmann Ghia orange électrique, le crâne contre l'appui-tête, ses longues jambes
étirées devant lui aussi loin que possible, ce qui n'était
pas si simple. Son T-shirt était trempé de sueur, et son
gant abandonné sur ses genoux.

— As-tu déjà été amoureux ? lui demanda Zoe à brûle-
pourpoint.

Il laissa échapper un rire et se tourna vers la vitre.

— Maman !

— Je suis juste curieuse.

Ce n'était pas une question ridicule, si ?

Des filles lui envoyaient des SMS, de jour comme de
nuit, même des diplômées de Nantucket High School qui
étaient maintenant à la fac. Cela le touchait-il ou bien
étaient-elles les mêmes à ses yeux ? Il avait invité Claire

Buckley au bal de promo. Une fille brillante et vive, une fonceuse, une vraie sportive, adepte de hockey et de basket-ball. Jolie aussi, même si Zoe la voyait toujours avec une queue-de-cheval et en sueur, en train de mordiller son protège-dents comme si elle s'apprêtait à tuer quelqu'un.

— Et Claire ?

— Claire est cool.

Zoe avait hoché la tête. Claire était cool, ce qui dans l'esprit de Hobby l'emportait sur belle ou sexy. Pour le moment.

— Mais tu ne l'aimes pas ?

— L'aimer ? Tu veux dire, comme Penny aime Jake ? Non, non !

La conversation s'était arrêtée là. Chez eux, le degré d'affection était toujours mesuré à l'aune de l'amour que Penny portait à Jake. Ce qui n'avait rien à voir avec l'amour de Zoe pour Jordan.

La question que Zoe redoutait de la part de son fils était : Et *toi*, maman ? As-tu déjà été amoureuse ?

Hobby en train de nouer sa cravate (Jordan lui avait montré comment faire), Hobby assis au premier rang à côte d'elle lors de la cérémonie de remise des diplômes, pour écouter Penny chanter l'hymne national. Hobby dénouant le nœud de sa cravate à la soirée de Patrick Loom (sans l'enlever complètement, brave garçon). Hobby versant discrètement une bière dans un gobelet de plastique bleu. (Un brave garçon, mais tout de même pas parfait. Zoe fermait les yeux parce qu'il ne conduisait pas et que la saison de base-ball était terminée.) Hobby embrassant sa mère avant de partir pour la soirée. Il l'avait embrassée sur la joue pour essayer de masquer son haleine chargée d'alcool, mais elle lui avait pris le visage entre les mains. Il mesurait une tête de plus qu'elle, pourtant il était toujours son petit garçon.

— Où vas-tu ?

— À une autre soirée. Sur la plage.

— Et tu y vas avec...

— Pen et Jake.

— Jake conduit ?

— Ouais.

— Sois prudent. Sois intelligent.

— Oui, maman.

Zoe avait ressenti une fierté coupable : tout le monde à la soirée de Patrick Loom les regardait discuter.

Cette magnifique créature est mon fils ! avait-elle eu envie de crier. Bavez tous !

Elle l'avait gentiment repoussé.

— Allez vas-y. Et amuse-toi bien.

Il avait tourné les talons et tiré sur sa cravate. Elle s'apprêtait à lui rappeler de remercier les Loom pour la soirée quand il s'était retourné vers elle.

— Hé, maman ?

Elle avait haussé les sourcils.

— J'ai parlé avec Patrick de Georgetown. Il m'a proposé de lui rendre visite et de dormir dans sa chambre à la fac pour voir un peu comme c'est.

— Super ! s'était exclamée Zoe.

Son fils parti, elle avait aussitôt nourri de sombres pensées. Hobby se rendrait chez Patrick Loom à Washington, Hobby irait à la fac à Washington, ou à Palo Alto, en Californie, ou à Durham, en Caroline du Nord. Cette idée la mettait à l'agonie : elle allait le perdre.

À l'hôpital, Zoe n'avait pas l'autorisation de rester tout le temps dans la chambre de son fils. Quand elle était avec lui, elle lui touchait le visage, pressait sa main valide et lui parlait du passé – des histoires qu'il connaissait, d'autres non. Il était toujours dans le coma.

Après plusieurs jours, Al Castle s'en alla, et Claire Buckley et sa mère, Rasha, vinrent le remplacer. Zoe les vit entrer dans la salle des familles de l'hôpital, et bien qu'elle les eût reconnues, elle était incapable de se remémorer leurs noms. Était-ce une amie de Hobby ? De Penny ? La fille paraissait aussi perdue qu'elle-même, avec ses cheveux raides et filasse noués en queue-de-cheval. Un bouquet de boutons d'acné lui couvrait le menton et ses yeux étaient gonflés, comme si elle venait de disputer un combat de boxe. La mère semblait plus gaillarde, malgré son air penaud, mais ne savait à l'évidence pas quoi lui dire. Bien sûr qu'elle ne savait pas quoi lui dire. Il n'y avait rien à dire.

— Zoe ? Je suis Rasha Buckley ? Et voici ma fille... Claire ?

Zoe se leva, mortifiée. C'était Claire Buckley, la cavalière de Hobby au bal de promotion, la fille dont il n'était pas amoureux mais qu'il trouvait cool. Claire Buckley était sûrement amoureuse de Hobby, cela dit, il suffisait de la regarder.

Elle enlaça la jeune fille, qui éclata en sanglots. Zoe trouvait bizarre d'avoir à consoler quelqu'un d'autre.

— Il faut qu'il se réveille, souffla Claire. Il le faut.

Zoe la serrait dans ses bras. À cet instant, elle perçut quelque chose de béatifique, quelque chose de divin. Claire avait une aura particulière, une énergie positive. Zoe se réjouissait d'avoir Claire plutôt qu'Al Castle à son côté.

Claire et sa mère restaient à l'hôpital tous les jours de 10 heures à 17 heures. Rasha lui avait apporté des aliments appétissants, auxquels Zoe n'avait pu résister. Ainsi qu'un oreiller duveteux et une couverture polaire plus douce, sans chercher à l'empêcher de dormir sur ces chaises. Elle ne lui suggéra pas non plus d'enlever le T-shirt des Whalers de Hobby. Elle comprenait que Zoe restait en alerte et que vivre dans l'inconfort et la négligence l'aidait dans cette tâche.

Aussi reconnaissante qu'elle fût de la présence des Buckley, Zoe était soulagée de se retrouver seule avec son fils le soir. Rien que tous les deux.

Le neuvième soir, elle décida de parler à Hobby de la mort de son père. Elle s'était toujours promis de tout dire aux jumeaux quand ils seraient en âge de comprendre, mais quand le moment était venu, elle s'était ravisée : pourquoi leur faire porter ce fardeau ?

Si seulement elle l'avait expliqué à Penny, une de ces nuits où sa fille s'était glissée dans son lit. Trop tard, elle avait laissé passer sa chance.

Pas question de faire la même erreur avec Hobby. Certes, il était inconscient, mais le neurochirurgien était un homme sensible, doublé d'un génie superintelligent, convaincu que parler aux patients dans le coma les aidait. Cela leur donnait un endroit où arrimer leur conscience, lui avait-il expliqué. Environ soixante-quinze pour cent des patients dans le coma avaient repris connaissance pendant qu'on leur parlait, avait-il ajouté.

Hobson senior était le professeur de Zoe. Cela, les enfants le savaient. Ce qu'ils ne savaient pas, et risquaient de ne pas apprécier, c'était que Zoe était tombée amoureuse de lui au cours du semestre, et qu'elle assistait à chacun des cours sur les viandes le cœur battant. Elle était fascinée par le maniement des couteaux et hachoirs de son mentor, émerveillée par son accent britannique, impressionnée par sa taille immense. Était-il marié ? Comment le savoir ? Il ne portait pas d'alliance, mais nombre de chefs préféraient ne pas porter d'anneau. Hobson senior paraissait apprécier Zoe, s'attardait à son poste de travail, lui effleurait parfois le dos. Elle adoptait une attitude décontractée, même si elle était loin d'être la seule à avoir le béguin pour son professeur. Sur le campus, il était surnommé le « Maître des viandes » par les nombreux fans de sa *bratwurst* ou le « Premier ministre des viandes » par les filles qui craquaient pour son accent. Certaines étudiantes affichaient leur inclination sans le moindre scrupule. Une certaine Susannah lui apportait un *latte* avant chaque cours. Une autre, Kay, se coupa le pouce jusqu'au tendon, sans doute un accident, mais aussi une excellente manière d'attirer son attention.

Un soir, Zoe aperçut Hobson chez Georgie O, en train de boire une bière avec des copains. C'était la première fois qu'elle le voyait sans son uniforme de chef. Il portait un jean et un T-shirt des Clash. Zoe lui fit un signe de la main, et il l'invita à se joindre à eux. Que faire ? Il se trouvait avec deux autres professeurs, tous deux plus âgés, dont l'infernal chef de Lyon, Jean-Marc Volange, professeur de Techniques de base. Zoe préféra ne pas s'attarder et se rendit au bar. Un peu plus tard, le barman

posa un verre de vin blanc de Bourgogne devant elle :
c'était de la part du groupe de professeurs. Zoe avait peur
de se retourner. Elle dégusta le vin, qu'elle soupçonnait
être du montrachet, un nectar fabuleux à trente dollars
le verre ! Hobson s'approcha d'elle et posa sa main dans
son dos, comme il le faisait en classe. Le visage de Zoe
s'empourpra aussitôt.

— Merci pour le vin. Vous n'auriez pas dû.

— Vous avez raison, je n'aurais pas dû. Ce n'est pas
du tout conventionnel. Mais je n'ai pas pu résister.

— C'est le montrachet ?

— J'ai pensé qu'il fallait vous faire goûter le meilleur.

La soirée s'était terminée par un baiser passionné
contre la voiture de Hobson.

— Dans trois semaines, le semestre sera terminé. Nous
devrions attendre, suggéra-t-il.

Zoe était d'accord.

— Oui, nous devrions attendre.

Mais il l'appela le lendemain matin, et dès le week-end
suivant, ils étaient inséparables.

Encore aujourd'hui, Zoe n'en revenait pas de la chance
qu'elle avait eue de gagner le cœur de Hobson Alistair,
étant donné toutes les filles qui lui tournaient autour,
comme Susannah et Kay. Il était magnifique, c'était un
prince, un Dieu, une rock-star.

Combien de fois Zoe avait-elle observé ses enfants et
pensé : Vous ne saurez jamais combien votre père était
lumineux, talentueux et dynamique. J'aurai beau vous le
dire et le redire, vous ne le saurez jamais.

— Quand ton père est mort, disait à présent Zoe à
Hobby, j'étais enceinte de Penny et toi.

Sa grossesse était un accident. Diaphragme défectueux.
Après l'obtention de son diplôme de l'ICA, Zoe se demandait si elle devait accepter un poste de sous-chef chez
Alison's, sur Dominick Street, le restaurant le plus en vue
de SoHo, quand elle se sentit nauséeuse et migraineuse.
Puis elle n'eut pas ses règles. Oh mon Dieu ! Hobson et
elle étaient follement, aveuglément amoureux l'un de

l'autre. Leur amour était si neuf qu'il n'avait rien perdu de son éclat. Pour eux, la vie consistait à passer ses dimanches matin au lit, écouter Billie Holiday et boire du champagne. Ils se préparaient à dîner, chacun tentant de surpasser l'autre par ses talents culinaires, ils jouaient aux fléchettes chez Georgie O jusqu'à 2 heures du matin, puis prenaient un bain de minuit dans l'Hudson, et flottaient sur le dos, entièrement nus, en se tenant la main. Ils se lisaient des passages de M.F.K. Fisher, faisaient une virée à Berkeley pour manger chez Panisse et à Chicago pour dîner chez Charlie Trotter. Leur relation était ancrée dans le présent. Pas dans l'avenir. Ni avec la perspective d'un bébé.

Pourtant, quand Zoe annonça la nouvelle à Hobson, celui-ci fut proprement ébloui. Il la prit dans ses bras et la fit tournoyer dans les airs.

— Je vais t'épouser ! chantonna-t-il.

Zoe ouvrit la bouche pour protester, mais il répéta :

— Je vais vous épouser, mademoiselle !

Zoe et Hobson se marièrent. Vinrent ensuite les parents britanniques très corrects de Hobson et ceux tout aussi corrects de Zoe, originaires du Connecticut, et un juge de paix les maria dans leur blouse blanche de chef. Après quoi, Zoe passa une robe d'été et Hobson un veston bleu marine croisé, et les convives déjeunèrent au Boathouse de Central Park, où ils prirent tous une bonne cuite sauf Zoe.

Le week-end du Labor Day, les jeunes mariés apprirent qu'il s'agissait de jumeaux. Tout le monde était très excité. Qui n'était pas enthousiasmé à l'idée d'avoir des jumeaux ? Mon Dieu, pensait Zoe, pas un, mais deux ! Parfois, au milieu de la nuit, elle avait l'impression d'avoir été enterrée vivante.

Les vacances passèrent sans encombre. Hobson enseignait son cours sur les viandes, maniant le hachoir non seulement pour toutes les classes de l'Institut, mais aussi pour les cinq restaurants de l'ICA ainsi que pour quelques autres établissements chic de Poughkeepsie et Rhinebeck. Ce qui lui permettait d'arrondir les fins de mois. Zoe et

Hobson allaient aux flamboyantes soirées sur le campus et quelques autres en ville. Zoe mettait la seule tenue qui lui allait encore, une robe noire moulante piquetée de minuscules brillants argentés. Les gens l'entouraient d'attentions, demandaient à toucher son gros ventre.

— On dirait que tu vas exploser ! plaisantaient-ils. À tout moment !

— J'ai encore dix semaines devant moi, protestait Zoe. J'attends des jumeaux.

Les jumeaux étaient bien installés dans ses organes internes, si bien qu'elle ne pouvait rien avaler sans souffrir aussitôt de pénibles brûlures d'estomac.

Noël arriva, puis le Jour de l'an, et une nouvelle année débuta. Sous le signe de la neige. Zoe et Hobson vivaient dans un appartement du campus qui n'avait rien de particulier. Dans la cuisine, les plans de travail étaient en Formica, les placards en plastique mélaminé, et la salle de bains disposait d'une douche en fibre de verre moisie au lieu d'une baignoire.

Ni Hobson ni Zoe ne parvenaient à s'insérer complètement dans la cabine. Zoe était obligée de se doucher avec la porte ouverte, de sorte que l'eau inondait le sol de la salle de bains. Hobson revenait du travail la blouse éclaboussée de sang, avec une odeur entêtante de boyaux de porc, de fromage de tête et de pattes de poulet. La simple idée des chairs et des organes avec lesquels il était entré en contact pendant la journée donnait envie de vomir à Zoe.

Bientôt, elle se persuada que Hobson fréquentait une autre fille, une Susannah ou une Kay. Un soir où il rentra plus tard que d'habitude, elle le confronta à grand renfort de cris et de larmes. Il était allé à la gym, se défendit-il, puis était passé chez Georgie O pour manger un hamburger. Il était incapable d'autre chose, lui promit-il.

Zoe était inconsolable. Elle portait deux bébés depuis sept mois, donc techniquement, elle était enceinte de quatorze mois.

Le jour suivant, c'était dimanche, et Hobson était en congé. Il proposa à sa femme de l'emmener en ville. Ils prendraient le train, feraient tout ce qui leur plairait, mangeraient tout ce qu'ils voudraient, et achèteraient ce que bon leur semblerait. Il prit Zoe dans ses bras et lui baisa les cheveux. Un des avantages de la taille d'Hobson : il était tellement grand qu'il donnait à Zoe l'impression d'être toute petite, même quand elle était énorme.

— Oublions que tu es enceinte. Demain, ce sera juste toi et moi.

— Et c'est exactement ce que nous avons fait, dit Zoe à Hobby dans la pénombre de la chambre d'hôpital. On a pris le train du matin, avalé deux tasses de café gourmet, acheté le *New York Times* du dimanche, et on a lu le journal pendant tout le trajet.

Assis face à face sur les banquettes, ils avaient largement la place pour eux-mêmes, leur café et leur journal.

— Une fois en ville, on a pris un taxi pour la Morgan Library.

Comme la bibliothèque se situait à moins de dix rues de la gare, Zoe avait voulu marcher – pourquoi gaspiller de l'argent ? – mais Hobson avait insisté pour prendre un taxi.

— Je croyais qu'on oubliait que j'étais enceinte aujourd'hui ?

— Ce n'est pas pour toi, c'est pour moi. Je manque de souffle.

— Trop de café, monsieur le Maître des Viandes...

— La Morgan Library est une merveille, dit Zoe à son fils.

Ni Hobson ni elle ne l'avaient jamais visitée. Ils admirèrent les photos de Richard Avedon sur les chefs célèbres – Julia Child, Marco Pierre White, Jacques Pépin, Georges Perrier, Paul Bocuse. Mais ils avaient aussi été fascinés par la Bible de Gutenberg et les autres trésors des collections permanentes. En déambulant dans les salles silencieuses, ils avaient eu la sensation d'être intelligents et cultivés, ce qu'on ressent presque toujours quand on visite un musée et presque jamais quand on porte un tablier blanc dans une cuisine de Poughkeepsie.

— On a déjeuné au café de la bibliothèque, à une table surplombant la cour. Il venait juste de se mettre à neiger.

Zoe contempla son fils brisé, comateux et couvert de bandages, et se remémora la soupe de carottes au gingembre, le pain grillé nappé de gruyère, les larges mains de Hobson, les gros flocons qui tombaient sur la balustrade de bois.

— L'après-midi, on a pris un taxi pour aller à Greenwich Village. Un groupe de *doo-wop* jouait au coin de la rue, cinq Noirs très doués, qui ont beaucoup impressionné ton père. Il leur a donné dix dollars. Ton père a acheté un bonnet rigolo avec des oreilles en fourrure. Ensuite, on est partis à la recherche de cette fameuse fromagerie. Il nous a fallu un moment pour la trouver, mais cela en valait la peine, parce que cet endroit est la Mecque du fromage. On y trouve les spécimens les plus puants et les plus coulants du monde, introuvables ailleurs aux États-Unis – des bleus d'Angleterre, des cheddars vieillis, des fromages de chèvre frais et des fromages au lait de brebis fabriqués dans ces minuscules fermes du Midwest. Du salami pendait au plafond et ils vendaient de délicieuses huiles d'olive. Mon Dieu ! On a failli devenir fous là-dedans. Ton père a adoré l'expérience.

Ils avaient dépensé une petite fortune dans le magasin, mais ils s'en fichaient. Plus tard dans la semaine, ils inviteraient Pat et Dmitri à venir déguster les fromages accompagnés de vin. Cette idée enchantait déjà Zoe. Elle prendrait un tout petit verre avec ses amis.

Ensuite, ils étaient allés voir un film français au Angelika Film Center. Ils s'étaient gavés de pop-corn et d'eau gazeuse italienne. Hobson lisait les sous-titres, tandis que Zoe, qui avait appris le français pendant six ans, faisait l'effort de comprendre. Mais elle était distraite par la respiration altérée de son compagnon. Il inspirait et expirait difficilement, et sa main gauche tremblait.

— Est-ce que ça va ? lui avait demandé Zoe.

— Oui, ma chérie, tout va bien, lui avait-il répondu de son accent anglais le plus élégant.

— Si seulement on avait quitté le cinéma pour aller à l'hôpital, regrettait maintenant Zoe. Si on y était allés, ils auraient sûrement pu le sauver. Mais cela supposait un don de prescience que je n'avais pas.

Le film terminé, ils avaient repris un taxi pour Grand Central, avec le nouveau bonnet de Hobson et leur sac rempli de succulents fromages. Ils avaient décidé de dîner à l'Oyster Bar. Hobson commanda un verre de champagne – Zoe en but discrètement quelques gorgées –, et entre les deux, ils engloutirent trois douzaines d'huîtres.

— C'était divin, raconta Zoe. Peu de repas dans ma vie ont été meilleurs que ce champagne frappé et ces huîtres – fraîches, douces, crémeuses, avec leur sauce mignonnette. Hobson avait plaisanté sur sa libido exacerbée et Zoe s'était sentie tout excitée à l'idée de faire l'amour à la maison pour la première fois depuis des mois. Ce serait fantastique, en position debout, avec Hobson derrière elle.

Zoe poussa un soupir, et des larmes roulèrent sur ses joues.

— Alors qu'on se dépêchait de rejoindre notre quai, Hobson s'est écroulé. Ton père était un homme immense et, en tombant, il a failli assommer plusieurs personnes. J'ai crié. Hobson crispait la main sur sa poitrine. Crise cardiaque. La police est arrivée en quelques secondes, puis les secours. Ils ont mis Hobson sur un brancard, mais ils ont dû se mettre à trois pour le transporter dans l'ambulance. J'ai suivi l'ambulance à l'arrière d'une voiture de police. Le policier qui était avec moi essayait de recueillir des informations sur ton père. Je crois qu'il avait très peur que le travail ne se déclenche. Bizarrement, cela n'a pas été le cas. Je ne sais pas comment expliquer cela, mais j'étais très calme. Comme si je savais – tout au fond de moi –, que cela devait arriver.

Zoe se tut. Les larmes baignaient son visage. Elle n'avait jamais verbalisé ces pensées devant qui que ce soit, pas même devant Jordan, mais il lui paraissait normal de raconter aujourd'hui cette histoire à son fils inconscient.

— Ton père et moi vivions quelque chose de si incroyable, si parfait, que j'avais peur que ça s'arrête. Je me disais tout le temps qu'il était trop idéal, que son étoile était trop brillante. Et je suppose qu'elle était bien trop brillante, parce qu'elle s'est calcinée. Quand on est arrivés à l'hôpital, il était déjà parti.

Zoe se leva et s'approcha de son fils pour lui caresser la joue. Une joue très douce. Les infirmières lui avaient montré comment le raser. Au moins une chose qu'elle pouvait faire pour lui.

— Mais j'avais réussi à vous garder tous les deux sains et saufs. J'avais au moins réussi ça.

Ce n'est pas à ce moment-là, mais quelques minutes plus tard – cinq, dix minutes, douze minutes ? – que Hobby ouvrit les yeux. Au début, il plissait les paupières, si bien que Zoe crut à une hallucination. Elle avait appris à ne pas nourrir trop de faux espoirs.

Puis, comme ça, les yeux de son fils s'ouvrirent – des yeux d'un vert tendre – et la regardèrent. Il la voyait, il la reconnaissait.

Et exactement comme Zoe avait un jour su, tout au fond d'elle-même, qu'elle allait perdre Hobson, elle comprit à cet instant qu'elle avait toujours su que son fils lui serait rendu.

— Bonjour, dit-elle.

DEMETER

Les jours suivant l'accident, une seule question occupait l'esprit de Demeter : pourquoi n'était-elle pas morte à la place de Penny ?

Elle était une criminelle. Une voleuse et une meurtrière.

Demeter hésitait entre révéler l'hideuse vérité ou la garder jalousement dans son cœur, telle la pièce de monnaie au fond du puits que personne ne pouvait repêcher.

La seconde solution, décida-t-elle. Aussi longtemps qu'elle le pourrait, elle serait le Sphinx. Elle avait la réponse, mais personne ne connaissait la question.

À travers la porte verrouillée de sa chambre, elle entendait sa mère parler au téléphone, à tout moment, avec Mme Loom, M. Potts ou Rasha Buckley. Ou à son père, au Mass General, où se trouvait Hobby.

Que ressentait-elle à propos du coma de Hobby ? Malade, elle se sentait affreusement malade. Plus jeune, elle était amoureuse de Hobby, or c'était un sentiment extrêmement douloureux. Demeter était grosse, molle et empotée. Les garçons de sa classe l'appelaient la « vache » ou l'« éléphant » puis, après avoir étudié la préhistoire au collège, le « mammouth ». Ils lui disaient qu'elle puait. Pour ajouter l'insulte à la blessure, elle portait un appareil dentaire, si bien que des morceaux de nourriture se calaient entre ses dents et que son haleine empestait. Pas question de se déshabiller pour prendre une douche après le cours de sport, aussi, les mardis et jeudis, elle sentait la transpiration.

Demeter admirait Hobby, ce dieu grec parmi les êtres humains, avec ses muscles parfaitement dessinés, sa peau dorée, et voulait *être lui*. Ses parents étaient si proches de Zoe Alistair qu'elle avait passé presque tous les week-ends de son existence en la présence de Hobby. Au printemps, ils pique-niquaient ensemble au Daffodil Festival de Sconset. Hobby et Jake Randolph jouaient à la crosse sur la pelouse, devant l'ancienne compagnie des eaux, pendant que Penny demandait invariablement à monter dans une voiture de collection pour la parade. Combien de fois Demeter s'était-elle postée sur le bord de la route pour regarder Penny assise sur le strapontin d'un modèle Ford A, saluant la foule telle Miss Amérique ? Pendant ce temps, Demeter se gavait de sandwiches, d'œufs mimosa, de poulet au curry et de brownies aux deux chocolats. C'était tout ce dont elle était capable : manger.

L'été, les Castle, les Alistair et les Randolph allaient tous ensemble à la plage. Quand ils étaient jeunes, ils faisaient des parties de cache-cache nocturnes, allumaient des feux de camp, et chantaient des chansons des Beatles. M. Randolph jouait de la guitare et la voix de Penny planait au-dessus de toutes les autres. Mais au bout d'un moment, Demeter avait cessé de se sentir à l'aise en maillot de bain. Elle portait des shorts et des T-shirts trop larges à la plage et refusait de se baigner, d'aller ramasser des coquillages avec Penny ou de jouer au frisbee avec Hobby et Jake. Les trois autres enfants essayaient toujours de l'inclure dans leurs jeux, ce qui était encore plus humiliant que s'ils l'avaient ignorée. Ils étaient sincères dans leur démarche, pourtant Demeter soupçonnait l'intervention de leurs parents. M. Randolph avait sûrement offert à Jake un billet de vingt dollars pour qu'il se montre gentil avec elle, parce que Al Castle était l'un de ses vieux amis. Hobby et Penny se montraient attentionnés parce qu'ils avaient pitié d'elle. Ou alors Jake, Hobby et Penny avaient fait un pari : qui réussirait le premier à faire tomber les défenses de Demeter ? Pour eux, elle n'était qu'un jeu.

L'automne, les Alistair organisaient des soirées football, pendant lesquelles les adultes, Hobby et Jake regardaient les Patriots, alors que Penny écoutait de la musique avec ses écouteurs et Demeter se régalait du chili au poulet de Zoe, préalablement nappé d'une bonne couche de crème.

L'hiver, ils passaient souvent le week-end à Stowe. Al et Lynne Castle possédaient un petit appartement près de la montagne, si bien que Demeter skiait depuis qu'elle était petite. D'après ses parents, elle dévalait les pistes noires sans la moindre hésitation. Mais quand ils se rendirent dans le Vermont avec les Alistair et les Randolph, Demeter refusa de chausser ses skis. Elle resta confinée dans l'appartement durant tout le séjour, à boire des chocolats chauds en attendant le retour de la petite troupe aux joues roses et au souffle court, après leurs descentes effrénées.

Enfin, ces week-ends cessèrent, parce que Hobby jouait au basket et que Jake avait un rôle important dans la comédie musicale, ce qui l'obligeait à être présent à toutes les répétitions.

Demeter repensa à tous ces printemps, ces étés, ces automnes et ces hivers avec Hobby, Penny et Jake, en se demandant comment ses parents avaient pu lui faire subir une torture aussi raffinée. Hobby, Penny et Jake étaient des enfants exceptionnels, alors qu'elle avait trente kilos de trop, ce qui avait annihilé chez elle toute estime de soi, fait chuter sa moyenne alors qu'elle était assez intelligente pour décrocher des A, et brisé ses chances de décrocher le rôle de Rizzo, elle qui était pourtant une actrice si douée.

Hobby était dans le coma. Au téléphone, sa mère n'arrêtait pas de dire : « Zoe ne veut pas me parler. Je ne comprends pas pourquoi. »

Elle avait besoin de boire, mais il n'y avait plus une goutte d'alcool dans la maison.

Ses parents devaient être au courant pour la bouteille de Jim Beam, parce que l'une des rares fois où elle avait quitté sa chambre la semaine précédente – pour chercher un paquet de crackers et un pot de beurre de cacahuète dans le placard –, elle avait surpris sa mère devant l'évier de la cuisine en train de renifler le contenu des bouteilles de vodka, gin et vermouth, avant de les vider dans l'évier. La supercherie était éventée et Demeter démasquée.

Elle avait regardé sa mère, qui lui avait souri en disant :

— Bonsoir, chérie, tu as envie d'un en-cas ?

Demeter avait fixé avec stupeur les crackers et le beurre de cacahuète dans ses mains, comme éberluée de les trouver là. Un couteau pour étaler le beurre aurait été préférable, mais pas question de faire un pas de plus vers sa mère et les bouteilles vides. Lynne avait dû comprendre que sa fille avait bu la vodka puis l'avait remplacée par de l'eau, et que le thé glacé imitait la couleur du scotch. Lynne avait compris la combine, n'est-ce pas ? Eh bien, pas du tout. Sa mère vivait dans un tel déni de la réalité qu'elle ignorait les signes évidents de l'alcoolisme de sa fille, préférant s'assurer qu'elle mange à sa faim.

Cette attitude déprimait terriblement Demeter. Et la rendait encore plus furieuse. Elle se réfugia dans sa chambre.

« Jake a appelé. » La première fois, c'était dimanche soir, à 19 heures. Demeter dormait, mais Lynne Castle glissa un mot sous la porte de sa chambre : « Jake a appelé. Il veut te parler. »

D'accord, cela méritait réflexion. Depuis combien de temps et avec quel désespoir attendait-elle qu'un garçon lui téléphone ? Combien de fois avait-elle imaginé qu'un Hobby ou un Jake découvre en elle une essence invisible à tous, même à elle-même ? Quelque talent ou beauté cachés ? Une étincelle ou... qui sait ? Une capacité au bonheur, à la joie ?

Non, elle ne se faisait plus d'illusions. Ses fantasmes appartenaient désormais au passé. Jake ne l'appelait pas pour partager son chagrin, ni pour la consoler. Ni pour célébrer leur liesse d'être en vie, de présenter une sorte de front uni ou encore se complaire ensemble dans leurs remords de survivants.

Non, il l'appelait pour une raison précise, et une seule.

Demeter refusait de lui répondre. Sa mère n'osait insister, même si elle essayait de la raisonner (« Tu te sentirais sûrement mieux si tu te confiais à quelqu'un qui a traversé la même épreuve que toi ») et d'argumenter (« Demeter, chérie, rappelle-le s'il te plaît, il a l'air très mal en point »). Mais Demeter s'obstinait dans son refus. Elle était trop bouleversée pour parler de l'accident, plaidait-elle. Quand Jake vint chez eux à vélo et frappa à sa porte, elle faillit céder et le laisser entrer. Combien de fois avait-elle rêvé de voir Jake dans sa chambre, en train d'examiner ses livres, de boire de petites gorgées de la bouteille planquée sous son oreiller, de s'enivrer et glousser avec elle, de lui toucher les cheveux ? Après tout, elle avait de beaux cheveux, bruns et épais, avec une mèche blonde naturelle sur le devant. Il l'aurait peut-être laissée lui masser le dos – il demandait souvent à Penny de le faire, sans succès, alors que Demeter s'en serait fait une joie, n'est-ce pas ?

Pourtant elle ne dit rien, pas un mot, et resta parfaitement immobile jusqu'à ce que Jake s'en aille et qu'elle entende sa mère lui dire :

— Je suppose qu'elle n'est pas prête.

Lui aussi voulait repêcher la pièce de monnaie au fond du puits. Il était le seul à suspecter la présence de la pièce *et* du puits.

Un verre, elle avait besoin d'un verre ! Ce samedi soir, une semaine tout juste après l'accident, elle était frappée par la dure réalité des événements récents. Jusque-là, elle avait été protégée d'une gangue de coton – probablement due au choc – mais maintenant, elle se sentait exposée et vulnérable.

Penny Alistair était morte.

Hobby Alistair, à l'hôpital de Boston, était dans le coma.

Demeter ne le supportait pas. Elle tira sur ses longs cheveux raides et imagina les couper avec les cisailles de jardin de sa mère. Ce serait un acte complètement fou, mais en ce moment même, elle se rapprochait dangereusement de la folie. Mais non, pas ses cheveux. C'était la seule chose dont elle pouvait se montrer fière, alors pas question de s'en débarrasser.

Ce soir-là, elle attendit que ses parents soient endormis. Les habitudes de ses parents auraient pu changer après l'accident, mais dès que son père était revenu de Boston, Lynne et Al reprirent le cours normal de leur existence. Quand ils ne sortaient pas (et ils ne sortiraient pas, étant donné les circonstances, et risquaient même de ne pas sortir de tout l'été), ils éteignaient la télévision à 22 heures et montaient l'escalier ensemble pour aller se coucher. Lynne Castle marquait toujours un temps d'arrêt devant la chambre de sa fille – pour vérifier si la lumière était allumée, s'il y avait des bruits à l'intérieur –, puis elle soupirait et continuait son chemin, signifiant leur retraite pour la nuit par le cliquetis de la porte.

Sa lumière était délibérément éteinte. Assise dans le noir, elle comptait ses expirations. Dix minutes, quinze minutes, trente minutes. Son plan était si scabreux, si diabolique, qu'elle avait du mal à croire qu'elle allait vraiment l'exécuter.

Mais si, elle allait le faire. Elle *devait* le faire.

Sortir par la fenêtre, glisser le long du toit et boum ! atterrir sur la pelouse devant la maison. L'herbe avait été fraîchement coupée, Demeter avait entendu son père passer la tondeuse ce jour même, ce qui lui rappelait le petit boulot qui l'attendait cet été chez Frog & Toad Landscaping. Les deux étés précédents, elle gardait des enfants en bas âge au centre Island Day Care. Elle leur donnait des poires et des patates douces à la petite cuillère et changeait leurs couches. Elle prenait les petits dans ses bras, les berçait, stérilisait leur tétine, préparait leur biberon de lait maternisé. Demeter était à l'aise avec les bébés, qui ne représentaient pas une menace pour elle. Les bébés ne la trouvaient pas grosse. Les bébés avaient besoin d'amour, et croyez-le ou non, elle avait beaucoup d'amour à donner. Mais le centre était un espace clos, mal ventilé, surchauffé et empestant le lait aigre.

Son père lui avait proposé un emploi de bureau à la concession automobile, mais cela lui avait semblé encore moins attractif. Ainsi, dans un moment de pur optimisme, où une embellie semblait possible, Demeter avait décidé de prendre un job d'été actif, pour profiter du grand air. Pas maître nageuse ou animatrice de camp de vacances, des postes qui l'obligeraient à se mettre en maillot de bain. Et par pitié pas non plus dans la restauration ! Finalement, elle arrêta son choix sur l'entretien des espaces verts. Elle porterait un short, des bottes de travail, et pousserait une tondeuse toute la journée au soleil, ce qui ne requérait aucune compétence athlétique et lui permettrait de perdre du poids et de bronzer. Grâce à ses collègues du Salvador, elle améliorerait son espagnol. Le propriétaire de Frog & Toad, Kerry Trevor, était un ami de son père. Kerry achetait et faisait réviser la flottille de ses pick-up dans la concession d'Al Castle, si bien que faire embaucher Demeter pour la saison avait été un jeu d'enfant.

Elle était censée commencer lundi, mais il n'en était plus question maintenant. La fille enthousiaste qui s'était imaginé avec exaltation pouvoir changer grâce à un été de jardinage était morte dans cette Jeep avec Penny.

Demeter inhala la fragrance de l'herbe fraîchement coupée sous ses pieds et regretta la fin des beaux jours.

De l'alcool, pensa-t-elle.

Pas question de prendre le risque de conduire. Ses parents pourraient entendre le moteur démarrer, et s'ils se réveillaient et découvraient que la voiture avait disparu avec leur fille, ils alerteraient toute l'île. Elle avait donc le choix entre le vélo et la marche.

À 23 h 30, l'obscurité était totale. Il y avait un milliard d'étoiles, mais aucune trace de la lune. Il faisait trop sombre pour pédaler, songea-t-elle. Mieux valait marcher. Ce n'était pas la porte à côté, au moins deux kilomètres, peut-être trois. Mais un peu d'exercice lui ferait du bien.

Elle décida d'utiliser son téléphone comme lampe de poche. C'était la première fois qu'elle l'allumait depuis que la police lui avait rendu son faux Louis Vuitton, sans la bouteille de Jim Beam. Même avoir un portable était un sujet sensible pour elle. Si peu de gens l'appelaient, alors à quoi bon ? Pourtant, ce soir-là, quand elle l'alluma, il se mit à biper et à vibrer comme une machine à sous de Las Vegas. Un mauvais fonctionnement peut-être ? Elle vérifia l'écran : dix-sept SMS, neuf messages vocaux. De qui ? Eh bien, cinq SMS et trois messages de Jake. Les SMS disaient :

Dois te parler !
Peux passer ?
Apl stp !
Dois te parler.
Viens chez toi asap.

D'accord.

Les autres SMS provenaient de camarades de sa classe – Claire Buckley, Annabel Wright, Winnie Potts, Tracy Loom, la sœur cadette de Patrick – et de ses frères, Mark, en stage à la Deutsche Bank de New York, et Billy, étudiant à la London School of Economics. Demeter fit défiler les textos : Claire, Annabel et Winnie souhaitaient la voir à la veillée aux chandelles, lui parler de l'événement. Les autres voulaient savoir si elle allait bien, une manière polie de demander : Putain, qu'est-ce qui s'est passé ? Les messages vocaux, supposait-elle, étaient du même acabit – des gens lui demandaient des nouvelles, offraient leurs sympathies et leurs prières, voulaient maintenant se rapprocher d'elle, créer un lien avec elle, parce qu'elle était une sorte de célébrité, en somme. Elle avait été victime de l'accident de voiture qui avait coûté la vie à Penny et fait sombrer Hobby dans le coma. Très probablement, tout le monde savait qu'elle avait une bouteille de Jim Beam dans son sac – une bouteille retrouvée par la police – mais que pensaient-ils de cette information ? Les gens la tenaient-ils pour responsable de l'accident, étant donné que c'était Penny qui conduisait et qu'elle était totalement sobre ? Logiquement, le fait que les garçons aient bu l'alcool fourni par Demeter ne devrait être qu'anecdotique. Cela n'était pas fondamental. Après tout, un soir de fête, à la fin de l'année scolaire, tout le monde buvait. Tout le monde sauf Penny.

Donc, le mystère restait entier : que s'était-il passé ?

Le portable de Demeter vibra dans sa main. Après une seconde de confusion, elle comprit qu'un SMS venait d'arriver. Un SMS de Jake.

Tu dors ?

Ce mot lui fit un choc. C'était comme si Jake pouvait la voir, même si bien sûr cela n'avait aucun sens, puisqu'elle marchait le long d'une route de terre déserte en direction de l'océan.

Et si elle lui proposait de la rejoindre ici ?

Mauvaise idée. Elle ne lui faisait pas confiance. Elle ne faisait confiance à personne.

Le domicile des Alistair n'était pas une vraie maison. C'était un cottage d'été, que Zoe avait réussi à adapter pour l'hiver. Juché sur un promontoire au-dessus de Miacomet Beach, il semblait un lieu de vie idéal pour la période estivale, avec sa large terrasse de bois, sa grande douche extérieure et son escalier donnant directement sur la plage. Le salon, doté de portes vitrées coulissantes, fleurait bon la cuisine de Zoe. Mais l'hiver, les portes grinçaient sous la bise. Le père de Demeter envoyait tous les ans quelqu'un pour aider Zoe à les protéger à l'aide de film plastique. Zoe bourrait la cuisinière de bois, mais il faisait tout le temps froid. Le cottage se divisait en deux. La salle principale contenait les parties communes, avec le salon, la salle à manger, la cuisine et un W.-C. La partie privée comptait trois chambres – celle de Zoe, celle de Hobby et celle de Penny – et une salle de bains commune. Enfant, Demeter avait souvent dormi chez eux, mais partager les sanitaires avec un adulte la mettait mal à l'aise. Chez elle, ses parents disposaient d'une salle de bains privée, tout comme elle, tandis que ses frères jouissaient du troisième étage pour eux seuls. Impossible d'imaginer d'utiliser les mêmes toilettes que sa mère, pourtant c'était ce que Penny faisait tous les jours. Plus tard, Penny lui avait raconté qu'elle partageait avec sa mère son maquillage, ses tampons et sa brosse à dents. Pis, Hobby sentait fort le matin. À cette idée, Demeter avait des sueurs froides, tout en s'émerveillant de leur étroite coexistence. Cette proximité était par certains côtés indécente. Un jour, elle avait demandé à sa mère si les Alistair étaient pauvres, et Lynne avait ri avant de répondre :

— Mon Dieu, non ! Une propriété en bord de mer ? Tu as idée ce que Zoe a payé pour cet endroit ? Une fortune ! Elle pourrait en tirer le double aujourd'hui et s'acheter une maison sur Main Street. Mais elle ne le fera pas. Zoe adore la vue sur l'Océan. Cela lui donne un sentiment de liberté. Et Dieu sait qu'elle aime se sentir libre !

Le cottage des Alistair était plongé dans le noir. Dieu merci ! Demeter l'avait imaginé entouré d'une bande de plastique jaune, typique des scènes de crime, avec des voitures de police stationnées tout autour, ainsi que Claire Buckley et sa bande, des cierges à la main, en train de chanter *Kumbaya*. Elle leva son portable pour éclairer le chemin sablonneux qui traversait les herbes hautes jusqu'à la porte d'entrée.

Comme sa maison, le cottage des Alistair n'était jamais fermé à clé. Aussi entra-t-elle sans hésiter. L'atmosphère était empreinte d'une odeur de basilic frais, avec une pointe d'oignon et d'ail. Zoe était une excellente cuisinière. Demeter voulut allumer la lumière, puis se ravisa. Son portable lui permit de trouver le chemin de la cuisine. Sur le comptoir, elle vit une jardinière d'herbes aromatique et une coupe de pêches pourries, au-dessus desquelles voletait une nuée de drosophiles. Des livres et des documents étaient éparpillés sur le plan de travail et un verre de vin avait été abandonné dans l'évier. Elle imaginait bien Zoe adossée au comptoir avec son verre de vin, se délectant de l'air doux de la nuit en écoutant le fracas des vagues sur la grève et en pensant à ses jumeaux en passe de devenir des adultes. Elle se remémorait la magnificence de Penny en train de chanter l'hymne national lors de la cérémonie de remise des diplômes.

Demeter ouvrit le réfrigérateur. Une bouteille de chardonnay aux trois quarts pleine. Elle l'ouvrit de ses mains tremblantes, non pas de peur, mais d'excitation.

Et but.

Elle se trouvait dans le cottage des Alistair et buvait le vin de Zoe. Qu'est-ce qui cloche chez toi, Demeter Castle ? Mais elle connaissait la réponse...

Tout.

JAKE

— Peux-tu me dire ce qui s'est passé ? lui avait demandé le capitaine.

Elle était morte. Penny. Sa petite amie. L'expression « petite amie » n'était pas à la hauteur. Lui qui avait l'art de manier les mots pouvait faire mieux. Son amante. Non. Son amoureuse. Sa Juliette, sa Beatrice, sa Natasha, sa Daisy Buchanan. Qu'importait ce qui s'était passé puisque Penny – la Penelope de son Ulysse – était morte !

Morte. Il laissa échapper un son entre le craquement et le cri, tandis que les traits du chef de la police s'adoucissaient, puis se durcissaient – il voyait bien que le policier aurait aimé qu'il se conduise en homme. Lui-même avait envie d'agripper le devant de son sweat-shirt et de lui crier : J'ai dix-sept ans et la fille que j'aime depuis quatorze ans – depuis que je suis en âge de penser et ressentir des émotions – est morte. Elle est morte juste à côté de moi.

Le capitaine s'éclaircit la gorge et reprit :

— Est-ce que Penelope avait bu ?

— Non.

— Tu en es sûr ?

— Oui.

— Où étais-tu cette nuit ? Où avez-vous débuté la soirée ?

Jake lui jeta un regard furieux.

Pourquoi le questionner *lui* ? Quelle brutalité, cet interrogatoire en règle ! Il abusait de son pouvoir, voilà tout. Le père de Jake disait que la police outrepassait ses droits parce qu'ils vivaient sur une petite île. Kapenash et Jordan Randolph avaient eu des différends par le passé. Leur animosité était due à des désaccords d'ordre politique.

— Écoute-moi, jeune homme. Je sais que tu souffres, je suis passé par là. J'ai perdu mes meilleurs amis il y a trois ans maintenant, des amis de très longue date, et aujourd'hui j'élève leurs enfants. C'est dur, je sais. C'est sûrement l'épreuve la plus dure de toute ta vie, du moins je l'espère, mais j'essaie de reconstituer les événements de cette nuit-là.

Il pressa très fort les lèvres, si fort qu'elles blanchirent.

— Mon boulot est de découvrir la cause de cet accident.

Jake baissa les yeux sur son jean. Penny avait dessiné dessus au stylo bille un cœur avec ses initiales. Elle avait écrit sur tous ses jeans et tous ses T-shirts avec des feutres indélébiles, ainsi que sur le caoutchouc blanc de ses baskets. Elle avait même écrit sur ses paumes. *Je t'aime, Jake Randolph. Tu es à moi, je suis à toi. Pour toujours.* C'était démodé, mais mieux qu'un SMS, disait-elle, et plus visible : impossible de le détruire. S'il voulait effacer le feutre, il devrait gratter les lettres. Cette idée ne lui était jamais venue à l'esprit, encore moins aujourd'hui. C'était tout ce qui lui restait d'elle : le souvenir du stylo dans la main de Penny, qui dessinait le cœur sur sa cuisse.

— On a commencé chez Patrick Loom, dit Jake.

Le capitaine prit note de cette information, ce qui était absurde, car lui aussi était chez les Loom ce soir-là et y avait vu Jake.

— Ensuite, on est allés à Steps Beach.

— Qui conduisait ?

— Moi.

— Pourquoi ?

— Parce que c'était ma Jeep.

— Mais tu avais bu.

— Chez Patrick ?

Jake avait fait ce que Penny appelait son « drôle d'air ». Kapenash l'avait-il vu boire ou faisait-il une simple supposition ?

— Oui, monsieur, j'ai bu une bière chez Patrick. Mais j'étais en état de conduire.

Le capitaine marqua un temps d'arrêt. Jake savait qu'il pouvait avoir des problèmes à cause de cette bière qu'il avait bue chez les Loom, mais cela n'avait plus d'importance maintenant, si ? Ou bien peut-être que si. Il n'en savait rien.

— Qui a organisé la soirée à Steps ?

— Je n'en ai aucune idée.

— S'il te plaît, Jake.

— Je vous assure !

— Tu connaissais du monde là-bas ?

— Je connaissais tout le monde. C'était une fête de fin d'année. Les dernière année étaient là. Ils ont sûrement fait une collecte et trouvé quelqu'un pour acheter le fût.

— Comme qui ? David Marcy ? Luke Browning ?

— Si vous voulez les accuser, ne vous gênez pas.

David et Luke avaient l'habitude de causer des ennuis. Luke avait un frère aîné prénommé Larry qui faisait de la prison à Walpole pour trafic de cocaïne.

— Ils étaient là tous les deux, mais aucun d'eux n'a mentionné avoir acheté l'alcool.

— D'accord, dit Kapenash.

— J'ai oublié : sur la route de Steps, on s'est arrêtés pour prendre Demeter Castle.

— Où l'avez-vous récupérée ?

— Au bout de sa rue.

— Au bout de sa rue ? Pas chez elle ?

— Exact.

Jake devait-il vraiment dire l'évidence ?

— Donc, elle avait fait le mur. Ses parents ne savaient pas qu'elle était sortie ?

— Je ne lui ai pas posé la question.

— Et elle avait de l'alcool avec elle ?

Jake se sentit soulagé. Pas besoin de la dénoncer, puisque la police était déjà au courant.

— Une bouteille de Jim Beam.

— Pourquoi êtes-vous passés prendre Demeter ? C'était prévu ?

— Non, une idée de dernière minute. Elle a envoyé un SMS à Penny.

— Un SMS.

— Pour dire qu'elle avait une bouteille et nous demander si on ne voulait pas passer la prendre.

— Et c'est pour ça que vous y êtes allés ? Parce qu'elle avait une bouteille d'alcool ?

— Ben, oui, répondit Jake. Plus ou moins.

— Donc, si elle ne vous avait pas envoyé un message pour vous dire qu'elle avait de l'alcool, vous ne seriez pas allés la chercher ?

— Elle nous a envoyé un SMS qui disait : « Passez me prendre », alors c'est ce qu'on a fait.

— Donc, vous étiez amis avec elle ?

— Plus ou moins, répéta Jake. Enfin, si. Je la connais depuis toujours. Nos parents sont amis. Vous le savez. Pourquoi me demandez-vous de vous expliquer des trucs que vous savez déjà ?

— Qui a bu de cette bouteille ?

— Eh bien, quand on l'a récupérée, la moitié était déjà envolée. Donc, je crois qu'on peut dire que Demeter a bu de cette bouteille. Et puis Hobby et moi aussi.

— Combien ?

— Je ne sais pas… Quelques gorgées.

— Penelope en a bu aussi ?

— Non. Penny ne boit jamais. Elle n'aime pas l'alcool. Ça la rend malade.

Devait-il lui raconter leur soirée strip-poker chez Anders Peashway à l'époque du collège ? Ils avaient bu tellement de vodka avec du Kool-Aid au raisin que Penny avait vomi dans la baignoire sur pieds des Peashway.

— Elle a eu une mauvaise expérience il y a quelques années et depuis, elle ne boit plus.

— Alors que s'est-il passé à Steps Beach ? demanda le capitaine.

Jake enfouit la tête dans ses mains. Oui, que s'était-il passé à Steps Beach ? Il n'en était pas sûr. Il se rappelait les lampées de bourbon bues à la bouteille de Demeter avant de descendre de la Jeep, puis avoir enlevé ses chaussures pour grimper dans les dunes. Il avait alors vu la lueur orangée du feu de camp et entendu une chanson des Neon Tree diffusée par un iPod. Il se rappelait Penny, assise dans le sable près de lui, en buvant de l'eau, toujours de l'Evian, car cela avait un effet apaisant sur ses cordes vocales, disait-elle. Elle devait rester en retrait de la fumée du feu de camp et affirmait qu'une cigarette ou une bouffée de marijuana pouvait altérer sa voix pour toujours.

À la soirée, Penny était à fleur de peau. Ces derniers temps, elle paraissait souvent au bord des larmes en pensant à la fin prochaine du lycée, à leur dernière année à venir, à l'idée effroyable de devoir partir dans un an, après l'obtention de son diplôme. Elle s'inquiétait surtout beaucoup pour sa mère. Zoe et elle étaient les meilleures amies du monde. Après avoir perdu sa virginité avec Jake, elle était rentrée directement chez elle, avait grimpé dans le lit de sa mère et lui avait tout raconté.

Si ce n'est que depuis peu, Penny faisait certaines confidences uniquement à Ava.

— Comme quoi ? lui avait demandé Jake.

Penny avait ignoré sa question, ce qui l'avait rendu furieux, même s'il se doutait bien que si elle ne se livrait parfois qu'à sa mère, c'était justement pour ne rien lui dire, à lui.

— Je suis triste de quitter Ava, disait Penny.

Et là, brusquement, Jake se rappela les paroles de Penny :

— Je voudrais que ce moment dure toujours. Comme dans une bulle, tu vois ? Toi et moi au feu de camp, le regard au loin, vers la vie d'adulte, sans jamais l'atteindre.

Il répéta ces mots au capitaine, qui en prit soigneusement note, puis s'éclaircit la gorge.

— De quoi d'autre te souviens-tu à propos de la soirée ? s'enquit-il.

Quoi d'autre ? Des jeunes qui boivent, qui fument des clopes, qui fument de l'herbe, qui font l'amour et s'éclipsent vers la plage pour être tranquilles, des jeunes qui parlent à Jake et Penny, leur demandent ce qu'ils vont faire cet été – Jake travaillerait au journal, Penny aurait un boulot d'hôtesse au Brotherhood, et trois semaines avant le début des cours, elle irait dans un camp de musique à Interlochen, dans le Michigan. Jake et Penny avaient répété ces projets à une demi-douzaine de personnes. Ce que Jake n'avait dit à personne, c'était qu'il planifiait d'emmener Penny à Boston, où ils passeraient la nuit à l'hôtel Marlowe. Cela lui coûterait une fortune, mais il avait économisé assez d'argent pour cette escapade romantique, un moment que Penny n'oublierait jamais.

— On est restés là-bas un moment, dit Jake, puis on est partis.

— D'accord, acquiesça le policier en avançant son siège.

Voilà ce qu'il attendait, les détails de leur départ de la plage.

— Alors ? Qui a eu l'idée de partir ?

Il ne s'en souvenait pas, même si ce n'était que deux heures plus tôt. La fête touchait à sa fin, et Demeter s'était matérialisée, le cheveu filasse et l'œil vitreux, preuve qu'elle était totalement rincée. Au fond, Demeter était une brave fille, qui faisait partie de son univers depuis toujours, mais quelque chose avait changé en elle. Elle avait développé un esprit incisif et tranchant, qui paraissait dangereux. Jake en savait assez sur les filles pour se douter que cette attitude avait à voir avec son poids, son absence d'amis et ses résultats scolaires, inférieurs à ses capacités. Demeter pouvait se montrer méchante, sarcastique et mesquine – même avec Penny, pourtant la seule personne toujours gentille avec elle. Quand elle leur avait envoyé ce SMS la veille, Penny avait dit : « Allons la chercher. Elle est chez elle en train de boire, la pauvre. » Demeter se retranchait sur l'alcoolisme, ce que Jake trouvait plutôt ironique, étant donné que ses parents ne buvaient jamais une goutte et faisaient figure de modèles de la société.

— Je dois aller faire pipi, avait déclaré Demeter une fois sur la plage. Viens avec moi, Penny.

Celle-ci s'était levée, avait épousseté le sable de ses fesses, et docilement suivi Demeter dans les dunes. Finalement, Jake se demandait si Penny avait vraiment besoin

d'aller se soulager ou simplement accompagné Demeter.
Ce qu'il se rappelait bien maintenant, c'était qu'une fois
les filles disparues, il était parti à la recherche de Hobby
et l'avait trouvé en train de bavarder avec Patrick Loom,
une bière à la main. Hobby avait avec les gens une aisance
naturelle que Jake lui enviait. Hobby était un athlète si
phénoménal que les gens s'attendaient à un garçon fruste,
imbu de sa personne, ou au mieux uniquement intéressé
par le sport. Mais il charmait tout le monde, comme
un adulte dans une soirée mondaine. Il tenait son verre
d'une certaine manière, inclinait la tête pour écouter
attentivement son interlocuteur, et posait toujours des
questions pertinentes. Sa présence était telle qu'il faisait briller les gens autour de lui. Jake avait tout pour
lui, tout le monde le lui disait, pourtant il enviait son
ami.

Il avait donné un coup de coude à son comparse.

— Hé, mec, on y va ?

Hobby sourit.

— D'accord.

Il avait examiné la foule qui se dispersait.

— Tu as vu Claire ?

— Pas depuis un bon moment. Tu lui as envoyé un
SMS ?

Hobby avait l'air pensif. Il aurait pu avoir n'importe
quelle fille du lycée de Nantucket, il aurait pu les avoir
toutes l'une après l'autre et les jeter comme des Kleenex,
mais ce n'était pas son style. Il appréciait les filles, les
respectaient, les traitaient comme des êtres humains.
Claire Buckley était sa favorite du moment, mais leur
relation restait informelle. Rien à voir avec Jake et
Penny : Jake ne laisserait jamais sa chère et tendre disparaître dans une soirée pareille. Pas même une seconde.
Excepté en cet instant, où il se rendait compte que Demeter et Penny s'étaient absentées depuis bien longtemps.
Il fouilla les dunes du regard. Des silhouettes se mouvaient dans l'obscurité, mais il ne pouvait les identifier.

— On se rejoint à la voiture, avait-il lancé à Hobby.

Hobby avait jeté sa bière.

— J'arrive.

Ensuite, Jake se rappelait distinctement s'être appuyé contre la portière du conducteur de la Jeep et avoir inhalé de grandes goulées d'air nocturne. Il était trop saoul pour conduire. Penny prendrait le volant. Son père était le propriétaire du journal de l'île, et s'il était pris sur la route en état d'ivresse, son nom apparaîtrait dans les rapports de police et l'opprobre entacherait le nom des Randolph, et les projets de Jake à Princeton ou Dartmouth seraient anéantis, tout simplement.

Penny prendrait le volant et ils déposeraient Demeter en premier.

Puis il se rendit compte que quelque chose n'allait pas. Penny lui arracha les clés des mains. Elle pleurait.

— Bon sang, Pen, qu'est-ce qui ne va pas ? lui demanda Jake.

Penny cria. Quand il voulut lui reprendre les clés, elle le frappa. Il ne l'avait jamais vue agir ainsi. C'était comme si elle était possédée. Il avait le sentiment délétère qu'elle avait eu vent de ce qui s'était passé entre Winnie Potts et lui dans le sous-sol des Potts, après la représentation de *Grease*. Mais qu'avait-elle entendu ? Et qui le lui avait dit ? Jake se rappelait avoir regardé Demeter pour chercher un indice, mais son visage était fermé comme une huître. Son regard vide, ses gestes automatiques. Saoule au dernier degré. Peut-être était-ce là le problème. Et si Demeter avait raconté une sale histoire à Penny dans les dunes ? Oh mon Dieu, pourvu qu'il se trompe !

Demeter grimpa à l'arrière, boucla sa ceinture, et Jake fit semblant de ne pas remarquer que la ceinture lui cisaillait le ventre. Cette fille était toujours prête à cracher son venin, et voilà qu'elle l'avait fait dans les dunes. Rien à voir avec Winnie Potts !

Penny ouvrit la portière à la volée, le souffle court. Des sanglots étranglés lui obstruaient la gorge.

— Merde, Pen, calme-toi, dit alors Hobby.

— Penny, qu'est-ce qu'il y a ? Penny ?

Secret d'été

Elle claqua la porte et démarra, mais malgré son ébriété, Jake se rendait bien compte qu'elle n'était pas en état de conduire. Il essaya d'arracher les clés du contact, mais Penny lui donna un coup du plat de la main et hurla, ce qui fit pouffer de rire Hobby à l'arrière. Le cri ramena brutalement Jake à un autre temps, un autre lieu : sa mère découvrant Ernie mort dans son berceau. Soudain, il eut la chair de poule et fut pris de vertiges et, un instant, il crut qu'il allait vomir. Penny accéléra et fit crisser les pneus sur Lincoln Circle, accentuant la nausée de Jake. S'il te plaît, arrête-toi, Penny ! S'il te plaît, arrête la voiture ! Mais il était trop mal en point pour parler. En inspirant profondément par le nez, il sentait les relents de Jim Beam au fond de sa gorge.

Au capitaine de la police, il déclara :

— J'avais bu, alors Penny a pris le volant. Demeter était bourrée et Hobby n'a pas le permis. Penny était sobre, mais quelque chose la perturbait.

— Quoi ?

— Honnêtement, je ne sais pas.

Un truc que Demeter lui avait confié dans les dunes ? Ou un truc que les deux filles avaient vu : Claire Buckley et Luke Browning en train de faire l'amour sur le sable, ce qui aurait bouleversé Penny pour son frère. Peut-être qu'un de leurs amis s'était injecté de l'héroïne dans les veines ou avait commis un acte irréparable, que Jake était incapable d'imaginer. Malheureusement, il avait un mauvais pressentiment à propos de Winnie Potts et de cette soirée dans le sous-sol. Voilà plusieurs semaines qu'il guettait les signes autour de lui, mais il n'avait rien entendu d'alarmant. Winnie se comportait normalement avec lui, sauf qu'elle était peut-être un peu plus sur la réserve. Mais qui sait ce qu'elle avait pu raconter à ses copines ? Et ce que les copines en question avaient répété à leur entourage ? Si l'affaire devait être ébruitée, c'était forcément lors d'une soirée comme la fête de fin d'année, où tout le monde était imbibé d'alcool. Quand les secrets échouaient sur la grève, tels des cadavres rabattus par les vagues. Jake devait absolument parler à Penny en tête à tête, il avait donc hâte de déposer Demeter chez elle, puis Hobby. Peut-être pourrait-il ensuite l'emmener faire un tour sur la plage et tenter de découvrir le fin mot de l'histoire. Impossible de lui parler en présence d'autres personnes. Ni pendant qu'elle conduisait. Sa préoccupation actuelle était néanmoins de faire ralentir Penny, sinon ils allaient vraiment devoir s'arrêter, et brutalement ! Sur New Lane, elle était à quatre-vingts kilomètres à l'heure, et sur Quaker, elle avait passé les quatre-vingt-quinze ! Elle bifurqua alors sur Hummock Pond Road à une telle vitesse que Jake crut que la Jeep allait basculer. Ce véhicule n'était pas conçu pour rouler aussi vite. Son estomac se souleva, la bière clapotait à l'intérieur. Il imaginait parfaitement le Jim Beam au-dessus de la bière, telle une flaque d'huile sur de l'eau. Il se sentait brûlant et nauséeux. La voiture grimpa la colline du Maria Mitchell Observatory comme une fusée, et Jake cria enfin :

— Penny, ralentis !

En ce mois de juin, l'observatoire était parfois ouvert toute la nuit, et des visiteurs pouvaient très bien traverser la route à cette heure tardive. De plus, la police aimait se dissimuler juste derrière la crête de la colline pour pincer les fous du volant.

Mais Penny ne l'écoutait pas. Elle augmenta encore sa vitesse et ouvrit les quatre vitres toutes grandes, de sorte que l'air s'engouffra dans l'habitacle et les gifla violemment. Jake réussit à jeter un coup d'œil sur la banquette arrière, où Hobby était penché vers eux, le regard rivé sur le compteur de vitesse, comme s'il n'en revenait pas. Demeter, dont les cheveux lui cinglaient le visage, était plus blême que jamais.

Ses yeux étaient asséchés par le vent. Son estomac noué par la peur s'était contracté. La jambe tendue de Penny écrasait la pédale d'accélérateur avec une rage manifeste. Jake imaginait les portières de la Jeep être arrachées par le vent et le toit et les pneus sauter comme des bouchons de champagne, avant que la voiture ne décolle dans le ciel nocturne comme dans le film *Chitty Chitty Bang Bang*.

Penny se mordait la lèvre inférieure et ses yeux brillaient de larmes.

Elle va mal, pensa Jake. À force d'observer sa mère, il savait quand une femme allait mal, et Penny allait très très mal. Il repensa à tout ce temps qu'elle avait passé allongée en travers du lit de sa mère, à idolâtrer le trône de la reine maniaco-dépressive. Sa mère était devenue une sorte de modèle pour Penny, mais pourquoi ? Pourquoi !

— Penny ! Tu dois ralentir ! S'il te plaît !

Elle poussa un cri. Jake vit quelque chose scintiller droit devant eux. C'était l'océan. La fin de la route.

— Penny !

— Freine ! hurla Hobby.

Jake pensa brièvement à la transmission cassée, des milliers de dollars de réparation, mais il se rendit compte que Hobby avait raison et il empoigna le frein à main. Trop tard, ils décollaient du remblai.

Ils volaient.

JORDAN

Le lendemain de l'accident, Jordan ne savait pas quoi faire, aussi décida-t-il de travailler. Ce dimanche soir à 19 heures, il était au bureau. Seul, comme il l'espérait, car il avait besoin d'être seul pour réfléchir, pour comprendre. Le téléphone sonnait sans relâche – évidemment, les gens apprenaient la nouvelle les uns après les autres et voulaient des informations. Dans ce genre de situation, le mieux était de renseigner le site Internet, un site qui affichait pour le moment une photo géante de Patrick Loom en tenue de diplômé, le poing en l'air. Le gros titre annonçait : « Nantucket compte 77 diplômés. Plus de soixante-dix pour cent de futurs universitaires. » Sur une autre page, une photo de Penny en train de chanter l'hymne national, le liséré de sa robe de soleil au motif fleuri bleu légèrement soulevé par la brise. Première chose à faire, retirer cette image.

Mais Jordan fut incapable d'aller plus loin.

Il ne s'était jamais retrouvé face à une histoire qu'il était incapable de raconter. C'était l'un des commandements du monde journalistique : on publie les nouvelles, peu importe les circonstances. On publie les frasques du gouverneur avec des prostituées ou les méfaits de l'enfant chéri du sénateur, même si le sénateur était votre coturne à la fac et que le gouverneur est l'oncle de votre femme. Le beau-frère du grand-père de Jordan avait volé une voiture pour aller à Gibbs Pond – une affaire relativement mineure qui avait néanmoins alimenté toutes les conversations pendant une semaine dans les années 1930 – et le grand-père de Jake dut publier toute l'histoire en première page, avec la photo d'identité de son beau-frère en gros plan.

Jordan prit une profonde inspiration. Malheureusement, il n'avait aucune information, si ce n'était que Penelope Alistair, dix-sept ans, était morte, et que Hobson Alistair, son jumeau, était actuellement à l'hôpital Mass General de Boston, dans le coma. Un accident de voiture mortel. Penny conduisait une Jeep enregistrée au nom de Jordan. C'était la Jeep qu'il avait offerte à son fils pour son dix-septième anniversaire – car Jake était un bon gamin, en dépit de quelques bévues.

Voici les faits, à sa connaissance :

• Zoe l'avait giflé dans la salle d'attente de l'hôpital, devant tout le monde.

• Zoe ne prenait pas ses appels téléphoniques.

• Jake Randolph avait un hématome au genou droit et une coupure en haut de la joue gauche, mais en dehors de ces égratignures, il était indemne.

• Demeter Castle n'avait pas le moindre bleu, mais était en état de choc.

• Une bouteille de Jim Beam presque vide avait été retrouvée dans le sac à main de Demeter Castle.

• Jake Randolph et Demeter Castle avaient leurs ceintures de sécurité. Penelope Alistair et Hobson Alistair n'étaient pas attachés.

• Les airbags s'étaient ouverts.

• Penelope Alistair était morte, le cou brisé. Les infirmières de l'hôpital lui avaient prélevé un échantillon de sang pour les analyses toxicologiques, mais les résultats ne leur avaient pas encore été communiqués.

• La société Nantucket Auto Body avait tracté la Jeep hors de la plage dimanche matin à la première heure, et jusqu'à nouvel ordre, le véhicule était stationné dans le parking du commissariat.

Tant d'éléments lui manquaient. Que s'était-il passé ? Pourquoi Penny conduisait-elle si vite ? Jake prétendait n'en avoir aucune idée, mais Jordan le soupçonnait de mentir, du moins en partie. Peut-être que Jake et Penny s'étaient disputés ou, pis, que Jake avait rompu avec elle. Après tout, son fils était amoureux de Penny comme tous les gamins de dix-sept ans, et avait très bien pu flirter avec une autre fille. Avait-il bu cinq ou six bières et fait une bêtise ? Il affirmait que non et que tout allait bien, quand brusquement tout était parti en vrille.

Jordan avait dû tirer Ava de son profond sommeil pour lui apprendre qu'un accident de voiture s'était produit et qu'il allait à l'hôpital. Comme Jake n'était pas blessé, Ava avait décidé de ne pas l'accompagner. Jordan l'appellerait pour lui donner des nouvelles, promit-il, mais il était quasiment certain que l'Ambien aurait raison d'elle et qu'elle se rendormirait aussitôt. Donc, inutile de l'appeler. De retour à la maison à 5 h 30, la joue encore brûlante après la gifle de Zoe, Ava dormait toujours, et Jake pleurait comme un bébé. Jordan était déchiré entre consoler son fils et annoncer à sa femme le terrible drame.

Il avait étudié Ava à ce moment-là – la couette remontée sur la moitié du visage, les cheveux en bataille, la bouche ouverte dans son sommeil assommant – et avait éprouvé de la haine à son encontre. Il se haïssait lui aussi. Car, d'une certaine manière, tout cela était sa faute, il le pressentait.

Jordan secoua doucement l'épaule de sa femme jusqu'à ce qu'elle se réveille et se mette en position assise, faisant tomber la couette. Clairement désorientée, Ava était sans doute un peu effrayée. C'était la seconde fois en une nuit depuis des années que Jordan entrait dans cette pièce.

— Qu'est-ce qui se passe ?

— Penny est morte et Hobby est dans le coma, répondit platement Jordan. Ils l'ont héliporté à Boston.

Le visage d'Ava était impassible, aussi immobile qu'un masque. Il aurait voulu la secouer. N'entendait-elle pas son fils sangloter ?

Elle repoussa la couette d'un mouvement impatient, puis baissa les yeux sur ses mains. Des larmes roulèrent sur son visage, un sanglot lui échappa. Jordan devrait consoler sa femme, mais cela faisait bien longtemps qu'elle n'acceptait plus le moindre contact avec lui, aussi se contenta-t-il de lui tendre un mouchoir en papier. Elle se tamponna les yeux, comme si quelque chose lui avait éclaboussé le visage. Ses pleurs rauques redoublèrent.

— Oh, mon Dieu, articula-t-elle. Pauvre Zoe !

Jordan regarda Ava avec un intérêt presque indécent. Sans doute un effet du choc. En réalité, il était proprement abasourdi : pour la première fois depuis des années, Ava s'apitoyait sur quelqu'un d'autre qu'elle-même.

Trois jours plus tard, la publication du journal était imminente. Jordan prit place dans son bureau et ferma la porte, un geste inhabituel de sa part. Normalement, il laissait la porte grande ouverte, pour voir et entendre tout ce qui se passait. Il avait donné à son personnel, en particulier à son assistante Emily, l'ordre strict de ne pas publier le moindre détail de l'accident, prétextant l'enquête en cours.

Hobby était toujours dans le coma, pas de changement. Lynne Castle appelait Jordan tous les jours sur son portable pour lui donner des nouvelles. Et tous les jours, il demandait :

— Comment va Zoe ?

— D'après toi ? répondait Lynne. Elle ne parle qu'à Al.

Il avait éprouvé un réconfort malvenu à l'idée que Lynne Castle était elle aussi privée des confidences de Zoe.

Lynne lui avait posé une question tacite :

— Je suis sûre qu'elle a l'impression de nous haïr parce que nos enfants sont indemnes.

— Ah oui ?

Il avait une histoire à écrire. Impossible de prétendre que l'accident ne s'était jamais produit. Et s'il confiait cette tâche à Lorna Dobbs, sa meilleure rédactrice, et se contentait d'une relecture finale ? Il aurait bien voulu le rédiger lui-même, mais comment faire ? Mieux valait une journaliste détachée de l'affaire. Il fit venir la jeune femme dans son bureau.

Lorna Dobbs n'était pas une femme séduisante – le visage pâle et pincé, les cheveux trop fins – mais elle était intelligente et surtout très perspicace. Elle aurait pu faire carrière en tant qu'enquêtrice ou psychothérapeute.

— J'aimerais que vous écriviez un article à propos de l'accident, affirma Jordan. Appelez le chef de la police et tâchez d'en savoir plus.

Elle hocha lentement la tête.

— D'accord.

— C'est un sujet délicat, vous le savez.

— Bien sûr. Dois-je couvrir seulement l'accident, ou bien rendre un hommage à la jeune fille ?

Un hommage à Penny... Cela signifiait publier le témoignage de dizaines de personnes, l'énumération de ses succès, sans oublier les photographies. Ils avaient des photos dans les archives du journal, notamment cette toute dernière d'elle en train de chanter l'hymne national à la cérémonie des diplômes. Quelques heures avant sa mort. Mais pouvait-il raisonnablement publier une image pareille sans la permission de Zoe ?

— Seulement l'accident, répondit Jordan. Laissons l'hommage de côté jusqu'à...

— Jusqu'à ce qu'on ait des nouvelles du frère ?

— Oui.

— Dois-je appeler le Mass General pour leur demander plus de détails sur son état ?

— Oui. Mais juste le strict nécessaire.

— Bien sûr.

Lorna lui envoya l'article par e-mail deux heures plus tard. Quand Jordan le vit dans sa boîte électronique, il eut aussitôt la migraine. Il avait vécu d'autres événements pénibles par le passé – un conseil municipal qui avait mal tourné, la saisie de cocaïne de 1997, le meurtre d'une fille par son amant –, mais celui-ci était de loin le pire.

Il cliqua sur l'article.

UNE LYCÉENNE DE NANTUCKET MEURT DANS UN ACCIDENT DE VOITURE SUR CISCO BEACH

À environ minuit cinquante, le dimanche 17 juin, un accident de voiture fatal s'est produit au bout de Hummock Pond Road. La voiture, une Jeep Sahara quatre portes de 2009, conduite par une lycéenne de dix-sept ans, s'est écrasée sur le sable de Cisko Beach, lancée à plus de cent kilomètres à l'heure. La voiture, au nom du propriétaire du Nantucket Standard *Jordan Randolph, est habituellement conduite par son fils, Jacob Randolph, dix-sept ans, qui occupait le siège passager au moment de l'accident et s'en est tiré indemne. Se trouvaient aussi dans la voiture le frère jumeau de Mlle Alistair, Hobson Alistair, et Demeter Castle, tous deux âgés de dix-sept ans. Mlle Castle n'a pas été blessée, a indiqué la police, mais Hobson Alistair a été héliporté à l'hôpital Mass General de Boston pour soigner ses fractures multiples et un traumatisme crânien sévère qui a laissé le jeune homme dans le coma.*

Le capitaine de la police, Edward Kapenash, a déclaré que l'accident était dû à la vitesse excessive du véhicule. « Je n'ai pas besoin de vous dire combien ce drame accable notre communauté. Ici, au sein de la police, nos pensées et nos prières vont toutes à la famille Alistair. » Il a ajouté qu'aucune défaillance mécanique n'avait été décelée sur la Jeep. Selon ses dires, les quatre jeunes rentraient simplement chez eux après la fête de fin d'année de Steps Beach. La cause de la vitesse excessive de Mlle Alistair fait toujours l'objet d'une enquête. Les deux airbags se sont bien déployés, a confirmé Ed Kapenash, mais Mlle Alistair, qui n'avait pas sa ceinture de sécurité, a eu le cou brisé. Hobson Alistair n'était pas attaché non plus.

Un porte-parole de l'hôpital Mass General a déclaré que Hobson Alistair était toujours en soins intensifs et que son état n'avait pas changé depuis dimanche matin.

Jordan relut l'article. Encore et encore. Concis et factuel. Lorna avait suivi ses directives. La citation d'Ed était bien choisie. Aucune allusion à la bouteille d'alcool. Sans doute une faveur du chef de la police. Pas de mention non plus de l'attente des résultats du rapport toxicologique.

Très bien, il allait le publier.

Ce n'est qu'au moment des dernières finitions de mise en page par Marnie et Jojo que Jordan reçut un appel d'Al Castle.

— Zoe m'a demandé de te le dire, déclara Al.

Le cœur de Jordan s'arrêta. Voilà ce qu'il attendait : un message de la part de Zoe.

— Quoi ?

— Elle ne veut rien dans le journal. Pas un mot.

— Tu peux me répéter ça ?

— Elle ne veut pas lire une seule ligne à propos de l'accident dans le journal. Ce sont ses propres paroles : *pas un mot.*

— Pas un mot, répéta Jordan, interloqué.

— C'est ce qu'elle a dit.

— Je ne peux pas *ne rien* publier, Al.

— Le journal t'appartient. Tu ne dois rien à personne.

— Alors qu'est-ce que tu suggères ? De laisser tomber toute l'histoire ? Prétendre qu'il ne s'est rien passé ? La nier ?

— C'est ce que Zoe m'a demandé de te dire : pas un mot.

— Mais l'article que je comptais publier est sans danger. Seulement les faits. On n'apprend vraiment pas grand-chose.

— Jordan...

Nous y voilà ! Le discours du politicien avisé. Al n'avait que six ans de plus que lui, mais il aurait aussi bien pu en avoir soixante. Parfois, il employait ce ton docte, censé rappeler à Jordan qu'il avait été conseiller municipal pendant douze ans et président dudit conseil pendant neuf ans, ce qui, à ses yeux, était un gage de profonde sagesse.

— La santé mentale de Zoe ne tient qu'à un fil. Elle ne m'a dit que deux phrases pendant les quatre jours que j'ai passés à l'hôpital, et c'est le seul vœu qu'elle a exprimé : elle ne veut pas que tu parles de l'accident dans le journal. Maintenant... (Al marqua une pause.) Zoe est aussi ton amie, donc je peux seulement te demander d'accéder à sa requête. Elle a perdu sa fille, Jordan.

— J'en suis conscient, Al.

Jordan n'avait pas l'intention de se montrer désagréable envers Al, ce qui ne lui était arrivé qu'une fois ou deux auparavant, mais à présent, il se demandait si cet ordre déguisé venait vraiment de Zoe ou du conseiller en personne. Al n'avait aucun intérêt à voir l'accident détaillé dans le journal car sa fille se trouvait dans la voiture. Avec une bouteille de bourbon.

— Je ne peux pas ne *rien* publier, Al.

— Bien sûr que si. C'est ton journal.

Sur ces mots, il raccrocha.

Une demi-heure avant le bouclage, Marnie et Jojo venaient régulièrement frapper à la porte de son bureau pour savoir s'il avait pris une décision à propos de la

Une. Jordan prétendait être indécis pour la mise en page. Il le leur avait rien dit du contenu, encore moins de son intention de supprimer purement et simplement l'article.

Que faire ? Croire Al Castle ? Al n'aurait jamais pu détourner les propos de Zoe, encore moins les inventer. Certes, il pouvait se révéler pompeux par moments, mais il n'était pas du genre à manipuler les gens. Donc, Zoe lui avait fait passer ce message. *Pas un mot.* Zoe, la mère des victimes. Zoe, sa maîtresse. Mais il devait séparer les deux. S'il s'agissait d'une autre femme, que déciderait-il ?

Il était journaliste, comme son père, son grand-père, et son arrière-grand-père avant lui. Zoe lui demandait en substance de déclarer la guerre à sa lignée. De modifier son code génétique.

D'un clic, il détruisit le dossier. Puis il appela Lorna pour lui dire qu'il ne publiait pas l'article. Elle hocha lentement la tête. Il ouvrit la bouche pour s'expliquer, mais Lorna tourna les talons et quitta son bureau. Était-elle en colère ou lui épargnait-elle seulement l'indignité d'une malencontreuse justification ? Puis il annonça à Marnie et Jojo qu'il supprimait l'article de Une et le remplaçait par un article sur la remise des diplômes. Tous deux le regardèrent avec stupeur, puis Marnie s'excusa, une manière de dire qu'elle allait fumer une cigarette. Peut-être qu'ils allaient tous les trois démissionner. Marnie et Jojo n'avaient pas d'enfants, alors que Lorna avait deux garçons... Quelle importance, après tout ? Il n'avait pas l'intention de se justifier. En tant que propriétaire du journal, comme Al l'avait souligné, il en avait le droit. C'était lui le patron, point final.

De retour dans son bureau, porte close, il calma son instinct de révolte en se disant : c'est tout ce que je peux faire pour elle en ce moment.

Quinze jours après l'accident – Hobby était sorti du coma depuis une semaine –, Zoe organisa un service funéraire pour Penny. Elle n'était pas croyante, n'appartenait à aucune église, pourtant elle avait chargé Al d'organiser le service à St. Mary. Elle demanda à Jake de porter le cercueil, ainsi qu'à Patrick Loom, Colin Farrow, Anders Peashway et quatre autres coéquipiers de Hobby.

Huit jeunes hommes beaux et bien bâtis sortirent le cercueil du corbillard et le déposèrent sur le chariot qui remonta la travée centrale. Hobby assista à la cérémonie dans un lit d'hôpital sur roues que du personnel hospitalier avait positionné entre le premier rang et l'autel. Mi-homme mi-momie, Hobby avait toute sa tête, et ne se cachait pas pour pleurer, au comble du désespoir. Jake avait entendu dire que Hobby avait désiré prendre la parole pendant le service et s'était heurté au refus de sa mère. C'était trop douloureux pour elle. Jake aussi voulait dire quelques mots, tout comme Annabel Wright et Mme Yurick, le professeur de chant, mais Zoe refusait tout discours. Le prêtre évoqua le Christ, le pardon, la gloire et l'au-delà, mais Jordan – assis sur la gauche au côté d'Ava – avait l'impression d'une imposture. La cérémonie était trop rigide, trop formelle, trop religieuse. Zoe ne le voyait-elle donc pas ? Elle était assise au premier rang, vêtue d'un tailleur noir qu'il ne lui connaissait pas, une tenue parfaite pour une femme d'affaires, et qui elle non plus ne cadrait pas avec la cérémonie. Un déguisement. Ces funérailles étaient une mascarade. Zoe se cachait. Était-ce bien elle ? Car cette femme sur ce banc d'église, dans son tailleur noir, il ne la connaissait pas.

Bien sûr, perdre un enfant transformait une personne. Il suffisait de regarder Ava.

L'église était bondée. La foule s'agglutinait devant l'édifice et débordait même dans la rue.

Pourquoi ne pas avoir laissé Jake prendre la parole ? Le malheureux avait passé des jours à griffonner quelques mots, et quand Jordan avait voulu les lire, son fils avait répondu qu'il les entendrait pendant le service, comme tout le monde. Devant le refus de Zoe, Jake avait été bouleversé. Jordan avait failli intervenir en faveur de son fils en allant parler à Zoe pour la première fois depuis l'accident, mais finit par renoncer. Punissait-elle Jake d'avoir survécu ? Mais alors pourquoi ne pas laisser Hobby s'exprimer ? Jordan comprit que ce service était un fardeau déjà trop lourd à porter. Un trop-plein de Penny.

À la fin du service, neuf filles se rassemblèrent devant l'autel : le madrigal des lycéennes. Vêtues des mêmes T-shirts noirs et corsages blancs que lors de leur représentation scénique. Elles s'alignèrent, laissant un espace à l'endroit où Penny se tenait habituellement. Jordan n'avait jamais vu un spectacle aussi poignant. Les filles entonnèrent l'*Ave Maria* et toute la congrégation se leva. Jordan ne regardait que Zoe. Les mains serrées sur sa poitrine, les yeux clos, ses lèvres se mouvaient imperceptiblement.

Alors Jordan se dit avec fierté : Tu as réussi, Zoe. Bravo.

ZOE

Le jour où Jordan Randolph s'envola avec sa femme et son fils pour l'Australie, Zoe sortit sur la terrasse, face à l'océan majestueux, et cria après tous les avions qui s'élevaient dans le ciel, ignorant lequel était le sien.

— Va te faire foutre, Jordan Randolph !

À d'autres, elle hurlait :

— Je t'aime, Jordan Randolph !

JORDAN

Il ne publia pas un mot sur l'accident. Jamais. Ce choix éditorial lui valut beaucoup de critiques. Quelques publicitaires retirèrent leurs encarts, mais son journal était le seul de l'île, si bien qu'en essayant de l'atteindre lui, ils ne faisaient que s'en prendre à eux-mêmes. Jordan demanda à son assistante, Emily, ce qui se disait en ville. Candide, sans artifices, Emily connaissait tout le monde. Elle était donc la personne idéale à qui poser la question.

— Le bruit court que vous couvrez l'affaire parce que les freins de la Jeep étaient défaillants. Que vous l'avez étouffée parce que votre fils était impliqué. Que vous essayez de protéger la fille d'Al Castle, qui avait une bouteille de Jack Daniel's dans son sac à main et a insisté pour faire boire Penny dans les dunes. On dit que Ted Field ne veut pas publier le rapport toxicologique.

Emily déglutit.

— Les gens pensent que c'est la faute de la mère, qui n'a pas appris à ses enfants à boucler leur ceinture. Que sa voiture, la orange, n'a même pas de ceintures de sécurité. Que la fille était mentalement instable. Que c'était un suicide. Ils disent que c'était un double suicide, un pacte entre Penny et votre fils, mais que Jake a mis sa ceinture au dernier moment. Ils parlent d'un quadruple suicide. Ils disent que les quatre gamins étaient sous acide, que c'est pour ça que Ted Field ne veut pas communiquer le rapport toxicologique. Ils disent que la fille Castle pratiquait la sorcellerie. Que Penny fumait de l'Oxycontin fourni par votre femme, que c'est pour ça que Ted Field ne veut pas communiquer le rapport toxicologique.

— Dieu du Ciel ! s'écria Jordan. Ils disent tout cela, mais pas… ?

Emily essayait-elle de ménager ses sentiments ? Ferait-elle une chose pareille ? Certainement pas.

— Autre chose ?
— Autre chose ? répéta Emily.

Les gens diraient aussi que Jordan Randolph avait décidé d'abandonner le journal pour déménager à Perth, en Australie-Occidentale, avec sa femme et son fils, parce qu'il voulait échapper au scandale et à la honte que la mort de Penelope Alistair faisait peser sur sa famille et le journal de sa famille.

Ce qui était en partie vrai.

Il n'avait pas publié l'histoire, et ce simple fait avait modifié ses sentiments envers le journal. Toute sa vie, il avait cru que le journalisme était une profession de foi. Son boulot était d'écrire et publier les faits et rien que les faits – en dehors des éditoriaux. Un journal était pur. Sacré. Mais en ne publiant pas un mot de l'accident, Jordan l'avait, d'une certaine manière, désacralisé. Son caractère pur et sacré avait cette fois servi les intérêts d'une femme qui avait perdu un enfant et risquait d'en perdre un autre. Une femme qui était sa maîtresse. Quelle importance maintenant ? Jordan s'était persuadé qu'il aurait fait la même chose pour n'importe qui d'autre.

Ne pas publier l'histoire lui avait fait prendre conscience que le journal n'était pas toute sa vie. Et qu'il était capable de le quitter. Quelqu'un d'autre pouvait le gérer pendant un an, ou indéfiniment, et il n'aurait plus à s'inquiéter de voir son intégrité compromise, même s'il était déjà trop tard pour cela.

Ava le suppliait de retourner en Australie depuis près de trente ans. Jordan n'avait plus jamais accédé à sa demande après son premier séjour en Australie. C'était la nation d'Ava, pas la sienne. Sa femme y était retournée une poignée de fois, seule ou avec Jake. Mais cela faisait quatre ans qu'elle n'avait pas revu son pays natal. Depuis la mort d'Ernie.

Jake ne voulait pas vivre en Australie. Mais quitter l'île serait mieux pour son fils, Jordan en était convaincu.

Au final, sa décision n'avait rien à voir avec Jake, Ava, le journal ou l'opinion publique négative à propos de sa gestion de l'accident.

Elle avait trait à Zoe.

Pendant les neuf jours du coma de Hobby au Mass General, Jordan n'avait eu aucune nouvelle de sa maîtresse. Neuf jours sur le fil du rasoir, à décrocher le téléphone, vérifier ses messages et traquer ses appels manqués – des douzaines chaque jour, mais pas un d'elle –, à se demander s'il devait ou non sauter dans un avion pour aller la retrouver. Mais Al Castle était à Boston, où il jouait les bons samaritains. Que penserait Al si jamais Jordan débarquait à l'improviste ? Al avait sûrement déjà des soupçons, mais encore une fois, qu'importaient les sentiments du concessionnaire, quand Zoe avait perdu sa fille ? Elle l'avait giflé à l'hôpital et envoyé ses lunettes valdinguer dans la salle d'attente. Jordan n'avait jamais été frappé par qui que ce soit, mais curieusement, cette gifle l'avait exalté. Ce geste était empreint d'une telle passion, ainsi que d'une foule d'autres sentiments complexes et profonds, que Zoe était bien incapable d'exprimer, ce qui d'ailleurs était un problème dans leur relation. Quand elle laissait un message sur son portable au beau milieu de la nuit, elle lui répétait inlassablement : « À qui d'autre que toi puis-je parler de toi ? »

Jordan avait écrit des SMS qu'il avait effacés aussitôt après. Toute la nuit, il se demandait : dois-je l'appeler ? À certains moments de leur relation, Zoe avait réclamé de l'espace, mais ce qu'elle désirait en réalité, c'était au contraire un rapprochement. Telle était la stratégie confuse de Zoe. Jordan était convaincu que la gifle et le silence buté étaient des appels au secours. Zoe avait besoin de lui ! Le soir de la veillée aux chandelles – à laquelle il n'avait pas voulu se rendre sans Jake, il l'avait appelée à 22 heures et, tombant sur le répondeur, avait raccroché. Puis à minuit, même scénario, sauf que cette fois il avait réussi à croasser un mot – « Zoe » –, rien d'autre. La troisième fois, car trois était un chiffre magique, il avait rappelé à 3 heures du matin, imaginant les couloirs sombres et silencieux de l'hôpital, et Zoe allongée sur trois chaises en plastique moisi, selon la description d'Al, avec l'oreiller rachitique et la couverture rapiécée qu'une infirmière bénévole avait bien voulu lui donner. Bon Dieu, Zoe, décroche ! À qui d'autre puis-je parler de toi ? Mais là encore, la voix du répondeur.

Sa tête et son cœur étaient en miettes. Il n'avait jamais imaginé vivre une telle épreuve émotionnelle – son fils au cœur brisé, son amante anéantie, sa femme étrangement insensible, l'île tout entière qui le blâmait ou lui réclamait des explications. Penelope, la fille que Jordan adorait, était morte. Lui aussi avait du chagrin, devait faire son deuil. Il voulait prier pour Hobby. Les enfants de Zoe étaient, par bien des aspects, comme ses propres enfants, et en ces terribles circonstances, ce fait était devenu extrêmement prégnant. Son fils à lui allait bien.

Zoe ne retournait pas ses appels.

Va à Boston ! pensait-il. Si elle te renvoie, tant pis.

Sa dernière rencontre avec Zoe, c'était le jeudi précédant la remise des diplômes. Les mardis et jeudis matin leur appartenaient : Jordan allait chez Zoe dès que les enfants étaient partis pour l'école. L'été, ils s'installaient sur la terrasse, et l'hiver près de la cuisinière à bois. À l'occasion, ils marchaient sur la plage. Ils parlaient de tout, même si leur sujet préféré était leurs trois enfants. Ava avait aussi une large part dans leurs conversations, et récemment, Jordan avait senti que Zoe vivait de plus en plus mal son choix de rester marié. D'après Zoe, il devait quitter sa femme, pour son propre bien. Comment pouvait-il continuer à supporter ses sautes d'humeur ? Depuis la mort d'Ernie, Ava n'avait que deux visages : elle était tour à tour colérique et combative ou morose et apathique. Elle tenait Jordan pour responsable de la mort de leur fils, et il avait porté ce fardeau sans un mot de complainte. Pourquoi ? insistait Zoe. Pourquoi ne pas reprendre le contrôle de sa vie ?

C'était le moment idéal pour un gros soupir. La situation était bien plus complexe que Zoe ne l'imaginait. En qualité de mère célibataire, elle n'avait jamais eu à partager ses enfants avec quiconque. Elle avait toujours été le parent unique. Après son bref mariage de six mois, de l'eau avait coulé sous les ponts. Depuis, Zoe avait tout oublié du mariage. Du moins le peu qu'elle en savait. Par exemple que le pire des mariages était bien plus solide qu'on pouvait l'imaginer. Jordan ne pouvait pas simplement claquer la porte. Ava et lui avaient deux enfants, un vivant et un mort. Ainsi qu'une maison, des habitudes. Ces quatre dernières années, leur mode de vie s'était détérioré, mais cela n'avait pas suffi à briser leur union. Si Jordan déménageait, Jake choisirait de venir avec lui, il le savait. Or, sans son fils, Ava dépérirait. La meilleure solution pour elle serait de retourner en Australie et de retrouver le bonheur, mais elle ne partirait jamais sans Jake. Zoe comprenait certainement que la situation était impossible. Et que voulait-elle qu'elle n'ait déjà, en fait ? Parfois, elle voulait lui faire croire qu'elle avait envie d'emménager avec lui, vivre avec lui, l'épouser. Mais c'était ridicule. Zoe, plus que toute autre personne au monde, chérissait sa liberté. Oui, elle avait été mariée pendant ces six mois au père de Penny et Hobby. Pourtant, Jordan avait le plus grand mal à imaginer la scène. Zoe avec une alliance à l'annulaire gauche, Zoe en train de préparer le petit déjeuner, le déjeuner et le dîner pour un homme, Zoe renonçant au contrôle de la télécommande ou de la température de l'eau de la douche, Zoe partageant son lit ? Elle qui ne répondait à personne d'autre que ses enfants.

Le dernier jeudi matin que Jordan avait passé avec sa maîtresse, ils s'étaient allongés sur la méridienne de la terrasse. La remise des diplômes la rendait mélancolique. L'automne venu, leurs enfants entreraient en quatrième année, et l'année suivante, ce serait *eux* les diplômés. Après quoi, ils partiraient pour l'université. Elle a peur de se retrouver seule, pensait Jordan. Mais ce matin-là, Zoe était impatiente d'entendre Penny chanter l'hymne national, et de voir Jake et Hobby devenir les meneurs d'hommes qu'ils étaient destinés à être. Zoe et Jordan s'étaient tous deux rendus à la soirée de Patrick Loom. Ils aimaient se voir en public, éprouver ce délicieux sentiment de secret partagé. Zoe portait toujours une tenue sexy, sans oublier ce gloss qui faisait briller ses lèvres comme du cristal, et ce parfum qui le rendait fou.

Ils avaient fait l'amour sur la méridienne, au soleil, puis s'étaient douchés ensemble à l'extérieur. Ensuite, Jordan s'était assis à la table de la cuisine, une serviette de coton blanc nouée autour de la taille, pendant que Zoe lui préparait une omelette au cheddar, tomate et bacon, avec des pommes de terre rissolées, des tartines beurrées de pain au froment, du jus d'orange fraîchement pressé et du café chaud. Il mangeait avec gratitude. Zoe était la seule à cuisiner pour lui, ce qui était une forme d'amour. Hélas, elle ne partageait jamais ses repas, préférant s'affairer dans la cuisine pour lui préparer un panier-repas pour le déjeuner : dinde, gruyère, mâche, moutarde au miel, morceaux de melon, salade de pâtes aux asperges et pignons de pain grillés, et une part de tarte au chocolat et beurre de cacahuète dans du film alimentaire. Le tout dans un sachet brun. Parfois, elle ajoutait une note, mais pas aussi souvent qu'il l'espérait.

Ce jeudi-là, il trouva un mot sur l'une des fiches dont elle se servait pour inscrire ses recettes, pliée en deux. *Mon cœur t'appartient.*

C'était jeudi. Et vendredi, Jordan l'avait appelée sur le chemin du retour à la maison, après son travail, mais elle était occupée à préparer le buffet pour la soirée de fin d'année de Garrick Murray et n'avait pas une minute à elle. Le samedi, il l'avait vue à la cérémonie de remise des diplômes. Trois sièges les séparaient l'un de l'autre et son regard s'attarda sur le galbe de ses mollets – incroyable, vu qu'elle ne faisait aucun sport – puis sur les ongles de ses orteils, d'une teinte prune profonde, dans ses sandales à petits talons. Ils avaient échangé quelques mots en tête à tête à la soirée des Loom, puis, après le départ des enfants, Jordan lui avait proposé de la raccompagner à sa voiture – il rentrait chez lui – mais Zoe lui répondit qu'elle allait rester un peu plus longtemps. Sur ces mots, elle lui décocha un sourire éblouissant. Zoe avait – ou plutôt prétendait avoir – le béguin pour le père de Patrick, Stuart Loom, et Jordan jouait le jeu en paraissant jaloux. Sauf que Jordan ne faisait pas semblant. Cela le rendait jaloux, mais heureusement Stuart Loom était marié, et Zoe et Alicia Loom étaient amies, aussi Jordan n'avait pas vraiment de raisons de s'inquiéter. Il quitta donc la soirée des Loom l'esprit tranquille. Tout allait bien.

La fois suivante, ils s'étaient retrouvés dans la salle d'attente de l'hôpital, et elle l'avait giflé. Et maintenant, elle ne voulait plus lui adresser la parole. La théorie de Lynne Castle était-elle juste ? Était-elle incapable de leur parler parce que Jake et Demeter étaient indemnes ? Vivants ? Jordan avait accédé à la requête de Zoe – il n'avait pas publié un mot sur l'accident –, donc elle ne pouvait rien lui reprocher. Il n'avait rien fait de mal.

Mais avant que Jordan n'ait trouvé le moyen d'approcher Zoe, la nouvelle tomba : Hobby était sorti du coma ! Le gamin était solide. Il n'avait aucun dommage cérébral.

Jordan était à la maison au moment de l'appel de Lynne Castle. Il était environ 22 h 30. Ava était endormie et Jake dans sa chambre à l'étage, porte close. Lynne l'avait appris de la bouche de Rasha Buckley, qui se trouvait en ce moment même au Mass General avec Zoe.

— Merci mon Dieu, Lynne !

— Oh, oui !

Il eut envie d'appeler Zoe dans la minute, mais ne put s'y résoudre. De toute façon, elle ne répondrait pas au téléphone. Elle serait avec Hobby, ne voudrait parler qu'à Hobby. Aucun autre être humain n'aurait plus d'importance à ses yeux pendant des semaines, des mois... peut-être pour l'éternité.

Une semaine plus tard, Zoe appela Jake sur son portable pour lui demander de porter le cercueil de Penny et lui dire qu'il ne prendrait pas la parole pendant le service funèbre.

Jordan accueillit la nouvelle avec stupeur.

— Est-ce qu'elle a voulu me parler ?

Ava intervint :

— C'est sa mère, Jake. Tu dois respecter ses vœux.

Jordan se retrouvait rarement dans la même pièce qu'Ava et Zoe. La dernière fois que cela s'était produit, c'était lors de la dernière représentation de *Grease*. Puis le jour des funérailles. Autrefois, Zoe et Ava étaient de bonnes amies. Après la mort d'Ernie, Zoe leur avait apporté des plats cuisinés tous les jours pendant un mois. Elle avait emmené Jake à la plage, l'avait laissé dormir à la maison quand il le désirait.

Ava avait laissé toutes ses amitiés se déliter – y compris celle avec Zoe – puis la romance entre Jordan et Zoe était née, après quoi Zoe avait évité son ancienne amie par tous les moyens. Lorsque les deux femmes se voyaient, elles se montraient civiles, se disaient bonjour, comment vas-tu ?, au revoir. Jordan n'était pas certain que Zoe ait envie de voir Ava aux funérailles, mais comment obliger son épouse à rester à la maison ? Le comportement d'Ava s'était adouci depuis le drame. Avant le service funéraire, elle est allée trouver Zoe, lui avait pris les deux mains et l'avait embrassée. Une scène que Jordan avait observée avec stupeur, attendant l'inévitable regard interrogateur de Zoe. Mais Zoe ne l'avait pas regardé une seule fois, ni avant, ni pendant, ni après les funérailles.

Trois jours plus tard, il lui rendit visite. Hobby avait été transféré au Nantucket Cottage Hospital, où il resterait le temps de guérir un peu ses fractures, ce qui pouvait prendre jusqu'à trois semaines. Tous les jours, Zoe restait assise près de lui deux heures pendant la matinée, puis un peu après le déjeuner, puis de 18 à 20 heures. Cet emploi du temps lui avait été fourni par Lynne, si bien qu'il s'était rendu au cottage de sa maîtresse avec ces horaires en tête, et avait attendu son arrivée sur le chemin de terre, à 20 h 15. Il lui laissa quelques minutes seule à l'intérieur, le temps suffisant, se dit-il, pour allumer des bougies à la citronnelle, se servir un verre de vin, ôter ses sandales et s'installer sur la méridienne.

Mais avait-elle les mêmes habitudes, maintenant que Penny était morte, ou s'était-elle écroulée par terre pour pleurer ?

Il se gara dans l'allée derrière la Karmann Ghia, que Zoe laissait là pour pouvoir repartir à toute vitesse en cas d'urgence. Il s'approcha de la maison en silence, tel un criminel. Cela ne lui semblait pas prudent de vivre ainsi sur la plage dans une maison qui fermait mal. Il le lui disait depuis des années, mais elle ne l'écoutait jamais. Elle n'avait peur de rien, affirmait-elle, ni de personne.

D'habitude, il frappait à la porte – deux coups espacés suivis de deux coups rapprochés, le code Morse pour la lettre Z –, mais cette fois, il se glissa par les portes-fenêtres sans s'annoncer. Le soleil était bas à l'horizon, le crépuscule commençait. Comme Jordan s'y attendait, Zoe se rouvait sur le pont – avec les bougies à la citronnelle et le verre de vin. Sa maison, cela dit, était un vrai capharnaüm. Le comptoir était recouvert de paniers de fruits et de compositions florales en décomposition, ainsi que de petits hommages à Penny, sans doute fabriqués par ses camarades de classe, comme des photos encadrées et des peluches. Des bouteilles de vin vides s'entassaient dans la poubelle et le réfrigérateur débordait probablement de plats cuisinés. L'ironie de la situation ne lui échappa pas – l'idée de tous ces gens qui avaient apporté de la nourriture à Zoe, des plats qu'elle finirait par jeter en bas de l'escalier pour servir de repas aux mouettes.

Il avança sur le pont.

— Zoe ?

Elle leva les yeux, sans paraître surprise.

— Salut.

— Salut ?

Cet accueil le prit à froid. Il s'attendait plutôt à un : Sors d'ici ! Ou un verre de sauvignon blanc jeté à la figure. Il avait aussi secrètement espéré qu'elle se jette dans ses bras.

— Je suis venu te parler.

— Eh bien, oui, je m'y attendais. Tôt ou tard.

Il n'osait pas s'asseoir sur la méridienne avec elle, à l'endroit où leurs fantômes avaient fait l'amour – leurs deux corps entièrement nus, elle le chevauchant, lui se cabrant sous elle jusqu'à ce qu'elle pousse un cri libérateur – le 14 juin dernier. Il y a vingt jours. Une éternité.

Il approcha l'une des chaises assorties à la méridienne et s'assit, les coudes sur les genoux. Zoe portait un short en jean blanc, un débardeur bleu marine et les hideuses boucles d'oreilles en verroterie bleue que Hobby lui avait achetées pour Noël quand il avait dix ans, un sujet de plaisanterie dans la famille, qui ne devait plus l'être aujourd'hui. Désormais, elle les portait avec fierté. Désormais, c'était ses boucles d'oreilles préférées. Les cheveux de Zoe étaient naturellement noirs, avec une coupe mutine et les pointes colorées, mais le rouge s'était affadi et Jordan remarqua du gris au niveau des racines. Elle était très pâle et ne portait pas de maquillage, alors qu'elle adorait être tout le temps bronzée, même au milieu du mois de janvier, et soulignait toujours ses yeux d'un trait de crayon vert.

Impossible de détacher son regard d'elle. Voilà sans doute à quoi elle ressemblait enfant, pensait-il. Il vit Penny en elle ce jour-là, comme jamais auparavant. Était-ce tragique ou poétique ? La mère qui commençait à ressembler à la fille une fois celle-ci morte ?

— Je ne sais pas quoi dire...

Il avait beaucoup réfléchi au milieu de la nuit – après tout c'était son boulot de journaliste d'aller au cœur des choses –, mais les mots soigneusement préparés lui échappaient à présent.

— Il n'y a rien à dire. Ce n'est pas ta faute. Rien ne clochait avec la Jeep. Penny conduisait trop vite. Elle était bouleversée, d'après Hobby.

— Bouleversée ? Mais par quoi ? Il s'est passé quelque chose ?

— Elle avait dix-sept ans, Jordan. Des tas de choses lui arrivaient tous les jours. J'ai longuement hésité entre l'envie féroce de connaître la vérité et la peur d'être confrontée à une réalité vaine. Car à quoi bon finalement ? Penny conduisait imprudemment, et elle le savait parfaitement. Elle aurait pu les tuer tous les quatre, Jordan, ce qui aurait donné à cette conversation une tout autre tournure.

Zoe contempla l'océan.

— Est-ce que tu peux imaginer un drame pareil ?

Que Jake ait péri dans l'accident ? Non, il ne pouvait l'imaginer.

— Qu'est-ce que tu ressens ? lui demanda-t-il.

— Je suis incapable de l'expliquer.

— Essaie.

— Je ne veux pas essayer, dit-elle en avalant une gorgée de vin.

— As-tu lu le rapport toxicologique ?

— Oui. Elle n'avait rien pris.

— Vraiment ?

— Tu n'en doutais pas, n'est-ce pas ? rétorqua Zoe en le fusillant du regard.

— Je ne sais pas. Tous les autres avaient bu...

— Mais Penny n'a pas bu une goutte depuis cette horrible soirée chez les Peashway.

— Oui, et c'était elle qui conduisait parce que les autres avaient bu. Tu n'es pas folle de rage ?

— Hobby m'a dit que Jake lui avait proposé de conduire, mais Penny n'a pas cédé.

Elle se frotta les genoux.

— Tu n'avais pas besoin de venir ici, Jordan. Je ne t'en veux pas, et je ne blâme pas ton fils.

— Il fallait que je vienne, il le fallait... parce que je t'aime.

Elle rit, d'un rire las.

— Ah ! Ça...

— Oui, ça. Notre relation. Mon amour pour toi. Sais-tu combien il a été pénible de ne pas pouvoir te parler, Zoe ? De ne pas pouvoir pleurer avec toi ?

— Pourquoi est-il toujours question de toi ?

— Je ne parle pas de moi. Je parle de nous.

— Il n'y a pas de « nous » ! s'emporta Zoe. Tu veux savoir pourquoi je t'ai giflé ? Parce que, pendant près de deux ans, j'ai cru qu'il y avait un « nous ». Mais quand ils m'ont dit que Penny était morte et Hobby dans le coma, j'ai compris qu'il y avait seulement un « je ». Un « je » qui avait perdu un enfant et risquait d'en perdre un autre. Et toi, tu restais à l'autre bout de la pièce ! Et tu allais rentrer chez toi, avec ton fils et ta femme. Je t'ai giflé parce que j'étais furieuse et blessée, mais aussi parce que tu m'as laissé croire qu'il y avait un « nous » alors que cela n'a jamais été le cas. Et qu'il n'y en aura jamais !

— Qu'est-ce que tu veux dire ? Tu veux que je quitte Ava ? D'accord, Zoe, oui, je vais quitter Ava.

— Maintenant ?

Elle termina son vin et s'en resservit un autre.

— Maintenant que j'ai perdu un enfant, maintenant que tu as pitié de moi...

— Ce n'est pas la raison !

— Pourquoi, alors ? Pourquoi maintenant et pas avant ?

— Parce que j'ai découvert la puissance de mes sentiments. Cette crise les a mis en lumière.

— Tu te rends compte à quel point tu es ridicule ?

Oui, il s'en rendait compte. Oui, il était ridicule et oui, il savait que sa proposition arrivait trop tard. Qu'il aurait dû quitter Ava il y a bien longtemps. Il pensait devoir rester avec sa femme par honneur, alors qu'en vérité, il était resté par lâcheté.

— Je veux être avec toi, murmura-t-il.

— Je ne peux pas être avec toi ! rétorqua Zoe. C'est terminé.

— Zoe...

— Pour tant de raisons...

— Tu as traversé l'enfer.

— Essaie de ne pas m'expliquer ce que je ressens, s'il te plaît, essaie de me laisser gérer cette situation comme je l'entends et prendre mes propres décisions.

Il faisait sombre à présent. Jordan entendit un bruit d'explosion. Il se leva et se posta au bord de la terrasse. Sur la plage, quelqu'un lançait un feu d'artifice. Soit il avait oublié ce détail, soit il l'avait ignoré : aujourd'hui, c'était le 4 juillet, la fête de l'Indépendance de l'Amérique.

— Et ta décision est de mettre un terme à notre relation ?

— Exact.

— Je ne suis pas d'accord.

— Tu n'as pas le choix.

— Pas question !

Elle se leva d'un bond et tendit la main vers le visage de Jordan. Il tressaillit, effrayé à l'idée de recevoir une autre gifle. Mais elle lui ôta ses lunettes et en essuya les verres avec le bas de son débardeur en coton bleu. Un geste si familier, si tendre que Jordan faillit pleurer. Lorsqu'elle remit ses lunettes en place, elle lui caressa la joue, et il se dit avec angoisse que c'était peut-être la dernière fois qu'elle le touchait ainsi.

— Jordan...

Elle se tut. Sur la plage, s'éleva une fusée, suivie d'une série d'explosions.

— Jordan, je suis désolée.

Cette nuit-là, Jordan prit sa voiture et roula durant des heures. C'était sa terre natale, l'île où il avait passé toute son existence, en dehors de quatre années à Bennington, dans le Vermont. Pourtant, cette nuit-là, il s'aventura sur des routes qu'il n'avait pas empruntées depuis des décennies, sous les feux d'artifice qui teintaient le ciel nocturne d'une étrange luisance rose. Il quitta Polpis Road et fit un détour par l'intérieur des terres, jusqu'à Almanack Pond, traversant des hectares de verts pâturages et d'espaces boisés. Il fit le tour du phare de Sankaty, puis traversa Sconset et ses vieux cottages aux toits fleuris, avant de reprendre Low Beach Road en direction du sud, où les propriétés étaient dix fois plus grandes que les petites chaumières de la ville, mais dataient toutes de la dernière décennie. Puis il tourna du côté de Tom Nevers et Madequecham. Il n'avait jamais très bien compris quelles routes de terre menaient à Madequecham, si bien qu'il se retrouva perdu dans un bois de pins. Il s'obstina à

progresser entre les buissons d'épineux qui éraflaient sa
voiture. Enfin, il déboucha sur une route déserte qui le
ramena à Milestone.

Il n'y a pas de « nous », avait dit Zoe.

Il roula jusqu'à la pointe de Madaket, un trajet de trente
minutes depuis le Rotary. Ava et lui étaient allés à cet
endroit pour une soirée il y a quelques années, mais
depuis ils n'y étaient jamais retournés. De là, il gagna Eel
Point Road jusqu'à Dionis Beach, puis il reprit la direction du sud jusqu'à sa destination finale : la fin d'Hummock Pond Road.

Quelqu'un avait planté une croix blanche dans le sable.
Une croix plus haute que Jordan, ornementée de rubans
roses et de bouquets de fleurs – fraîches pour certaines.
Zoe l'avait-elle vue ?

Il n'en revenait pas que Zoe veuille affronter les mois et
les années de souffrance à venir sans lui. Mais elle avait
pris sa décision et elle pensait ce qu'elle lui avait dit. C'était
terminé. Pour tant de raisons. Il ne lui en avait demandé
aucune, parce que cela lui importait peu. Tout ce qui comptait, c'était son amour pour elle. Et aujourd'hui, il se retrouvait seul avec cet amour. Il quitterait Nantucket parce qu'il
était faible, parce que rester sur cette île n'était pas possible. Cette virée nocturne sur son île, au gré de ces routes
peu familières, était sa façon de lui dire au revoir.

Il retourna vers la civilisation, en envisageant de passer
voir Hobby à l'hôpital, ou s'arrêter au cimetière pour se
recueillir sur la tombe du petit Ernie, mort à huit
semaines. Soudain, il ressentit l'appel d'une terre étrangère, lointaine, vaste, une terre vierge de tous souvenirs,
où rien ne pourrait l'atteindre.

Au croisement de Bartlett Farm Road, le moteur se mit
à hoqueter. Le véhicule parcourut encore quelques mètres,
puis s'arrêta sur l'accotement. Panne d'essence.

Il n'y a pas de « nous ».

Pour tant de raisons.

Jordan descendit de voiture, glissa ses clés dans sa
poche, et se mit à marcher vers la maison.

NANTUCKET

Grande nouvelle : les Randolph partaient pour l'Australie-Occidentale pour au moins un an, peut-être plus. Jordan Randolph prenait congé du journal, que Marnie Fellowes gérerait en son absence. Des gens s'interrogeaient sur le bien-fondé de retirer Jake Randolph du lycée pour sa dernière année. Était-ce louable ou cruel ? Était-ce une décision sage, étant donné les admissions à l'université en perspective ? Certains disaient que Jake ne voulait pas partir. D'autres prétendaient qu'il avait hâte de quitter Nantucket. Même ceux qui ne connaissaient rien du mariage des Randolph savaient qu'Ava mourait d'envie de rentrer dans son Australie natale. Sans l'accident, les gens auraient cru à une tentative de consolider leur union. Mais tout le monde savait que les Randolph partaient à cause du drame.

L'accident flottait encore dans tous les esprits, mais ne constituait plus le centre d'intérêt principal. Après tout, c'était un accident – personne n'était à blâmer. Penelope Alistair conduisait trop vite, voilà tout. Le Dr Ted Field divulgua le rapport toxicologique, qui n'éclairait aucunement les événements. Penny n'avait pas d'alcool ni de drogue dans le sang. Elle était bouleversée. Les gens avaient hasardé des hypothèses sur les raisons de son état émotionnel, mais la plupart étaient si absurdes que nous les avons écartées aussitôt. Bien sûr, tout le monde murmurait que les trois autres avaient bu. Si cela s'était produit pendant l'année scolaire, des parents auraient sûrement proposé un débat sur les dangers de la drogue et l'alcool, mais on était à présent au plus fort de l'été. Les douces semaines de juin avaient fait place aux brûlantes journées de juillet. Les estivants débarquaient avec leurs breaks et leurs hummers, occupaient toutes les places de parking disponibles, s'entassaient dans les allées du Shop & Shop, apportaient leur bonne humeur et faisaient couler sur l'île un flot d'argent. Ainsi, nous ne pensions plus du tout à Penelope Alistair. Ne nous croyez pas insensibles pour autant, la vie continuait, voilà tout. L'été, nos existences étaient plus remplies que jamais.

Bien sûr, nous avions nos mémentos. La croix blanche sur Cisco Beach se voyait de loin. Plusieurs filles de la chorale madrigale se rassemblaient tous les soirs au pied de la croix pour chanter. Au crépuscule, elles entonnaient les airs classiques qu'elles avaient si âprement répétés, mais à mesure que le public enflait (quinze personnes un soir, vingt-cinq le lendemain), elles élargirent leur répertoire aux Beatles et à Elton John. Comme pour tout, cette initiative avait ses détracteurs. C'est de mauvais goût, disaient certains, de chanter tous les soirs à l'endroit même où leur copine est morte. D'autres y voyaient un hommage approprié. La croix elle-même divisait les gens. Cisco était une plage de surf populaire, où désormais la langue de sable de chaque côté de la croix restait déserte pendant la journée.

Une résidente d'été, mère de deux filles, déclara :

— La croix fait peur à mes enfants. Il faut l'enlever !

DEMETER

Ses parents la considéraient comme une cause perdue, aussi eut-elle la joie de les surprendre. Elle déclara à son père qu'elle avait toujours l'intention de travailler chez Frog & Toad Landscaping, une société d'entretien des espaces verts privés de l'île, exactement comme c'était prévu. Le lundi 2 juin, Demeter assista aux funérailles de Penny avec ses parents, puis s'en alla juste après le service funèbre, entourée de l'aura mystérieuse de la victime d'un

terrible drame – elle était sans doute extrêmement ébranlée, se disaient les gens, mais à quel point ? – et le mardi
3 juin, elle était censée débuter son emploi d'été. Ses
parents tentèrent de la dissuader de son projet.

— Tu es sûre de toi ? insistait sa mère. J'ai peur que
tu ne sois pas prête.

Son père avait même eu la témérité d'entrer dans la
chambre de Demeter, de s'asseoir dans son fauteuil en
rotin, les mains jointes en prière, et déclara qu'il la trouvait très courageuse de vouloir aller ainsi de l'avant.

— Mais ta mère craint, tout comme moi, que commencer un nouveau travail demain soit un peu prématuré,
un peu précipité même. Si tu t'inquiètes pour l'argent...

Là, Demeter pouffa de rire. Elle était saoule quand son
père était entré dans sa chambre. Sa réserve secrète
comptait quatre bouteilles de vin et une bouteille de
vodka glacée – au contenu non moins précieux à ses yeux
que de l'or liquide – toutes empruntées à Zoe. Hélas, il
ne lui restait plus qu'une demi-bouteille de vin et deux
doigts de vodka. Une chose était sûre : il n'y avait pas la
moindre goutte d'alcool dans cette maison. Elle avait
pensé à appeler Mme Kingsley pour lui faire savoir qu'elle
était disponible pour du baby-sitting, mais elle craignait
que son ancienne employeuse ait entendu les rumeurs à
propos de la bouteille de Jim Beam trouvée en sa possession, et fait le lien avec celle qui manquait dans leur
cabinet de liqueurs. Non, les Kingsley n'étaient plus une
option. Elle allait devoir se confronter au monde extérieur, et vite.

— J'ai dit quelque chose de drôle ? demanda son père.

Drôle ? Eh bien, seulement si par drôle il entendait
triste et pathétique. Ses parents étaient devenus experts
dans l'art de lui faire du tort. Ils la choyaient, la gâtaient,
mais refusaient de la tenir pour responsable de ses actes.
Chaque fois que sa mère frappait à sa porte, Demeter
était persuadée d'avoir enfin droit à une leçon de morale,
au lieu de quoi sa mère voulait juste savoir si « tout allait
bien » et si elle n'avait « besoin de rien ». Elle lui apportait régulièrement des en-cas sur un plateau, rapportait

la vaisselle sale et ramassait des brassées de linge sale. Lynne lui brossait les cheveux et lui montrait combien elle l'aimait. Elle disait remercier Dieu chaque jour d'avoir épargné la vie de Demeter.

Qu'est-ce qui ne tournait pas rond chez ses parents ? Ne voyaient-ils pas qu'il fallait cesser de la gaver de nourriture et l'obliger à faire de l'exercice à la place ? L'obliger à sortir de son trou à rat et voir la lumière du jour ? Ne voyaient-ils pas qu'elle devait gagner ses propres deniers au lieu de tendre simplement la main ? N'était-il pas évident que ce monde de faux-semblants dans lequel ils se complaisaient était si paralysant que leur fille était incapable de le supporter sans s'enivrer ?

Je suis grosse, pensa-t-elle. Je suis impopulaire. Je suis une alcoolique. J'ai dit un truc inexcusable à Penny, qui a réagi bien plus violemment que j'aurais pu l'imaginer. Parce que, maintenant, Penny est morte.

Demeter reprit contenance. Son père était légèrement plus perspicace que sa mère. Si l'un d'eux devait découvrir son penchant pour l'alcool, c'était bien lui.

— Je veux travailler, papa. On a dit à Kerry que je travaillerais pour lui et j'ai bien l'intention de le faire. Cela n'a rien à voir avec l'argent. Je veux tenir mes engagements.

— Mais c'est trop tôt, répliqua Al Castle. Kerry comprend très bien l'épreuve que tu traverses.

Sûrement pas. Demeter soupçonnait qu'un autre scénario se jouait ici. À l'évidence, ses parents avaient peur d'être mal jugés si elle commençait son job d'été trop tôt après l'enterrement. Inconsciemment, ils désiraient la voir cloîtrée dans sa chambre tout l'été, à engraisser, empester et mourir d'ennui, de paresse et d'inutilité, pour que Lynne puisse dire aux femmes qu'elle croisait à l'épicerie que sa fille « avait du mal à s'en remettre ». Étant donné la désastreuse politique sociale de l'année précédente à Nantucket, c'était préférable à admettre plutôt que de raconter que, deux semaines seulement après le tragique accident, sa fille avait repris le cours normal de son existence et s'épanouissait dans son nouveau job d'été.

Demeter remporta la partie, ce dont elle n'avait jamais douté. Ses parents étaient incapables de lui interdire quoi que ce soit. Pour son premier jour, elle avait enfilé un bermuda, un T-shirt gris, une chemise de flanelle, des chaussettes, des baskets, un bandana et une paire de Ray-Ban Aviator. Un coup d'œil au miroir lui confirma sa première impression. Pas trop mal. La chemise de flanelle était assez longue pour couvrir ses fesses et le bermuda lui descendait jusqu'aux genoux. Elle aimait son apparence avec les lunettes de soleil, et le bandana était cool.

Dans son sac à dos, elle ne mit qu'une banane et deux bouteilles d'eau.

— Tu vas mourir de faim, objecta sa mère.

— Ça va aller, répondit-elle laconiquement.

Depuis l'accident, Demeter n'avait pas repris le volant, pourtant elle décida de prendre sa voiture ce jour-là. L'idée d'être déposée par son père à son nouveau travail la mortifiait. Elle conduisait une Ford Escape âgée de deux ans, privilège de la fille du concessionnaire automobile. Avant de se rendre au siège de Frog & Toad Landscaping, dans les environs de l'aéroport, elle vida les deux derniers doigts de vodka, puis se lava les dents. Boire de l'alcool fort si tôt le matin sur un estomac vide faisait danser dans ses yeux une petite étincelle, une lueur secrète. Cela lui rendait la vie plus douce et même sa mère lui paraissait un peu moins insupportable.

Frog & Toad était la plus grande entreprise d'entretien d'espaces verts privés de l'île. Kerry Trevor employait soixante-cinq personnes et gérait dix-sept équipes par jour. Quand Demeter se gara dans l'allée de terre, elle vit plusieurs personnes rassemblées dans la cour de gravier, devant les serres. Des Hispaniques, des lycéens, tous plus âgés qu'elle. Pas un ne venait de Nantucket High School. Donc, probablement personne n'était au courant de son rôle dans l'accident, en dehors de Kerry.

L'un des Hispaniques – qui hélas lui rappelait l'homme qui avait nettoyé son vomi alcoolisé à l'hôpital – lui indiqua le parking. Elle empoigna son sac à dos et descendit de voiture. À son approche, les autres employés se tournèrent vers elle et la fixèrent un moment. Grosse. Voilà ce qu'ils pensaient. Un simple constat de leur part, sans méchanceté particulière. Une évidence. Il n'y avait pas assez de vodka dans tout l'univers pour faire disparaître l'aiguillon quotidien de la réalité.

Kerry Trevor – un blond sec débordant d'énergie – distribuait les missions pour la journée. Équipe 1 au 85 Main Street, équipe 2 au 14 Orange Street, équipe 3 à Nonantum. Demeter était presque certaine qu'il l'avait vue arriver, pourtant il n'avait pas croisé son regard une seule fois. Sous le soleil déjà chaud, elle cuisait dans sa chemise de flanelle. Pas de chance, elle suait la vodka. Cela ne correspondait pas tout à fait à sa vision du premier jour. Comme son père avait prévenu Kerry de sa venue, elle pensait avoir droit à un traitement de faveur. Kerry aurait pu la prendre à l'écart pour s'assurer qu'elle se sentait à l'aise. L'équipe 4 était affectée à Tom Nevers, la 5...

Demeter n'avait pas d'équipe. Kerry le savait, n'est-ce pas ? Le groupe se réduisait peu à peu. Les équipes grimpaient dans leur van vert, signature de la société, et s'en allaient une à une. La composition type d'une équipe était apparemment un Hispanique d'âge mûr accompagné d'un ou deux jeunes. Demeter s'attendait à travailler en groupe, mais elle imaginait se retrouver avec des filles aux aisselles poilues, qui se moquaient du regard des autres. Des filles qui écoutaient le groupe Phish dans le van et mangeaient des sandwiches au cresson, hummous et blé complet. Des filles qui laisseraient Demeter être elle-même, ne remarqueraient pas ses cinq virées quotidiennes aux toilettes, et ne lui poseraient pas trop de questions personnelles.

Soudain, elle entendit son nom. Interrompant ses pensées, elle comprit que Kerry attendait une réponse, mais elle n'avait pas entendu la question. Au lycée, cela lui arrivait tout le temps !

Elle prit une expression ingénue, qu'elle n'espérait pas trop stupide.

— Tu es avec Jesus, Nell et Coop, dit Kerry. Équipe 9. Vous allez au 277 Hummock Pond Road.

Demeter fixa la grenouille-taureau aux yeux globuleux du T-shirt de son nouveau boss. La vodka lui donnait un léger vertige. Ou bien était-ce la chaleur et son choix absurde de la flanelle ? Au diable son apparence ! Elle ôta sa chemise et la noua autour de sa taille. Mieux, moins chaud. Jesus, Nell et Coop. Kerry avait-il vraiment dit *Hummock Pond Road* ?

Une tape sur son épaule. C'était un jeune homme grand, ou plutôt un homme d'environ vingt ans, aux cheveux noirs hirsutes et à la pomme d'Adam saillante. Pas très séduisant, Dieu merci, mais l'air gentil.

— Moi, c'est Coop, viens par ici.

Il lui désigna un pick-up vert, comme les autres. Avec une banquette à l'avant et une à l'arrière, mais toutes deux étroites, ce qui lui donna de nouveau une conscience aigue de sa corpulence anormale.

— Moi, c'est Nell, se présenta une fille aux cheveux d'un roux flamboyant et au visage constellé de taches de rousseur, vêtue d'un T-shirt à l'effigie d'Ithaca.

Rien à craindre de son côté non plus à première vue. D'accord, tout se passe bien pour le moment. Peut-on garder la même équipe tous les jours ?

— Je suis Demeter.

— Cool, ton prénom, commenta Nell. Déesse de je ne sais quoi.

— Des moissons…

Encore une raison de mépriser ses parents. Ils avaient prénommé ses frères Mark et William, et puis lui avaient donné ce nom stupide.

— La fertilité de la terre, intervint Coop.

— Apparemment.

— Et moi, c'est Jesus, dit l'homme hispanique, âgé d'environ quarante ans. Tout le monde m'appelle Zeus, ajouta-t-il de sa voix chantante.

Il régnait entre eux une franche camaraderie. Demeter sourit. Voilà, enfin le monde réel, pas le lycée. Les gens se montraient gentils envers elle, essayaient de l'intégrer.

— Je ne sais pas ce que je dois faire, admit Demeter. Je crois que Kerry a dit à mon père que j'allais tondre la pelouse.

Personne ne lui répondit. Peut-être ne l'avaient-ils pas entendue. Coop donna un jeu de clés à Zeus, et Demeter se demanda aussitôt avec angoisse comment elle allait s'encastrer dans l'espace exigu à l'arrière.

— Coop, tu t'assois à l'arrière avec moi ? intervint Nell.

— J'ai été rétrogradé ! plaisanta Coop.

Demeter rougit. Coop était trop grand pour se mettre à l'arrière, il allait se cogner les genoux, mais elle-même n'avait aucune chance de s'asseoir là. Elle s'installa donc sur la banquette avant, côté passager, et avança son siège au maximum.

— On a un dieu et une déesse devant ! plaisanta Nell.

Vraiment gentil de sa part.

Quand ils empruntèrent Hummock Pound Road, Demeter eut peur d'avoir des flashbacks. Mais la route ensoleillée traversait un paysage verdoyant, ponctuée de familles à bicyclette qui se rendaient à la plage. Aucun rapport avec le cauchemar de son souvenir. De toute façon, quand elle fermait les yeux, elle ne voyait que du noir.

Zeus bifurqua dans l'allée du 277 et traversa un bois avant de s'arrêter dans une clairière en bordure de l'étang. La maison était incroyable, toute neuve, avec ses bardeaux jaunes à l'odeur encore douce. Aucune voiture ne stationnait dans l'allée. Le pouls de Demeter s'accéléra. Sa bouche était pâteuse, sous l'effet de la vodka, et son estomac commençait à gargouiller. Elle pêcha une bouteille d'eau dans son sac.

— Allons-y ! dit Coop en coupant le moteur.

La propriété comptait une douzaine de buissons d'hortensias en fleurs entourés de lits d'impatiences. Une belle pelouse verte s'étirait jusqu'au bois, tandis qu'aux fenêtres du premier étage et sous le porche, les jardinières débordaient de géraniums colorés. La propriété tout entière était fabuleuse. Demeter était née, avait grandi et vivait sur l'île toute l'année, ce qui lui conférait un sentiment d'appartenance. Pourtant des demeures comme celle-ci – qui se dénombraient par centaines, peut-être même par milliers – constituaient de charmantes enclaves isolées, dont elle n'avait même jamais soupçonné l'existence.

Dans la remorque accrochée au pick-up se trouvait une tondeuse à gazon. Coop la déchargea. Cette machine aux allures de voiturette de golf ressemblait en tous points à la tondeuse dans le garage de son père. Son anxiété augmenta. Kerry avait dit à Al qu'elle tondrait les pelouses, mais à dire vrai, elle ignorait comment procéder. Ses deux grands frères s'étaient toujours chargés de cette corvée, et après le départ de Mark et Billy, Al Castle avait pris plaisir à passer ses dimanches après-midi au volant de sa tondeuse autoportée. Une seule fois, Demeter avait été autorisée à la conduire pour égaliser le pourtour de la pelouse.

Elle fixa la machine avec appréhension.

— Je ne sais pas comment marche ce modèle, avoua-t-elle.

— T'inquiète pas, répondit Coop. Tu ne tondras pas avant plusieurs semaines, si cela arrive un jour. C'est un privilège que tu dois gagner.

— Vraiment ? Kerry a dit à mon père qu'il m'embauchait pour tondre les pelouses.

— Ha ! s'exclama Nell, sans penser à mal. Je n'ai tondu qu'une seule fois l'été dernier, et uniquement parce que j'étais restée un peu après le départ des gamins de Colby, qui étaient déjà retournés à l'école.

— Oh, dit Demeter, avec le sentiment d'être une idiote.

Elle qui pensait que tondre la pelouse était indigne d'elle se rendait compte à présent qu'elle n'était même pas assez bien pour cette tâche !

— C'est moi qui vais tondre, reprit Coop. Zeus s'occupera des jardinières et des pots de derrière. Vous deux, les filles, vous allez...

— Désherber, termina Nell.

— Désherber, répéta Demeter.

Désherber ? Quand elle avait discuté de son futur travail avec son père, le terme *désherber* n'avait jamais été prononcé. Mais que faisaient donc les jardiniers, d'après elle ? Ils tondaient la pelouse, déjeunaient sur l'herbe au soleil, et se salissaient les mains.

Elle suivit Nell jusqu'aux parterres de devant. Sa coéquipière lui tendit une paire de gants, un seau de dix-huit litres et un outil qui ressemblait à l'instrument que son dentiste utilisait pour lui détartrer les dents, en version géante.

— Je vais m'occuper des parterres de derrière, je te laisse ceux de devant, lui dit Nell. Tu n'as qu'à déterrer toutes les mauvaises herbes.

— Je n'en vois aucune.

— Tu plaisantes, hein ? dit Nell.

— Non.

Les impatiences et les zinnias émergeaient du sol riche et noirâtre.

— Regarde, en voilà une, déclara Nell en tirant sur une herbe verte que Demeter croyait être une plante légitime. Tu vas devoir te servir de la truelle pour l'enlever avec ses racines, d'accord ? Sans traumatiser le système racinaire des autres plantes.

Sans traumatiser le système racinaire ?

— D'accord, acquiesça Demeter.

— Et quand tu auras fini avec les parterres, tu désherberas le muret. Tu vois ces herbes grimpantes entre les briques ? Tout cela doit disparaître.

Elle jeta un coup d'œil au muret. Les mauvaises herbes éructaient entre les briques comme la moisissure sur les joints des douches des vestiaires du lycée. Jamais elle n'arriverait à toutes les éradiquer. Jamais.

— D'accord, répéta-t-elle.

Déjà, elle se sentait sur le point de pleurer, alors qu'elle n'avait pas encore commencé.

— Tu as amené de la musique ? demanda Nell en sortant un iPod et des écouteurs de sa poche.

— Non.

— Demain, ne l'oublie pas. Cela t'aidera. (Elle lui sourit avant d'ajouter :) Je sais, c'est nul comme boulot, on a l'impression d'être tout en bas de l'échelle. Mais tu apprendras à l'aimer. Moi, c'est ce que j'ai fait. Si tu as des questions, viens me voir, d'accord ?

— Okay.

Nell disparut sur le côté de la maison. Demeter entendit le moteur de la tondeuse et vit Coop grimper sur la voiturette et la conduire debout à travers la cour, tel un Eskimo sur un traîneau ou un type sur des skis nautiques. Finalement, elle était contente de ne pas tondre la pelouse. Avec son poids, elle aurait pu casser l'engin et elle n'était sûrement pas assez coordonnée pour tenir debout dessus et la guider en même temps.

À genoux dans l'herbe, elle enfila ses gants. Ses cheveux dans son dos lui donnaient l'impression de porter une grosse écharpe. La sueur perlait sur sa nuque. Elle attrapa ce qui ressemblait à une herbe rebelle et tira dessus, mais la plante résista, si bien qu'elle fut forcée de la déterrer à l'aide de la truelle. Elle essaya de passer dessous, comme Nell le lui avait montré – sans effort – mais c'était plus difficile que prévu. Le haut de l'herbe lui resta dans la main gauche, tandis que le *système racinaire* restait bien à l'abri sous terre, où il se régénérerait bientôt, et l'obligerait à l'arracher de nouveau la prochaine fois. Comme Sisyphe avec son maudit rocher. Mais c'était l'histoire de sa vie, n'est-ce pas ? Comme sa lutte constante pour perdre du poids... Elle pouvait tenir un jour ou deux, et même cinq jours en ne mangeant que des raisins, des crackers et des amandes, mais ensuite la faim l'oppressait, la dominait, et elle déchirait rageusement un paquet de Fritos qu'elle dévorait avec un pot entier de sauce au bacon et raifort. Après quoi, elle dînait avec ses parents : poulet frit, purée de pommes de terre au jus de viande, deux parts de tarte aux pêches accompagnées de crème glacée, et si possible une portion de glace supplémentaire. Et la voilà brutalement retombée au pied de la montagne avec son rocher.

Elle jeta la plante dans le seau. Sa première mauvaise herbe de l'été, la première de plusieurs milliers, en fait, car si elle travaillait quarante heures par semaine pendant les huit prochaines semaines, soit trois cent vingt heures, à raison de cent mauvaises herbes de l'heure, cela faisait un total de trente-deux mille mauvaises herbes. Et celle-ci était la toute première.

Être agenouillée ainsi lui faisait mal. À l'église, elle était incapable de rester à genoux tout le temps de la liturgie et était obligée de s'asseoir. Désormais assise jambes écartées, elle se pencha pour se remettre à l'ouvrage. Coop tondait la pelouse derrière elle, mais elle ne se retourna pas pour le regarder, car elle ne voulait surtout pas que *lui* la regarde *elle*.

Une demi-heure s'écoula, puis une heure. À présent que son seau était à moitié rempli, elle commençait à avoir le coup de main. Elle arrivait à creuser sous la plante et en arracher la racine. C'était un peu comme extraire ses longs cheveux du siphon de la douche. Les racines étaient prises dans des mottes de bonne terre, qu'elle n'avait qu'à secouer doucement pour la faire retomber en pluie, comme pour le glaçage d'un gâteau. Cette image lui donna faim. Dans le pick-up, sa banane était en train de mollir dans la chaleur de l'habitacle.

Tout en s'attaquant à la bordure de son parterre, elle scruta la façade de la propriété. Déserte, non ? Mais la maison était-elle ouverte ? Si oui, pouvait-elle s'y introduire pour, disons, utiliser les toilettes ? Hélas, cette entreprise lui semblait douteuse. Zeus et Coop pouvaient se soulager dehors, mais Nell ?

Elle arrachait les mauvaises herbes, encore et encore. À genoux finalement, seule posture efficace. Sa mère mettait toujours un coussin en mousse sous ses genoux pour jardiner. Demain, elle l'apporterait avec elle. Ainsi que sa musique – la musique allégeait le travail, d'après Nell. Cela l'aiderait sans doute à rester agenouillée toute la journée au soleil, sans rien d'autre pour occuper son esprit que ces mauvaises herbes férocement accrochées à la terre.

Penny était sous terre, dans son cercueil. Un cercueil de bois brillant avec des poignées de cuivre. Jake Randolph, Patrick Loom, Anders Peashway et cinq autres joueurs de l'équipe de Hobby avaient saisi les poignées pour sortir le cercueil de Penny du corbillard. Demeter avait failli défaillir à la vue de ces beaux garçons qui soulevaient le cercueil de son amie défunte. Cela valait la peine de mourir si ces mêmes beaux garçons la transporteraient dans sa dernière demeure, avait-elle alors songé. Tous avaient pleuré pour Penny. Mais aucun d'eux n'aurait versé une larme pour elle.

Cela ne l'avait pas frappée à ce moment-là, mais le corps de Penny se trouvait dans ce cercueil. Son cadavre. Morte sur le coup. Demeter avait entraîné Penny dans les dunes. Malgré son ébriété, elle n'avait pas menti ni embelli son histoire. Elle avait dévoilé la stricte vérité, or la vérité n'était pas de son fait.

Demeter était l'une des dernières personnes à avoir vu Penny en vie. Sur la route d'Hummock Pond, Penny avait enfoncé la pédale de l'accélérateur. Cette volonté de mourir, Demeter la comprenait. Son amie voulait probablement mourir depuis longtemps, bien avant qu'elle ne lui confie son secret. Penny portait un fardeau sans doute bien plus lourd que ses propres kilos superflus, un fardeau caché tout au fond d'elle. Qui sait d'où il venait ? Peut-être était-elle née avec, comme Demeter était née avec une propension à trop manger. Penny avait pris le volant avec l'intention de mourir – elle n'essayait pas de leur faire peur ni de leur donner des sensations fortes. Ce n'était pas un jeu ni un défi, non, c'était pour de vrai. Elle était plus déterminée que jamais et se moquait de tuer l'un d'entre eux.

Oui, cela lui était égal de les tuer tous.

Coop avait terminé de tondre la pelouse et se dirigeait maintenant vers la cour avec une débroussailleuse.

Demeter avait sérieusement besoin d'un verre.

Comme elle avait presque fini avec les parterres, un sentiment de satisfaction l'envahit à la vue du travail bien fait. On voyait nettement la différence entre la zone désherbée et la partie encore envahie de mauvaises herbes.

Satisfaite, elle se releva et épousseta les genoux, qui avaient laissé leur empreinte sur l'herbe.

Puis elle fit le tour de la maison. Zeus arrosait les jardinières autour du patio dallé et, à la limite de la propriété, près des herbes sauvages en bordure de l'étang, Nell désherbait toujours les parterres derrière la maison. Elle faisait le même travail que Demeter, mais avec vue sur l'étang.

— Salut ! lança Nell en levant les yeux. Tu n'as pas fini, si ?

— Presque, répondit Demeter.

La tête lui tournait. Il ne lui était jamais venu à l'esprit, avant, que Penny avait essayé de la tuer, *elle*.

— Je dois aller faire pipi. (Elle se tut, puis ouvrit de grands yeux.) Il y a urgence !

— Oh !

— Est-ce qu'il y a un protocole ?

— Ouais. Se planquer derrière un arbre. Ou se retenir.

— On ne peut pas aller dans la maison ?

— Mon Dieu, non !

Demeter crut que son cœur allait s'arrêter.

— Jamais ?

— Eh bien...

La voix de Nell s'était muée en murmure. Elle jeta un coup d'œil à Zeus.

— Dans certaines propriétés, oui. Si elles disposent de cabanons près de la piscine ou de maison d'invités, on peut utiliser ces toilettes. Certains propriétaires nous invitent carrément à entrer chez eux, d'autres laissent leur porte ouverte. Mais en général, c'est non.

— Il n'y a personne ici, plaida Demeter. Est-ce que je peux vérifier si la porte est verrouillée ?

Nell se mordilla la lèvre inférieure. Elle voulait l'aider alors qu'elle aurait très bien pu jouer les garces.

— Tu peux vérifier. Mais fais vite et enlève tes chaussures, hein ? Et attention à ne rien salir !

— Bien sûr.

Demeter courut jusqu'à la porte d'entrée latérale, qui se trouvait hors du champ de vision de Coop. Elle serait bien allée chercher son sac à dos, mais elle n'avait pas le temps, et Coop risquait de la voir. Elle actionna la poignée : la porte était ouverte. Surprenant, mais pas tant que cela. Demeter ne connaissait pas un seul habitant de l'île qui fermait sa porte à clé. Cependant, une maison non verrouillée signifiait que les propriétaires étaient en balade sur l'île et seraient de retour sous peu. Ce qui voulait dire qu'ils pouvaient débarquer à tout instant.

En attendant, la maison était tout à elle. Mais où chercher ? Dans le réfrigérateur ? Oui, elle y dénicha une bouteille de chardonnay intacte dont l'absence serait forcément remarquée. Le congélateur. Bonne pioche : une demi-bouteille de Finlandia. Oh ! Comme elle avait envie de la prendre ! Impossible, pas la bouteille entière. Donc elle la déboucha et en but une grande goulée. La vodka lui brûla la trachée puis enflamma sa poitrine, lui provoquant des palpitations. Elle reprit une lampée d'alcool, puis une autre. Le tic-tac d'une horloge résonnait dans la cuisine silencieuse. Dehors, bourdonnait la débroussailleuse. Demeter remit la bouteille à sa place et referma soigneusement la porte du congélateur. La cuisine, claire et ensoleillée, était éblouissante avec ses nombreuses surfaces lisses et luxueuses. Où se cachait le bar ? La vodka lui donnait chaud au cœur. L'espace d'une seconde, elle se sentit parfaitement bien. Par la fenêtre, elle aperçut Nell qui désherbait et Zeus qui arrosait, et elle entendait toujours Coop. Elle explora tous les placards jusqu'à ce qu'elle trouve son bonheur : des dizaines de bouteilles scintillantes sagement alignées. Elle resta un moment bouche bée, comme si elle venait de déterrer un trésor. Tendant la main vers la bouteille de Jim Beam, elle suspendit son geste, saisie d'effroi. À quoi jouait-elle, là ? Jamais plus elle ne boirait ce truc ! Elle s'empara alors de la bouteille de Finlandia et la glissa dans la large poche latérale de son bermuda, cachée par la chemise de flanelle nouée à sa taille. Refermant soigneusement le placard, elle quitta la maison par le chemin et se coula rapidement

jusqu'au pick-up. Là, elle sortit vivement son butin et le
fourra dans son sac à dos.

Malgré son essoufflement, elle se sentait légère. C'était
trop facile.

De retour à son parterre, elle remit ses gants. Elle avait
du pain sur la planche.

JAKE

Jake comprenait pourquoi sa mère aimait tant Fremantle. C'était un endroit idyllique, tout comme San
Diego devait l'être en 1955, se disait-il. Les journées
chaudes et ensoleillées se succédaient, les jardins
débordaient de fleurs, les gens affichaient des sourires
éblouissants et semblaient passer tout leur temps
dehors, à traîner devant chez eux, laver leur voiture ou
revenir du marché couvert, avec leurs sacs recyclables
débordant de produits frais – laitue, fraises, mangues,
ananas. Malgré tout cela, il continuait de détester cette
ville.

Il voulait rentrer à la maison. Et s'il s'enfermait dans
son repaire et refusait d'en sortir ? Une grève de la faim,
peut-être ? Combien de jours devrait-il s'affamer pour que
ses parents acceptent de le ramener à Nantucket ?

Quand il était petit, sa mère lui lisait souvent un livre
intitulé *Alexander and the Terrible, Horrible, No Good, Very
Bad Day*, qui raconte qu'Alexander, qui vit malheur après
malheur, ne rêve que d'une chose : partir pour l'Australie.
C'était le livre favori de sa mère, pas le sien. On aurait
dit qu'Ava était Alexander et que son existence sur Nan-

tucket n'avait été qu'une succession de journées pénibles et douloureuses, et que la seule solution était de déménager en Australie.

Le plus triste de l'histoire ? Jack espérait que ce serait un échec. Il avait prié de tout son cœur pour que sa mère ne trouve pas le bonheur en Australie, et que sa déception et son désenchantement leur ouvrent à tous les trois le chemin du retour en Amérique.

Mais comme l'eau est censée tourbillonner vers le siphon du lavabo dans le sens inverse dans l'hémisphère Sud (dans le sens des aiguilles d'une montre), et comme les saisons étaient inversées, Jake constata chez ses parents un renversement de comportement progressif.

Sa mère revenait lentement à la vie, à la manière d'une statue qui s'animait. Clairement à l'aise dans sa nouvelle maison, elle coupait des fleurs dans le jardin, les disposait dans un vase, mettait de la musique dans la cuisine – parfois du classique, parfois les Beatles ou U2. Un jour, Jake la surprit même en train de fredonner. Maintenant, elle avait des endroits où aller, des gens à voir. Pique-niquer avec sa sœur sur la grande pelouse de Kings Park, faire les boutiques à Subiaco, accompagner une classe au zoo de Perth... les occasions ne manquaient pas. Un dimanche, elle se dora au soleil de Cottesloe Beach, et le suivant, elle fit une virée en bateau sur la rivière Swan avec son frère Noah. Elle se levait de bon matin, enjouée et souriante. Ava était littéralement devenue une autre femme, une femme que Jake ne connaissait pas. Il tentait de se rappeler sa personnalité avant la mort d'Ernie, mais dans son esprit flottait une mère qui, quand elle n'était pas accablée de chagrin, était tellement obsédée par l'idée d'avoir un autre enfant qu'elle surprotégeait Jake, tour à tour distraite ou agaçante.

Aujourd'hui, elle allait mieux. Oui, bien mieux. Elle ne regardait plus cette série stupide à la télé – plutôt ironique car ici, en Australie, *Home and Away* était diffusé tous les soirs à 19 h 30. Jake s'attendait à voir sa mère rivée à son écran comme avant. Mais vivre en Australie avait éradiqué le besoin d'Ava de suivre une série australienne. De plus, elle était bien trop occupée pour regarder la télévision. Elle ne broyait plus du noir à la maison comme autrefois, ni ne faisait les cent pas comme une tigresse affamée, les mauvais jours. Désormais, elle affichait un remarquable équilibre. Elle avait proposé à Jake plusieurs activités : des cours de voile au Fremantle Yacht Club, un stage au musée des sciences (grâce à son oncle Marco), ou encore une visite de son cousin Xavier, qui avait seulement un an de plus que lui.

— Tu adorais jouer avec lui autrefois, affirmait-elle. Tu ne t'en souviens pas ?

Dans ses souvenirs, Xavier lui tordait le bras et trichait aux combats de pouces.

— Je suis trop vieux pour les goûters d'enfants, maman.

Mais sa mère insistait pour qu'il pratique une activité. L'American International School suivait le calendrier américain, si bien que les cours ne reprendraient qu'en septembre. Impossible de moisir sur place pendant les deux prochains mois.

Dégoûté de ce bonheur dégoulinant, il rejeta toutes les propositions de sa mère. Dire qu'il avait suffi de la mort de Penny.

En revanche, ses parents continuaient à se disputer tout le temps – Jake les entendait depuis son repaire – mais pour des raisons différentes. Désormais, c'était son père qui refusait obstinément de sortir, et qui ne voulait rien faire. Surtout, Jordan ne voulait voir aucun membre de la famille d'Ava.

— Ils m'en veulent tous, Ava. Tu les as montés contre moi.

Désormais, c'était son père qui faisait les cent pas, impatient et agité, comme s'il attendait qu'une bonne âme vienne le sauver.

Pour leur première sortie familiale, ils se rendirent dans un fish & chips de Harborfront – une idée d'Ava. Là, une dizaine d'immenses restaurants proposaient tous les mêmes mets, à déguster sur les tables de jardin qui surplombaient la mer : haddock ou merlan frit accompagné de grosses frites molles. Certains avaient leurs spécialités, comme les crevettes frites, les palourdes frites ou ce qu'on appelait de la « blanchaille frite », un drôle de petit poisson qui ressemblait à un vairon. Dégoûtant, se disait Jake, on est censés manger la queue, les yeux et tout.

Plus jeune, Ava avait été serveuse chez Cicarella, aussi avait-elle choisi une table dans ce restaurant.

— Je vais m'en tenir au classique merlan frit et frites. Et vous, messieurs ?

— Rien pour moi, merci, déclina Jordan.

— Comment ça, *rien* ?

— Je ne mange pas.

— Mais tu étais d'accord pour venir.

Jordan soupira.

— Oui, Ava, c'est vrai.

— Donc, si tu étais d'accord pour venir, tu étais d'accord pour manger. Manger fait partie du marché.

— Ah oui ?

Ils étaient sur le point de se disputer, mais en public cette fois. Jake était du même avis que son père : il n'avait aucune envie de manger. Cet endroit était miteux. En Amérique, il l'aurait considéré comme un bastringue, avec la puanteur d'huile frite et les cris des mouettes affamées. Mais l'entêtement de son père était puéril et mesquin, et Jake éprouva une brusque poussée de sympathie pour sa mère, qui avait apparemment rêvé de venir manger ici au moins quarante-deux fois ces deux dernières décennies.

— Je vais prendre les crevettes frites, déclara Jake.

— Les palourdes, corrigea Ava.

— Peu importe.

— Ou tu peux prendre des *yabbies*, ces grosses bestioles qui ressemblent à des écrevisses.

— S'il te plaît, ne les appelle pas des bestioles. Je vais prendre les crevettes.

Alors qu'Ava était partie pour passer la commande, Jake se sentait trop embarrassé pour regarder son père, qu'il avait l'impression en un sens de trahir. D'habitude, les équipes étaient constituées de son père et lui d'un côté, et sa mère (et bizarrement Ernie) de l'autre. Aussi n'était-il pas prêt à cette redistribution des rôles. Il était clair maintenant que Jordan était devenu le chat noir, le rabat-joie, pendant qu'Ava jouait les femmes cool. Sa mère essayait seulement de passer une bonne soirée en famille, de leur donner un aperçu de la culture dans laquelle elle avait grandi.

Ava rapporta les fish & chips enveloppés de papier blanc, qui, une fois déroulés, laissèrent échapper un épais fumet de poisson frit. Les yeux clos, Ava inhala l'odeur familière. Puis elle prit la bouteille de vinaigre et en aspergea son plat, lui conférant aussitôt une nouvelle odeur.

— Ketchup ? demanda Jake. Je suis américain, non ?

Sa mère laissa échapper un petit rire, un glapissement aigu de Yorkshire.

— J'y vais, intervint son père.

Ava s'attaqua à son plat avec une voracité que Jake ne lui connaissait pas. Pour elle, c'était clairement la meilleure nourriture sur terre.

Jordan mit un temps fou à aller chercher le ketchup, or les crevettes de Jake refroidissaient rapidement. Dans quelques minutes, ses frites seraient dures et immangeables, il le savait.

— Je parie qu'il est rentré à la maison, lâcha Ava.

À la maison ? songea Jake. Son père était-il capable d'une telle incartade ? Prétendre aller chercher du ketchup et filer sans rien dire ?

— Il est malheureux...

Il baissa les yeux sur la graisse dorée de son panier de frites. Les larmes menaçaient. Tout allait de travers. Cela n'allait déjà pas à Nantucket, et c'était encore pire ici. Puis une bouteille de ketchup atterrit sur la table et Jake vit son père, une pinte de bière fraîche à la main.

— Désolé, fiston.

Sur le chemin du retour, Ava voulut s'arrêter devant la statue de Bon Scott, le chanteur du groupe AC/DC. Au début, Jake crut à une blague, mais non, il y avait bien une statue du musicien sur la promenade. Bon Scott avait grandi à Fremantle.

Ava raconta avec animation qu'avec les autres serveuses, elle écoutait AC/DC pendant les pauses, et que la ville entière avait été bouleversée par la mort de Bon Scott, qui était enterré à East Fremantle. Ava et ses copines avaient passé plusieurs après-midis à boire du vin sur sa tombe.

— Tu savais qu'il buvait tellement qu'il en est mort ? souligna Jordan. Ce type était un dégénéré. Et ils lui ont érigé une statue ? C'est quand même pas George Washington !

Ava sourit d'un air songeur.

— J'aime sa musique.

— Pour l'amour de Dieu ! s'écria Jordan en regardant la statue d'un air effaré. Un hommage à l'homme qui a donné au monde *Highway to Hell* ?

— Tu auras beau essayer de gâcher ma soirée, tu n'y arriveras pas.

— Et *Hells Bells* ! continua Jordan.

— Papa, intervint Jake.

Jordan se tut et donna un coup de pied dans un caillou imaginaire.

Il faut que je me tire d'ici, pensa Jake. Mais comment ?

Quelques jours plus tard, un vendredi matin, Jake et son père étaient assis côte à côte dans la cuisine, et son père essayait de se servir de la cafetière italienne. Il avait voulu acheter une cafetière électrique, mais Ava avait dit non, inutile, la cafetière italienne suffirait. Le café était meilleur, en fait. Ainsi, tous les matins, Ava se réveillait avant son mari et son fils, et préparait le café. Et bien que Jordan se plaignît à peu près de tout, il n'avait rien trouvé à redire au café.

Après s'être débattu avec la ventouse de la cafetière italienne, Jordan plissait les yeux pour lire le mode d'emploi sur le paquet de café en grain. Ses grognements trahissaient son exaspération.

— Comment se fait-il que maman ne soit pas encore levée ? demanda Jake.

— Je vais te le dire, répondit Jordan.

C'est alors que Jake se rappela que sa mère était sortie la veille avec de « vieux amis » pour écouter du jazz à Northbridge. Son père n'avait pas apprécié et sa mère avait rétorqué :

— Tu es le bienvenu, bien sûr, Jordan. Ce n'est pas ce que tu crois.

— Voici ce que je pense, avait répliqué Jordan d'une voix rocailleuse, clairement prêt à lancer l'offensive.

Jake profita de l'occasion pour quitter la pièce et retourner dans son repaire. Alors il entendit son père affirmer :

— Je pense que tu devrais y aller seule, voilà ce que je pense.

Jake fixait à présent son père.

— Fais chauffer la bouilloire, papa. Ensuite, tu verses l'eau chaude dans la cafetière.

— Ouais, mais quelle quantité de café faut-il ? Et où ta mère a-t-elle rangé le moulin à café ?

Jake haussa les épaules.

— Ava ! cria son père.

Il faut que je me tire d'ici, pensa de nouveau Jake. De cette cuisine, d'Australie.

Quelques minutes plus tard, Ava entra dans la pièce, les cheveux attachés en un chignon lâche. L'air blafard, elle marchait avec une main devant elle, telle une aveugle craignant de heurter quelque chose. Elle plissa les yeux face à la lumière du jour.

— Comment ça va ? s'enquit-elle d'une voix rauque. Bonjour, mon chéri, ajouta-t-elle en ébouriffant affectueusement les cheveux de son fils.

Une odeur de cigarettes flottait dans son sillage. Sa mère, comprit-il, était sortie et avait bu. Et fumé. Sa mère avait fait la bringue !

— Je ne comprends pas comment fonctionne ce putain de truc !

— Bon... donne-le-moi, intervint Ava. Je m'en occupe.

Jordan jeta le paquet de café en grains sur le comptoir, qui se renversa et répandit son contenu un peu partout.

— Merci de daigner enfin faire une apparition. J'aurais pu aller en ville, faire cette queue ridicule au *Dome* et revenir à pied, au moins j'aurais eu mon café plus tôt.

— Désolée, dit Ava.

Jake était attiré sans le vouloir par la dispute de ses parents. Tu n'as pas à t'excuser, maman, pensait-il malgré lui. Papa est un con.

— Comment va Roger ? questionna Jordan.

Ava rassembla patiemment les grains et les glissa dans sa paume en coupe. Comme elle ne répondait pas, Jake s'entendit lui demander :

— Qui est Roger ?

— L'ex-petit ami de ta mère, railla Jordan, qui l'a emmenée en boîte hier soir jusqu'à 3 heures du matin.

Malgré lui, Jake se disait : Pas possible ? Putain, lève-toi et tire-toi de là ! Tout son univers était bouleversé. Sa mère était sortie en boîte et était rentrée à 3 heures du matin. Mais pas moyen de bouger. Il voulait savoir si l'histoire de l'ex était vraie ou pas.

— Maman ?

Elle remplit la bouilloire électrique au robinet.

— Je suis désolée, répéta-t-elle sans se retourner.

Pourtant, elle n'avait pas l'air de l'être.

Ses parents avaient transformé la maison en une zone de guerre passive-agressive si houleuse que soudain, le cabanon n'était plus assez éloigné pour éviter les tirs croisés. Jake avait besoin de s'échapper, aussi se rendit-il à South Beach, une plage constituée de trois croissants de sable blanc, séparés par une digue de pierre. Une large promenade tapissée d'herbe et bordée de pins longeait la plage, avec des tables de pique-nique, des barbecues et des terrains de jeux.

À contrecœur, Jake admit qu'il ne haïssait pas South Beach. Ses eaux turquoise et son sable pur. Le café servait des avocats, des sandwiches, des hamburgers avec un œuf sur le plat, des expressos et des cappucinos. L'endroit avait des vibrations agréables. Mais ce qu'il aimait le plus, c'était les itinérants qui vivaient là, dans leur van, sur le parking. Ces jeunes se douchaient dans les bains publics et mangeaient des céréales, assis sur le capot. Guère plus âgés que lui, ils avaient des dreadlocks, des tatouages, des piercings, et étaient incroyablement bronzés. Les filles portaient des hauts de bikini sur des shorts coupés et des anneaux argentés aux orteils. Sa mère les appelait les « chats sauvages ». Des animaux errants. Pour Jake, cela ne faisait qu'attiser son attirance pour eux. Tous les après-midi, il prenait son livre de lecture assigné pour les vacances, *Les Raisins de la colère* de Steinbeck, et s'installait sous un pin de Nordfolk ou une table de café, où il pouvait lire, boire un café serré et observer les chats sauvages.

Ce qui le fascinait chez eux était leur liberté.

Lors de l'une de ses incursions au centre-ville de Fremantle – pour aller à la librairie de livres d'occasion Elizabeth et acheter le livre suivant sur sa liste, *Le jour se lève aussi*, d'Hemingway –, il repéra son père à une table de la terrasse du *Dome*. Jordan était seul, en train de siroter un expresso. S'il passait devant lui sans s'arrêter – sa première idée –, il raterait une belle opportunité. Alors il prit place face à son père, qui leva sur lui un regard surpris.

— Salut, dit Jordan.

— Salut ! lança Jake.

Son père avait le *West* sous les yeux. Il faisait les mots croisés.

— Je n'ai pas de chance, grommela Jordan, les indices s'adressent clairement aux Australiens. C'est inexcusable !

Jake hocha la tête. C'était bizarre de tomber sur son père de cette façon. Pour la première fois – peut-être parce qu'ils étaient sortis de la maison, loin d'Ava, et aussi parce que Jordan avait baissé sa garde –, il remarqua que son père avait l'air... quoi ? Différent. Triste. Solitaire peut-être.

— Tu vas bien ? demanda Jake.

Jordan rit.

— Ce n'est pas moi qui devrais te poser cette question ?

— Oh...

Il secoua la tête et, bêtement, les larmes lui montèrent aux yeux.

— Je ne serai plus jamais bien.

Il s'attendait à un démenti de son paternel, mais Jordan se borna à baisser les yeux et boire une gorgée de café.

— Tu veux boire quelque chose ?

— Expresso.

Son père fit signe au serveur et commanda deux cafés serrés.

— Papa, pourquoi est-ce qu'on est venus ici ?

— Je pensais que c'était évident.

— Pour maman ?

— Pour maman, pour toi... (Il fit une pause.) Pour moi.

— Tu n'es pas heureux ici, dit Jake. C'est plutôt évident.

— Je vais bien.

— Tu as une étrange façon de le montrer. Comment peux-tu supporter d'être loin du journal ? Et de ne pas travailler ?

— Bonne question !

— Ne nous voilons pas la face. On est venus ici pour maman. S'il te plaît, ne me dis pas qu'on est venus ici pour moi. On est venus pour maman.

— Oui, on est venus pour Ava, confirma Jordan.

— Parce que c'est la seule qui compte.

— Non, pas du tout. Mais elle voulait rentrer en Australie depuis longtemps et j'ai senti que je lui devais de faire une tentative.

— Elle t'a donné l'impression que tu lui devais quelque chose, mais c'est faux, tu ne lui dois rien du tout.

— Tu dis cela parce que tu n'es pas heureux et tu penses que notre venue ici est une erreur.

— C'est toi qui n'es pas heureux, répliqua Jake. Maman et toi n'êtes pas heureux ensemble. Je vous entends, tu sais.

— Hé !

Jake se sentit aussitôt honteux de ses paroles. D'habitude, il ne faisait jamais de commentaires sur le mariage de ses parents.

— Laisse-nous, ta mère et moi, nous inquiéter de nos problèmes conjugaux. Cela n'a rien à voir avec toi.

— Ouais, sauf que je suis obligé de vivre avec vous.

— Je te l'accorde, admit Jordan d'une voix plus douce. C'est vrai.

— C'est dur, tu sais. Souffrir seul.

— Moi aussi je souffre, objecta Jordan.

— Pas comme moi.

— Tu serais étonné, je t'assure.

— Tu sais, dans mon esprit, elle est toujours en vie, avoua Jake.

C'était la douloureuse vérité. Quand il était seul dans son domaine, il pensait à Penny tout le temps – ses longs cheveux, ses yeux couleur saphir, ses lèvres, la chaleur de son corps contre le sien, sa voix. Il avait un enregistrement de *Lean on Me* chanté par elle sur son iPod, qu'il se repassait en boucle. Une fois, il s'était même masturbé sur la chanson, et après avoir éjaculé, il s'était mis à sangloter comme jamais auparavant. Elle lui manquait terriblement et, pour être honnête, le sexe n'était pas le plus dur. Le plus dur était d'avoir perdu son amie, son amour, sa championne, la personne à qui il disait tout.

— Tu es en contact avec des gens de Nantucket ? demanda Jordan.

— Non.

Il aurait pu envoyer un e-mail à Hobby, sans doute, mais il ne savait pas quoi lui dire.

— Et toi ?

— Non plus, dit Jordan.

— C'est vrai ? Pas même Al Castle ? Ni Zoe ? Ni personne au journal ?

— Non. J'ai passé une sorte de pacte avec moi-même. Si j'appelais Al ou le journal, une partie de moi serait de retour à Nantucket. Or je veux essayer d'être ici pendant un temps. C'est ce que j'attends aussi de toi. Que tu parviennes à être toi-même ici, sans avoir à subir les pressions de la maison.

— Je croyais qu'on était partis à cause des rumeurs ?

— Quelles rumeurs ?

Le café de Jake arriva, fumant. Il souffla dessus, puis se prépara à la première gorgée, plus amère que le gasoil. C'était le genre de liquide qui attaquait l'émail de vos dents. Les cordes vocales de Penny auraient été abîmées à son contact. Mais le goût écœurant du breuvage lui procurait une sorte de réconfort. Il correspondait bien à Steinbeck et Hemingway, à son cœur brûlé, brisé, à ses espoirs anéantis, à son exil. Ce café avait un goût de vie adulte, de vie d'homme.

— Les gens disent que c'est notre faute parce que la voiture était défaillante. Que tu n'as rien publié sur l'accident pour nous couvrir. Que Penny était ivre ou droguée.

Jordan hocha lentement la tête. Ses cheveux grisonnaient légèrement. Son père avait l'air vieux maintenant, alors qu'à la maison, il paraissait juste épuisé et débordé.

— La voiture était en parfait état. Le rapport toxicologique de l'hôpital n'a décelé ni alcool ni drogue dans l'organisme de Penny. Et si je n'ai rien publié dans le journal, c'est parce que Zoe me l'a demandé. C'était la mère de Penny, alors j'ai décidé de respecter son vœu. Je ne crois pas qu'on nous reproche l'accident. À mon avis, les gens ont fini par accepter que Penny conduisait trop vite.

— Demeter, dit Jake.

— Quoi ?

— Demeter lui a dit quelque chose qui l'a bouleversée.

— Ah bon ?

— Oui. Dans les dunes. Elles sont allées pisser dans les dunes juste avant qu'on parte. Et quand Penny est revenue, elle était complètement paniquée.

— À propos de quoi ?

Jake haussa les épaules. Il avait essayé de ne pas trop y penser. À quoi bon, après tout ? Demeter était une alcoolique qui recherchait si désespérément l'attention de

Penny qu'elle avait très bien pu raconter un sale truc sur lui. Noircir les faits. Une source de racontars en particulier hantait son esprit : l'incident à la soirée après la dernière représentation de *Grease*.

La fête avait lieu chez les Potts. Winnie Potts jouait Rizzo dans la comédie musicale, et comme son personnage, c'était une fille délurée, imprévisible. M. et Mme Potts, en parents « cool », laissaient leurs enfants faire la fête seuls dans le sous-sol aménagé, avec table de billard, écran de cinéma et réfrigérateur rempli de bières. Tout le monde à la soirée avait commencé par boire du Coca et du Fanta en mangeant des feuilletés à la saucisse et des boulettes de viande cuisinées par Mme Potts, qui déclara bientôt haut et fort qu'elle allait se coucher. À partir de là, Winnie se mit à ouvrir discrètement les bières de son père et les fit passer dans des gobelets en plastique. Quand la musique démarra et qu'il parut évident que cela tournait en beuverie, Penny décida de partir. Elle pouvait se montrer moralisatrice sur le sujet. Les autres la traitaient même de sainte nitouche derrière son dos. Planté en bas de l'escalier, Jake la supplia de rester et l'embrassa. Mais elle se plaignit de son haleine de bière et remarqua alors que Winnie venait d'allumer une cigarette, ce qui signifiait qu'elle devait partir tout de suite.

— Tu as raison, admit Jake, rentre à la maison prendre soin de tes cordes vocales.

Cela devait être une simple petite plaisanterie, sauf qu'il était un peu en colère de la voir partir, et peut-être aussi un peu jaloux car même s'il tenait le premier rôle masculin dans *Grease*, la seule personne que les gens étaient venus écouter était Penny. Elle avait eu droit à une ovation à la fin des quatre représentations. Cela l'agaçait qu'elle traite ses cordes vocales comme le diamant Hope. Fâchée par son commentaire, Penny remonta les marches comme une furie. Jake la regarda en se demandant s'il devait la suivre. Mais une bière fraîche l'attendait et sa chanson préférée passait en ce moment même. De plus, Winnie Potts le hélait :

— Hé ! Jake Randolph, viens un peu par ici !

Voilà comment il l'avait laissée partir.

À 1 heure du matin, Jake se retrouva le dernier invité de la fête. Trop éméché pour conduire, il décida de prendre un taxi avec le billet de vingt qu'il avait dans sa poche. Tout ce qu'il avait à faire, c'était passer un coup de fil à Coach's Cab avec son portable. Ils lui envoyaient une voiture, répondit la société, mais avec un temps d'attente.

— Vingt minutes, annonça-t-il à Winnie.

— D'accord.

Allongée en travers du canapé, elle portait un short coupé et un débardeur blanc qui contenait difficilement ses énormes seins.

La poitrine de Winnie, véritable légende au sein de Nantucket High School, avait sûrement contribué à lui obtenir le rôle de Rizzo. Jake savait qu'elle n'était pas habillée ainsi au début de la soirée, mais quand exactement s'était-elle changée ? Et où étaient passés tous les autres ? Partis, oui, mais avaient-ils pris le volant ou bien leurs parents étaient-ils venus les chercher au sous-sol des Potts ? Jake vivait dans la peur que les parents de ses camarades de classe ne le voient ivre. Il avait acquis une certaine réputation au lycée et dans la communauté dans son ensemble, et ne voulait pas la ternir.

— Viens par ici, l'encouragea Winnie.

— Je suis là, répondit-il du fauteuil club où il était avachi.

— Sur le canapé, insista-t-elle.

Elle se décala de dix centimètres comme pour lui faire de la place, mouvement qui fit trembloter ses seins. En comparaison, Penny avait des seins d'enfant, presque inexistants. Parfois, elle s'en plaignait, mais Jake lui assurait qu'il l'aimait telle qu'elle était. Ce soir, cependant, il était clairement excité par la poitrine de Winnie sous son minuscule top blanc. Ses mamelons affleuraient sous le tissu, noirs et ronds comme des pièces de monnaie. Winnie était loin d'avoir la beauté de Penny, et n'avait pas la moitié de son talent, pourtant elle dégageait quelque chose – avec sa voix rocailleuse, son humour acide, son caractère rebelle – qui avait toujours attiré Jake. Cela l'affriolait en ce moment même. Devait-il la rejoindre sur le canapé ? S'il le faisait, il savait ce qui allait se passer.

— Je ne peux pas. Je suis trop cassé pour bouger.

À ces mots, Winnie se leva et vint s'agenouiller devant lui. Ses seins, juste sous son nez, bougeaient mollement. Elle l'embrassa avec fougue, fourra sa langue dans sa bouche, et les mains de Jake pétrirent instinctivement ses seins. Gros, chauds et doux. Jake ne savait pas très bien quoi en faire. La main de Winnie se posa alors sur son sexe, qui durcit instantanément. Il n'avait jamais été aussi dur, ce qu'il attribuait à l'infamie de la situation, à son amoralité. Il repoussa Winnie, bondit sur ses pieds, remit son pantalon en place – son sexe palpitait – et remonta maladroitement l'escalier. Juste au moment où il sortait dans l'air frais de la nuit, le taxi s'arrêta dans l'allée. Dieu merci !

Il n'avait parlé de cet incident à personne et avait adopté une attitude normale avec Winnie, décontractée même. Elle, en revanche, se montrait distante et parfois même sarcastique, ce qu'il faisait mine de ne pas remarquer. Chaque fois qu'il tombait sur elle, il était avec Penny, et à la soirée de Patrick Loom, elle était venue vers eux et leur avait lancé :

— Alors ? Comment va le couple parfait ?

Malgré l'ironie évidente de sa remarque, Penny avait répondu gentiment :

— Très bien, merci.

Winnie était aussi à la fête de Steps Beach, pendue à Anders Peashway. En fait, elle était toujours pendue à un gars ou un autre, ce qui ne changerait probablement jamais. Jake n'était sûrement pas le premier mec à la jeter, pourtant, à Steps Beach, elle lui avait lancé ce regard qui voulait dire... quoi au juste ? Avait-elle raconté à quelqu'un ce qui s'était passé entre eux ce soir-là ? Pourvu qu'elle ait éradiqué comme lui ce fiasco éthylique de sa mémoire ! Hélas, Winnie n'était pas le genre de filles à jouer la discrétion.

Revenant au présent, assis à cette terrasse de café avec son père, Jake prit une profonde inspiration.

— Je ne sais pas ce que Demeter lui a dit.

— Mais tu lui as posé la question ?

Oui, il lui avait posé la question. Il lui avait fallu pas moins de onze tentatives pour réussir à lui parler – Demeter ignorait ses appels et ses SMS, et prétendait être endormie quand il venait frapper à sa porte. Ce n'est que deux soirs avant leur départ pour l'Australie que son portable vit enfin s'afficher le numéro de Demeter.

— Salut ! dit-il, aussi doucement que possible.

Il savait Demeter sensible et ne voulait pas l'effrayer.

— Comment vas-tu ? Je m'inquiétais pour toi.

— Pour moi ? s'étonna Demeter.

— Ouais. Tu vas bien ?

— Bof. Pas vraiment.

Là, elle étouffa un hoquet ou un rire, signe qu'elle était éméchée. Jake n'aimait pas juger les gens, encore moins une copine de classe qui n'avait pas une vie facile, mais il savait qu'elle était alcoolique. À dix-sept ans !

— Moi non plus. Je n'arrête pas de penser à l'accident.

— J'ai des trous de mémoire, déclara-t-elle. Ils m'ont dit que c'était à cause du choc.

— Mais tu te rappelles des trucs avant l'accident, non ? Tu te souviens de la fête sur la plage ?

— Ben, je me rappelle avoir servi la bière, mais après tout est flou.

— Vraiment ? Parce que…

— Ouais, je te jure, insista Demeter.

— Mais tu te rappelles être allée dans les dunes avec Penny ? Je crois que vous vouliez faire pipi, toutes les deux.

— Là, j'ai une sorte de blanc.

Pratique, songea Jake.

— Et tu n'as rien dit à Penny dans les dunes ?

— On a dû discuter, mais je ne sais plus de quoi.

— Tu es sûre ? Parce qu'elle était plutôt paniquée quand elle est revenue à la voiture.

— Ah ? Je ne m'en souviens pas.

— Tu ne te rappelles pas que Penny était bouleversée ? Tu ne te rappelles pas qu'elle m'a arraché les clés des mains, qu'elle criait, et qu'elle a démarré comme une furie sur Cliff Road ?

— Non. Enfin, je me souviens de la vitesse. C'était drôlement grisant au début, et après j'ai eu une sacrée trouille. Elle aurait pu nous tuer tous, tu sais.

Jake déglutit.

— Est-ce que par hasard Winnie Potts était avec vous dans les dunes ? Ça te dit quelque chose ?

Après une longue pause, elle répondit :

— Ben, oui, je crois qu'elle était là.

— Oui, je lui ai posé la question…, répliqua Jake à son père.

Sur quoi il vida son petit noir d'un trait, comme John Wayne un shot de whiskey.

— … mais elle n'a pas pu m'aider.

ZOE

Comme elle souffrait aujourd'hui à l'idée de sa merveilleuse vie d'avant. Tout ce qu'elle tenait autrefois pour acquis la narguait désormais. Bien sûr, elle avait connu des moments très difficiles – la mort brutale de Hobson senior, deux jumeaux à élever seule –, mais dans l'ensemble, elle se considérait comme plutôt chanceuse.

Fille unique, Zoe était arrivée sur le tard, par accident, alors que sa mère ne se croyait plus capable de concevoir. Ses parents étaient des érudits, des citadins et des travailleurs : son père avait bossé pour Wall Street pendant des années avant de monter sa société de courtage à Stamford, dans le Connecticut, et sa mère était vice-présidente du Mount Sinai Hospital, un poste auquel elle n'avait pas voulu renoncer après la naissance de sa fille.

Zoe avait été élevée par une série de jolies jeunes filles au pair blondes, qui vivaient au troisième étage de leur demeure en pierre d'Old Greenwich et les accompagnaient en vacances pour que ses parents puissent danser toute la nuit dans les bals des bateaux de croisière. Leurs noms flottaient encore dans son esprit – Elsa, Pleune, Dagmar – même si elles étaient interchangeables. Zoe avait à peu près tout appris de ces filles : faire du vélo sans roulettes, nager le dos crawlé, jouer *Chopsticks* au piano, appliquer du mascara sur ses cils inférieurs, et plus tard, rouler ses cigarettes et faire un nœud dans la queue d'une cerise au marasquin avec sa langue.

À quatorze ans, Zoe avait découvert le monde – celui de Miss Porter's School, où ses aptitudes naturelles lui avaient valu de bonnes notes, sans toutefois lui donner l'ambition de figurer parmi les meilleures. Elle était considérée comme une fille cool, bohème, adepte des Grateful Dead, CSNY et The Band. Vêtue de longues jupes plissées ou de sarongs rapportés de Bali par ses parents, elle laissait ses cheveux se rapprocher dangereusement des dreadlocks, ce qui lui valut un petit entretien avec les administrateurs de l'école. Elle s'était fait percer trois fois l'oreille gauche et tatouer un ours dansant sur la hanche. Si sa mère n'avait jamais eu vent du tatouage, le commentaire de sa colocataire, Julia Lavelle, une fille collet-monté qui ne daignerait jamais regarder un épisode des Monty Python dans la salle commune, viendrait la hanter par la suite : « Ce tatouage va te poursuivre pour le restant de tes jours, tu sais, et il ne te paraîtra peut-être pas aussi cool dans trente ans. » Julia avait vu juste : l'ours aux couleurs de l'arc-en-ciel dansait toujours sur sa hanche, et même si la plupart des hommes l'appréciaient – Jordan était son plus fervent admirateur –, elle le trouvait maintenant affreusement ridicule.

L'été précédant sa dernière année de lycée, ses parents l'avaient emmenée en Italie pendant un mois. Elle avait songé à décliner l'invitation et à demander l'argent à la place, pour suivre les Grateful Dead à travers l'Amérique du Sud et la Californie. Mais l'idée de passer du temps avec ses parents était suffisamment nouvelle pour l'intriguer.

Au bout du compte, cet été en Italie l'avait totalement transformée. Ses parents l'avaient traitée en adulte. Sa mère lui avait subtilement conseillé une nouvelle coupe de cheveux à Rome, et le style dégradé qui en résulta, contrairement au tatouage, résista au temps. Zoe choisit un parfum italien pour remplacer son patchouli, et acheta des bottes de daim Fratelli Rossetti après avoir remisé ses Birkenstocks. Son nouveau look eut un effet immédiat. Un soir, dans une trattoria de Travestere, elle rencontra un étudiant américain en histoire de l'art prénommé Alex, qui l'invita à partager une bouteille de vin et une assiette d'artichauts frits. Zoe lui raconta qu'elle était en première année de fac à Vassar – un mensonge – et perdit ce soir-là sa virginité avec Alex (elle avait oublié son nom de famille, ce qui n'avait aucun importance), dans un studio en regard du Vatican. À 2 heures du matin, elle regagna son hôtel en passant par la place Saint-Pierre, avec le sentiment d'avoir conquis le monde libre. Le corps d'Alex était lisse comme une statue du Bernin.

Cela n'aurait pas pu être plus beau, sauf si Alex avait été italien.

La prochaine fois.

Cela dit, l'intérêt principal de son séjour fut la découverte de la cuisine italienne. Le choc culinaire se produisit dans un minuscule restaurant de Ravenne, où elle s'était rendue avec ses parents pour visiter la basilique Saint-François, site de la tombe de Dante. L'un des amis sophistiqués de son père leur avait recommandé un petit restaurant – quinze couverts seulement – où l'épouse était aux fourneaux et le mari en salle. Zoe dégusta des raviolis à l'encre de seiche fourrés à la ricotta fraîche et nappés d'une sauce à la crème de truffe, des langoustines

grillées et une crème brûlée aux fraises des bois. Ses
parents lui servirent du vin, selon la règle tacite qu'on
buvait non pas pour s'enivrer mais pour augmenter le
plaisir gustatif.

Mon Dieu, oui ! pensait Zoe à chaque bouchée. Quelle
extase ! Mieux que le sexe qu'elle venait tout juste de
découvrir avec Alex Sans-Nom-De-Famille. Ce repas fut
une expérience transcendantale. Ses parents se régalèrent,
mais ne vécurent pas comme elle un moment mystique.
Jamais elle n'avait goûté à une cuisine pareille. Pour elle,
c'était un lever de soleil sur un nouveau monde. Avant
de quitter le restaurant, elle glissa un regard à l'épouse-
chef dans la cuisine. Ses cheveux étaient attachés en
chignon serré, comme une ballerine. Ses yeux plissés se
concentraient sur les champignons qu'elle faisait sauter
dans une poêle. Les lèvres de la cuisinière remuaient en
cadence un air d'opéra qui emplissait la pièce. Oui !
exultait-elle. Oui !

Ses parents n'étaient guère favorables à l'Institut culinaire. Évidemment, on était loin de Vassa (l'université où
avait étudié sa mère) et Penn (celle où était allée Julia
Lavelle). Dans le cercle de l'école Miss Porter's, ce choix
avait un parfum de scandale, de vocation. Mais ses
parents comprenaient sa passion pour la cuisine et, dans
leur esprit, mieux valait devenir chef cuisinier que
rejoindre une colonie de nudistes ou déménager à Haight-
Ashbury, à San Francisco, pour rallier une cause gau-
chiste perdue.

L'ICA avait non seulement permis à Zoe de devenir chef
mais aussi, bien sûr, de rencontrer Hobson senior, qui
en peu de temps avait fait d'elle une épouse et une mère.
Ensuite, elle avait vécu une période noire : le décès brutal de son mari, la mort de ses deux parents, le défi
douloureux d'élever deux jumeaux seule. Mais à un certain moment – quand les enfants avaient sept ou huit
ans –, Zoe eut l'impression de sortir enfin du tunnel. Le
plus dur est derrière moi, maintenant, pensait-elle. J'ai
un bon travail, une maison sur la plage, un groupe d'amis
proches avec qui passer des moments agréables, et deux

enfants exceptionnels. L'amour lui manquait, mais à bien réfléchir, c'était peut-être préférable. Les enfants étaient les deux amours de sa vie. Et elle gardait sa liberté.

Mais alors, comment expliquer Jordan ?

Jordan et elle avaient été amis pendant longtemps, pourtant elle n'arrivait pas à se rappeler l'époque où ils n'étaient que des amis.

Durant ses premières années à Nantucket, elle avait vécu dans une bulle. Elle avait été embauchée par les Allencast et inscrit ses jumeaux à la crèche. Quand elle les y emmenait et allait les rechercher, elle rencontrait d'autres parents actifs comme elle, mais tous si occupés que leurs interactions restaient superficielles. Souvent, elle travaillait aussi le week-end, ce qui l'obligeait à avoir une baby-sitter. Les lundis, en revanche, elle chômait, contrairement au reste du monde. Difficile de créer une vie sociale seule le lundi ! Zoe fit pourtant de son mieux. Au début, elle assistait au conseil municipal public, constatant avec émerveillement que tous les gens massés dans l'auditorium du lycée se connaissaient, et que certains étaient clairement amis depuis toujours. Dans des moments comme celui-là, Zoe regrettait de ne pas s'être installée dans une communauté moins insulaire, peut-être une ville, un lieu peuplé de mères célibataires. Mais c'est à cette occasion que son regard se posa pour la première fois sur Jordan Randolph, venu parler d'un article. Tout dans sa tenue, depuis le pantalon de costume et la chemise rayée fraîchement repassée à la montre au bracelet de cuir élégant, criait « Attention avocat ! » à Zoe, même si elle était sensible à ses boucles noires et ses lunettes sans monture.

— Qui est-ce ? demanda-t-elle à la femme assise à côté d'elle.

Elle se rappelait encore l'expression inquiète aussitôt affichée par sa voisine, qui devait prendre Zoe pour une interlope venue de Martha's Vineyard, ou plus loin encore !

— C'est Jordan Randolph, le propriétaire du journal, répondit-elle sur le ton de l'évidence.

Ah, pensa Zoe. Le fameux Jordan Randolph ! Ce nom lui était familier, bien entendu. M. Allencast se plaignait souvent des positions politiques libérales de l'éditorialiste, ce qui auréolait M. Randolph d'un voile de mystère avant même qu'elle ne le rencontre. Déjà à l'époque, il l'intriguait.

Mais elle ne fit la connaissance de Jordan qu'au moment de l'entrée des jumeaux à l'école maternelle. La Children's House était la seule école Montessori de l'île et y être accepté était une gageure. La rumeur circulait que les jeunes mamans appelaient l'école depuis la salle d'accouchement du Nantucket Cottage Hospital pour mettre leur nouveau-né sur liste d'attente. Au début, les jumeaux ne furent pas admis. Sans doute parce qu'elle était une étrangère, doublée d'une mère célibataire active, supposa Zoe. Et aussi parce que placer deux enfants était cinq fois plus dur que d'en faire admettre un. Malgré son amère déception, elle se résigna à laisser les jumeaux à la garderie. Ils survivraient. Mais quand Mme Allencast découvrit que les jumeaux avaient été refusés, elle passa un coup de fil – M. Allencast et elle faisaient une généreuse donation annuelle à l'école – et une invitation à la Children's House pour les jumeaux arriva peu après.

Dans cette école maternelle, les parents étaient très impliqués – réunions, collectes de fonds, dîners à la fortune du pot, présentations avec diapositives. Tous les matins, Zoe restait cinq minutes dans le vestiaire pour que Penny et Hobby troquent leurs chaussures de ville pour des pantoufles, puis les embrassait en leur souhaitant une bonne journée.

Zoe vit Lynne Castle pour la première fois dans ce vestiaire. Lynne, une femme d'un naturel affable, lui tendit la main et se présenta. Elle avait une fille, Demeter, du même âge que les jumeaux, ainsi que deux fils plus âgés qui étaient allés à la Children's House quelques années plus tôt, ce qui lui donnait un peu l'impression de faire partie des meubles. En fait, elle était membre du conseil d'administration, et était toujours enchantée de rencontrer de jeunes parents qui pourraient, un jour prochain, jouer un rôle clé au sein de l'établissement, parce que vraiment, lui confia-t-elle, elle devenait trop vieille pour tout cela !

Zoe avait ri. Lynne était charmante. Un peu plus âgée qu'elle, peut-être même dix ans de plus, avec une carrure imposante et quinze bons kilos de trop. Ses mèches grises calées derrière ses oreilles, elle affichait une garde-robe tout droit sortie du catalogue Orvis de 1978. De quoi Zoe avait-elle l'air aux yeux de sa nouvelle amie, avec ses cheveux coiffés à la va-vite, aux pointes teintées de rouge, son maquillage approximatif, son pantalon aux motifs vichy noir et blanc et ses sabots de chef ? Avec le recul, elle se disait que Lynne avait vu en elle un croisement entre Cyndi Lauper et Julia Child. Cela dit, Lynne semblait l'apprécier malgré tout.

Zoe rencontra Al Castle et Jordan Randolph au mois de février suivant, lors de la soirée des papas organisée à l'école. Les jumeaux parlaient de cet événement depuis des semaines, ce qui nouait l'estomac de Zoe. Elle aurait bien manqué la fête, mais les jumeaux avaient préparé des tas de dessins et de surprises pour l'occasion, si bien qu'elle n'avait pas le choix. Les professeurs allaient-ils la laisser entrer, même s'ils étaient au courant de sa situation ? Zoe n'avait pas d'homme dans sa vie capable de tenir ce rôle. L'espace d'un instant, elle avait pensé à M. Allencast, mais les jumeaux en avaient peur, et son employeur âgé de soixante-huit ans n'avait peut-être pas envie d'accompagner ses jumeaux de trois ans à cette charmante soirée.

Donc, Zoe s'y rendit seule. Certains l'ignorèrent, d'autres la félicitèrent d'être venue. Aux pères mal à l'aise, elle avait envie de dire : Essayez de comprendre, mon mari est mort ! Un père qu'elle connaissait – Lars Peashway, le père d'Anders – lui avait tapé sur l'épaule en lui disant :

— Je vous trouve très courageuse.

Courageuse ? avait pensé Zoe. Je ne suis pas courageuse. Je fais juste ce que j'ai à faire.

Les seuls pères à ne pas la traiter comme une bizarrerie ou une martyre furent Al Castle et Jordan Randolph.

Dès la première seconde, ils la prirent sous leur aile et lui expliquèrent que leurs enfants, Demeter et Jake, parlaient sans arrêt des jumeaux.

— Je crois que Jake aime beaucoup Penny, précisa Jordan.

— Je crois que Demeter aime beaucoup Hobby, ajouta Al.

Les deux hommes échangèrent un clin d'œil, puis tous trois éclatèrent de rire. Depuis le conseil municipal, Zoe savait qui était Jordan, pourtant elle le laissa se présenter.

— Jordan Randolph, enchanté de vous rencontrer.

Il portait un sweat-shirt bleu saphir, un jean et des baskets. Sa belle montre au bracelet de cuir. Ses lunettes sans monture. Inutile de se voiler la face : elle était tombée amoureuse de lui immédiatement.

— Vous connaissez peut-être mon épouse ? Ava ? L'Australienne avec la longue natte ?

— Oh oui, je vois, acquiesça Zoe.

Bien entendu, la mère la plus belle et la plus élégante de l'auditorium, cette femme à l'accent incroyablement sexy (Zoe l'avait entendue parler d'aller au concert de U2 au Boston Garden), était mariée à Jordan Randolph.

— Jake est notre fils unique, mais on espère bien avoir un autre enfant.

— Ah…

Merde ! se dit-elle. Bonne chance alors !

Préférant ne pas continuer sur ce terrain glissant, Zoe reporta alors son attention vers Al Castle, qui se présenta à son tour.

— Vous devez connaître ma femme, Lynne ?

— Ah oui !

Al et Lynne allaient parfaitement ensemble dans leur simplicité, leur droiture à l'aube de l'âge mûr.

— J'apprécie beaucoup Lynne.

C'était la vérité. Lynne était la seule mère qui s'arrêtait toujours pour la saluer et discuter. Lynne savait qu'elle était la cuisinière particulière des Allencast, et Zoe savait que sa nouvelle amie gérait une société depuis chez elle, maintenant que Demeter allait à l'école toute la journée.

— Elle m'a dit que vous conduisiez une Karmann Ghia, poursuivit Al. C'est vrai ?

— Je plaide coupable !

— Quelle année ?

— 1969.

— La meilleure ! J'ai une concession automobile sur Polpis Road. Si jamais vous décidez de vous séparer de votre bébé, je vous ferai un prix imbattable.

— Je n'arrive pas à croire que tu parles business avec une femme, plaisanta Jordan.

Il fixa Zoe une seconde, un temps assez long pour qu'elle enregistre – sweat-shirt bleu, yeux bleus.

Puis il sourit.

Au final, les deux hommes l'adoptèrent. Peu à peu, au fil des années, les Randolph et les Castle prirent Zoe sous leur aile. Ils étaient devenus sa famille. Lynne Castle était officiellement sa meilleure amie, même si Zoe passait le plus clair de son temps à essayer de charmer Ava. Si seulement cette femme pouvait l'apprécier ! Ava lui faisait penser à une belle pierre polie, avec ses longs cheveux couleur blond miel, sa peau parfaite, ses yeux verts et ses fossettes. Mais comme la pierre, elle était froide, pas seulement avec Zoe, avec tout le monde. Elle détestait Nantucket et se voyait comme une sorte de captive de l'île. Ses conversations tournaient toujours autour de son voyage passé ou à venir en Australie. Son pays natal, inondé de soleil, où elle préférait vivre. C'était la distance de cette femme qui excitait l'imagination de Zoe. Ava montrait de la résistance, or Zoe voulait gagner la partie. Oui, elle voulait à tout prix gagner !

Pendant des années, Zoe ne lâcha pas le morceau. Au début, elle s'en voulut de ne pas réussir à plaire à Ava. Je suis américaine, je parle fort et je suis directe, se disait-elle. Et Ava voit en moi une mauvaise mère parce que je travaille. Mme Randolph consacrait tout son temps et son énergie à l'éducation de son fils unique, Jake. Pas besoin de chercher une nounou ou, comme Zoe, de laisser ses enfants seuls un samedi soir pour s'occuper du buffet d'une réception. Bien sûr, cette mère accomplie prenait bien soin de signer les permissions de sortie, prévoir les baskets pour le cours d'éducation physique et acheter une carte pour la classe le jour de la Saint-Valentin. Ces petits oublis étaient uniquement le fait de Zoe, qui se demandait si Ava n'en tenait pas la liste – liste qu'elle montrait tous les soirs à son mari avant le dîner.

Au fond, avait-il toujours été question de Jordan ? Zoe avait tout fait pour courtiser l'épouse, mais n'était-ce pas le mari qu'elle convoitait en réalité ? Déjà à l'époque où elle les avait rencontrés, Ava et Jordan se disputaient sans arrêt, et ouvertement. Avec le temps, Zoe devint la confidente d'Ava, et en tant que telle écoutait ses plaintes au sujet de son mari – Jordan avait mauvaise haleine le matin, ne vidait jamais le lave-vaisselle. Jordan refusait d'aller avec elle en Australie, malgré ses supplications, si bien que Jake et elle y allaient toujours seuls. Jordan était obsédé par le journal. Ava n'avait jamais connu un homme aussi absorbé par son travail. En Australie, disait-elle, même les directeurs de banque faisaient une pause pour prendre un café dans l'après-midi. Même les dirigeants des exploitations minières et les magnats de l'immobilier prenaient leur dimanche, se promenaient avec leurs enfants, déjeunaient en famille. Mais le dimanche, Jordan ne quittait pas la maison avant d'avoir lu la toute dernière ligne du *New York Times*. Ava n'avait pas le droit de lui adresser la parole tant qu'il avait une section du journal dans les mains. « Il ne comprend pas, se lamentait Ava. Il ne *me* comprend pas ! Nous n'avons pas les mêmes envies. »

Tout ce que voulait Jordan, c'était travailler, pendant que Ava rêvait d'un autre bébé. Zoe écoutait régulièrement ses lamentations et ses prières. Toutes les nuits, Ava priait pour avoir un autre enfant, un frère ou une sœur pour Jake. Elle avait avoué à Zoe qu'un bébé était la seule chose qui rendrait sa vie supportable si elle devait rester en Amérique. Un aveu plutôt embarrassant pour Zoe, comblée par ses deux enfants.

— Ça va venir, lui assurait-elle, je le sens. Tu auras ton bébé.

Certains soirs, Zoe souhaitait sincèrement à Ava de tomber enceinte, même les soirs où, à la fin du dîner, les Castle et les Randolph passaient la porte tous ensemble en riant, et regagnaient leur voiture bras dessus bras dessous, laissant Zoe seule sur le pas de la porte.

Elle se cachait parmi eux, telle une jeune pousse solitaire au milieu des grands séquoias bien enracinés des autres couples, ses amis.

Quand Jake et les jumeaux entrèrent au collège, Ava tomba enfin enceinte. Zoe dut reconnaître que la nouvelle lui causa un choc. Son amie essayait de concevoir un enfant depuis si longtemps que Zoe avait baissé les bras à sa place. Dans son esprit, Ava était devenue une figure tragique, une femme condamnée à ne jamais voir son plus cher désir se réaliser.

Mais la roue tourne, apparemment.

Après toutes ces années passées à prier pour son amie, Zoe fut étonnée encore d'être submergée par une amère jalousie, qui lui faisait l'effet d'une grosse tache en plein milieu du visage. Sa honte était-elle visible ?

Contre toute attente, cette grossesse rapprocha les deux femmes. Ava libéra littéralement ses cheveux, dénouant sa tresse serrée pour les laisser tomber avec naturel dans son dos. Malgré sa fatigue et ses nausées, Ava avait des moments de jovialité. Elle riait d'elle-même, de ses flatulences, de son besoin incessant de faire pipi. Elle se reposait même sur Zoe, lui demandait si Jake pouvait passer la nuit chez elle pour qu'elle, Ava, puisse faire la grasse matinée. Jake n'avait jamais eu l'autorisation de dormir chez Zoe avant, sans doute parce que les jumeaux avaient le droit de regarder des films interdits aux enfants et se gavaient de brownies bien après l'heure du coucher. Ava avoua à son amie combien sa mère et ses sœurs en Australie lui manquaient. Elle n'arrivait pas à croire qu'elle allait donner naissance à un autre Américain, disait-elle.

Puis le bébé naquit, et l'heure fut aux réjouissances !

Lynne appela Zoe pour lui annoncer qu'Ava avait perdu les eaux, que le travail était commencé, et le col dilaté de sept centimètres. Le bébé serait sans doute là à l'heure du déjeuner ! Zoe quitta son boulot à 14 heures et fonça chez elle pour récupérer la petite boîte contenant une minuscule layette rose (Ava était persuadée que le bébé serait une fille). Ensuite, elle attendit que les jumeaux sortent de la Cyrus Peirce Middle School. Ils étaient aussi excités qu'elle. Jake avait été arraché à son cours d'économie par son père.

Le premier instinct de Zoe fut de se rendre tout droit à l'hôpital pour attendre la naissance du bébé. Mais une fois les jumeaux encastrés dans la Karmann Ghia, elle réfléchit de nouveau à la situation. Techniquement, les Randolph ne l'avaient pas invitée à venir à la maternité. Ils étaient des amis proches, mais ne faisaient pas partie de leur famille. Cela dit, Ava n'avait pas d'autre parent sur l'île et Jordan était enfant unique. Devait-elle aller à l'hôpital ? Paralysée par l'indécision, elle se sentait brutalement mal à l'aise quant à son statut au sein de l'existence des Randolph. Elle décida de rentrer chez elle et d'attendre leur appel.

Au même moment, son portable sonna. C'était Jordan.

— C'est un garçon ! Trois kilos sept cents grammes, dix doigts, dix orteils. Maman et bébé vont bien.

— Un garçon ! cria Zoe.

— Un garçon ! répétèrent Penny et Hobby en chœur. Ernest Price Randolph. Baby Ernie.

— Oh, félicitations !

— Viens, s'exclama Jordan, viens le voir !

Zoe devait reconnaître que ce fut l'un des moments les plus heureux de sa vie à Nantucket. Allongée dans son lit d'hôpital, avec l'air d'avoir remporté une âpre bataille, Ava était affreusement pâle et cernée, et ses cheveux collaient à son crâne comme une perruque humide. Mais elle était triomphante : à presque quarante ans, elle avait réussi un sacré exploit : mettre au monde un enfant normal et en bonne santé. Le bébé était endormi dans les bras de Jake, et Penny et Hobby se disputaient pour savoir qui le prendrait ensuite. Zoe embrassa le front moite de son amie, les yeux brouillés de larmes. Elle n'avait pas de mots. Le moment était tout simplement trop beau. Elle tendit à Ava son cadeau, la jeune maman déballa la charmante tenue rose, et toutes deux éclatèrent de rire, mettant fin à leurs larmes. Jordan entra alors avec une bouteille de champagne. Peu après, Al, Lynne et Demeter Castle arrivèrent à leur tour. Ava leur montra la layette rose et de nouveaux rires résonnèrent dans la chambre. Penny alla chercher des sodas au distributeur, Jordan fit sauter le bouchon du champagne et Zoe prit des photos de Hobby, qui, du haut de son mètre quatre-vingts à l'âge de treize ans, tenait le minuscule bébé Ernie dans ses bras. Lynne étreignit Ava, et Al offrit à Jordan un cigare cubain qu'il avait rapporté de son dernier voyage d'affaires au Québec. Ted Field passa en coup de vent pour féliciter Jordan et s'assurer que la maman allait bien. L'heureux papa donna un gobelet rempli de champagne à Zoe, qui goûta le liquide pétillant en plongeant dans les yeux bleus de Jordan, et éprouva alors une félicité pure pour le couple qui voyait leur plus cher désir enfin comblé.

Puis Zoe prit dans ses bras le doux nid-d'abeille où était emmitouflé Ernest Price Randolph, et lui murmura doucement :

— Je m'appelle Zoe et je suis ton amie.

Puis elle nomma les autres personnes dans la chambre :

— Voici ta maman, ton papa, ton grand frère Jake, le Dr Field, qui t'a mis au monde, et là, ce sont mes bébés, Penny et Hobby. Et là, voici Al Castle, Lynne Castle et Demeter. Regarde comme tu es heureux, bébé Ernie. (Elle le souleva et déposa un baiser sur sa joue d'une incroyable douceur.) Regarde tous ces gens qui t'aiment déjà.

Deux mois plus tard, le lundi 31 mars, à 6 heures du matin, Zoe reçut un appel terrible de la part de Lynne Castle. Elle avait peine à comprendre ce que Lynne essayait de lui dire : Ava était allée dans la nurserie pour voir le bébé et...

— Et quoi ? s'étrangla Zoe.

Elle comprenait les paroles de Lynne – « cessé de respirer », « mort subite », « inerte dans son berceau » –, mais son esprit refusait de les accepter. Elle avait vu Ava et Ernie quelques jours plus tôt à la poste. Ava faisait la queue pour retirer de nouveaux cadeaux envoyés d'Australie pour le bébé et Zoe avait proposé de porter Ernie pendant qu'elle rangeait les paquets dans sa voiture. Le nourrisson était déjà plus alerte que la dernière fois qu'elle l'avait vu : il parvenait à fixer son regard, un regard dont la couleur intense lui évoquait le bleu des yeux de son père. Elle l'avait gentiment bercé, sa petite tête chaude parfaitement calée dans le creux de sa paume, et l'avait couvert de bisous, ce qui faisait glousser bébé Ernie. Zoe adorait ses jumeaux, vraiment, mais ils entraient dans l'âge tortueux de l'adolescence. Avec Penny, qui venait tout juste d'avoir ses premières règles, ils avaient droit à de charmantes sautes d'humeur. L'odeur des pieds de Hobby envahissait toute la maison. En tenant Ernie dans ses bras, Zoe se disait avec émotion : J'en veux un tout petit exactement comme celui-là !

Ernie... Bébé Ernie avait cessé de respirer. Ava était allée dans la nurserie pour le prendre dans ses bras, mais son corps était froid et inerte comme une poupée. Mort.

Mon Dieu ! Pauvre Ava !

Aux funérailles, Ava portait une robe noire, les seins bandés pour empêcher le lait de couler. Les enfants – Jake, Hobby, Penny et Demeter – lâchèrent une nuée de ballons blancs dans le ciel. Un geste qui, d'après Lynne, les aiderait à accepter cette disparition brutale : l'âme du petit Ernie était montée au ciel.

Zoe voyait là une simplification grossière doublée d'une aberration mystique, pourtant elle pleura elle aussi quand les ballons s'élevèrent dans les airs. Et comme tout le monde, elle agita le bras pour dire au revoir à l'âme du défunt.

Lynne Castle prit en main l'organisation des repas de la famille Randolph, mais Zoe, sans tenir compte de l'agenda prévu, leur apporta des mets tous les jours : du chili au poulet pour Jordan, une terrine de légumes pour Ava, une *pizza pot pie* pour Jake. Sans oublier les muffins aux myrtilles, le pain au levain et le jus d'orange frais. Et quantité de brownies fondants au chocolat. Elle donnait généralement ses préparations à Jordan, qui la remerciait d'un sourire las. Mais quand la voiture de Jordan n'était pas là, elle n'avait pas le courage de frapper à la porte et laissait ses offrandes sur le perron.

Si elle veut me parler, se disait Zoe, elle m'appellera.

Mais Ava n'appela pas et, ce qui au début passait pour un silence respectueux se mua peu à peu en un vide gênant, abyssal.

Plusieurs mois s'écoulèrent, puis l'été s'installa. La famille Randolph ne se montra pas une seule fois dehors, alors Zoe appela Jordan au journal pour le supplier de la laisser emmener Jake à la plage avec les jumeaux. Juste un dimanche ? Quelques heures ?

— J'ai les mains liées, répondit-il avec un soupir. Ava veut le garder à la maison.

— Pour combien de temps ? Dieu du ciel, Jordan, ce gamin a treize ans. Il a besoin de sortir avec ses amis !

— Zoe..., s'il te plaît.

Zoe glissa un mot dans la boîte aux lettres d'Ava.

« J'imagine combien tu dois souffrir. N'oublie pas que je suis là si tu as besoin de parler. »

Pas de réponse. À croire qu'elles n'avaient jamais été amies. Zoe alla à toutes les soirées d'été seule ou avec les Castle – soirées où tout le monde lui demandait des nouvelles d'Ava. Au début, elle ne sut pas quoi répondre. Puis elle imagina une réplique qu'elle répéta à l'envi :

— Jordan et elle essaient de surmonter cette épreuve. Merci de poser la question.

Alors qu'elle avait envie de leur rétorquer : pourquoi me posez-vous la question à moi ? Je n'en ai aucune idée !

Elle décida d'aborder le sujet avec Lynne.

— Ava s'est refermée comme une huître, dit-elle un jour à sa confidente. Elle ne me parle plus.

— J'ai tenté des ouvertures, soupira Lynne, mais je n'ai pas obtenu grand-chose.

Qu'entendait-elle par là ? Ava lui parlait-elle ? Répondait-elle au téléphone quand Lynne appelait ?

— Jordan et Jake sont venus dîner à la maison une ou deux fois, finit-elle par avouer.

Les pensées de Zoé s'égaillèrent comme une volée de moineaux effrayés.

— Ils sont venus dîner ?

Lynne retroussa les lèvres, comme si elle goûtait quelque chose d'aigre.

— Ava est particulièrement dure avec Jordan. À cause de... tu sais...

— À cause de quoi ?

Lynne soupira.

— C'est tellement triste !

À l'approche des vacances, Zoe accepta de prendre en charge plus de soirées privées. Elle passait aussi du temps avec les jumeaux, acclamait Hobby à ses matches de football américain, emmenait Penny à ses cours de chant.

Bien sûr, Lynne a invité Jordan et Jake à dîner. Elle peut les recevoir chez elle parce qu'elle est mariée à Al et qu'ils forment une famille respectable. Alors que si moi, j'invitais Jordan et Jake à dîner, ça aurait l'air... eh bien, ce serait bizarre.

Deux semaines après Thanksgiving, Nantucket consacrait un week-end aux préparations de Noël. Le week-end du Stroll était l'événement de l'année préféré de Zoe.

Le centre-ville se transformait en pays des merveilles. Des sapins de Noël illuminaient Main Street et les vitrines des boutiques étaient décorées d'elfes, de bâtons de cannes à sucre et de boules de verre scintillantes. Le samedi, la rue principale était fermée à la circulation et une foule de piétons déambulaient dans les rues pavées, écoutaient les chorales de Noël, buvaient du chocolat chaud en attendant le clou du spectacle : l'arrivée du Père Noël en ferry.

Ce fut une année particulièrement chargée pour Zoe, responsable du buffet d'une importante soirée mondaine dans une propriété d'India Street. La maîtresse de maison, Ella Mangini, était l'une de ses clientes préférées. Avec son carré souple de cheveux argentés, elle avait un irrésistible sens de l'humour. Avant l'arrivée des invités, Ella offrit une flûte de champagne à Zoe dans la cuisine, les pieds chaussés de simples pantoufles. Sa riche cliente n'était pas mariée, mais lui avait laissé entendre qu'elle avait eu de nombreux amants. Comment faisait Zoe pour rester seule ? Elle n'avait eu aucune relation sérieuse depuis la naissance des jumeaux ? Vraiment ? !

— Les enfants accaparent toute ma vie émotionnelle. La plupart du temps, ils me comblent totalement.

— Mais vous êtes si jeune ! Et vos besoins alors ?

Zoe termina sa flûte d'un trait. Ses besoins ? Elle avait eu quelques aventures, à l'occasion, comme avec le réceptionniste de l'hôtel de Cabo – cinq nuits d'affilée, une relation à long terme pour elle !

— Mes besoins ? Que voulez-vous dire ?

À la fin de la soirée, Ella revint seule dans la cuisine, pendant qu'un homme en smoking l'attendait sur le pas de la porte. Après lui avoir servi une autre flûte de champagne, elle lui glissa deux cent cinquante dollars dans la main et lui dit :

— La nourriture était excellente, vous êtes géniale, je vous adore. Maintenant, sortez d'ici et amusez-vous. La soirée ne fait que commencer !

Zoe descendit l'escalier de l'accueillante propriété d'Ella Mangini juste au moment où la neige se mit à tomber. Les lumières de Noël scintillaient tout autour d'elle et les flocons de neige voletaient dans le ciel nocturne. Le champagne faisait danser de fines bulles de possibilités dans son esprit. La soirée ne fait que commencer ! Penny dormait chez Annabel Wright et Hobby était à un tournoi de basket à West Bridgewater. Deux choix s'offraient à elle : rentrer dans son cottage désert et glacé ou rejoindre la fête en ville.

Une fois dans sa voiture, elle ôta sa blouse de chef. En dessous, elle portait un T-shirt rouge brillant, une couleur de circonstance. Elle ébouriffa ses cheveux dans le rétroviseur, appliqua un peu de rouge sur ses lèvres et se dit : parfait, je suis fin prête.

Dans Main Street, elle fit halte devant le Club Car, attirée par les notes du piano et par l'idée que Joe, le propriétaire, allait lui offrir un verre.

Mais une fois à l'intérieur du bar bondé, une évidence la frappa : elle avait été célibataire pendant presque toute sa vie d'adulte. Comme elle n'était ni une étrangère ni une touriste, elle n'avait rien à faire seule dans un bar. Ces dernières années, elle s'était habituée à la présence rassurante des Castle et des Randolph. Sans eux, elle se sentait désemparée, vulnérable. Le pianiste venait d'entamer *Hotel California* et les clients se mirent à chanter à tue-tête. Une pointe de regret l'envahit. Comme elle aimerait prendre un verre et se joindre à eux ! N'importe où ailleurs, elle aurait pu le faire, mais une île était tel un bocal à poissons : si les yeux et les oreilles de Nantucket racontaient qu'elle avait passé la soirée seule un samedi soir dans un bar à boire et à chanter, les gens auraient pitié d'elle ou, pis, la jugeraient immorale.

Soudain, quelqu'un lui saisit le bras et la fit s'asseoir sur un tabouret de bar libre.

— Zoe !

Elle leva les yeux, s'attendant à se retrouver nez à nez avec Joe, le propriétaire. Pas du tout.

C'était Jordan.

Il l'avait prise par le bras et obligée à s'asseoir. Là, sur le tabouret à côté du sien. Devant lui, une bière et un verre d'eau. Jordan buvait toujours de l'eau et de la bière en même temps, pour ne pas « se laisser griser ». Une manie qu'elle trouvait absurde.

— Jordan ?

La dernière personne qu'elle s'attendait à voir au Club Car, le soir de ce samedi festif, c'était bien Jordan Randolph ! Il n'avait pas mis le pied hors de chez lui depuis huit mois, excepté pour travailler (et pour aller dîner chez les Castle, apparemment).

Zoe examina les sièges près de lui, à la recherche d'Al Castle ou Marnie Fellowes, sa directrice de publication, ou toute autre personne qui pourrait expliquer sa présence ici. Mais à côté de Jordan se trouvait une séduisante femme d'âge mûr, qui, avec son visage lissé au Botox, son manteau de fourrure et son accent du New Jersey, était de sortie ce week-end.

Bizarre. La soirée avait été suffisamment surréaliste pour qu'elle croie à une hallucination, un rêve où comme dans *Le Drôle de Noël de Scrooge*, Jordan était le spectre de son meilleur ami.

— Pardon, mais… qu'est-ce que tu fais ici ?

D'un geste, il commanda une autre flûte de champagne. Son verre à la main, Zoe se leva.

— Joyeux Stroll ! s'écria-t-elle.

Il ne répondit pas, se contentant de lui sourire.

— Tout de même, je suis curieuse : que fais-tu ici ?

Prenant son verre d'eau, Jordan le vida d'un trait, puis fit tintinnabuler les glaçons au fond du verre.

— J'ai pensé que prendre l'air me ferait du bien. Mais en fait, c'est pire.

Zoe hocha la tête. Oui, il avait l'air abattu.

S'emparant de son portefeuille, Jordan posa un billet de vingt sur le bar. Zoe but une dernière gorgée de champagne, puis quitta le bar à sa suite. Le pianiste jouait les premières mesures de *Daydream Believer*, une vieille chanson qui lui donna un parfum de nostalgie. Mais si « sortir » signifiait créer des liens forts avec d'autres personnes, autant laisser cette chanson derrière elle et arpenter Main Street sous la neige tombante avec son ami au cœur brisé.

Après une courte promenade – moins de deux cents mètres jusqu'au nouveau Land Rover de Jordan (acheté après la mort d'Ernie, une bien maigre consolation pour Ava, qui réclamait une nouvelle voiture depuis des années et ne la conduisait aujourd'hui que pour aller fleurir la tombe de son fils) –, il lui révéla l'élément qui lui échappait. Celui qui d'une certaine manière expliquait tout.

Jordan s'adossa à la portière côté conducteur du Land Rover. La neige piquetait sa veste en peau de mouton, mouchetait ses boucles noires, voletait sur ses verres de lunettes. Elle était tentée de prendre ses lunettes et de les nettoyer avec un pan de son T-shirt, mais le moindre mouvement de sa part risquait de rompre le charme. Quelque chose était à l'œuvre ici, mais quoi ?

Jordan essuya ses lunettes lui-même, puis laissa tomber :

— J'étais au bureau.

— Ah.

Elle crut qu'il voulait dire plus tôt dans la soirée, mais son ton était clairement celui de la confession.

— Tu étais au bureau ? Et tu as décidé de sortir ?

— Non. La nuit où Ernie est mort. Je n'étais pas à la maison, précisa-t-il, sans la quitter des yeux.

Son regard reflétait un terrible sentiment de culpabilité.

— J'étais au bureau.

Zoe hocha lentement la tête. Il ouvrit la bouche pour parler, mais elle leva la main.

— Inutile de poursuivre, je comprends.

À cet instant, Zoe comprit tout. Pourquoi Ava ne voulait plus parler à personne, pourquoi Jake restait enfermé chez lui. Oui, grâce à cette seule phrase – « J'étais au bureau » – tout était clair. Elle expliquait le profond désespoir de la famille Randolph.

Zoe s'approcha de lui. Que faire d'autre ? Jordan referma ses bras sur elle et la serra contre lui, dans une étreinte puissante, presque désespérée. Elle inspira son odeur, se laissa gagner par ses sanglots, le consola comme l'un de ses enfants. Elle avait conscience de son corps d'homme contre le sien, après toutes ces années. La chaleur, le désir. Et tes besoins alors ? lui avait demandé Ella Mangini. Comme il serait facile de se laisser aller, de lever son visage vers le sien et de l'embrasser ! Mais Zoe n'était pas ce genre de femme. Pas question de profiter du chagrin de Jordan. Elle ne prononça pas non plus les paroles qu'il avait si désespérément besoin d'entendre – même si elle les pensait sincèrement – du moins pas avant dix ou douze minutes, une fois de nouveau dans l'habitacle sécurisant de sa Karmann Ghia sur India Street. Alors seulement, elle lui envoya un SMS :

Jordan, ce n'est pas ta faute.

Mais durant leur brève étreinte, elle avait ressenti une intense bouffée d'émotion, assez intense pour comprendre que si elle n'avait fréquenté personne pendant près de dix ans, ce n'était pas à cause des jumeaux, mais parce que depuis tout ce temps, elle était amoureuse d'un homme. Cet homme. Il était tout ce qu'elle voulait au monde. Mais elle ne pouvait pas l'avoir. Elle avait fait un pas en arrière. Jordan l'avait retenue, et même tirée par la manche de son manteau, mais Zoe était montée sur le trottoir et avait dit :

— Je rentre chez moi.

— Non, avait-il martelé.

Elle le connaissait assez bien pour savoir qu'il valait mieux ne pas argumenter avec lui. Les batailles contre Jordan Randolph étaient perdues d'avance.

Alors elle avait repris le chemin du centre-ville, savourant la joie simple de laisser ses empreintes dans la neige fraîche.

NANTUCKET

Beatrice McKenzie, la bibliothécaire de l'Atheneum, avertit tout le monde. Hobby Alistair et sa mère étaient venus à la bibliothèque à 15 heures le mardi après-midi de cette troisième semaine de juillet. Hobby dans une chaise roulante poussée par sa mère. Les bandages de sa tête avaient été retirés, révélant la moitié rasée de son crâne et les sutures noires arachnéennes qui lui mangeaient l'oreille. La cicatrice était hideuse, d'après Beatrice. La jambe du gamin était plâtrée, tout comme son bras, qu'il tenait en bandoulière. La bibliothécaire s'étonna que Hobby ne soit pas à la maison ou à l'hôpital, mais éprouva un immense soulagement de le voir en vie. Le mari de Beatrice, Paul, maintenant retraité, était l'un de ces vétérans qui se faisait un point d'honneur d'assister aux matches de Hobby. Beatrice et Paul avaient participé à la veillée aux chandelles. Ce soir-là, la bibliothécaire avait fermé les yeux, pressé la main de son mari et prié. Et voilà que ce jeune homme était devant elle, abîmé mais vivant, et lui demandait de la documentation sur les universités américaines.

Et Zoe ? voulaient savoir les gens. Comment était-elle ? Silencieuse. Elle était silencieuse.

Quelques jours plus tard, un article parut enfin dans le *Nantucket Standard*, pour commémorer la vie de Penelope Alistair. Ce papier causa un choc aux estivants arrivés après le 4 juillet, qui n'étaient pas au courant de l'accident. La majorité d'entre nous trouvions cet éloge bien tardif (il avait été publié, bien entendu, après le départ de Jordan Randolph), et même si l'horreur de l'accident avait commencé à se déliter, nous étions satisfaits que l'histoire de Penny évince une énième soirée cocktail, collecte de fonds ou dîner de Mark Wahlberg au Pearl. Il était crucial à nos yeux que les résidents d'été comme

les vacanciers de passage comprennent que Nantucket
était une communauté, avec des familles et des enfants.
Cette île n'avait rien d'un royaume enchanteur ni d'un
parc de loisirs pour milliardaires. C'était un lieu réel, où
vivaient de vraies gens, avec leurs soucis, leurs disgrâces,
leurs croyances fortes et leurs cœurs triomphants.

L'article racontait l'arrivée de la famille Alistair sur l'île,
quand Penelope et son frère Hobson n'avaient que deux
ans. Après plusieurs années à la crèche et à la Children's
House, Helen Yurick, le professeur de chant de l'école
élémentaire, avait « découvert » la voix mélodieuse de
Penny. « Je n'avais jamais entendu une telle voix chez
une fillette si jeune », s'émerveillait Mme Yurick. Ensuite,
Penny était allée régulièrement à Boston pour étudier le
chant avec un professeur de renom, puis elle avait joué
de nombreux rôles dans des comédies musicales : Lola
dans *Damn Yankees*, Sarah dans *Blanches colombes et
vilains messieurs*, et Sandy dans *Grease*. En 2010 et 2011,
elle avait interprété l'hymne national avec le Boston Pops
Orchestra, sur la requête du chef d'orchestre Keith
Lockhart. En classe de seconde, elle avait été choisie pour
intégrer un chœur national qui sélectionnait un chanteur
par État et s'était produite à Orlando, en Floride, à Los
Angeles, en Californie, et enfin à Washington, devant le
Président et la First Lady. Penny était la soliste des Madrigaux de Nantucket, et l'église St. Mary lui demandait
chaque année de chanter l'*Ave Maria* à la messe de Noël.
C'était devenu une tradition. L'article précisait que, le jour
même de sa mort, Penelope Alistair avait chanté l'hymne
national à la cérémonie de remise des diplômes du lycée
de Nantucket.

Penny était considérée comme une bonne élève, également très appréciée par ses camarades. Annabel Wright,
la capitaine des pom-pom girls : « Penny était une fille
chaleureuse et gentille. Elle faisait toujours attention aux
autres. Je n'arrive pas à croire qu'elle soit partie. Je n'arrive pas à croire que les cours vont reprendre en septembre et qu'elle ne sera pas en classe de français, au

premier rang, pour répondre aux questions de Mme Cusu-
mano avec son accent parfait. »

Le proviseur du lycée, M. Major, avait ajouté : « Une
lumière s'est éteinte. C'est bien sûr une tragédie de perdre
une personne jeune, mais la disparition de Penelope Alistair est encore plus pénible. C'était une jeune fille brillante,
toujours en quête d'excellence, qui tirait la communauté
scolaire vers le haut. Je sais que je n'exagère pas en disant
qu'elle inspirait l'ensemble du corps estudiantin. »

Winnie Potts, son amie et sa partenaire dans *Grease* :
« Penny incarnait une déesse. Je ne vais pas vous mentir :
j'étais jalouse d'elle. Tout le monde était un peu jaloux
d'elle. Pas seulement à cause de son talent. Mais de sa
bonté. Elle adorait sa mère et son frère. Je me demandais
souvent ce qu'elle ferait une fois diplômée, mais je savais
que de toute façon on serait tous sacrément fiers d'elle. »

D'après l'article, le frère jumeau de Penny, Hobson, se
« remettait de ses blessures après l'accident qui avait
coûté la vie à Mlle Alistair ». « Ma sœur était mon héroïne,
confiait-il. Quand on était au jardin d'enfants, j'étais trop
timide pour demander mon déjeuner, alors elle le faisait
pour moi. » Là, le journaliste précisait que Hobby s'était
mis à rire, les yeux brillants de larmes, avant de reprendre
son récit. « Embarrassant, oui, je sais, mais c'est la pure
vérité ! J'avais besoin d'elle. Je me reposais sur elle. Elle
était mon autre moitié. Que faire maintenant ? Continuer
à vivre, j'imagine. Réapprendre à marcher. Et réussir à
prendre soin de ma mère, qui souffre tant. »

Nous avions tous acquiescé en lisant ces mots. Contrairement à nos attentes, Zoe n'était pas citée dans l'article.
Elle avait pourtant dû être consultée, car une double page
présentait des photographies de Penny au fil des années :
à trois ou quatre ans, le visage peint en rouge, blanc et
bleu pour la parade du 4 juillet ; Penny faisant la roue
sur la pelouse de Children's Beach ; Penny assoupie dans
le sable, des coquilles Saint-Jacques sur les yeux ; Penny
pétrissant de la pâte, avec de la farine sur le bout du
nez ; Penny sur la scène du Boston Pops Orchestra, avec
Keith Lockhart et Carly Simon ; Penny habillée en Sandy

dans la comédie musicale *Grease* : top rose et jupe rose
évasée année 1950 ; Penny agitant la main par la fenêtre
d'une Ford Model A dans la parade Daffodil ; Penny,
Hobby et Zoe à une soirée. Ceux qui étaient dans la confi-
dence savaient que cette dernière photographie avait été
prise chez Patrick Loom, quelques heures seulement
avant l'accident.

Quelques heures seulement avant l'accident. Certains
jugeaient obscène d'avoir inclus ce cliché, pourtant c'était
celui qui retenait le plus l'attention. Pas de doute, c'était
une très belle photo de la famille Alistair. Sur la gauche,
un Hobby tout sourires, dont les cheveux dorés captaient
les derniers rayons du soleil. Beau et mûr, avec sa chemise blanche et sa cravate bleu turquoise. Avec une bonne
tête de plus que sa sœur et sa mère, il s'était penché et
avait passé son bras autour de leurs épaules. Sur la droite,
Zoe avait l'air... eh bien, tout à fait elle-même. Le dégradé
de ses cheveux, le vert qui soulignait ses yeux, le gloss
rose vif, le top vaporeux aux rayures verte, bleue et
pourpre, entremêlées comme des traînées de gouache.

Et au centre, Penny, avec ses longs cheveux noirs retenus par un bandeau, sa robe d'été du même bleu que ses
grands yeux ronds. Sur cette image, sa bouche était
entrouverte, comme si elle avait été surprise en train de
rire.

En train de rire, quelques heures seulement avant sa
mort. Impossible de nous faire à cette idée.

Dans l'ensemble, nous avions une bonne opinion de
l'article. Cet hommage était digne de la princesse Diana,
ce qui faisait notre fierté. Nous prenions soin de nos
ouailles.

En revanche, nous n'avions lu nulle part le nom de
Jake Randolph. Pas une seule fois ! Jake était le petit ami
de Penny depuis le début du lycée, et tous deux étaient
comme les doigts de la main. Ils avaient connu cet amour
vrai, profond, que seuls les plus chanceux vivent au lycée.
Et pourtant la journaliste ne mentionnait pas une seule
fois Jake. Les amis de Penny non plus. Qui était l'auteur

de ce papier ? Lorna Dobbs. Ignorait-elle le lien puissant, exclusif, qui liait le couple le plus populaire du lycée ? Penny et Jake. Jake et Penny. Comment avait-elle pu l'ignorer ? À moins que le bras long de Jordan Randolph n'ait exercé son influence par-delà les océans et exigé de ses employés de ne pas associer les noms de Penny Alistair et Jake Randolph. Dans cet article, l'accident qui avait coûté la vie de la jeune lycéenne avait à peine été évoqué. D'abord, nous avons estimé que c'était une bonne chose, l'idée étant de rendre hommage à Penny, pas d'expliquer les circonstances de sa mort. Mais ensuite, nous nous sommes demandé si cela n'était pas non plus à dessein.

Malgré ces questions sans réponses, nous n'avons pas donné suite à l'affaire. Nous avons découpé et plié soigneusement l'article, avant de le ranger dans un tiroir ou un classeur, où nous le retrouverions plusieurs années après, ce qui nous causerait un choc au souvenir de ce drame mystérieux.

Jordan

Le mois de juillet, c'était l'hiver, Jordan ne devait pas l'oublier. Mais le temps hivernal de Fremantle était humide et doux, un peu comme une belle journée de mai à Nantucket. Vingt-trois degrés et pas un nuage dans le ciel. Il pleuvait toutes les nuits, et l'herbe était si verte que Jordan en avait mal aux yeux.

Le dernier dimanche de juillet, Ava emmena Jake à un barbecue familial à Heathcote Park. Ava était allée quatre fois en Australie avec son fils, mais pas une fois pendant le lycée, et depuis leur emménagement, Jordan et Jake n'avaient vu aucun membre de la famille d'Ava. C'était le vœu de Jordan, qui voulait donner à son fils le temps de trouver ses marques. Et pour cela, pas question de voir les proches d'Ava débarquer chez eux à la première occasion. La situation était suffisamment pénible comme cela.

La personne que Jordan redoutait le plus était sa belle-mère. Dearie s'était montrée parfaitement odieuse quand il avait traversé la moitié du globe pour demander sa fille en mariage. Mais elle avait été encore plus ignoble lors de son unique séjour aux États-Unis. Elle avait dit à Jordan qu'il n'était rien de moins qu'un criminel à ses yeux. Il avait enlevé sa fille ! Jordan avait brisé l'étrange clan des Price. « Comme si perdre Père ne suffisait pas ! » avait crié Dearie le dernier soir, après avoir sifflé une bouteille entière de Riesling.

Jordan tenta de lui démontrer qu'il ne lui avait pas volé Ava. Il lui avait demandé de l'épouser, elle avait dit non, après quoi il était rentré aux États-Unis la queue entre les jambes, en parfait gentleman. L'arrivée inopinée d'Ava l'été suivant avait été une surprise totale. Il n'avait rien à voir là-dedans.

Elle était revenue vers lui de son propre chef.

La raison de ce retour n'avait jamais été claire pour lui – encore un exemple du mystérieux comportement des femmes. Mais pas question d'en endosser la responsabilité.

Vu son aversion pour Dearie, Jordan avait catégoriquement refusé d'accompagner sa femme et son fils au barbecue. Une attitude peu élégante de sa part, qui lui valut les remontrances de son fils.

— Je ne comprends pas ! Pourquoi devrais-je y aller et pas toi ?

— C'est toi qu'ils veulent voir, pas moi, avait-il répondu en guise d'excuse.

Jordan repensait au dîner de famille qu'il avait enduré le soir de son arrivée à Perth, bien des années auparavant. Tout ce qu'il désirait à l'époque, c'était d'être cinq minutes seul avec Ava pour l'embrasser, mais il y avait tellement de monde dans cette maison que c'en était comique. On aurait dit une armada de lapins sortant d'un chapeau : chaque fois que Jordan se disait que c'était le dernier, un cousin descendait l'escalier ou une tante émergeait de la salle de bains. Dearie avait fait rôtir trois gigots d'agneau pour nourrir toute cette smala et lui avait servi deux morceaux brûlés. Comble de l'ironie, Ava était assise à l'autre bout de l'immense table familiale, si bien que, malgré les milliers de kilomètres parcourus pour la voir, Jordan ne s'en était pas rapproché d'un iota.

— Tu es de leur sang, dit-il à son fils. Pas moi.

— N'importe quoi !

Jordan était désolé pour son fils. Depuis qu'il avait rencontré les Price il y a vingt ans, ils s'étaient tous mariés et reproduits. Les frères et sœurs d'Ava avaient une ribambelle d'enfants. Sa sœur aînée, Greta, avait une fille de dix-huit ans prénommée Amanda, elle-même enceinte. Elle avait seulement un an de plus que Jake et attendait déjà un bébé ! Greta allait être grand-mère à quarante-sept ans. Bien sûr, personne dans la famille Price n'y trouvait à redire. D'après Ava, sa mère était aux anges. Dearie rayonnait, comme si c'était elle qui allait avoir un bébé. À soixante-sept ans, elle s'apprêtait à devenir arrière-grand-mère.

La population d'Australie-Occidentale était de deux millions trois cent mille habitants, et la moitié devait être des Price. Dans cette famille, la progéniture était plus importante que la carrière, la religion ou le salaire. Ce qui expliquait pourquoi Ava, une fois mariée, lui avait dit vouloir « au moins cinq enfants ». Jordan avait ri. Cinq enfants ? ! Qui, à leur époque, faisait encore cinq enfants ? C'était irresponsable ! Quand Ava avait eu des difficultés à concevoir après la naissance de Jake, Jordan avait été secrètement soulagé. Malheureusement, il avait fait la grave erreur de le montrer.

— Je suis fils unique et je n'en ai pas souffert, plaidait-il.

Ce à quoi Ava répondait avec colère :

— Il est hors de question que je n'aie qu'un seul enfant !

Elle était une Price, après tout. Sa sœur Greta avait six enfants, son frère Noah avait déjà trois fils et sa femme était enceinte de jumeaux, autant dire qu'ils allaient certainement tenter la petite sixième.

Ava convoitait cette seconde grossesse de la même façon qu'elle jouait au beach-volley : avec férocité. Comme toutes les femmes harassées par le désir d'enfant, elle faisait des tests d'ovulation, surveillait sa température basale, et harcelait Jordan tous les soirs, le sommant d'essayer de nouvelles positions censées être efficaces : elle sur lui, lui derrière elle, elle la tête en bas. Au début, Jordan avait adoré l'expérience – quel homme n'en aurait pas profité ? Mais, au fil des années, sa femme était devenue totalement obnubilée par cette idée. Non seulement elle était la seule Price mariée à un Américain, mais en plus elle peinait à concevoir un second enfant ! (Tout le monde savait que Dearie était tombée enceinte du petit dernier, Damon, à quarante-deux ans, *malgré son stérilet*.) Ava s'était peu à peu imaginé qu'elle n'arrivait pas à enfanter parce que Jordan était américain. Et fils unique. Elle lui reprochait d'avoir un sperme paresseux. Une nuit, elle l'accusa même d'avoir secrètement subi une vasectomie. Jordan avait été contraint de se rendre à l'hôpital et d'éjaculer dans un gobelet pour que la laborantine – Charlotte Volmer, avec qui il était au lycée – lui assure que tout allait bien de ce côté-là. Il avait des millions de champions en pleine forme !

La chasse au bébé était devenue insupportable. Ava faisait irruption au journal les soirs de bouclage et exigeait que Jordan verrouille la porte et lui fasse l'amour sur-le-champ. La première fois, ils étaient ressortis du bureau sous les applaudissements de toute l'équipe. La dixième fois, plus personne ne faisait attention à eux.

À bien des égards, l'obsession des Price pour la reproduction avait ruiné la vie de Jordan.

Il était clair que le second bébé ne viendrait jamais. Jordan avait abandonné tout espoir, tout comme son épouse, pensait-il. Ava retourna en Australie seule pour deux semaines, qui se muèrent en six. Au téléphone,

Jordan lui demandait gentiment quand elle comptait rentrer. Elle lui manquait. Son épouse lui manquait, la mère
de Jake lui manquait. Il s'était retrouvé parent unique,
avec un fils de douze ans et un journal à faire tourner.
Il devait préparer les repas pour Jake, l'aider à faire ses
devoirs, l'emmener à ses différentes activités. Néanmoins, Jordan se montrait prudent – les voyages d'Ava
en Australie constituaient un sujet délicat, car il avait
toujours refusé de l'accompagner. Il prétendait ne pas
pouvoir laisser le journal, alors qu'en réalité il n'avait
aucune envie d'aller là-bas. Dans ce cas précis, ce séjour
prolongé était une sorte de prix de consolation pour Ava.
Le cadeau de Jordan pour ne pas lui avoir donné de
bébé.

Au bout de quatre semaines et trois jours – un détail
que Jordan n'avait pas oublié –, Ava mentionna dans la
conversation qu'elle avait revu Roger Polly, l'homme de
quinze ans son aîné dont elle était autrefois amoureuse.
Et qui lui avait brisé le cœur.

Revu ? Cette nouvelle l'avait complètement paniqué.
Qu'entendait-elle exactement par *revu* ?

Ils avaient « traîné » un peu ensemble, avait-elle répondu
évasivement. Puis elle lui avait raconté que la femme de
Roger s'était noyée l'année précédente à Kuta Beach, pendant leurs vacances à Bali avec des amis, et qu'elle l'avait
appelé pour lui présenter ses condoléances. S'en était suivie une conversation téléphonique, puis un café, puis un
dîner chez Fraser's, à Kings Park. En consultant Internet,
Jordan avait découvert que Fraser's était l'un des restaurants les plus fins de Perth.

Elle ne reviendra pas.

C'était une évidence. Il décida alors que, puisqu'il avait
refusé de l'accompagner à chacune de ses virées en Australie, cette fois, il la rejoindrait immédiatement. Même
s'il devait traverser l'océan à la nage.

Finalement, Ava revint de son propre chef quelques
jours plus tard. Jordan s'arrangea pour envoyer Jake dormir chez les Alistair et cette nuit-là, il lui fit l'amour
comme jamais, pour exorciser toutes traces du vieux veuf

désespéré – Roger Polly – et réaffirmer la suprématie des États-Unis.

Et six semaines plus tard, Ava était enceinte.

Ava était livide que son mari refuse de l'accompagner à ce barbecue familial.

— Ils vont se dire que nous sommes séparés ! fulminait-elle.

— Comment pourraient-ils croire une chose pareille alors que je viens de renoncer à ma vie entière et d'abandonner le journal pour venir vivre ici avec toi un an ?

Cette réponse la rassura. Il avait fait le sacrifice ultime. Donc, il n'avait aucune raison de serrer des mains, boire de la bière, manger des saucisses *kangaroo* et parler foot avec une bande de Price. Jake, en revanche, n'avait pas le choix.

— Embrasse ta grand-mère pour moi, veux-tu ? dit-il avec le sentiment d'être le dernier des hypocrites.

— Je me rappelle à peine de quoi elle a l'air, grommela Jake.

— Tu ne peux pas la rater, c'est celle qui est sur le trône, avec la tiare et la robe de velours, railla son père.

— Sans rire, papa ! Tu veux venir, s'il te plaît ?

— Non.

— Je pourrais refuser d'y aller, tu sais.

— Ça briserait le cœur de ta mère. T'exhiber devant toute la famille a toujours été son grand plaisir. Alors fais-lui honneur, hein !

Il lui donna une bourrade dans l'épaule, puis baissa la voix :

— Personne n'est au courant pour l'accident... Ils ne savent pas pour Penny. Tu n'auras pas à en parler. Personne ne te prendra en pitié. Tu n'as qu'à être toi-même.

Jake regarda son père avec un regard empli de tristesse.

— Je ne sais plus qui est ce Jake-là.

Le cœur de Jordan se serra. Que répondre à son fils, sinon qu'il avait le même sentiment ? Qui était-il aujourd'hui ? Un éditeur de journal sans journal. Un citoyen sans patrie. Un homme privé de la femme de sa vie.

— Tout ira bien, fils. Tu t'en sortiras comme un chef.

Comme il ne travaillait pas, Jordan avait toutes ses journées libres, mais aujourd'hui, avec Jake et Ava partis à Heathcore Park pour la journée, il était vraiment libre. Assis sur le banc au fond du jardin, il lut le *Sunday Australian* en écoutant le bruissement de la fontaine. Une heure agréable au soleil avec cet intéressant petit journal. Le *Sunday Australian* publiait chaque semaine une rubrique vinicole, dont l'auteur semblait maîtriser son sujet. Jordan notait souvent ses suggestions, et se demandait même s'il ne devrait pas ajouter une rubrique vinicole au *Nantucket Standard*. Peut-être en été. Ou en hiver. Chaque fois qu'il pensait au journal, il ressentait une pointe de regret. Ici, en Australie, il ne faisait que gagner du temps, pour faire plaisir à Ava, à Jake. Depuis son arrivée à Fremantle, Ava avait opéré une complète métamorphose. Elle buvait, fumait, et faisait la fête comme une ado. Elle faisait de la voile, allait à la plage et chantait de nouveau à tue-tête dans la douche. Vivante, elle était vivante. En contemplant les fleurs qui s'épanouissaient autour de la fontaine, Jordan se dit qu'Ava était une plante endémique qu'il avait arrachée à sa terre natale pour la replanter dans un pays au climat hostile. À présent elle était de retour chez elle. Et fleurissait de nouveau.

Contrairement à lui.

De retour dans la maison, Jordan se surprit à gagner son bureau à pas de loup, comme un voleur. Il n'avait pas allumé son ordinateur portable une seule fois depuis qu'il vivait ici. Trois semaines. Il avait plusieurs fois tenté de reprendre contact, mais chaque fois qu'il allumait son ordinateur, il avait peur. Il n'était pas sûr de pouvoir supporter d'avoir des nouvelles de Nantucket. Après tout, sur l'île, l'été battait son plein. Des événements avaient lieu nuit et jour : conférences à l'Atheneum, concerts, pièces de théâtre, dîners de bienfaisance, ventes aux enchères, tournois de golf, concours de pêche, signatures de livres, vernissages. Des groupes se produisaient à la Cisco Brewery l'après-midi et au Chicken Box le soir. Jordan ne participait jamais à toutes les réjouissances d'une semaine d'été type, mais il s'efforçait d'en profiter au maximum. Ces dernières années, Zoe et lui avaient assisté aux mêmes soirées, mais avec des fonctions différentes. Il adorait l'observer de loin, en train de discuter ou siroter un verre de vin dans sa robe de soirée. Elle lui jetait des regards entendus et lui murmurait une phrase drôle lorsqu'ils se croisaient dans la foule. Parfois, Zoe était responsable du buffet de la soirée et Jordan la retrouvait dans la cuisine. Elle portait sa veste de chef, avec les mots HOT MAMA cousus sur la poche de poitrine, les cheveux retenus par un bandana turquoise. Les serveurs jamaïcains lui adressaient des sourires radieux dès qu'ils les voyaient ensemble.

— Vous venez soudoyer la patronne ? plaisantaient-ils.

Ils croyaient que Jordan se glissait dans la cuisine par gourmandise – pour quémander un ramequin de macaronis au fromage truffés ou une assiette de mini-feuilletés au homard. Mais s'il était vrai que Zoe le gratifiait de douceurs, il ne venait que pour la voir, entendre le tintement de ses longues boucles d'oreilles, se délecter du velours de sa voix.

Il était amoureux d'elle. Passionnément. Aujourd'hui encore.

Comment supportait-elle cet été ? Elle avait sans doute accepté toutes les missions de traiteur. Peut-être avait-elle même pris un congé de longue durée auprès des Allencast. Grâce à sa petite épargne, elle avait assez d'argent pour tenir un moment. Ou alors c'était tout le contraire. Les Allencast payaient son assurance-maladie, et elle allait en avoir plus que jamais besoin, vu l'état de santé de Hobby.

Jordan l'imaginait travailler pour les Allencast quelques heures le matin et le soir, et passer le reste de son temps à la maison avec Hobby. Elle ne sortirait pas le soir. Leur existence commune était aussi terminée pour lui que pour elle, même si elle n'avait pas quitté Nantucket.

Il l'imaginait sur la terrasse avec un verre de vin. Il l'imaginait hurler à la face de l'océan. Il l'imaginait au lit, au milieu d'une dizaine d'oreillers, en train de pleurer sa fille perdue. Sa petite fille.

Un doigt sur une touche du clavier et l'ordinateur revint à la vie. C'était décidé, il allait lui envoyer un e-mail. Elle ne répondrait sûrement pas, ou détruirait le message, mais même s'ils n'étaient plus amants – *pour tant de raisons* – ils étaient toujours liés, connectés l'un à l'autre. Ils partageaient la même vision du monde, ils parlaient le même langage, ils avaient beaucoup d'opinions communes. Comment pouvait-elle ne pas penser à lui ? Ils étaient amis, bon sang !, envers et contre tout, ils étaient amis, et il allait lui écrire. La maison était vide. Ava et Jake ne reviendraient pas avant des heures. Quelle meilleure occasion que celle-ci ?

À : Z
De : J
Objet :

Mais que dire ? « Je t'aime » ? « Tu me manques » ? « Je pense à toi » ? « Je pense tout le temps à toi » ? « J'ai l'impression que mon cœur a été arraché de ma poitrine et donné en pâture à un koala. Et les koalas sont des petites créatures étonnamment cruelles » ?

Zoe avait raison : c'était toujours à propos de lui.

Peut-être : « Comment vas-tu ? » Ou « Comment tu t'en sors ? » « À quoi penses-tu ? » « Comment va Hobby ? » « Y a-t-il un moment dans la journée où c'est un tout petit peu moins dur que le reste du temps ? » « Est-ce que tu travailles ? » « As-tu besoin de quelque chose ? » « Que désires-tu, en dehors de... ? »

Jordan abandonna le message.

Il succomba à sa curiosité tenace et fit apparaître la version en ligne du *Nantucket Standard*. En découvrant la Une, il faillit s'étrangler.

« Hommage à une lycéenne de Nantucket »

Un article à propos de Penny !

Jordan le lut entièrement, sans omettre le moindre mot, puis le relut encore et encore, en se demandant si une ligne lui avait échappé. Les citations d'Annabel Wright et Winnie Potts avaient sans doute été réécrites, voire coupées pour Winnie, car c'était trop honnête pour être vrai. En lisant les paroles de Hobby, les larmes lui brûlaient ses yeux : « Et réussir à prendre soin de ma mère, qui souffre tant. » Malgré sa tristesse, sa honte et ses regrets – il aurait dû publier cet article, un bien meilleur article, avant son départ –, il ressentit un vague soulagement en ne trouvant aucune mention, nulle part, de Jake. L'accident lui-même était à peine évoqué, seulement la confirmation que Penny, la conductrice, était morte dans le crash. Mais pas un mot sur le petit ami de la défunte, son fils.

Un coup dur. Si Jake l'apprenait, il... Eh bien, il serait vidé, estomaqué, blessé. Une nouvelle peine à endurer, en plus du reste.

Jordan éteignit son ordinateur et enfouit la tête dans ses mains. Puis il leva les yeux. Son reflet apparut sur l'écran sombre de l'ordinateur. Il ajusta ses lunettes et renifla.

Jake, Ava et lui avaient quitté Nantucket, en effet, ils étaient partis au bout du monde, mais le plus étrange, c'était que, dans le même temps, Nantucket les avait oubliés.

Il avait encore plusieurs heures devant lui avant leur retour. Rester seul à la maison ne lui ferait aucun bien, il le savait, aussi décida-t-il d'aller se balader à Fremantle. Il devait bien reconnaître que c'était une jolie ville. Après Charles Street, il traversa Attfield, et admira les pavillons, pour la plupart bien mieux entretenus que celui qu'il avait loué. Il aimait les murs calcaires aux pierres d'angle de brique rouge, les toits de tôle, les larges porches et les vérandas. Toutes les maisons se ressemblaient, à quelques détails près. Des encadrements de fenêtres couleur lavande sur l'une, des vitraux sur la façade d'une autre, un air de piano qui s'échappait d'une troisième. Jordan s'arrêta un instant pour écouter la mélodie. S'il avait été un autre genre d'homme, il aurait pu apprécier l'endroit où il se trouvait, au lieu de rêver d'un ailleurs.

Hélas, il n'était pas ce genre d'homme.

Il entra chez Moondyne Joe's. Il aurait pu aller au Sail & Anchor, un bar plus accueillant (plus « rupin », aurait dit Ava), qui proposait des moules pimentée et de la bière artisanale. Ici, la clientèle était irréprochable. Ou encore au Norfolk Hotel, avec sa terrasse en plein air et ses deux guitaristes qui fredonnaient du Midnight Oil. Mais Jordan était d'humeur à fréquenter un lieu plus graveleux, plus sombre. Il avait découvert Moondyne Joe's lors d'une virée en solitaire à travers la ville. C'était le genre de pub où les hommes buvaient leur allocation chômage. Une foule de durs, de tatoués. L'air était imprégné de relents de tabac, de bière et de sueur, et le sol était poisseux. Ici, pas de nourriture à proprement parler, en dehors du chauffe-plats avec une série de tortes à la viande. Dans un coin du bar, était suspendue une grosse télévision, aussi démodée qu'un lecteur de cassettes. (L'utilitaire que Jordan avait acheté à l'agence de location de voitures en avait un de ce genre.) La dernière fois qu'il était venu, seulement quatre ou cinq types entravaient la barmaid – une femme corpulente qui avait l'air de tenir un établissement pour gamins capricieux. Mais aujourd'hui, le pub était bondé et Jordan se retrouva au coude à coude avec une cinquantaine de types en sueur. Il pensa à filer en douce, mais une fois dans le bar, il se sentit coincé. Reculer parce qu'il n'appréciait pas la tête des clients aurait été lâche.

Tous avaient les yeux rivés sur l'écran. C'était un soir de match ! Du rugby. Jordan se rappela ce qu'il avait lu dans les pages sport du *Sunday Australian* : l'équipe nationale australienne affrontait la Nouvelle-Zélande. Les All Blacks. Les All Blacks étaient connus dans le monde entier pour leur version très personnelle de la danse traditionnelle Maori Haka avant chaque match. De vrais durs à cuire.

Jordan se dirigea vers le bar, luttant contre sa propre image de journaliste et d'intellectuel faiblard débarqué d'un pays incapable de former une équipe nationale de rugby. Il était si loin de son environnement naturel qu'il avait presque envie d'en rire.

La barmaid – toujours la même grosse bonne femme – lui donna une Carlton à la pression et comme il avait son attention, il en profita pour commander un shot de whisky. Puis, histoire de gagner quelques centimètres au bar, il en commanda un deuxième pour l'autochtone balèze à sa droite – un tas de muscles avec une simple veste vert fluorescent sur sa poitrine nue, qui puait comme un lion en cage. L'homme, âgé d'environ dix ans de moins que Jordan, observa le shot d'un air torve.

— C'est pour quoi ?

Jordan fit un signe de tête en direction de la télé. Inutile d'en dire trop et de trahir sa nationalité américaine.

— Au match, répondit-il laconiquement.

Cela suffit à son voisin, qui vida le petit verre d'un trait.

— Merci, mon pote.

— Pas de problème.

Le gros balèze se décala légèrement vers la droite, assez pour que Jordan puisse insérer son bras sur le comptoir et porter sa pinte à ses lèvres. Soudain, une explosion de cris rauques et de huées de protestation enflamma le bar – les All Blacks venaient de marquer – et le type à la gauche de Jordan se leva, dégoûté, laissant son tabouret libre.

Jordan attendit une fraction de seconde pour voir si quelqu'un voulait s'approprier le siège – un type doté d'une sorte de droit de préemption national sur lui – mais personne ne fit un mouvement. Alors Jordan prit place sur le tabouret, fit glisser sa bière devant lui, et se félicita en silence de cette conquête facile. Le whisky lui montait à la tête et lui faisait voir la situation sous un angle merveilleusement comique. Assis dans un pub devant une bière, il regardait les Australiens se battre contre les All Blacks. Si Ava le voyait, elle penserait... quoi au juste ? Qu'il s'intégrait à merveille ? Non, plutôt qu'il se mentait à lui-même ou, pis, qu'il méprisait tous ces pauvres gars, en Américain snob qu'il était.

Et que penserait Zoe ? Il leva les yeux vers le téléviseur. L'ancienne Zoe aurait été heureuse, assise à côté de lui devant une bière fraîche. Elle aurait trouvé les joueurs de l'équipe de Nouvelle-Zélande sexy.

Jordan prit une autre bière, un autre shot de whisky, puis une troisième bière. Il était ivre. Pourquoi n'avait-il pas commandé un verre d'eau ? Il ne se laissait jamais « griser » de cette façon, ou rarement. Comme cette fameuse nuit sur Martha's Vineyard, sa première nuit avec Zoe.

Oh, Zoe. Zoe.

Encore une bière, sa quatrième. Il avait envie de pisser, mais craignait de perdre son tabouret. Les yeux vissés sur l'écran, il ne comprenait rien au match. Il hurlait quand les autres criaient, applaudissait quand les autres se congratulaient. Donnant un coup de coude à son voisin de droite, il lui dit :

— Tu gardes ma place, mon pote ?

L'homme hocha la tête.

— Sûr, mon pote.

Mon pote, mon pote, mon pote. Jordan tituba jusqu'à la salle de bains, qui empestait la pisse, la bière et la cigarette, et devant l'urinoir, réfléchit à ce mot – *pote*. Un terme bizarre pour désigner un copain, que les Australiens semblaient enchantés d'appliquer à de parfaits étrangers. Après une vaine tentative de se laver les mains – le robinet rouillé cracha quelques gouttes d'eau –, il se regarda dans le miroir. Il était rincé. *Rincé* était bien entendu un terme de Zoe. Elle avait d'incalculables synonymes de ivre, comme aviné, éméché, beurré, blindé, cassé, pinté, raide, torché, pété et destroy. Jordan repoussa ses lunettes sur son nez. Il était bourré dans un pub pendant que son pauvre fils supportait plusieurs centaines de Price au barbecue de Heathcote Park.

Pas un mot de Jake dans tout l'article. S'il le découvrait, il en serait malade. Par chance, il ne semblait pas s'être servi de son ordinateur. Du moins l'espérait-il.

Le barbecue se passerait bien. Jake serait traité comme un prince. Les adultes l'aduleraient, les autres gamins lui poseraient des questions juste pour avoir le plaisir d'entendre son accent. Et ils le trouveraient cool. Jake venait du pays de l'iPhone, de Kanye West, LeBron James, Stephen King et les Academy Awards. Une vraie célébrité ! Cela allait faire du bien à son ego.

Jordan se fraya un chemin dans la cohue pour regagner son siège. Son pote au bar lui dit :

— J'ai dû batailler un peu, mais j'ai gardé ton siège.

— Sympa de ta part, répondit Jordan avant de commander une autre bière.

Il n'aurait jamais pu aller à ce barbecue. Il n'aimait pas les Price, c'était vrai depuis toujours, mais s'il était incapable de les affronter aujourd'hui, c'était parce que certains d'entre eux – Dearie, Greta, tous peut-être – lui reprochaient la mort d'Ernie.

Cela, il n'en avait parlé à personne, excepté Zoe.

Ce tragique dimanche du 30 mars, il y a quatre ans, Jordan était malheureusement resté au bureau. C'était deux semaines avant le conseil municipal. Sa relectrice de l'époque, Diana Hugo, une jeune diplômée de Yale qui prenait une année sabbatique avant d'intégrer l'école de journalisme de Columbia, avait contracté une mononucléose. Un incident fâcheux car Diana était un vrai petit prodige – elle travaillerait un jour au *New York Times*, Jordan en était convaincu – et couvrait seule ses arrières depuis la naissance d'Ernie. Jordan avait pris plusieurs journées de repos pour aider Ava à s'occuper de leur bébé. Il le promenait, lui donnait son biberon, lui faisait faire son rot et lui changeait ses couches. Les biberons de 21 heures et de minuit étaient de sa responsabilité. Après quoi, il avait pour délicate mission d'endormir Ernie pour sa plus longue période de sommeil, de minuit à 4 heures du matin. Ava et lui montraient tous deux des signes de manque de sommeil. Avec une dizaine d'années de plus qu'au moment de la naissance de Jake, la fatigue se faisait cruellement ressentir, surtout pour lui. Ava s'occupait de la tétée de 4 heures, puis Jordan se levait à 6 h 30 avec Jake, lui préparait le petit déjeuner, lui emballait son repas de midi et l'emmenait à l'école en voiture. Certains jours, Jordan était trop éreinté pour enchaîner directement avec sa journée de travail. Alors, après avoir déposé Jake à l'école, il rentrait à la maison faire une sieste et arrivait au journal aux environs de 10 heures. Ces arrivées tardives étaient du jamais-vu, mais vu les circonstances, son équipe comprenait. Heureusement, Diana était sur le pont pour distribuer les sujets, relire et corriger les papiers, répondre au téléphone du patron et éteindre les départs de feu.

L'assemblée municipale avait lieu deux semaines plus tard et il n'avait rien préparé.

Les médecins avaient diagnostiqué une mononucléose à Diana Hugo, qui serait de ce fait hors-circuit pendant trois, voire quatre semaines.

Mais c'étaient des excuses.

Le 30 mars était un dimanche comme les autres. Une journée de printemps qui flirtait davantage avec l'hiver. Ciel gris, température de sept degrés, vent de trente à quarante kilomètres à l'heure en provenance du nord-est. À son réveil, Jordan alluma la cheminée, puis entama sa lecture du *New York Times*. Ava lui mit Ernie dans les bras en lui disant qu'elle allait à son cours de gym. Elle devait se débarrasser de ses kilos superflus. Jordan repoussa ses lunettes sur son nez, un geste involontaire qu'Ava, au fil des années, avait fini par considérer comme hostile.

Leur conversation fut de courte durée. Elle, d'un ton sec, déclara qu'elle était désolée de le déranger pendant sa sacro-sainte lecture du journal du dimanche. De le déranger avec son propre fils, ajouta-t-elle.

— Ça ne me dérange pas, répliqua Jordan en prenant le petit paquet remuant qu'était Ernie.

Pourtant, il n'en pensait pas moins. Cette matinée consacrée au *Times* était son moment préféré de la semaine. Avec le temps, il avait instauré – ou plutôt purement et simplement décrété – une période de silence pendant sa lecture dominicale. Cette violation de son intimité par Ava était néanmoins compréhensible. Le cours de gym commençait à 10 heures, pas moyen de le déplacer. Et Ava voulait retrouver la forme, il le comprenait, même si à ses yeux, sa femme était très bien.

Le tic des lunettes n'était pas vraiment une plainte voilée, du moins il ne l'admettrait jamais. Ses lunettes glissaient régulièrement, voilà tout.

Après le départ d'Ava, dans une sorte d'accès d'autorité, Jordan plaça bébé Ernie dans le transat électrique, où il s'agita quelques minutes avant de s'endormir.

Quand Ava revint une heure quinze plus tard, Ernie était toujours dans le transat. Il s'était un peu avachi et avait la tête sur le côté, à un angle visiblement inconfortable, mais tout le monde savait que les cous des bébés étaient souples comme du caoutchouc.

Ava poussa un cri strident.

— Il est resté là-dedans tout le temps ? s'indigna-t-elle.

Jordan leva les yeux de ses mots croisés, qu'il gardait toujours pour la fin.

— Non !

Jake, assis au comptoir de la cuisine, devant un bol de céréales Golden Grahams, rectifia :

— Si.

— C'est un transat, Jordan ! s'emporta Ava en arrachant la prise avant de détacher Ernie. Pas une baby-sitter !

Elle prit Ernie dans ses bras.

— Et il est tellement trempé que ça a traversé son pyjama. Mon Dieu, Jordan !

Jordan lui adressa un sourire d'excuse, alors que son esprit était entièrement occupé à tenter de se rappeler le mot latin pour « erreur ». Sept lettres.

Ava quitta la pièce.

Jake but bruyamment son lait.

— Tu as déconné, dit-il.

Erratum ! se rappela Jordan.

Plus tard, pour faire amende honorable, Jordan se proposa de prendre soin du bébé pendant qu'il regardait un match du championnat universitaire de basket avec Jake : BYU contre la Floride. Puis il se porta volontaire pour aller faire les quelques courses dont Ava avait besoin, et proposa d'emmener Ernie avec lui.

— Il fait trop froid pour sortir le bébé, objecta Ava.

— Pas du tout ! On est des insulaires en pleine santé !

Il emmitoufla le bébé, l'installa dans son siège-auto et prit la route du magasin d'alimentation. Maintenant, son retard s'accumulait. L'ombre de l'assemblée municipale et de Diana Hugo avec sa mononucléose se faisait de plus en plus menaçante. Jordan était très tenté de s'arrêter au bureau – juste pour une heure ou deux – avec Ernie. Mais non, c'était une très mauvaise idée. Ava devait lui donner le sein bientôt. Plus tard, se résolut-il, je travaillerai plus tard. Après avoir couché Ernie.

S'était-il produit un fait inhabituel avec le biberon de 21 heures ? Ou celui de minuit ? Par la suite, Jordan se repasserait les moindres détails de cette journée en boucle, se triturerait les méninges en vain. Il lui avait donné un biberon à chaque repas, comme d'habitude, et Ernie avait tout bu goulûment. Peut-être lui avait-il fait faire son rot un peu trop vite après le premier repas ? À minuit, au lieu de l'épuisement qui le plombait habituellement à cette heure, Jordan était perturbé par le retard accumulé au bureau. Il posa le bébé endormi sur le dos dans son berceau. Ernie se tortilla une minute, à tel point que Jordan eut peur qu'il se réveille, et s'imagina recommencer tout le processus d'endormissement depuis le début. Mais ensuite, le nourrisson s'apaisa, et Jordan sortit de la chambre à pas de loup, avant de refermer la porte à moitié, comme Ava l'exigeait, pour être sûre d'entendre son fils pleurer.

Puis, tel un cambrioleur, ou un adolescent qui faisait le mur pour rejoindre sa petite amie, Jordan se coula hors de la maison.

Direction : le bureau.

La mort d'Ernie n'était pas sa faute. Rationnellement, il le savait. Ava et lui, comme beaucoup de gens, avaient déjà entendu parler de la mort subite du nourrisson. Mais en être les victimes était inimaginable. Cette tragédie appartenait à d'autres lieux... Peut-être un campement de mobile homes dans la périphérie de Detroit, où les deux parents fumaient et la mère faisait les trois huit à l'usine Ford. Le père, âgé de dix-neuf ans comme la mère, couchait le bébé sur le ventre, dans des couvertures laineuses. La mort subite n'arrivait pas dans un foyer aisé, avec des parents attentionnés et intelligents.

Eh bien si.

La mort d'Ernie n'était pas sa faute.

Mais la tête d'Ernie était restée coincée à cet angle si particulier dans le transat pendant... quarante-cinq minutes ? Une heure ? Pourquoi Jordan ne l'avait-il pas simplement gardé dans ses bras ? Était-ce trop lui demander ?

Et ensuite, il avait sorti Ernie dans le froid et l'humidité de cette journée hivernale. Cela avait-il affecté ses petits poumons ?

Quand Ava a été réveillée par les élancements chauds et douloureux de ses seins (son lait commençait à couler), quand elle a traversé le couloir pour aller dans la nursery, étonnée qu'Ernie ait dormi jusqu'à 5 heures, se demandant même si elle devait le réveiller pour le nourrir, quand elle a su, au premier regard sur son bébé, que quelque chose n'allait pas, qu'il était peut-être malade, quand elle l'a soulevé et qu'il ne s'est pas lové dans ses bras, quand elle a constaté qu'il n'était pas chaud, qu'il ne respirait pas, quand elle a hurlé (comme ces femmes dans les films d'horreur, Jake se ferait la remarque plus tard, ces femmes qui se font découper en morceaux par une tronçonneuse), quand tout cela s'est passé, Jordan n'était pas à la maison. Ava criait son nom, courait dans toute la maison, secouait le bébé, donnait des tapes sur ses minuscules joues, essayait de le ramener à la vie.

— Jordan ! hurlait-elle. JORDAN !

Au moment où sa femme l'appelait désespérément, il était probablement en train de fermer le bureau, épuisé mais satisfait du travail accompli. Il s'en était enfin sorti.

— JORDAN !

Ava avait couru partout, le corps sans vie de bébé Ernie serré contre sa poitrine. Le lait coulait sur sa chemise de nuit. Ses seins en feu lui faisaient un mal de chien. Elle avait fini par s'asseoir sur un tabouret de la cuisine pour essayer d'allaiter le bébé, pensant que l'odeur de son lait le réveillerait. Mais déjà, elle savait. Son mamelon engorgé coulait sur une bouche inerte. Elle se mit à hurler. Puis des mains se posèrent sur elle. Jake.

— Maman ?

— Où est ton père ?

— Euh, je ne sais pas.

— Appelle le 911 !

— Pourquoi ?

La mort d'Ernie n'était pas sa faute, mais il ne supportait pas d'imaginer cet effroyable moment – le moment où Ava avait découvert qu'Ernie ne respirait plus, le moment où elle avait essayé de lui donner le sein, le moment où Jake avait compris que son frère était mort –, parce que la culpabilité le rongeait.

Il n'était pas là.

Il était au bureau.

Lorsque Jordan sortit enfin du bar en titubant à 16 heures, il faisait presque nuit. Presque nuit au milieu de l'après-midi ? Il paniqua. Et si Ava et Jake étaient déjà rentrés ? Ivre comme il l'était, il avait besoin d'un café fort et d'une sieste. Pourquoi faisait-il si sombre aussi tôt ?

Puis il se souvint. On était en juillet. C'était l'hiver ici.

— Comment c'était ? demanda-t-il à Jake plus tard.

Jake et Ava étaient rentrés peu avant à 7 heures, laissant à Jordan le temps de boire trois tasses de café et quatre verres d'eau, faire une sieste, prendre une douche et se préparer un sandwich.

— Mmmm, marmonna Jake.

— Ce qui veut dire ?

— C'était très agréable, intervint Ava.

Elle embrassa son fils sur la joue. Jake fit la moue, mais elle ne parut pas le remarquer. Légère et enjouée, elle fredonnait. Bien sûr, seule une journée entière avec sa famille pouvait la rendre si gaie. Jordan était surpris qu'elle ne lui raconte pas les potins du jour. Sans doute savait-elle combien il détestait cela.

Comme Ava disparut dans l'autre partie de la maison, Jordan refit une tentative avec son fils.

— Je te fais un sandwich ?

— Oui, merci.

— Tu as mangé là-bas ?

— Un peu. J'ai mangé une saucisse, mais ça fait déjà un bout de temps.

— Tu as embrassé ta grand-mère ?

— Oui.

— Et tu as rencontré Greta, Noah et...

— Ouais, tout le monde. J'ai un million de cousins maintenant. Tous avec des prénoms comme Doobie, Spooner ou Pats. Xavier était le seul dont je me souvenais. Impossible de remettre les autres.

— Bah, ils devaient s'en douter.

— Une des sœurs de maman a épousé un aborigène, tu le savais ? Eh bien, ses gosses étaient les seuls vraiment sympa. On voyait bien qu'ils étaient aussi mal à l'aise que moi au milieu de tout ce monde.

— May, tu parles de ta tante May ! Mariée à... comment s'appelle ce type ?

— Aucune idée.

— Doug, je crois. Il travaille dans une banque. Alors ses enfants étaient sympa ?

— Ouais, enfin, c'est des gamins. J'ai passé presque toute la journée à jouer au ballon avec eux.

— Je suis sûr qu'ils t'ont apprécié.

— Maman était bizarre. Elle n'a pas arrêté de m'embrasser et me toucher les cheveux. Elle demandait à tout le monde si j'étais pas beau, et puis elle a dit que j'entrais en dernière année, enfin en « treizième année », ça m'a fait tout drôle, et qu'après j'irais à l'« uni », ça m'a fait drôle aussi, et puis l'un des oncles... le grand avec le moustache ?

— Damon, compléta Jordan, soulagé de se rappeler ce nom-là.

— Ce type m'a conseillé d'aller à la fac en Australie et maman avait l'air de penser que c'était une super idée. Mais que ce soit clair : je n'irai pas à l'uni ou à la fac en Australie ! J'irai chez nous.

— Bien sûr, acquiesça Jordan en sortant du pain pour le sandwich de son fils. Est-ce que certains ont posé des questions sur moi ?

— Tous. Maman a dit que tu restais à la maison pour te reposer.

— Vraiment ? Quel intéressant retournement de situation !

Jake maugréa.

— Ouais, pour toi peut-être.

Ce soir-là, après s'être couché à côté de Jordan et avoir éteint la lumière, Ava roula vers lui et glissa sa main entre ses jambes.

Le bras de Jordan surgit comme un ressort, manquant frapper Ava en pleine figure. Peu impressionnée, Ava poursuivit sa tâche avec application. Sa main caressait le devant de son caleçon.

Que faire ? Il n'en avait pas la moindre idée. Paralysé, Jordan nageait en pleine confusion. Ava et lui n'avaient pas fait l'amour depuis quatre ans. Quatre ans ! C'était avant Ernie. Après, Ava ne voulait plus. Au début, elle était trop triste, trop en colère, trop amère, trop pleine de ressentiments. Au bout de quelques mois, Jordan s'était efforcé de la raisonner : ils pouvaient essayer d'avoir un autre enfant. De donner une fin heureuse à cette histoire. N'était-ce pas ce qu'elle souhaitait ?

— Si j'ai un autre bébé, ce ne sera pas Ernie, répliqua Ava. Ce ne sera pas Ernie !

Bien sûr, il comprenait ce qu'elle voulait dire. Il voyait bien que son propre désir d'avoir un autre enfant n'était rien d'autre qu'une manière égoïste de se dédouaner. En réalité, il n'en voulait pas d'autre.

Durant toute cette première année, il n'y eut pas de sexe. La deuxième année, Jordan tenta la romance : les soirs où Jake dormait chez les Alistair, il allumait des bougies et débouchait du champagne. Mais cela n'avait aucun effet sur Ava. À l'époque, sa colère et son chagrin s'étaient durcis en une carapace d'indifférence. Elle lisait *Moby Dick*, regardait *Home and Away*, se moquait de tout. Elle lui demandait seulement de la laisser tranquille. De ne pas la toucher.

Jordan finit par accepter le fait que sa vie intime avec sa femme était terminée. S'abîmant dans le travail et l'éducation de Jake, il s'arrangeait pour être si épuisé le soir qu'il n'avait qu'une envie : dormir. Ava finit par s'installer dans la chambre d'Ernie. Il n'y entrait jamais et elle ne l'y invitait jamais.

Puis il y eut Zoe. Comment expliquer sa liesse d'avoir de nouveau une femme à aimer ? Une femme à qui tenir la main, à embrasser, à caresser ? Il avait désespérément besoin d'affection, de contact physique, de tendresse... et Zoe comblait tous ses manques.

Se sentait-il coupable d'entretenir une liaison avec Zoe ? Oui.

Il avait lutté toute sa vie pour se différencier de son père, pourtant il trompait Ava comme Rory Randolph avait trompé sa mère. Certes, les situations étaient différentes, se défendait-il. Ava s'était totalement fermée à lui, elle ne voulait plus de lui et, pendant des années, il avait vécu comme un moine. Jamais il n'aurait pu imaginer qu'elle reviendrait vers lui de cette façon.

Or voilà qu'elle était en train de le caresser. En ronronnant. S'il lui faisait l'amour maintenant, il aurait l'impression de coucher avec une parfaite étrangère. Mais la question ne se posait pas, car son corps ne répondait pas. Après son après-midi au pub, il avait la migraine et la gueule de bois, sans parler de l'haleine de vieux cendrier d'Ava. Elle avait encore fumé – sûrement avec sa sœur May et son frère Marco, ou avec son ancien grand amour Roger Polly. Ce type s'était peut-être pointé à Heathcote Park pour jouer les maris de substitution. Jordan n'avait même plus l'énergie de s'en inquiéter. Encore des excuses, songea-t-il. La vérité ? Il n'était plus le même homme. Ava revenait vers lui, mais c'était trop tard.

— Ava...

Elle lui intima le silence. Sa main, insistante, rampa sous son caleçon. Elle voulait que ça marche. Et lui ? Ne désirait-il pas la même chose ? N'était-ce pas pour cette raison qu'il l'avait emmenée ici ? Pour qu'elle retrouve le sourire ? Pour qu'ils tentent de se réconcilier ?

Au bout de quelques minutes, elle abandonna et se détourna de lui.

— Tu ne veux pas de moi, lâcha-t-elle.

Fermant les yeux, il essaya de se rappeler la femme dont il était tombé amoureux. La volleyeuse en bikini au service impitoyable et au sourire éblouissant. Puis il revit la jeune femme assise au bout de la table familiale, entourée de sa tribu. À l'époque, son seul désir était de toucher sa jambe sous la table, mais elle était trop loin. Inaccessible. Cela le rendait fou.

Hélas, cette Ava n'existait plus. Et ce Jordan non plus. À présent, ils étaient seulement deux personnes plus âgées, qui avaient passé des années à se faire du mal inutilement.

Il ouvrit la bouche pour parler. Mais que dire ? Inutile de chercher des excuses. C'était un moment important. En fait, Jordan s'en rendait compte, c'était le but ultime de ce périple. Si seulement il s'y était mieux préparé ! Ses seules armes étaient la vérité nue.

— Je ne peux pas, lâcha-t-il.

Elle le frappa, fort, sous les couvertures. Son tibia le lançait, pourtant il n'émit pas un son. Il entendait la respiration lourde d'Ava à côté de lui.

— Ils ont tous demandé après toi, tu sais.

— Oui, Jake me l'a dit.

— Et que suis-je censée leur répondre ? « Jordan n'est pas venu parce qu'il vous déteste. Il te hait, maman, parce que tu as jeté son satané bocal de pêches. »

Sa femme était agressive, mais bizarrement, cela le rassurait. La Ava qui essayait de l'exciter était une étrangère, en revanche, il reconnaissait bien la Ava haineuse.

Il se redressa. Dans le noir, il ne distinguait pas ses traits, mais il sentit qu'elle se glissait hors du lit. Le blanc spectral de son haut et l'ombre de ses jambes se découpaient dans l'obscurité.

— Je ne hais personne, répliqua-t-il calmement.

— Tu n'es pas venu parce que tu ne viens *jamais*. Tu n'es *jamais* disponible. Tu ne m'as *jamais* accompagnée. Pas une seule fois en vingt ans, Jordan. Toujours débordé de boulot. Toujours pris au journal. Dieu, que je déteste ce journal ! Tu sais que je n'ai pas lu une ligne de ton fichu canard depuis la mort d'Ernie ? Pas un mot !

Cette annonce le stupéfia. Il ne s'était pas rendu compte qu'Ava évitait de lire le journal. Son journal.

— Je t'ai proposé de venir avec toi après la mort d'Ernie. Souviens-toi, je t'ai parlé de…

— C'est moi qui ne voulais plus rentrer après le départ d'Ernie, Jordan. De quoi aurais-je eu l'air ? Tous mes frères et sœurs avec leurs beaux enfants parfaits, et moi qui débarque ici après avoir enterré le bébé que j'ai mis douze ans à avoir.

— D'accord, Ava, c'est bon, j'ai compris !

— Si tu m'as proposé de rentrer en Australie à ce moment-là, c'est uniquement parce que tu te sentais coupable.

Enfin, le mot fatidique. Jordan l'avait repassé en boucle dans sa tête tout l'après-midi au pub.

— Oui, tu as raison. Je me sentais coupable.

— Parce que tu n'étais pas à la maison ! cria-t-elle. Parce que, au moment de ma vie où j'avais le plus besoin de toi – où c'était une question *de vie ou de mort* –, tu n'étais pas là !

— Ava, dit-il alors qu'elle s'était mise à faire les cent pas dans la chambre en se tordant les mains (peut-être envie d'une cigarette ?), cela n'aurait rien changé si j'avais été à la maison. Ernie serait quand même mort... Ava.

— Il était en détresse. Tu l'aurais entendu si tu avais été là ! Tu aurais peut-être pu le sauver !

— Non !

Jordan ne pouvait accepter l'idée qu'il avait le pouvoir de sauver Ernie et qu'il avait échoué à le faire.

— Non, ça n'aurait rien changé.

— Mais c'est possible, insistait-elle, en pleurant à présent. On ne le saura jamais.

— Non ! rugit Jordan.

— On ne le saura jamais ! répéta Ava. Mais je me le demanderai toujours ! JE ME LE DEMANDERAI TOUJOURS !

— Je suis désolé ! C'est ça que tu veux ? Je suis DÉSOLÉ, Ava. Je n'ai jamais été aussi navré de toute ma vie ! J'étais au bureau ! À essayer de faire mon boulot, à faire tourner le journal qui fait vivre ma famille depuis huit générations ! Je ne savais pas qu'il arriverait quelque chose à Ernie. Moi aussi je l'aimais ! Moi aussi j'ai souffert ! Mais depuis, tu es tellement focalisée sur ta douleur et ton chagrin que plus rien d'autre ne compte à tes yeux. Tu as abandonné ta vie ! Tu m'as abandonné, moi aussi ! Parce que, tout au fond de toi, tu m'en veux *à moi* !

— Il n'y a personne d'autre à blâmer, gémit Ava.

Jordan se laissa retomber dans les oreillers. Elle avait raison.

Il n'y avait personne d'autre à blâmer.

JAKE

Dans sa remise, même avec la porte close et un oreiller de plumes sur la tête, il les entendait encore.

« Jamais disponible... Toujours débordé de boulot. Dieu, que je déteste ce journal ! ... Je suis désolé ! C'est ça que tu veux ? ... Tu m'as abandonné ! »

Jake s'assit dans son lit. Le silence, pendant un instant. Il distinguait même le bruissement de la fontaine. Il avait un peu la nausée, sans doute à cause des trois bières avalées au barbecue. Son cousin Xavier les avait piquées dans la glacière et s'était montré bien plus cool avec lui que le sale gamin dont il se souvenait. Pendant que Jake buvait sa troisième bière, assis au pied d'un immense pin, face à la rivière Swan et la ville de Perth au-delà, il avait avoué à Xavier qu'il détestait l'Australie.

Ces mots à peine sortis de sa bouche, il avait eu peur de blesser son cousin. Xavier avait vécu en Australie-Occidentale toute sa vie. Comme tout le reste de la famille Price.

— Ce n'est pas vraiment le lieu, expliqua-t-il. C'est mes parents. Ils se battent tout le temps. Et mon île me manque.

Xavier hocha la tête.

— Mec, pourquoi tu rentres pas aux États-Unis, alors ? Tu devrais te tirer d'ici.

Je devrais me tirer d'ici ! Jake avait soixante-dix dollars australiens en poche, plus trois cents dollars américains, et une carte Visa que son père lui avait donnée en cas d'urgence, mais s'il s'en servait, ses parents ne mettraient pas longtemps à savoir où il était. Et viendraient aussitôt le chercher. Après tout, il était encore mineur.

Voilà ce qu'il pensait à Heathcote Park. Là, alors que ses parents se disputaient encore, il sortit de son lit et s'habilla. Pas question de rester ici une minute de plus ! Il jeta pêle-mêle dans un sac quelques vêtements, ses baskets, le roman d'Hemingway, son appareil photo et une photo de Penny. Puis il fourra tout son argent et sa carte de crédit dans les poches de son jean. Les écouteurs enfoncés dans les oreilles, il sortit du cabanon, traversa le jardin sans un bruit, et gagna la rue. Il était 23 heures.

Où aller ? Presque tout à Fremantle était fermé à cette heure tardive, excepté les bars, où il n'avait pas l'âge d'aller. Ses pas le portèrent naturellement vers South Beach. Un croissant de lune flottait au-dessus de l'océan Indien. Pris de frissons, il fouilla son sac de toile et en extirpa son sweat bleu marine des Nantucket Whalers.

Ses parents se disputaient au sujet d'Ernie. Si son frère avait été en vie, il aurait quatre ans et demi aujourd'hui. Il ferait du tricycle et lui demanderait de grimper sur son dos.

Jake emprunta la piste cyclable qui traversait le parc jusqu'à la place. Et si on le pinçait ici ? Dommage qu'il n'ait pas une autre bière. Il prit son iPod et, même s'il savait que cela ne lui ferait aucun bien, au contraire, écouta *Lean On Me* chantée par Penny. « Repose-toi sur moi, quand tu te sens mal... », fredonnait-elle. Sa voix semblait si réelle, si proche, presque palpable. Telle une corde de soie à laquelle il pouvait s'agripper dans le faible espoir de la rejoindre. « Repose-toi sur moi, quand tu te sens mal. » Il se sentait terriblement mal. Plus que tout, il voulait la tenir dans ses bras, lui dire qu'il était désolé, qu'il s'en voulait, que c'était sa faute, ce qui s'était passé avec Winnie, le baiser, le pelotage, la trahison de son corps. Évidemment, il n'avait jamais cessé d'aimer Penny – jamais ! – pas une seule seconde. Au lieu de céder à ses désirs lascifs d'adolescent, il avait fui le sous-sol des Potts. Il avait compris, alors même qu'il en était prisonnier, que c'était mal de les assouvir. Il aurait dû l'avouer à Penny au lieu de laisser Demeter, ou Winnie, le lui raconter dans les dunes.

Il aurait dû lui prendre les clés de la voiture. Tirer le frein à main. Il s'inquiétait pour la transmission de sa voiture, il avait peur de crier de peur. Il n'aurait jamais cru, jamais de la vie, que Penny irait de plus en plus vite.

Elle allait freiner. Oui, il était persuadé qu'elle enfon-
cerait la pédale de frein.

À South Beach, un groupe de jeunes était rassemblé
autour d'un feu de camp. Jake les observa à distance.
Une autre plage. Un autre feu de camp. À l'autre bout
du monde. Il n'en reconnut aucun, naturellement. C'étaient
tous des étrangers. Des vagabonds. Des jeunes de son âge
ou un peu plus vieux, avec des dreadlocks et des tatouages,
qui buvaient de la bière. Une odeur d'herbe flottait dans
l'air. Ce n'était certainement pas un lieu pour lui. Mais
il gelait malgré son sweat-shirt et l'idée de s'approcher
du feu était trop tentante.

— Salut !
L'un des sauvages se leva. Torse nu, caleçon de bain
marron, cheveux dorés en bataille. Il était si bronzé que
l'effet général donnait une impression d'uniformité : che-
veux, peau, caleçon. Il lui tendit la main.
— Salut, moi c'est Hawk. Bienvenue.
— Salut, dit Jake.
C'était sûrement une secte. Les gens normaux n'étaient
pas aussi accueillants.
— Comment tu t'appelles ? questionna Hawk.
— Euh, Jake.
— Américain ? demanda une fille assise un peu plus loin.
Elle avait de longs cheveux emmêlés et portait un haut
de bikini blanc et une mini-jupe de la même couleur.
Comment faisaient-ils pour ne pas se geler ?
— Ouais, acquiesça-t-il.
— Viens t'asseoir, l'invita Hawk. Te réchauffer près du
feu. Tu veux une bière ?
C'était le moment de s'excuser et de s'éclipser, pensa
Jake. Un autre gars, de l'autre côté du feu, lança :
— Tu veux une taffe ?
Ce qui fit rire toute la bande.
Une musique tribale jouait dans le fond, conférant à la
scène une aura mystique, comme si quelqu'un allait être
sacrifié ce soir.

Lui, sans doute, le petit nouveau avec le sweat-shirt qui criait au monde entier qu'il·était un gentil petit Américain.

— Non, il faut que j'y aille.

— Aller où, mec ? demanda Hawk.

— Assieds-toi, répéta la fille au bikini blanc. Prends une bière. Je vais t'en chercher une.

Elle fouilla dans une grosse glacière bleue posée sur le sable et lui tendit une Emu glacée.

— Merci, accepta Jake, qui mourait d'envie d'une bière. (Il resterait le temps de la boire. Juste celle-là.) Combien je vous dois ?

— Combien ? répéta Hawk. On donne tous un peu d'argent, mec, si tu veux participer, te gêne pas !

Jake sortit un billet de dix dollars de sa poche et le tendit à son nouveau compagnon.

— Merci ! s'exclama Hawk en montrant le billet à tout le monde. Assieds-toi, mon ami. Assieds-toi avec nous.

Une heure, trois bières et deux taffes de marijuana plus tard, Jake avait donné ses derniers soixante dollars australiens, plus deux cents dollars américains à Hawk, pour se payer une place dans le van à la première heure le lendemain matin. Ils traverseraient la plaine de Nullarbor en direction d'Adélaïde, où certains les quitteraient, puis ils continueraient leur route vers l'est, jusqu'à Sydney. Là, Jake utiliserait sa carte de crédit pour réserver un vol pour les États-Unis, ou sauterait dans un cargo qui traversait le Pacifique. Ses parents pouvaient se lancer à ses trousses, il s'en fichait. Ou peut-être qu'ils comprendraient enfin combien il voulait rentrer à la maison et le laisseraient vivre avec Zoe et Hobby pendant la dernière année de lycée. Ou alors il pourrait habiter chez les Castle. Une fois à Nantucket, il serait bien plus difficile à déloger. « Terre occupée est à moitié conquise », ou un truc de ce genre.

Deux heures plus tard, Jake avait bu six ou sept bières et tiré une autre longue bouffée de marijuana, nettement plus forte que les deux premières. Durant un éclair de clairvoyance, il se demanda si c'était bien de la marijuana, et non une autre substance suspecte. Il se rappelait avoir titubé vers l'océan pour pisser un coup, puis être retourné vers le cercle, dont le feu s'amenuisait, tout comme le groupe. La fille au haut de bikini blanc était toujours là. Il voulut savoir son prénom mais il n'entendit pas sa réponse, distrait par la corne noire qu'il venait de remarquer sous les pieds de la fille, aussi épaisse qu'une semelle de chaussure. Ensuite, tout était flou. Il se rappelait seulement être tombé, avoir essayé d'agripper la corde soyeuse de la voix de Penny, l'avoir manquée, et avoir heurté lourdement le sable de sa tête, avec un bruit sourd, qu'il avait à peine senti.

Autour du feu, les autres se mouvaient de façon étrange. Comme s'ils dansaient. La dernière fois qu'il avait dansé, c'était sur scène avec Penny. *Grease. Chang chang chang doo wop. We go together.* Winnie Potts, il n'était pas amoureux de Winnie Potts ! Il ne l'appréciait même pas ! Mais elle s'était donnée à lui comme un dessert à goûter, et il avait momentanément oublié Penny. Avouons-le, il s'était même réjoui du départ de Penny pour pouvoir s'oublier une minute et expérimenter la liberté dont rêvait tout ado de dix-sept ans. Je suis désolé, Penny. Cela aurait très bien pu t'arriver avec Anders Peashway, Patrick Loom ou n'importe lequel des copains de Hobby qui jouaient sans cesse les gros bras devant toi. Et si tu m'avais tout raconté, j'aurais fini par comprendre. Je ne me serais jamais dit que la vie était finie. La vie n'était pas finie, Penny. J'aurais dû te l'avouer. J'aurais dû tout te dire moi-même !

Jake se réveilla à l'aube, frigorifié. La bouche pâteuse, pleine de sable, le corps tellement engourdi qu'il pouvait à peine lever la tête.

Willow, se souvint-il. La fille au bikini blanc s'appelait Willow.

Mais quand Jake s'assit et regarda autour de lui, il était seul. Plus de Hawk, plus de Willow, plus de chats sauvages. La plage était déserte. Le feu réduit en un tas de cendres. Lorsqu'il réussit enfin à se lever, sa tête lui fit l'effet d'une grosse pierre. Il se retourna vers le parking derrière lui : seulement une Cutlass argentée. Le van avait disparu.

Son sac de toile gisait sur le sable à quelques mètres de là, grand ouvert. L'estomac soudain noué, Jake hoqueta et crachota dans le sable. Puis il fouilla ses poches : plus d'argent, ni de carte de crédit. Il récupéra son sac : ils avaient pris son appareil photo et ses baskets. Et le livre d'Hemingway. Donc, c'était des voleurs érudits. Il se sentait tellement jeune, vulnérable et idiot. « Repose-toi sur moi, si tu te sens mal… »

Ils lui avaient laissé la photo de Penny. Elle datait du carnaval de Tom Nevers, à la fin de leur première année de lycée. Penny mangeait une barbe à papa rose, ses yeux couleur jacinthe brillants d'excitation. Ça va être délicieux ! disait son regard. Jake embrassa l'image et sentit une bouffée de gratitude. Au moins, ils lui avaient laissé cela.

Il était encore très tôt, même s'il n'avait aucune idée de l'heure, puisque son iPod avait disparu lui aussi. Le soleil formait un halo rose dans le ciel. Il souleva son sac, vide, et se traîna péniblement sur le sable en direction de la maison.

Avec un peu de chance, il serait rentré avant le réveil de sa mère. Ce serait mieux, même s'il allait devoir parler de la carte de crédit à son père. Peut-être pourrait-il lui dire qu'il l'avait perdue. Mais la vérité, c'était qu'il avait été drogué et dépouillé. C'était bien un sacrifice humain au final.

Jake ouvrit silencieusement le portail et entra à pas de loup dans le jardin. Ses chaussures crissèrent sur les gravillons, lui arrachant une grimace. Il lui fallait un grand verre d'eau, sept aspirines, huit heures de sommeil, et un solide petit déjeuner. La simple pensée de son lit chaud et doux était tellement réconfortante qu'elle effaça presque l'atroce réalité : il ne réussirait jamais à rentrer à Nantucket.

L'odeur de cigarette l'incita à se retourner. Il ne faisait pas encore jour, mais la lueur orangée de la cigarette de sa mère brillait dans la pénombre. Elle était assise sur les marches derrière la maison, en pyjama et sweat-shirt long. Au moment d'expirer, elle le vit – de quoi avait-il l'air avec son sac de voyage et sa tenue débraillée ?

— Jake ?

— J'ai besoin de mon lit, répondit-il, luttant contre le besoin urgent de se jeter dans ses bras et de pleurer.

De lui dire, de dire à sa mère – car elle seule pourrait le comprendre – : J'ai passé une journée absolument horrible.

DEMETER

Elle n'avait plus peur de se réveiller le matin. Son réveil sonnait à 6 h 30, et la minute d'après, elle était debout, se brossait les dents, prenait trois Ibuprofen, et buvait un énième verre d'eau froide. Puis elle mettait sa tenue de rigueur : bermuda, T-shirt, chaussettes et bottes de caoutchouc. Ensuite, quelques gorgées de sa réserve secrète dans le placard. Sa collection grandissait. Le mardi et le jeudi, quand Al était au travail et Lynne Castle à son cours de gym, Demeter se préparait un cocktail – une tasse de café avec crème et sucre agrémentée d'une dose de Bailey's et de Kahlua, ou une vodka-orange avec le jus d'orange frais que sa mère pressait deux fois par semaine.

Tous les jours, elle emportait deux bouteilles d'eau au boulot, l'une remplie d'eau, l'autre de vodka, tonic et jus de citron, qu'elle laissait discrètement au frais dans le garage.

D'accord, elle planait presque tout le temps. C'était sans doute mal. Elle était sûrement la candidate idéale pour un reality show. Seulement voilà : elle était heureuse. Enfin ! Elle adorait aller au boulot ivre, elle adorait désherber et arroser les parterres de fleurs. Elle adorait le sentiment de devoir duper son entourage. D'abord les membres de son équipe : Nell, Cooper, Zeus, et Kerry en début et fin de journée, puis ses parents une fois à la maison. Sa vie était un jeu maintenant, un jeu où l'excitation et la peur d'être prise le disputaient au plaisir de se sentir plus maligne que tout le monde.

À présent, elle avait assez d'alcool dans son placard pour le reste de l'été. Elle avait volé une bouteille presque chaque jour.

Voler était mal, bien sûr, mais c'était aussi agréable, car grâce à cette activité, les journées passaient très vite. Dès que Zeus était plongé dans son travail, Coop occupé à tondre et Nell à désherber, Demeter se donnait pour mission de trouver un moyen de s'introduire dans la maison. Si les propriétaires étaient présents, elle laissait tomber, sauf avec M. Pinckney sur Hulbert Avenue, un centenaire qui vivait seul, et n'entendait ni ne voyait presque plus rien. Ou Mlle Dekalb à Quidnet, qui s'était cassé la jambe en faisant du patin à glace avec Dorothy Hamill et restait toute la journée devant la télévision avec sa jambe surélevée, à regarder des émissions de variétés et boire des tequila sunrise. Quand Demeter se présenta pour la première fois chez Mlle Dekalb – passant la tête par la porte pour savoir si elle pouvait « utiliser les toilettes » – la propriétaire désespérait tellement d'avoir de la compagnie qu'elle l'avait carrément invitée à prendre un verre avec elle.

— C'est très aimable à vous, avait répondu Demeter, mais je suis payée à l'heure.

Elle proposa néanmoins à la maîtresse de maison de la resservir, et ce faisant, chipa une bouteille de Mount Gay, qu'elle enveloppa dans sa chemise de flanelle

– impossible à porter avec cette chaleur – avant d'aller la planquer dans le pick-up.

Dans les maisons inoccupées, Demeter se servait de plusieurs astuces. Soit le coup des toilettes – avec une expression d'extrême urgence – mais pas plus d'une fois par semaine, à cause de Nell. Soit le culot total : elle entrait dans la maison, prenait une bouteille dans le bar et ressortait de la propriété – tout cela en moins de deux minutes –, ni vu ni connu.

Une fois, Zeus la cherchait au moment où elle s'éclipsait en douce de la maison avec son butin. Mais elle le vit par la fenêtre et eut le temps de gagner la voiture, planquer son butin et sortir une bouteille de Visine de son sac. Quand Zeus la retrouva, elle prétendit être victime d'une réaction allergique.

— Sûrement les roses.

Voler était mal, mais cela lui faisait du bien. Elle prenait des objets qui ne lui appartenaient pas, certes, mais les gens qu'elle volait possédaient tellement qu'ils ne s'en apercevraient même pas.

Demeter était dans un état d'ébriété permanent au boulot, mais comme Nell, Coop et Zeus ne connaissaient pas son comportement habituel, ils la trouvaient normale. L'alcool la rendait plus vive et plus enjouée. Demeter mettait son iPod en marche et dansait en taillant les roses de Sconset. Chaque jour était une fête. Quand Demeter travaillait au même endroit que Nell, elle parlait de tout et de rien, et ces échanges anodins se muèrent en vraies conversations. Bientôt, elle recevait les confidences de sa collègue. Nell était amoureuse du colocataire de son petit ami. Bien sûr, elle se doutait qu'elle devait quitter son petit ami, mais elle avait peur de perdre du même coup le colocataire. Demeter prit le dilemme de son amie au sérieux, et après quelques gorgées de sa bouteille spéciale, en vint à lui donner un conseil avisé : Nell devait se séparer au plus vite de son petit ami, sinon le colocataire penserait que leur relation était sérieuse. D'abord sortir le copain de l'équation, puis s'arranger pour renouer avec le colocataire. Elle devait laisser passer un peu de temps, une semaine ou deux. Puis le plan de Nell consisterait à « tomber par hasard » sur le colocataire en terrain neutre.

— Oui ! s'écria Nell. C'est parfait ! Tu es un génie, Demi !

Ces échanges plaisaient beaucoup à Demeter. Elle se voyait comme un gourou des relations amoureuses, alors qu'elle-même n'avait jamais eu le moindre rancard. Elle aimait aussi beaucoup le surnom que Nell lui avait donné – Demi – comme dans Demi Moore, ce qui était nettement plus sexy que Demeter Castle. Son seul surnom était celui que les gamins lui donnaient à l'école maternelle : « Meter ». Maintenant, c'était Demi, et tout le monde au boulot – Coop, Zeus et Kerry – prit le pli. Finalement, Nell était la première amie qu'elle se faisait sans l'inter-médiaire de ses parents.

Nell lui raconta des anecdotes sur les autres membres de leur équipe. Coop était un camé. Il se shootait avec des collègues tous les matins avant de bosser, puis de nouveau à l'heure du déjeuner, et aussi le soir. Zeus avait une femme et cinq filles au Salvador, mais il allait sou-vent au Muse le week-end pour se faire des filles. Deme-ter jura de rester muette « comme une tombe », une expression qu'elle accompagnait d'un geste mimant la fer-meture de ses lèvres à clé. Elle n'avait personne à qui en parler, mais savoir ces secrets la rassurait. Tout le monde avait des secrets. Elle était loin d'être seule et ses péchés n'étaient pas les plus graves.

Autre bénéfice de son penchant pour l'alcool, Demeter avait tout bonnement perdu l'appétit. Elle empaquetait une banane pour le petit déjeuner mais ne la mangeait jamais. Pendant la pause de midi, à côté de Nell (qui mangeait son tofu et ses raisins dans une boîte de plas-tique, un déjeuner que Demeter trouvait révoltant), elle se contentait de boire son eau spéciale. Quand sa coéqui-pière lui demandait pourquoi elle ne mangeait pas, elle répondait simplement qu'elle avait pris un « gros petit déjeuner ». Généralement, Coop et Zeus allaient acheter des hamburgers, des frites ou une pizza, qu'ils n'arrivaient pas à terminer. Eh bien, cela ne la tentait même pas !

Elle se sentait planer, et mâchait ses chewing-gums sans sucre à la menthe verte.

En revanche, elle détestait la fin de la journée. À 15 h 30, une fois le travail terminé, Nell et Coop allaient se baigner. Bientôt, ils lui proposèrent de les accompagner, mais la plage posait l'insoluble problème du maillot de bain. Donc elle finissait toujours par dire « merci mais non merci, peut-être une autre fois ».

Les bons jours, quand sa mère n'était pas à la maison, elle rentrait tranquillement et cachait son butin dans son placard. Elle remplissait ensuite tranquillement sa bouteille spéciale de vodka tonic et d'un peu de jus de citron. Parfois, elle chipotait un gâteau de riz ou un biscuit salé, mais le plus souvent, le soleil, l'air frais et l'alcool avaient raison d'elle, et dès qu'elle voyait ses oreillers et sa couette moelleuse, elle ne rêvait que d'une sieste.

Parfois, elle dormait même jusqu'au lendemain matin. Cela faisait trois jours qu'elle travaillait le ventre presque vide, et pour la première fois de sa vie, elle perdait du poids. Inutile de monter sur un pèse-personne pour s'en assurer, la taille de son bermuda devenait lâche. Et à force de travailler en plein air, son visage, ses bras et ses jambes avaient pris une teinte hâlée et le blond de ses cheveux s'était éclairci. Elle se sentait nettement plus séduisante.

Bien sûr, certains après-midi, quand Demeter rentrait chez elle et trouvait sa mère dans la cuisine – en train de préparer une salade de pommes de terre et des steaks marinés –, elle savait qu'il n'y aurait pas moyen de sauter le dîner. Ces soirs-là, elle prenait plusieurs grandes lampées de whisky dans sa réserve, puis se lavait les dents, faisait des gargarismes, et mâchait consciencieusement du chewing-gum, jusqu'à ce que sa mère l'appelle pour venir à table. Jouer les filles sobres était bien plus difficile avec ses parents, qui, contrairement à ses copains du boulot, la connaissaient et risquaient de découvrir le pot aux roses. La prudence était de mise. Se concentrer sur les paroles de ses parents, formuler des réponses logiques à leurs innombrables questions, ne pas rire en constatant à quel point ils étaient pathétiques et dépassés.

Puis eut lieu la conversation du 25 juillet.

LYNNE : Qu'est-ce que tu as fait au travail aujourd'hui, ma chérie ?

DEMETER : Euh, je ne sais pas. Laisse-moi réfléchir...

Les journées tendaient à se mélanger dans son esprit, et parfois, ils visitaient jusqu'à six propriétés par jour. Souvent, avec sa mère, il était plus facile d'inventer carrément la réponse.

DEMETER : On était sur Lily Street. Et West Chester. Je me suis occupée des jardinières des fenêtres.

LYNNE : Des jardinières des fenêtres ? C'est bien plus intéressant que le désherbage !

DEMETER (*hochant la tête*) : Bien plus intéressant, oui !

Bien sûr, en réalité, elle n'avait encore jamais été autorisée à toucher à la moindre jardinière. Zeus, responsable de tous les bacs de fleurs, était très jaloux de ses prérogatives. Mais sa mère ne le saurait jamais. Elle semblait si heureuse d'apprendre que sa fille, qui avait failli se retrouver en centre de détention juvénile à peine trois semaines plus tôt, était maintenant responsable des magnifiques jardinières des propriétés de Lily Street.

Demeter prit quatre bouchées de viande et une demi-assiettée de salade verte. Pas de salade de pommes de terre, malgré l'insistance de sa mère, qui essaya de la servir au moins trois fois. Elle adorait la salade de pommes de terre de sa mère, mais ne voulait pas troubler sa délicieuse euphorie. Tout lui semblait brumeux et flou, une mosaïque colorée qu'elle prenait le temps d'étudier. Son père la dévisagea une seconde de trop à ce moment-là, si bien qu'elle s'éclaircit la gorge et but une grande goulée d'eau. La soupçonnait-il d'avoir bu ? Peut-être, mais même si c'était le cas, il ne dirait rien. L'avouer reviendrait à ouvrir la boîte de Pandore, et déclencher une avalanche qui pourrait briser le cœur de sa mère et anéantir la précieuse félicité domestique des Castle.

LYNNE : Oh, j'ai oublié de te prévenir ! Mme Kinsley a appelé. Elle voulait savoir si tu étais disponible pour garder ses enfants samedi soir.

Demeter mastiqua sa bouchée de steak jusqu'à la réduire en bouillie. Elle n'en était pas encore au point de devoir s'excuser pour aller s'enfermer dans la salle de bains et s'enfiler un shot de vodka au beau milieu du dîner, pourtant ce n'était pas l'envie qui lui manquait. Le regard de son père était implacable. Demeter n'arrivait pas à le soutenir. Lui savait forcément qu'elle avait été prise en possession d'une bouteille de Jim Beam la nuit de l'accident, mais avait-il compris qu'elle l'avait dérobée chez les Kingsley ? Qui était au courant de cela ? Si Mme Kingsley l'avait appelé pour lui proposer un baby-sitting, cela signifiait qu'elle n'était pas au courant des rumeurs, ou bien n'avait pas fait le lien avec la bouteille manquante de son bar.

DEMETER : Vraiment ?
LYNNE : Oui. Elle avait l'air désespéré. Je lui ai dit que tu travaillais pour Frog & Toad maintenant, et que tu risquais d'être trop fatiguée le soir...

Donc, sa mère lui fournissait un prétexte. Demeter pouvait très bien dire non. Mais si elle refusait, donnerait-elle l'impression de vouloir éviter les Kingsley ? Elle n'avait encore jamais laissé tomber Mme Kingsley. Et son ancienne logique était toujours d'actualité : faire du baby-sitting était mille fois mieux que rester seule à la maison un samedi soir.
Demeter laissa deux bouchées de steak dans son assiette et refusa la part de tarte aux mûres nappée de crème fouettée maison. Au lieu de quoi, elle rappela Mme Kingsley pour lui confirmer que oui, bien sûr, elle garderait les enfants samedi soir. La brave femme paraissait recon-

naissante, et même soulagée, de garder sa baby-sitter la plus fiable, malgré les événements tragiques de la soirée de remise des diplômes.

— 19 heures ? dit Mme Kingsley.

— Parfait. Alors à samedi.

Demeter raccrocha, remercia sa mère pour le dîner, se servit un grand verre d'eau glacée, et se réfugia dans sa chambre.

Samedi soir, à 18 h 45, Demeter roulait sur Miacomet Road vers Pond View, quand elle distingua une silhouette au loin sur la route. Au début, elle se demanda s'il s'agissait d'une ou deux personnes, car une petite forme semblait tassée devant une silhouette élancée.

Soudain, elle comprit.

Zoe Alistair poussait le fauteuil roulant de Hobby dans sa direction.

Demeter enfonça les freins de l'Escape si brutalement qu'elle bondit sur son siège. Que faire ? Les réactions des animaux en danger lui revinrent en mémoire : se figer, s'enfuir ou se battre. Se figer, le premier instinct, n'était pas une bonne idée : impossible de rester assise sans bouger dans sa voiture au beau milieu de la route. Donc fuir ! Faire demi-tour et se cacher sur Otokomi Road jusqu'à ce que Zoe et Hobby soient passés. Mais cela risquait de prendre un bout de temps. Ils progressaient à la vitesse de l'escargot, et Demeter ne voulait pas être en retard pour Mme Kingsley.

Elle baissa le pare-soleil et ajusta ses Ray-Ban. D'accord, elle les dépasserait sans s'arrêter. Évidemment, ils reconnaîtraient sa voiture. Zoe, Penny et Hobby étaient tous les trois à la « soirée » d'anniversaire de ses seize ans, le jour où Al la lui avait offerte, enrubannée d'un gros nœud rouge. Elle avait même emmené Penny et Hobby faire le tour du quartier, et Hobby n'avait pas arrêté de jouer avec le toit ouvrant et de poser des questions sur la consommation d'essence.

— Hobby voudrait tellement avoir sa propre voiture ! avait dit Penny en riant.

Oui, il le voulait tellement qu'il n'avait pas bougé le petit doigt pour décrocher son permis de conduire.

Demeter accéléra progressivement et la voiture se rapprocha dangereusement des deux silhouettes. Décide-toi ! Elle n'avait eu aucune nouvelle de Hobby depuis son retour de l'hôpital, ce qu'elle considérait comme une bonne chose. Contrairement à Jake, Hobby n'avait pas de question gênante à lui poser sur son échappée dans les dunes. Mais elle avait honte de ne pas avoir appelé Hobby ou Zoe pour leur présenter ses condoléances. Impossible, elle ne pouvait pas. Comprenaient-ils pourquoi ? Elle était là, ce soir-là, dans cette voiture, elle faisait partie intégrante de ce drame, et leurs familles étaient si proches... Pour toutes ces raisons, elle ne pouvait tout simplement pas téléphoner pour dire qu'elle était désolée, comme l'avait fait le reste des habitants de l'île.

Devait-elle leur faire un signe de la main ou les dépasser sans les regarder ? Un affreux dilemme. Leur faire signe, c'était reconnaître leur présence, tout en leur faisant savoir qu'ils ne méritaient pas qu'elle s'arrête pour leur parler. Elle devrait s'arrêter... dire quelque chose. C'était une manifestation de l'au-delà, cette rencontre hasardeuse, improbable, sans témoin, et pour la première fois depuis des jours, Demeter était sobre. Pas une goutte d'alcool depuis la veille au soir – enfin, excepté le shot de vodka ce matin à 10 heures, pour stopper le tremblement incontrôlable de ses mains, mais c'était tout. Elle voulait être sobre et alerte pour Mme Kingsley et ses trois enfants.

Demeter était assez près maintenant pour voir le bras de Hobby en bandoulière, sa jambe plâtrée et son crâne à moitié rasé. Zoe avait le teint pâle et les cheveux aplatis. Elle parlait à son fils, qui se dévissait le cou pour la regarder. Demeter, lâche comme elle l'était, en profita pour accélérer et les dépasser en trombe, lèvres serrées, sans même leur adresser un regard ou un signe de la main.

Allaient-ils se retourner avec incrédulité pour dire : Est-ce Demeter qui vient de passer en voiture ?

Surtout, ne pas regarder dans son rétroviseur et continuer sa route avec un sentiment de soulagement croissant. Soulagement aussitôt suivi d'une sensation de culpabilité dévorante. C'était entièrement sa faute. Elle avait beau se dire que Penny avait perdu la tête, que Penny conduisait et avait mis leurs vies en péril. Rien ne pouvait lui ôter la certitude que c'était elle, Demeter, la responsable.

Ce soir, elle avait les meilleures intentions du monde, mais la vue de Zoe et Hobby les avait anéanties comme un château de cartes. Demeter avait hâte que cette soirée se termine. Après avoir mis les enfants dans le bain, elle leur donna des serviettes et des pyjamas propres. Puis elle les soudoya avec deux biscuits et un demi-verre de lait pour qu'ils se couchent tôt. Leurs dents dûment brossées sous sa surveillance, elle leur lut un chapitre de *Harry Potter et l'Ordre du Phoenix*, mais elle débitait les phrases mécaniquement, l'esprit ailleurs. De retour sur Miacomet Road, elle revoyait Zoe pousser le fauteuil roulant de son fils au bord de l'étang, lui montrer du doigt les iris sauvages, les merles aux ailes rouges ou cette belle propriété où elle avait préparé le buffet d'une soirée. Peut-être qu'ils parlaient de Penny : elle adorait la pâte à cookies aux pépites de chocolat mais pas les cookies eux-mêmes. Elle priait pour qu'il neige, pour pouvoir dévaler les pentes de Dead Horse Valley, allongée sur le dos, toute droite sur la vieille luge en bois que Zoe avait dénichée dans un vide-grenier. Si elle ne devenait pas chanteuse professionnelle, plaisantait-elle souvent, elle deviendrait championne de luge olympique.

Entre Lyle et Barrett Kingsley, Demeter avait des fourmis dans les jambes. Il fallait qu'elle retourne au rez-de-chaussée. Avant de partir (M. Kingsley était absent, sans raison apparente), Mme Kinsley avait prononcé la phrase fatidique : « Fais comme chez toi, prends tout ce que tu veux. » Demeter vérifia combien il restait de pages dans le chapitre. Trois.

Demeter pensait à Zoe. C'est ma faute, se disait-elle, même si personne n'est innocent dans cette histoire. C'est pire d'être la mère de la victime que la victime elle-même.

Elle embrassa les enfants Kinsley pour leur souhaiter bonne nuit (ils lui avaient manqué), puis elle descendit l'escalier en trombe. Le soleil s'était couché, la maison s'était assombrie, et en dépit de l'injection tardive de chocolat dans les veines des petits, ils étaient calmes.

Silencieux.

Prends tout ce que tu veux.

Comme d'habitude, le garde-manger était rempli de Fritos, Bretzels, Curly, crackers, et biscuits. Le réfrigérateur débordait de fromages, de salami, de sauces, ainsi que de salades de brocoli et de homard en provenance de la ferme Bartlett.

Mais la nourriture ne l'attirait plus.

Prends tout ce que tu veux.

Elle ne pouvait décemment pas se servir un verre, non, pas après ce qui s'était passé. Mais c'était plus fort qu'elle. Elle ouvrit le bar des Kinsley et découvrit une bouteille de Jim Beam toute neuve, à l'endroit exact où se trouvait l'autre. Incroyable ! Déboussolée, Demeter referma vivement le placard des alcools. Elle se rabattit sur le congélateur, et en sortit une bouteille glacée de Ketel One. Ses mains tremblaient de nouveau, sans doute d'excitation cette fois. Elle porta la bouteille à ses lèvres et but une gorgée d'alcool brûlant, les yeux soudain remplis de larmes. Puis elle hoqueta, manquant brusquement d'air.

Zoe Alistair avait l'air... eh bien... dévastée. Bizarrement, la mère de Demeter n'avait pas prononcé un mot sur Zoe depuis des semaines. À sa connaissance, Lynne Castle n'avait ni vu ni parlé à Zoe depuis cette nuit à l'hôpital, même si elle contrôlait toujours avec soin le planning des repas déposés chez les Alistair.

Demeter but une autre goulée de vodka. Un sentiment de bien-être l'envahit de nouveau : tout allait bien se passer. Elle versa trois doigts de vodka dans un verre à eau et ajouta des glaçons. Parfait. Cela ressemblait à un verre d'eau glacée. Parfait. Elle le boirait en entier, puis ce serait terminé.

Juste au moment où elle portait le verre à ses lèvres, une porte claqua, la faisant sursauter. Elle faillit même lâcher son verre. Elle le posa sur le comptoir et se retourna à l'instant même où M. Kinsley entrait dans la cuisine en coup de vent. Il était en sueur dans sa tenue de tennisman – short blanc, polo blanc et raquette. Et parut aussi décontenancé que Demeter de cette rencontre.

— Salut..., dit-il, l'air embarrassé.

Je garde ses enfants depuis cinq ans et il a oublié mon nom, pensa Demeter avec amusement.

— Bonjour, monsieur Kinsley.

La tête lui tournait. Si jamais cet homme découvrait le contenu de son verre, sa vie était fichue. Pourtant, elle se sentait étrangement calme. M. Kinsley avait un comportement bizarre, qu'elle identifia immédiatement. Un geste décalé, un infime balancement... il était ivre. Sa raquette de tennis heurta le sol à grand bruit, ce qui incita aussitôt Demeter à lever les yeux vers l'étage, où dormaient les enfants.

— Demeter..., dit M. Kinsley, comme si son prénom était une énigme qu'il venait juste de résoudre, pauvre Demeter.

Il fit un pas vers elle, puis s'arrêta net.

— Mme Kinsley est à la maison ?

— Non, elle est partie à 19 heures pour aller à une... soirée cocktail à Sconset je crois.

— Absolument, répondit-il avec un hochement de tête forcé. J'ai été retenu au club.

— Bien sûr.

Il semblait vouloir se justifier, alors qu'elle n'attendait rien de sa part. Seulement qu'il parte – se doucher ou se changer – pour qu'elle puisse terminer son verre. Mais au lieu de disparaître aux confins de la maison, il s'avança vers elle, les bras grands ouverts.

— Demeter... ma pauvre Demeter...

Elle se laissa enlacer par son employeur. Sûrement un effet de la vodka ! En réalité, elle n'avait jamais particulièrement pensé à M. Kinsley de cette façon. Pour elle, il n'avait toujours été qu'une présence inoffensive auprès de sa femme. Le prénom de Mme Kinsley était Elizabeth. Elle ignorait celui de son mari.

Après deux ou trois secondes d'étreinte – pendant lesquelles M. Kinsley caressa son dos sans vergogne –, Demeter voulut s'écarter. Mais il la maintenait fermement contre lui. Ses bras l'enveloppait entièrement – une petite victoire en somme ! – et ses hanches étaient plaquées contre les siennes. Elle sentait aussi autre chose. Était-ce le fruit de son imagination ? Cela l'intriguait et l'horrifiait en même temps. M. Kinsley était assez séduisant. Enfin, sans doute. Ses cheveux blonds étaient plutôt hirsutes pour un homme de son âge – peut-être parce qu'ils étaient dégarnis sur le dessus. Il avait les yeux bleus et le teint toujours bronzé. Oui, assez bel homme, mais trop vieux pour elle. C'était le père des enfants, le mari de Mme Kinsley, et voilà qu'il pelotait la baby-sitter dans sa propre cuisine, passablement éméché. C'était tellement cliché que Demeter aurait ri, s'il ne s'était agi d'*elle*.

— Pauvre Demeter…, répéta-t-il, avant de l'embrasser.

Un baiser mou, qui la prit par surprise, mais curieusement, sa première émotion fut la peur. La peur qu'il ne reconnaisse le goût de la vodka sur ses lèvres. Par chance, M. Kinsley ne remarqua rien. Il l'embrassa de nouveau, plus longuement, plus goulûment. Demeter avait l'impression d'être de l'autre côté de la cuisine et de s'observer en train de palucher M. Kinsley, pourtant elle était bien là, collée à cet homme qui lui fourrait sa langue dans la bouche.

Et voilà, pensa-t-elle tristement, c'est mon premier baiser. Le tout premier, si on exceptait le coup de bec d'Anders Peashway au collège, à un goûter d'anniversaire chez Annabel Wright. Mais ce bisou d'Anders n'était qu'un défi, une blague. Il l'avait attirée derrière la cabane de jardin, et quand ils étaient ressortis de leur cachette une seconde plus tard, tout le monde s'était esclaffé. David Marcy avait tapé dans la main d'Anders, qui avait émis un grognement animal. Demeter avait fait semblant de n'avoir rien entendu.

Depuis, cette humiliation était restée gravée dans sa mémoire, parce qu'aucun autre souvenir n'était venu le chasser.

Enfin, maintenant, elle avait ce truc. La main de M. Kinsley trouva son sein et le pressa. Demeter comprit que, si elle le laissait faire, il voudrait coucher avec elle. Ainsi, décidée pour une fois à bien faire, elle posa la main sur le V de son polo et le repoussa doucement.

— Oui, bien sûr, dit M. Kingsley. Je dois y aller.

Il se retourna si brusquement que les semelles de ses tennis crissèrent sur le sol carrelé, puis il disparut dans le couloir. Dès qu'il fut hors de vue, Demeter prit son verre sur le comptoir et le but d'un trait.

Les adultes..., pensa-t-elle avec un soupir.

ZOE

C'était Dorenda Allencast qui avait parlé à Zoe de la croix blanche de deux mètres plantée dans le sable de Cisco Beach.

Dorenda attendait Zoe. Elle avait préparé du thé à la menthe et acheté des sablés. C'était le jour de la reprise pour Zoe. Elle n'avait jamais vu sa patronne ne serait-ce que plier un napperon dans sa cuisine, aussi cette cérémonie du thé et des gâteaux était-elle étonnante et touchante à la fois. Naturellement, les Allencast avaient été terriblement bouleversés par la mort de Penny, comme tout le monde. Ils connaissaient Penny depuis qu'elle était toute petite et la voyaient à chaque fête : Pâques, Halloween, Noël. Pendant ces vacances, Zoe trouvait logique

que les Allencast bénéficient de la présence des enfants. Dorenda donnait toujours aux jumeaux de belles boîtes de bonbons, joliment enrubannées, achetées chez Sweet Inspirations, dans lesquelles M. Allencast avait glissé un billet de cinq dollars.

Dorenda apporta le thé et les sablés dans le petit salon – une pièce élégante, décorée de portraits des ancêtres de la famille et d'une horloge comtoise –, où personne ne venait jamais. Zoe faillit s'enfuir. Elle ne voulait pas des attentions de Dorenda, pas plus que de l'expression de sa sympathie, même si elles partaient d'un bon sentiment. Mais avec certaines personnes, Zoe ne pouvait se défiler, et les Allencast en faisaient partie. Quand ils lui avaient demandé, après l'accident, ce qu'ils pouvaient faire pour l'aider, elle les avait suppliés de ne pas la remplacer. Elle serait absente quelques semaines, sûrement tout l'été, mais si elle perdait son emploi, son salaire et son assurance-maladie, la situation deviendrait critique pour Hobby et elle. M. Allencast l'avait assurée qu'elle pouvait prendre tout le temps nécessaire. Et il avait tenu parole : les chèques arrivaient toujours, et son assurance couvrit toutes les dépenses pour Hobby, excepté cinq cents dollars de sa poche. Un miracle quand on pensait que les frais médicaux s'élevaient à un montant à six chiffres. Bien sûr, les Allencast avaient dû se nourrir de sushis achetés chez Lola et dîner régulièrement au Sea Grille.

Aussi Zoe considérait-elle cette conversation autour du thé comme une obligation avant sa reprise du travail. Elle aurait préféré s'éclipser dans la cuisine et préparer un bœuf Wellington, ou peut-être une rémoulade de crevettes, un plat que les Allencast adoraient l'été. Mais non.

Dorenda remplit deux tasses de thé et en tendit une à Zoe.

— Alors…, dit-elle, les yeux remplis de larmes.

Zoe but une gorgée de thé, se brûlant la langue.

— Dorenda, vous n'auriez pas dû vous donner tant de mal.

— De mal ? Je voulais savoir comment vous alliez !

Oui, bien sûr. Tout le monde voulait savoir comment elle allait. Le téléphone sonnait sans arrêt, mais elle ne décrochait jamais. Son répondeur était tellement saturé qu'il ne prenait plus de messages. Hobby intervenait s'il était éveillé et mobile, et répondait aux questions inquiètes de telle ou telle personne. Il expliquait que sa mère dormait ou était partie se promener sur la plage, ou encore dans l'impossibilité de parler au téléphone pour le moment. Après avoir raccroché, il se tournait vers elle et lui disait :

— Mme Peashway voulait savoir comment tu allais.

Zoe comprenait les attentes de tous ces gens. Ils désiraient entendre de sa bouche qu'elle allait bien. C'était typiquement américain – ou simplement naturel chez les humains – de demander :

— Comment vas-tu ? Tout va bien ?

Eh bien, j'ai perdu un enfant, avait-elle envie de répliquer. Et pas seulement mon enfant, mais aussi ma meilleure amie. Alors non, je ne vais pas bien, et si ce n'est pas la réponse que vous espérez, alors ne posez pas la question.

Mais Zoe avait reçu une éducation impeccable de ses parents et avait passé quatre années à l'école Miss Porter's. Il n'était pas dans ses manières de se montrer impolie.

— Ça peut aller, assura-t-elle, enfin je crois. Étant donné les circonstances.

Dorenda parut se satisfaire de cette réponse. Zoe se demanda à quel point elle mentait. Ça pouvait-il aller ? Vraiment ? De son point de vue, elle essayait juste de survivre. Enterrer Penny décemment. Se débarrasser des dizaines de témoignages de sympathie laissés devant sa porte – bouquets de fleurs, bougies, photographies, animaux en peluche et autres poèmes. Elle avait rangé les photos dans une boîte à chaussures et jeté tout le reste. Elle avait lu toutes les cartes et les lettres de condoléances. Nettoyé la cuisine. Jeté les poubelles. Ensuite, une longue série de visites à l'hôpital, où elle suivait les progrès de Hobby pendant sa rééducation. Après quoi, elle s'était concentrée sur le retour à la maison de son fils. Mais une fois Hobby chez eux, la situation avait empiré. Zoe voulait l'avoir sous la main pour pouvoir s'occuper de lui, mais cela la hérissait de voir les efforts qu'il déployait pour prendre soin d'*elle*. Et il voulait tout le temps parler de Penny. Accepter sa mort était-il donc si facile pour lui ? Comment était-ce possible ? Il en parlait naturellement, comme si elle était partie au stage de musique d'Interlochen, et allait revenir dans quelques semaines.

Elle ne reviendra pas, avait-elle envie de rappeler à son fils. Tu le sais, n'est-ce pas ?

Zoe croyait en savoir bien assez pour gérer la perte d'un être cher. Elle avait perdu Hobson senior. Tout comme ses deux parents. Elle comprenait la morosité pérenne de la mort. Elle ne verrait plus jamais Penny. Penny, la petite fille qu'elle avait bercée dans son landau, nourrie à son sein, serrée dans ses bras, embrassée, cajolée, grondée, éduquée, abreuvée, entourée de paroles, de rires, de pleurs, aimée.

Le soir où Penny avait perdu sa virginité avec Jake, elle avait grimpé dans le lit de Zoe, passé son bras sur le corps à moitié endormi de sa mère, posé la tête sur son épaule, et murmuré :

— On l'a fait, maman.

Zoe avait ouvert les yeux et inhalé l'odeur des cheveux de sa fille, sentant des larmes lui brûler les yeux. Elle ne pleurait pas à cause de la nouvelle en soi – en fait, Penny et Jake avaient attendu bien plus longtemps qu'elle ne l'espérait – mais parce que Penny avait partagé ce grand moment avec elle. Dans ce sens – et pas le moindre ! –, elle avait réussi.

— Tu peux tout me dire, répétait-elle tout le temps à Penny.

Et sa fille l'avait prise au mot.

— Tu vas bien ? lui avait demandé Zoe.

— Oui. Je l'aime.

— Je sais.

Les semaines, puis les mois qui suivirent, Penny était souvent venue dans le lit de Zoe, qui était émerveillée par la petite fille devenue une incroyable jeune femme qui réclamait tant d'amour et de réconfort de la part de sa mère. Toutes les amies de Zoe se plaignaient du phénomène opposé. Mais Penny et Zoe avaient toujours eu cette relation unique.

Je t'aime deux fois plus que les autres mères...

Le corps de Penny lui était aussi familier que son propre corps. Était-il possible qu'elle ne puisse plus jamais l'étreindre ? La réponse était non ! Auquel cas Hobby avait raison : ils vivaient dans une sorte d'illusion latente, persuadés que Penny rentrerait bientôt à la maison.

— Quel bel article dans le journal, commenta Dorenda.

— En effet, confirma Zoe, même si elle ne l'avait pas lu.

Sur l'insistance de son fils, elle avait envoyé des photos au journal, mais n'avait pas été capable – qu'on lui pardonne – de lire l'article sur sa fille morte. Elle l'avait néanmoins découpé, plié et rangé dans un tiroir. Plus tard, peut-être, lorsqu'elle serait plus aguerrie qu'aujourd'hui, elle trouverait la force de le lire.

— Et la croix blanche ? dit Dorenda. J'ai demandé à Philip de m'emmener là-bas rien que pour la voir.

— La croix ?

Face à tout ce qui touchait à la religion, Zoe faisait une sévère allergie, proche du choc anaphylactique.

— Quelle croix ?

— La grande croix tout au bout de la route, dit Dorenda. Où les filles se rassemblent pour chanter.

Zoe inclina la tête.

— Vous ne l'avez pas vue ? s'étonna son employeuse.

— Non.

— Oh !

L'espace d'une seconde, Dorenda parut embarrassée.

— Enfin, ce n'est pas un secret. Il y a une croix de deux mètres de haut au bout d'Hummock Pond Road. Et les filles du chœur madrigal se rassemblent là tous les soirs au coucher du soleil pour chanter. En hommage à Penny.

— Qui l'a fabriquée ? questionna Zoe.

— Je ne sais pas. L'un des pères sans doute. C'est juste deux planches clouées ensemble. Avec des bouquets de fleurs au pied et des rubans qui flottent tout autour, ce genre de choses...

Zoe baissa la tête. Dorenda Allencast posa sa main légère comme une plume sur son dos. Son employeuse pensait sans doute qu'elle était submergée par l'émotion devant la beauté de ce geste. En réalité, elle avait envie de hurler qu'il n'était pas question d'hommage à moins qu'*elle* ne le décide. Une croix de deux mètres de haut ? Des bouquets de fleurs ? Les filles de la chorale qui chantaient devant la croix ?

Seul *mon* chagrin compte ! songeait Zoe. C'était *ma* fille ! Personne d'autre n'a le droit de la pleurer !

Quelles horribles pensées ! La mort de Penny l'avait rendue méchante et mesquine.

Ce soir-là, sur le chemin du retour, Zoe alla au bout d'Hummock Pond Road pour voir la croix. Elle était visible à cent mètres de distance, même dans le noir. Ses bras blancs surgissaient du sable tels des fantômes. Zoe se gara et descendit de voiture. La nuit était plutôt douce, en fin de compte, elle n'avait pas besoin de veste. Pourtant, ses mains étaient gelées. Voilà, cela s'était produit ici même. La croix devait indiquer le point d'impact.

Une croix blanche comme l'os. Comme Dorenda l'avait décrit, des bouquets de fleurs gisaient à sa base et les rubans de satin noués au mât semblaient virevolter autour, sans cependant lui ôter son austérité religieuse. Que signifiait cette croix ? Qu'une âme avait quitté son corps à cet endroit ? Une fille roulait trop vite, sa voiture s'était écrasée et elle était morte.

Zoe aurait voulu savoir qui était responsable de l'édification de cette croix. Qui l'avait peinte ? Quel père l'avait chargée à l'arrière de son pick-up et érigée ici ? Qui avait eu l'idée de chanter devant ? Mais c'était à l'évidence un effort collectif de la part des amies et coéquipières de Penny, qui avaient exprimé leur trop-plein d'émotions par cette manifestation théâtrale. Une fille avec qui elles avaient grandi, qu'elles aimaient et admiraient, était morte.

Elle existait pour d'autres que moi, pensait Zoe. Pour d'autres que Hobby et moi.

Penny faisait partie d'une classe, d'une école, d'une communauté. Les gens voulaient planter une croix dans le sable pour elle, chanter pour elle, publier un article à sa mémoire dans le journal. Qui était-elle pour les juger ? Elle n'aimait pas ces démonstrations parce que, d'une certaine façon, celles-ci la dépossédaient de sa fille. Elle voulait la garder pour elle seule. C'était ma petite fille à moi, se disait-elle. *À moi.*

Que de vilaines pensées ! Méchantes, égoïstes. Seulement voilà, elles étaient réelles.

Cette croix l'angoissait tellement qu'elle était incapable de s'attarder. Que faire ? Lancer des pierres sur la croix, l'embrasser ou s'écrouler en larmes au pied ? Hélas, rien de tout cela ne lui paraissait naturel.

De retour dans sa voiture, elle inséra la clé dans le contact, et constata qu'il était près de 21 heures. Il était temps de rentrer chez elle, de retrouver Hobby. Pourtant, elle resta là un moment, immobile, à contempler l'océan. Au cours de la même journée, elle avait repris son travail et était venue voir la croix. Deux faits d'armes. Si seulement elle avait quelqu'un pour l'en féliciter.

La seule personne qui lui venait alors à l'esprit était Jordan.

Jordan, Jordan, Jordan. Zoe n'avait pas la force de songer à lui. Et était incapable de l'éradiquer de son esprit.

Ce fameux samedi soir, peu avant Noël, ils avaient échangé leur premier baiser contre la voiture de Jordan, un baiser qu'ils appelleraient plus tard le « moment ». Le moment où ils avaient su.

Après, il ne s'était rien passé. Puis ils s'étaient revus au début du mois de janvier. Dans un gymnase bondé, à l'occasion d'un match de basket du lycée, où Hobby s'était illustré en marquant vingt-huit points. Jordan s'était assis à côté de Zoe, son bloc-notes à la main, et lui avait dit qu'il couvrait la rencontre pour le journal.

— Tu as été rétrogradé ? avait plaisanté Zoe.

— Mon responsable des sports a démissionné.

— Ne te trompe pas : mon nom de famille s'écrit A-L-I-S-T-A-I-R.

— Oui, je sais comment s'écrit ton nom, Zoe.

Voilà, tout était revenu à la normale. Cette soirée enneigée de décembre avait été enfouie dans les limbes de sa mémoire. Elle était certaine que Jordan chérissait ce moment tout autant qu'elle, mais aussi qu'il n'oserait jamais lui en reparler.

Avance rapide : le 29 juin, pas de cette année, mais de l'année suivante. Les jumeaux avaient quinze ans. Zoe était allée à Martha's Vineyard pour regarder Hobby disputer un match du Cape & Islands All-Star Tournament. Décidée à s'offrir un petit plaisir, elle avait réservé une chambre au Charlotte Inn pour Penny et elle. Avec le choix de cet hôtel luxueux, elle allait bien sûr passer pour snob (les autres parents étaient descendus au modeste Clarion), mais elle suivait le championnat All-Star depuis les neuf ans de Hobby et se lassait de ces week-ends qui incluaient des piscines intérieures trop chlorées et des « dîners » communautaires à base de pizza molle et de margaritas bon marché. Il lui restait encore un peu d'argent de ses parents, même si elle ne le criait pas sur tous les toits. Elle était tout le temps obligée de se rappeler qu'elle n'avait pas à en avoir honte. Sa fille et elle profiteraient d'une jolie chambre et se régaleraient d'un dîner raffiné. Autant laisser parler les mauvaises langues !

Mais au final, Penny ne vint pas avec elle. Annabel Wright fêtait son anniversaire et ses parents lui avaient offert des billets pour aller voir *Mamma Mia* à Boston. Ils avaient invité Penny à se joindre à eux.

Encore mieux, pensait Zoe, maintenant dévorée par la culpabilité, elle allait se prélasser seule dans la chambre du Charlotte Inn. Elle allumerait les bougies et lirait dans la baignoire aux pattes de lion. Elle se ferait livrer son dîner par l'Étoile. Puis elle dormirait nue dans les draps de satin.

La première partie de son programme se déroula comme prévu : elle se coula dans l'eau parfumée à la pivoine et lut les derniers chapitres de *Rendez-vous à Samarra*, de John O'Hara, à la lumière des bougies disposées à sa demande dans la chambre. Elle se débarrassa de la poussière et de la sueur du terrain en pensant à son fils – la grâce et la puissance de ses lancers, la peur qu'il inspirait aux batteurs des équipes de Harwich, South Plymouth et Vineyard. Pour la première fois de l'histoire de la Ligue Mineure, Nantucket avait remporté les trois matches consécutifs. À chacune des rencontres, Hobby s'était largement démarqué de ses coéquipiers. Après chaque victoire, l'entraîneur de l'équipe adverse était venu lui serrer la main, à la grande fierté de Zoe. Elle avait attentivement étudié son fils : il était heureux, mais pas triomphaliste. Zoe l'imaginait en ce moment même en train de dévorer une côte de porc accompagnée de pommes de terre en salade au barbecue organisé avec les autres équipes. Hobby passerait la nuit dans la famille du joueur de première base de Vineyard, à Oak Bluffs.

Juste au moment où Zoe s'enveloppait dans sa robe de chambre, son portable sonna. Sans doute Penny, qui l'appelait pour lui parler de la comédie musicale. Mais l'écran affichait le nom de Jordan.

— Salut, répondit-elle. Je suis à Martha's Vineyard.

— Je sais. Moi aussi.

Il lui expliqua qu'il avait assisté en début d'après-midi à une collecte de fonds pour un candidat démocrate au Congrès – Kirby Callahan, que connaissait Zoe – avant d'aller boire un verre au Navigator avec Joe Bend, le propriétaire de la *Vineyard Gazette*. Tous deux avaient terminé par une virée en mer sur le voilier de Joe. Jordan avait ainsi manqué son vol de 18 h 30. Et maintenant, il était coincé.

— Tu es à l'aéroport ? demanda-t-elle en consultant l'horloge de sa chambre : 19 h 05.

— En fait, c'était le dernier avion. Alors je me suis rapatrié au Wharf Pub.

— À Edgartown ?

Il était au bout de la rue !

— Viens me retrouver...

Il avait l'air ivre, ce qui était surprenant de sa part. Lui qui buvait tout le temps de l'eau avec sa bière pour ne pas « se laisser griser » et se limitait toujours à deux verres ! Pour les occasions spéciales, il pouvait aller jusqu'à trois bières – entendez bien, par « occasions spéciales », Noël ou le Super Bowl. Aux soirées, il se contentait d'un verre de vin.

— Euh...

Le menu de l'Étoile était grand ouvert sur le lit. Zoe avait déjà opté pour une bouteille de chardonnay Cakebread, les bouchées au fromage en apéritif, le melon et chiffonnade de jambon cru en entrée, puis le crabe à carapace molle, et en dessert, l'ananas grillé et la glace aux noix de macadamia. Était-elle censée abandonner tout cela ?

Elle le retrouva au comptoir du Wharf Pub. Il buvait une boisson à la couleur ambrée dans un grand verre.

— Qu'est-ce que c'est ?

— Du Glenmorangie.

— Du scotch ? Toi ?

Elle le regarda de haut en bas. Blazer et cravate bleu marine, élégante chemise rayée bleu et blanc, pantalon blanc fraîchement repassé, et mocassins Gucci sans chaussettes. Elle le voyait rarement aussi bien habillé, et ne l'avait jamais vu boire du scotch. Vaillamment, elle se jucha sur le tabouret de bar à côté du sien et commanda un verre de sancerre, non sans regretter le crabe de l'Étoile. Elle commanda aussi des rouleaux de homard avec des frites et du coleslaw.

— Tu as mangé quelque chose ?

Il inclina la tête.

— J'ai grignoté un cracker sur le bateau.

Zoe demanda un autre rouleau de homard pour Jordan.

— À quel hôtel es-tu descendu ?

— Je crois que je vais être obligé de camper !

— Vraiment ?

— Vraiment. J'ai vérifié auprès de la Chambre de commerce. Il n'y a plus une seule chambre d'hôtel libre sur toute l'île.

Elle le regarda attentivement.

— Comment savais-tu que j'étais là ?

Il renifla.

— Je fais tourner un journal, Zoe. Je sais tout. Le tournoi All-Star de ce week-end sur Martha's... Où aurais-tu pu être ? Et puis Penny me l'a dit.

Bien sûr. Penny répondait aux questions sans la moindre arrière-pensée.

— Elle t'a dit dans quel hôtel j'étais ?

— Le Charlotte Inn. Pas mal.

— Une escapade de luxe. Je me demande bien pourquoi je suis là d'ailleurs. À dîner avec toi.

— Parce que tu m'aimes.

À ces mots, elle se tourna vers lui. Sa voix était plus tendre que moqueuse. Il ne restait plus qu'un doigt de whisky dans son verre. Était-ce l'alcool qui parlait ? Peut-être pas, mais deux, trois, voire six Glenmorangie déliaient les langues.

Deux choix s'offraient à elle : rire de ces paroles ou les confirmer.

— C'est vrai, murmura-t-elle.

Il repoussa son verre.

— Sortons d'ici.

— Qu'est-ce qu'on fait, Jordan ?

— D'après toi ?

Il se leva et jeta un billet de cent dollars sur le comptoir.

Elle demeura plantée sur son tabouret. Tant d'années écoulées et soudain, il voulait... quoi ?

— Zoe, dit-il, les yeux fixés sur elle.

— D'accord.

Elle se rappelait parfaitement leur baiser de ce soir-là, et était persuadée que même à l'autre bout du monde, s'il repensait à cette nuit à Martha's Vineyard, il ne se rappellerait rien d'autre que ce baiser. Était-ce l'influence des jeunes amants, Penny et Jake ? Toujours était-il que leur baiser répondait à la douce exigence de leurs lèvres, à l'urgence de leur désir, au besoin impérieux de se toucher, de se consumer l'un dans l'autre. C'était un baiser puissant, de l'ordre du narcotique. Zoe et Jordan étaient allongés sur le plaid de coton blanc de leur somptueux lit, à l'abri des yeux et des oreilles indiscrets de Nantucket, de leurs enfants et amis. Cette nuit-là, ils étaient seuls. Seuls avec leur histoire.

Plus tard, une fois Jordan endormi – pas de camping finalement –, Zoe appela le room service pour commander des crabes à carapaces molles.

Et vers 2 ou 3 heures du matin, quand Jordan se réveilla et réclama un verre d'eau d'une voix rocailleuse, Zoe ne bougea pas d'un pouce. Elle n'avait jamais été l'esclave de personne – pas même de ses enfants – et n'avait pas l'intention de commencer maintenant. Aussi resta-t-elle silencieuse jusqu'à ce que Jordan parvienne douloureusement à gagner la salle de bains et étanche sa soif au robinet du lavabo.

Après quoi, ils discutèrent.

— J'ai une question, commença Zoe.

Jordan revint se coucher avec son verre à vin rempli d'eau.

— J'ai pris six Advil. Vas-y, dégaine !

— As-tu fait exprès de rater ton avion ?

— Non, j'ai vraiment manqué mon vol. Mais j'ai menti à propos de l'appel à la Chambre de commerce. Je n'ai même pas cherché une chambre. Je savais que tu étais là, et je voulais être avec toi.

— Oh.

— Même si tu m'obligeais à dormir par terre.

Il roula sur le flanc de manière à la regarder dans les yeux.

— Je désespérais de ne pas être avec toi.

— Tu veux dire que tu désespérais d'être seul.

— Non. D'être sans toi.

Le lendemain matin, le soleil filtrait par les fenêtres et les oiseaux pépiaient dans le jardin, quand on frappa à la porte. C'était le café que Zoe avait commandé au room service pour 7 heures – avant de savoir que Jordan partagerait sa chambre. Elle entrebâilla la porte, juste assez pour permettre le passage du chariot. Dans le lit, Jordan n'était qu'une bosse informe.

Elle se servit un café – un vrai café italien, avec de la crème onctueuse. Les autres parents de l'équipe de base-ball buvaient au mieux du café filtre, au pire du café instantané. Soudain, la panique l'envahit.

Qu'est-ce qui lui avait pris ? Elle avait couché avec Jordan Randolph, le mari d'une autre. Non seulement elle avait trahi Ava, mais aussi les enfants d'Ava. Elle avait aussi trahi la communauté, l'île tout entière. Comment s'asseoir dans les gradins avec les autres parents maintenant ? Et si l'un d'eux les avait vus au Wharf Pub la nuit dernière ? Ce serait bien pire que les surprendre ensemble à Nantucket, surtout avec la chambre luxueuse qu'elle avait réservée au Charlotte Inn. Et si quelqu'un les avait vus dans Main Street ?

— Jordan ! dit-elle d'un ton sec.

Il se redressa d'un bond, le regard vitreux. Il était clair qu'il ne savait pas du tout où il était. Oh, mon Dieu, c'était une terrible erreur, pensa Zoe. Jordan chaussa ses lunettes, et lui sourit.

— Il faut que tu t'en ailles, Jordan.

Il fronça les sourcils.

— D'accord.

— Et ceci ne doit jamais, *jamais* se reproduire.

Son froncement de sourcils s'accentua.

— D'accord.

Elle s'assit au bord du lit et repoussa ses cheveux de son visage. Elle l'aimait. Il le savait, mais allons bon ! Si chacun couchait avec la personne dont il est secrètement amoureux, le monde serait un chaos total !

— Tu dois me promettre... (Elle s'arrêta, refusant de lui faire porter cette responsabilité seul.) Nous devons nous promettre l'un l'autre que ceci ne se reproduira jamais, d'accord ?

— D'accord.

Bien sûr, ils n'avaient pas tenu leur promesse.

Avec Jordan, il y eut de bons et de mauvais jours. Ils s'étaient réservé les mardis et jeudis matin, et attendaient ces moments sacrés avec impatience. Quand Jordan était contraint d'annuler leur rendez-vous pour une raison X – une réunion importante, un enfant malade –, Zoe avait l'impression que son univers se détraquait. Parfois, ils se voyaient aussi en public, en compagnie d'Al et Lynne Castle. De temps à autre, Ava quittait son cocon pour assister à un événement scolaire. Zoe devait alors supporter la vision de la magnifique femme brisée qu'elle trahissait.

C'était toujours après avoir vu Ava et Jordan ensemble que Zoe voulait mettre fin à leur liaison. Elle appelait Jordan sur son portable et débitait un monologue affreusement banal : « Je ne peux plus continuer, ce n'est pas juste pour Ava, ce n'est pas juste pour moi, toi ou les enfants. Si tu restes marié, alors reste marié ! Mais tu ne peux pas nous avoir toutes les deux, Jordan. (Elle faisait une pause, pour l'effet dramatique, puis répétait d'un ton désespéré :) Tu ne peux pas nous avoir toutes les deux !

Elle avait rompu avec lui une dizaine de fois de cette manière.

À Perth, il était 9 heures du matin. Que faisait Jordan à cette heure ? Elle n'en avait aucune idée.

Leur rupture la plus longue avait duré dix-huit heures. Cela s'était produit le 30 septembre, à l'occasion de l'anniversaire de mariage de Jordan et Ava. Ce jour-là, Zoe avait conservé un silence respectueux – pas de SMS, pas d'appels téléphoniques. Les jours précédents, elle avait encouragé Jordan à marquer le coup avec une carte, des fleurs, ou un dîner au Languedoc, le restaurant préféré

d'Ava. Jordan avait protesté : Ava ne voulait pas fêter l'événement. Tout ce qu'elle voulait, c'était vivre en Australie.
Et Ernie. Malgré tout, Zoe l'avait poussé à organiser une
soirée spéciale. Un effet manifeste de son sentiment de
culpabilité. Elle voulait qu'il célèbre ce mariage pour atté-
nuer sa propre trahison. Mais le jour dit, les griffes de la
jalousie l'enserrèrent. Ava aurait droit à un petit déjeuner
au lit dans la chambre d'Ernie. Ensuite ils feraient l'amour.
À cette pensée, Zoe eut un haut-le-cœur, puis voulut se
gifler d'être aussi hypocrite. À 16 heures, Jordan lui envoya
un SMS pour lui proposer de le rejoindre au cabanon de
Dionis Beach. Zoe vola jusqu'à lui, euphorique.

Ils firent l'amour avec une précipitation passionnée,
debout contre le flanc du cabanon, qui servait de snack
l'été. Elle mourait d'envie de lui demander quelle surprise
il avait réservée à sa femme, mais n'osait pas. Jordan
aurait pu le lui dire de lui-même, mais le connaissant, il
ne risquerait pas de la blesser. Elle était enchantée et
soulagée qu'il ait voulu la voir en ce jour sacré, mais cela
la rendait aussi malade.

Lissant sa jupe, elle contempla les dunes de sable pur
de Dionis. Le 30 septembre. Le vent était froid. Bientôt,
ce serait l'automne. Jordan et elle se voyaient depuis trois
mois.

— On doit arrêter.

— Zoe.

— C'est ton anniversaire de mariage. Depuis combien
de temps es-tu marié ?

Il s'éclaircit la gorge.

— Dix-huit ans.

— On doit arrêter, Jordan.

— Zoe, non.

— Si tu ne veux pas arrêter, alors quitte-la.

— La quitter ?

— Oui, quitte Ava.

— Je ne peux pas, Zoe. Tu sais comment elle est.

Zoe le fixa d'un regard dur. Ces yeux bleus, ces cheveux
en bataille. Elle le connaissait, le comprenait. Ils étaient
semblables, tous les deux. Oui, Zoe savait comment était

Ava. Et non, Jordan ne la quitterait jamais. Il resterait toujours avec elle et Zoe passerait toujours en second. Elle demeurerait pour l'éternité dans l'ombre, cachée et honnie.

Zoe regagna sa voiture, claqua la porte, et mit le contact. Devait-elle partir ? Jordan s'approchait à grands pas, le visage grave.

Elle fit marche arrière. Et s'en alla.

Zoe passa une nuit sans sommeil, à se demander comment elle s'était retrouvée dans un tel pétrin. Cela lui pendait au nez depuis des années, elle le savait. Elle aimait cet homme depuis qu'il lui avait proposé de faire des puzzles à la soirée des papas. Il lui servait du vin, allumait sa cuisinière à bois, lui lavait les cheveux, l'embrassait sur la nuque. Elle l'aimait.

Le lendemain matin, elle était malade. Et sa nausée s'aggrava quand elle constata qu'elle n'avait ni messages vocaux ni SMS sur son portable. Donc, il avait dû rentrer chez lui, emmener Ava dîner et lui offrir un bouquet de dahlias avec une carte. Qu'il aille au diable ! Zoe avait envie de hurler. De casser quelque chose. Mais elle avait la responsabilité de deux enfants. Penny avait une répétition à la chorale à 10 heures, Hobby un match de football américain à 13 heures. Voilà pourquoi elle se retrouvait devant sa cuisinière, en train de préparer ses fameux œufs grillés sur muffins anglais avec emmenthal et confiture de fraise. Ce matin, Penny s'était réveillée avec les Beatles dans la tête, aussi fredonna-t-elle *Good Day Sunshine*, *Drive my Car* et *Let it Be*. La voix de Penny était si douce, les épaules de Hobby si larges et puissantes dans son pull jersey, et les muffins si délicieux que, l'espace d'une seconde, Zoe se dit, comme elle l'avait fait pendant tant d'années : Pourquoi chercher l'amour ? J'ai tout l'amour dont j'ai besoin ici même, dans cette pièce. Quitter Jordan était la meilleure chose à faire. C'était la *seule* chose à faire. Si les jumeaux découvraient le fond de ses pensées, si jamais ils apprenaient ce qu'elle faisait les mardis et jeudis matin, pendant qu'ils étaient en cours de français ou d'histoire, ils seraient anéantis. Zoe leur avait toujours

assuré qu'ils pouvaient tout lui dire. Mais la réciproque
n'était pas vraie. Elle n'était pas du genre à vouloir protéger ses enfants des dures réalités de l'existence, mais de
cette réalité-là, si. Une réalité trop personnelle, trop terrible pour être partagée. Entre Jordan et elle, tout était
terminé. Désormais, elle serait droite et irréprochable.

Sa résolution tint bon jusqu'à 10 heures, heure à
laquelle elle déposa Penny devant le lycée. Penny l'embrassa et courut vers les portes – M. Nelson lui avait dit
que, si elle était encore une fois en retard, elle perdrait
son solo. Zoe regarda sa fille disparaître dans le bâtiment
et, en pensant aux mille choses qui l'attendaient (rentrer
à la maison, passer prendre Hobby, l'emmener à son
match, donner un coup de main au snack), elle ressentit
un profond abattement.

À ce moment précis, le téléphone sonna.

Jordan.

— Allô ?

— Zoe, ne me quitte pas... s'il te plaît ?

— D'accord.

À Cisco Beach, face à l'inquiétante croix blanche, Zoe
cria dans sa voiture : Tu me manques ! d'une voix nasillarde.
Je t'aime ! Elle se faisait l'effet d'une folle, à hurler ainsi
à l'intérieur de sa voiture. Mais elle avait ici une liberté
qui lui manquait chez elle, avec Hobby.

Je t'aime !

Voilà, elle se l'avouait à elle-même. Sa colère contre
Jordan était une carapace masquant ses véritables sentiments, une carapace qui se craquelait et tombait maintenant en poussière. Ce n'était pas la faute de Jordan si
Penny était morte et Jake vivant. Ce n'était pas la faute
de Jordan s'il ne comprenait pas son intolérable chagrin.
Elle l'avait éloigné d'elle. Elle l'aimait et le regrettait,
comme elle aimait et regrettait Penny. Désespérément.

Car à présent elle était seule. Affreusement seule.

Non, elle n'allait pas bien du tout. Elle n'irait plus
jamais bien.

II.

AOÛT

NANTUCKET

On était en août, le mois le plus torride, le plus lumineux et le plus chargé de l'été. Pour les insulaires, comme pour les saisonniers et les touristes, ces trois conditions devaient être réunies, conformément au souvenir qu'ils gardaient des années précédentes. À Nantucket, tout était affaire de rituel. Les familles qui passaient l'été sur l'île depuis 1965, 1989 ou 2002 avaient instauré des traditions immuables. Le soir de leur arrivée en bateau, on dînait à la Confrérie des voleurs, où on commandait des cheeseburgers à point, accompagnés de frites. Ensuite, on faisait la queue trois quarts d'heure au Juice Bar pour manger une glace. Quoi de mieux que savourer un cône au chocolat sur la jetée en regardant le flot de voitures embarquer sur le ferry? Il fallait se rendre à bicyclette à Sconset pour acheter des sandwichs à la dinde chez Claudette, et prendre la photo-souvenir traditionnelle devant le phare Sankaty, pareil à un immense sucre d'orge. Inévitablement, quelqu'un faisait remarquer que l'érosion rongeait le promontoire et, si des mesures n'étaient pas prises rapidement, le phare finirait par basculer dans l'océan. Incontournable aussi, emprunter la vedette jusqu'au port pour déjeuner au Wauwinet. On évoquait alors la fois où le chapeau Peter Beaton de Margie s'était envolé et avait été emporté par les flots. Le capitaine de la vedette l'avait repêché, tout trempé mais pas trop mal en point, grâce à la canne d'un vieux monsieur. Autres impératifs : une virée en voiture sur la plage de Great Point, avec une caisse de Heineken bien fraîches et des sandwichs aux boulettes de viande de chez Henry Junior. Puis retrouver Anne et Mimi au Yacht Club pour disputer une partie de tennis en double, suivie d'un bon déjeuner. Les conversations couvraient les notes de la pianiste – la même ravissante femme aux cheveux noirs de jais, année après année, qui semblait ne jamais vieillir, et toujours disposée à jouer *As Time Goes By*. On pouvait « oublier » d'apporter de la crème solaire à la plage – même si tout le monde sait que c'est aussi nocif que de fumer un paquet entier de cigarettes sans filtre –, dans la perspective de rentrer à la maison la peau hâlée et chaude. Les estivants prenaient part aux mêmes fêtes chaque année – la soirée des Leeder, sur Cliff Road, celle des Czewinski, à Monomoy, la réception organisée par le Fonds pour la préservation de Nantucket, et bien sûr le raout du club Boys & Girls.

Au cocktail chez les O'Dooley, dans Hulbert Avenue, plusieurs résidents notèrent que l'ambiance n'était pas aussi chaleureuse que l'année précédente. D'ordinaire, cet événement mettait tout le monde en joie. Les O'Dooley faisaient venir un excellent orchestre de New York, et on pouvait toujours compter sur la présence d'une ou deux célébrités – Martha Steward, Samuel L. Jackson ou Bill Frist. Cette fois-ci, Zoe Alistair ne s'était pas chargée du buffet. Doris O'Dooley avait fait appel à son traiteur new-yorkais et les petits-fours étaient nettement moins bons. Les invités regrettaient les croquettes au crabe agrémentées de zest de citron vert et d'aïoli au gingembre, les beignets de maïs tièdes au sirop d'érable. M. Controne, de Boston, avait pesté :

— J'ai rêvé de ces beignets de maïs toute l'année, bon sang de bonsoir !

Nous avions fini par nous rendre compte que, pour les visiteurs occasionnels, Nantucket n'était pas seulement une île, mais une retraite idyllique qui vous maintenait heureux toute l'année.

Personne n'eut le courage d'expliquer à M. Controne que l'absence de ses beignets préférés était due au fait que la fille de Zoe Alistair, Penny, avait péri dans l'accident de voiture survenu à Cisco Beach le soir de la remise de diplômes. Zoe avait par conséquent cessé toute activité.

À l'occasion de ce cocktail chez les O'Dooley, deux résidentes de l'île firent allusion à des larcins perpétrés à leur domicile. Mme Hillier s'était aperçue de la disparition d'une bouteille de Mount Gay intacte dans son bar. Une bouteille de rhum achetée quelques jours plus tôt chez Hatch, et qu'elle avait mise de côté pour les cocktails de son mari, attendu pour le week-end. Qui avait bien pu la subtiliser ? L'employée du service de nettoyage ? Sûrement. Qui d'autre se serait introduite chez elle rien que pour dérober une bouteille de rhum ? Virginia Benedict hocha énergiquement la tête.

— C'est vraiment curieux, commenta-t-elle.

Deux bouteilles de château-margaux s'étaient également volatilisées dans sa cave. Mardi, il y en avait vingt. Vendredi, seulement dix-huit. Virginia avait un fils, Blake, en deuxième année à l'université de Dartmouth. Dans un premier temps, elle l'avait cru coupable. Mais pourquoi un jeune de dix-neuf ans s'intéresserait-il à de vieilles bouteilles de vin poussiéreuses ? En discutant avec Alice, elle se demanda s'il n'y avait pas anguille sous roche. Ne vaudrait-il pas mieux en informer la police ? Cela paraissait peut-être idiot, mais ces bouteilles valaient tout de même plusieurs centaines de dollars chacune.

— En tout cas, moi, je vais faire une déclaration de vol, déclara Alice. Une bouteille entière de Mount Gay !

Nous autres résidentes de Nantucket tombions constamment les unes sur les autres pendant l'hiver – à la station-service, chez A.K Diamond à l'heure du déjeuner, à la piscine municipale, à la messe de 17 heures le samedi, devant les étagères de la Nantucket Bookworks, au rayon peinture du Marine Home Center ou dans les allées du Stop & Shop, où on croisait au moins une demi-douzaine

de connaissances chaque fois qu'on y mettait les pieds !
L'été, en revanche, nous avions peu de contact. À la belle
saison, nous vaquions à nos occupations ou nous émi-
grions vers nos résidences du New Hampshire, pendant
que nos villas de Nantucket se louaient dix mille dollars
la semaine. Nous allions explorer le Grand Canyon, ou
bien nous avions des invités à demeure – un frère de
Chicago avec femme et enfants – que nous emmenions
faire le tour de l'île en voiture. L'envie nous prenait parfois d'aller jusqu'à Great Point, en ayant soin d'emporter
des sandwichs aux boulettes de viande de chez Henry.
On saluait les inconnus sur la plage au passage. Il nous
arrivait, bien sûr, de nous croiser par hasard, dans la file
d'attente des toilettes pour dames du Languedoc, par
exemple. C'était toujours une joie de tomber sur un
membre de notre tribu ! Nous échangions rapidement les
dernières nouvelles, pressées de rejoindre notre tablée.

Ce fut au cours d'une de ces rencontres fortuites – Sara
Boule et Annika DeWan attendaient toutes les deux leurs
médicaments à la pharmacie de Dan (Sara, son Ativan,
et Annika, de l'Augmentin pour soigner la dixième otite
de son fils depuis le début de l'été) –, que la question de
Claire Buckley fut soulevée. Annika demanda à Sarah,
ami intime de Rasha Buckley, si la jeune fille « allait
bien ».

— Je l'ai appelée pour qu'elle vienne faire du baby-
sitting pas moins de quatre fois cet été, peut-être même
cinq, maintenant que j'y pense. Elle a systématiquement
refusé. Et la semaine dernière, quand j'ai emmené les
enfants prendre des chocolats frappés au Juice Bar, j'ai
vu qu'elle n'y travaillait plus. Vous ne trouvez pas ça
bizarre ?

Sarah répondit à sa question d'un silence lourd de sens.

— Oui, répliqua-t-elle finalement. Ça semble étrange.
Il a dû lui arriver quelque chose.

Finalement, par le biais insidieux des ragots, on découvrit la chose suivante :

Claire Buckley avait perdu son emploi au Juice Bar,
non pas parce qu'elle s'était absentée trois fois d'affilée à

cause d'une gastro, mais parce que, peu après être revenue à son poste, elle avait dû l'abandonner en quatrième vitesse pour aller dégobiller dans la ruelle.

— Vous avez dû manger trop de glace, aurait commenté le gérant quand il la découvrit, larmoyante, en train de rendre tripes et boyaux. Des clients font la queue devant l'entrée. Vous pouvez être sûr qu'un sur trois va être contaminé par vos microbes. Vous auriez pu faire preuve d'un peu de considération envers eux en prenant un congé-maladie.

— Je ne voulais pas perdre mon emploi, aurait rétorqué Claire.

— Vous êtes virée.

Claire n'irait pas au camp de hockey sur gazon d'Amherst College cette année, contrairement aux deux étés précédents. Elle ne prévoyait pas non plus de jouer à l'automne, alors qu'elle était pressentie pour être capitaine de l'équipe. Leur entraîneuse, Kate Horner, étant partie faire une randonnée en vélo en France, il était impossible de vérifier ces affirmations à la source, mais Kate avait dû verser quelques larmes dans son verre de cabernet. Perdre l'une de ses meilleures joueuses ! Inimaginable ! On se souvenait à peine du visage de Claire sans son protège-dents !

On ne l'avait vue en public qu'en deux occasions au cours de l'été. La première fois, à bord du ferry, en compagnie de sa mère. La jeune fille, d'habitude si pétillante et enjouée, avait semblé pâle, taciturne, réservée. Plongée dans *La Vie secrète des abeilles*, elle n'avait même pas levé le nez quand Elizabeth Kingsley s'était approchée pour les saluer. Selon cette dernière, l'accident expliquait sans doute le comportement de Claire. N'avait-elle pas veillé Hobby Alistair lorsqu'il était dans le coma ?

— À mon avis, ce drame a beaucoup plus marqué nos adolescents que nous le pensions.

Un « nos » de majesté, puisque ses propres enfants n'avaient que huit, cinq et trois ans.

— Ma baby-sitter, Demeter Castle, a complètement changé. Je ne saurais vous dire en quoi. Elle est... différente, voilà tout.

Claire avait également été aperçue à deux reprises dans la salle d'attente du Dr Field, là encore en compagnie de sa mère, Rasha. Elles se tenaient par la main, et Claire paraissait bouleversée. Cette information avait été rapportée par Mindy Marr, qui pensait que la jeune fille devait être encore très ébranlée par l'accident, tout en faisant remarquer que, si Ted Field avait de nombreuses cordes à son arc, il n'était pas psychiatre.

— Claire est donc venue en consultation pour une autre raison, souligna-t-elle.

— Laquelle ?

Comme si Mindy Marr connaissait la réponse et ne s'était pas trouvée par hasard dans la salle d'attente à ce moment précis !

— Elle m'a paru ronde, précisa-t-elle. Plus ronde qu'avant.

Une dépression peut-être ? Le ton évasif de Mindy laissait entrevoir tout un éventail de possibilités. Quelles autres explications pouvait-on envisager ?

Au lieu d'être infirmés, comme nous l'espérions, nos soupçons se confirmèrent. Rasha Buckley fit des confidences à Sara Boule qui, incapable de garder un secret, transmit l'information : Claire Buckley était enceinte de dix semaines.

— Enceinte ! De dix semaines !

Nous n'en revenions pas.

Il n'y avait rien à ajouter. Dans le silence qui suivit, il était évident que nous pensions toutes la même chose.

HOBBY

Il la regarda partir. Ils étaient connectés depuis la vie *in utero*. Il semblait donc logique qu'elle l'ait choisi. Penny et lui se faisaient face, serrés l'un contre l'autre dans un espace inconnu – ni la vie ni la mort, mais un espace entre les deux. Un lieu sombre, humide, comme les entrailles de leur mère.

Elle lui dit d'une voix limpide : « Écoute, je m'en vais. »

D'un ton détaché, comme pour l'informer qu'elle rentrerait de la bibliothèque à pied.

Écoute, je m'en vais.

Il fut incapable de lui répondre. Il n'arrivait même pas à parler. Il se rappelait vaguement l'accident et supposa qu'il était plus grièvement blessé qu'elle, puisqu'elle venait de lui annoncer qu'elle s'en allait, alors que lui n'était même pas capable de s'exprimer. Instinctivement, il eut envie de répondre « Je pars avec toi. » Jusqu'à ce qu'il se rende compte que s'ils s'en allaient tous les deux, leur mère resterait seule, ce qui était impensable. Il songea à la supplier de rester. Ne me laisse pas. Mais Penny avait un caractère obstiné, elle n'en faisait qu'à sa tête. Jamais elle ne l'écouterait. Jamais.

Ses yeux bleus s'écarquillèrent de plus en plus, jusqu'à devenir deux océans où il aurait pu plonger. Puis ils s'étaient évaporés. Elle était partie et il comprit qu'elle ne reviendrait pas.

Sa mère lui demanda s'il avait le moindre souvenir de la période où il était resté inconscient. Avait-il rêvé ? Souffert ? Il répondit par la négative à ces deux questions. On lui expliqua qu'il avait passé neuf jours dans le coma, mais de son point de vue, cela n'avait duré que quelques secondes. Il se rappelait avoir été dans la voiture. Quand Penny avait pressé le champignon, il avait surveillé le compteur, stupéfait, abruti par l'alcool. Jusqu'à quelle vitesse cette voiture roulait-elle ? Il raisonnait comme un enfant. L'idée du danger ne l'avait pas effleuré. Même à l'approche du bout de Hummock Pond Road, quand Penny avait accéléré au lieu de ralentir, une seule idée occupait son esprit : On va avoir un accident. Il n'avait pas imaginé qu'ils pouvaient mourir. Ils avaient dix-sept ans. On ne meurt pas à cet âge-là. Leurs corps résistaient aux chocs.

Puis ces précieux instants où Penny et lui avaient flotté telles des bulles de vapeur dans une atmosphère étrange. C'est alors qu'elle lui avait dit : Écoute, je m'en vais. Il avait décidé de rester et ce fut le noir absolu.

Quand il reprit connaissance, il comprit que le monde qu'il s'apprêtait à regagner serait sans Penny. Et perçut une présence indistincte, à laquelle il voulait se cramponner.

Le bébé de Claire. Son bébé.

Rétrospectivement, ces neuf jours dans le coma le terrifièrent. Il interrogea deux médecins du Mass General Hospital pour savoir si on considérait une personne plongée dans le coma comme techniquement morte ou vivante.

— Ni l'un ni l'autre, en réalité, lui répondit l'un d'eux. C'est un troisième état, d'où son nom spécifique.

— Le corps d'un comateux est vivant, mais son cerveau ne réagit pas, ajouta son collègue.

— C'est comme s'il était mort, alors.

— Je n'ai pas dit mort, corrigea l'autre. J'ai dit sans réaction.

Hobby avait la certitude d'avoir été en partie mort pendant neuf jours. Puis, comme par magie, il avait ressuscité. Un miracle. Sa mère l'avait veillé sans relâche. Il n'oublierait jamais son expression lorsqu'il avait ouvert les yeux. Seigneur ! Rien que ce visage justifiait un retour à la vie. Il comprit qu'il avait bien fait de laisser Penny partir seule. Zoe avait plus besoin de lui que sa sœur.

Claire se trouvait elle aussi à l'hôpital ce jour-là, mais un laps de temps s'écoula avant qu'on n'informe Hobby de sa présence. Au moment où il avait repris conscience (Zoe préférait dire qu'il s'était « réveillé »), il avait découvert sa mère à son chevet, puis tout un bataillon de médecins et d'infirmières, tout sourires, étaient venus le voir avec des yeux ébahis en criant au miracle. Le jeune homme allait bien. Dieu soit loué ! On allait juste lui faire passer quelques tests. Savait-il comment il s'appelait ? Qui était cette femme ? Pouvait-il citer le nom du président des États-Unis ?

Il croassa « Barack Obama » et tous entonnèrent un alléluia en chœur.

Ils prirent sa température, sa tension artérielle. Hobby se rendit compte alors qu'il avait atrocement mal. Un peu partout. Comme s'il avait été percuté une bonne quarantaine de fois par le train express venant de Blue Hills.

— Maman ? J'ai mal, murmura-t-il.

Il fut question d'augmenter la morphine. Quelques secondes plus tard, la douleur s'apaisa. Dieu merci. Sa mère pleurait toujours, qu'il en soit ainsi, mais Hobby avait le sentiment d'avoir un tas d'autres affaires à régler. D'être surmené, un peu comme s'il avait un devoir à rendre, un examen de chimie à préparer et neuf manches de base-ball à assurer avant la tombée de la nuit.

— Maman ?

Médecins et infirmières quittèrent la pièce, les laissant seuls. Zoe lui passa des glaçons sur les lèvres. Cette humidité, ce froid, paradisiaques. Il avait tellement soif.

— Tu as une multitude de fractures, lui annonça-t-elle.

Il voulait lui demander s'il était paralysé, mais ne parvenait pas à articuler le mot. Trop de syllabes. Il essaya de bouger sa main droite – celle du lancer –, son pied droit. Ils fonctionnaient l'une et l'autre. En revanche, son côté gauche refusait de se mouvoir. Une paralysie d'un seul côté, ça n'existait pas, si ?

— Une clavicule, trois côtes, le radius et le fémur gauches…

Oh mon Dieu ! Le fémur. Il ferma les yeux et sentit les doigts glacés de sa mère sur son front, écartant ses cheveux.

— Tu te souviens de ce qui s'est passé, Hob ?

— Un accident.

Un long silence. Il rouvrit les yeux pour voir s'il avait raison, même si ça ne faisait aucun doute dans son esprit. Il ne s'était pas cassé tous ces os dans son sommeil. Le visage de sa mère lui semblait flou. Elle pleurait, le problème était là. Elle se pinçait les lèvres et les larmes inondaient ses joues.

— Il faut que je te dise quelque chose, murmura-t-elle.

Il ne voulait pas l'entendre, avide de rester encore un peu dans cet état d'incertitude. De prolonger la sensation jubilatoire de celui qui vient de revenir sur la planète Terre après une virée dans un univers inconnu. Mais Zoe s'était préparée à lui dire la vérité, elle ne reculerait pas.

— Penny est morte.

Il hocha la tête, ce qui provoqua une douleur aiguë. Son crâne lui faisait l'effet d'un œuf fêlé.

— Je sais.

— Tu le sais ? s'exclama sa mère. Comment est-ce possible ?

— Je l'ai vue.

— Tu l'as *vue* ?

Quand Zoe se pencha vers lui, les glaçons s'entrechoquèrent comme des dés dans un gobelet.

— Qu'est-ce que tu as vu ? Son cou se tordre ? Elle s'est brisé la nuque.

Hobby secoua à nouveau la tête, prudemment. Comment lui expliquer une chose pareille ?

— Je l'ai vue. Elle m'a dit : « Écoute, je m'en vais. »

— Quand elle a quitté la soirée, tu veux dire ?

Même réaction. Il lui expliquerait plus tard. L'évocation de la soirée lui avait rappelé autre chose.

— Claire, chuchota-t-il.

— Claire, répéta Zoe. Doux Jésus, j'ai failli oublier ! Elle est ici. À l'hôpital ! Je peux la faire venir. Ça te ferait plaisir ? Tu te sens suffisamment d'attaque ?

— Oui, répondit-il.

Dès qu'il la vit, il sut qu'elle avait décidé de laisser les choses suivre leur cours. Non que sa taille ait épaissi – il était trop tôt pour ça – mais à voir la joie pure qui illuminait son visage. Ainsi qu'une impression de connivence. Leur secret perdurait, Dieu merci ! S'il avait eu assez d'énergie, il aurait clamé à son tour une litanie d'alléluias.

— Salut, fit-elle.

— Salut.

Il tendit la main droite et, sans un mot, la pressa sur son ventre.

La vie, pensa-t-il. Merci, mon Dieu.

L'hôpital, sa résurrection, son retour à Nantucket, avec tous ces gens venus l'accueillir – assez pour remplir un stade –, tout cela était parfait, mais bientôt se produisirent d'autres événements qui l'étaient beaucoup moins.

L'enterrement de Penny. Hobby interrompit quelques heures son traitement analgésique pour avoir l'esprit clair pendant les funérailles de sa sœur. Il tenait à s'en rappeler dans les moindres détails, pour pouvoir lui raconter plus tard. Il n'était pas particulièrement dévot – sa mère n'avait jamais insisté pour qu'ils se rendent à l'église –, et n'avait rien d'un mystique, pourtant, il avait l'intime conviction qu'il reverrait Penny dans l'au-delà, quel qu'il soit. Ils avaient tant de choses à se dire encore. C'était sa sœur. Sa jumelle. Le jour de son propre trépas – pas avant soixante-dix ou quatre-vingts ans, espérait-il –, elle l'attendrait sur l'autre rive. Et il lui raconterait tout. Tout ce qu'elle avait raté.

La cérémonie fut triste. Hobby souffrait le martyre. Il pleura avec le reste de l'assemblée massée dans l'église étouffante. Pour sa mère, il avait bien fait de rester en vie. Elle n'aurait pas supporté de perdre ses deux enfants. Elle se montra forte pendant l'enterrement, malgré son comportement singulier. Elle avait refusé de laisser Hobby et Jake prononcer quelques mots à l'assistance. Cela lui aurait été insoutenable. Comme Hobby avait protesté, elle s'était justifiée :

— Ma réaction n'est peut-être pas très claire, Hobson, mais si je dois t'entendre parler de ta sœur, je vais craquer. Pareil pour Jake Randolph. Je tiens à une cérémonie toute simple.

À l'enterrement, Hobby vit ses entraîneurs, ses coéquipiers, leurs pères. Tous là pour lui, il le savait, et non parce qu'ils étaient profondément attachés à Penny. (Même si elle avait tenu le registre des statistiques de ses matches de basket-ball avec zèle au Club Boys & Girls. L'avait-il jamais remerciée, d'ailleurs ? Probablement pas. Là encore il se rattraperait plus tard.) Hobby se livra aux étreintes hâtives et viriles de mise, mais il vit le regard que ces hommes portaient sur lui. Sur son corps disloqué. Seize fractures, en tout. Il pouvait dire adieu à sa carrière de quarterback, de lanceur ou d'arrière. Il marcherait de nouveau, courrait, lancerait la balle, mais son jeu unique, son rêve de grandeur, c'en était fini à jamais.

En entendant l'ensemble madrigaliste – toutes ces jolies filles – chanter l'*Ave Maria*, son cœur se gonfla de gratitude. Il pleura parce que cette musique lui prouvait qu'il était vivant. Et puis, quelque part dans l'église, un minuscule noyau de vie de la taille de son pouce vibrait dans les entrailles de Claire. Penny était morte, mais il la reverrait, et il lui dirait combien ses funérailles avaient été belles. Il lui parlerait de la musique.

Les séances de kiné au Nantucket Cottage Hospital durèrent plusieurs semaines. Il fallait laisser à ses os le temps de se remettre. La rééducation serait longue. C'était prévisible. Ce qui se passait dans sa tête l'était moins. Il en vint à redouter de s'endormir, angoissé à l'idée de ne plus jamais se réveiller. Il disposait d'une chambre individuelle, Dieu merci, où il demandait qu'on laisse les lumières allumées, de nuit comme de jour, ainsi que la télévision. Les infirmières en informèrent le Dr Field, qui vint rendre visite à son patient. Hobby eut l'impression de voir le proviseur du lycée, si ce n'est que le vrai proviseur, M. Major, était un tantinet moins intimidant.

— On me dit que vous ne voulez pas dormir.

— Vous me le reprochez ?

Field eut un petit rire sec, mais très vite, il reprit son sérieux.

— Votre corps a besoin de sommeil pour guérir, Hobson.

— Je fais des siestes.

C'était la vérité. Il se sentait tellement fatigué pendant la journée, faute de s'être reposé la nuit, qu'il s'assoupissait à tout moment – des petits sommes où il flottait juste en deçà de la conscience –, rassuré à la pensée de voir un peu de lumière quand il rouvrirait les yeux. Il fallait qu'il sache que la vie continuait autour de lui.

— Vous avez besoin de sommeil profond, insista le médecin. Je vais demander aux infirmières de vous donner quelque chose.

— Je ne veux pas de vos somnifères ! protesta-t-il.

Il n'avait jamais hurlé auparavant, sauf sur les terrains de jeu, et certainement pas à l'encontre d'un adulte. C'est la terreur qui lui avait inspiré ce cri. La volonté de se préserver.

— Imaginez que je prenne quelque chose et que je ne me réveille pas ?

— Entendu. On va y aller petit à petit.

Jake vint lui rendre visite. Il avait une mine épouvantable. Comment pouvait-il en être autrement ? Penny et lui s'aimaient. Passionnément. Si Penny se plaignait d'un mal de gorge, avant même qu'elle n'ait fini sa phrase, Jake jaillissait du canapé pour lui préparer une tasse d'eau chaude citronnée. Ils lisaient les mêmes livres, répétaient ensemble leurs textes pour la comédie musicale. Quand ils regardaient des films, ils riaient aux mêmes moments. Ils se parlaient en français, en espagnol et en latin. Ils dessinaient les plans de la maison de leurs rêves et dressaient des listes de prénoms pour leurs futurs enfants. Lorsque Penny chantait, Jake fermait les yeux pour l'écouter. Il avait toujours pris soin d'elle.

Même dans l'isolement relatif du Cottage Hospital, Hobby avait entendu le nom de Jake circuler en des termes peu flatteurs. N'était-ce pas au volant de sa voiture que Penny avait péri ? Où était le rapport ? Hobby aurait bien aimé trouver les mots pour leur dire à tous ce qu'il savait. Penny était déterminée à renoncer à ce monde. D'une manière ou d'une autre, elle se serait débrouillée pour arriver à ses fins.

— Salut ! fit Jake.

— Salut !

Ils échangèrent une poignée de main. Jake s'installa dans le fauteuil des visiteurs, en l'absence de Zoe, qui avait repris son travail.

— Comment te sens-tu ?

— Atrocement mal, répondit Hobby.

— Cool, répliqua Jake, et ils éclatèrent de rire. Que tu ne me racontes pas de craques, je veux dire.

— Et toi, comment ça va ?

— L'horreur.

Les larmes lui vinrent aux yeux, qu'il essuya du revers de la main. Hobby eut envie de lui dire de ne pas se donner cette peine. Il en avait assez de voir des gens refréner leurs émotions. Un drame s'était produit, inutile de prétendre le contraire. Ou de retenir ses larmes. Se comporter en homme ? Qui s'en souciait ? Ça n'avait plus de sens désormais. Être humain comptait bien plus qu'être un homme. Et les êtres humains exprimaient leurs sentiments.

— Mes parents veulent partir d'ici, annonça Jake.

— Partir ? Ils t'envoient dans une université ailleurs ?

— Non. On déménage, tous les trois. À Perth, en Australie.

— À Perth, en Australie ?

Mordu de géographie, Hobby savait que Perth, la grande ville la plus isolée du monde, se situait sur la côte ouest du continent australien.

— Pour combien de temps ?

— Un an.

— Ton père s'en va aussi ?

— Oui.

— Ta mère est de là-bas, non ?

— Oui. Je ne comprends pas pourquoi elle ne peut pas y retourner toute seule.

Hobby ne sut que répondre. La mère de Jake demeurait un mystère. Il l'avait croisée peut-être une fois au cours des quatre dernières années. Une cigale. Une éclipse lunaire.

— Papa n'a même pas envie de partir, ajouta Jake, mais il dit qu'on ne peut pas faire autrement.

— À cause de l'accident ?

— Un truc comme ça.

Hobby se demanda si sa mère était au courant. Elle venait lui tenir compagnie tous les jours, matin et soir, pourtant, elle ne lui avait jamais parlé du déménagement de la famille Randolph en Australie. Jordan Randolph était pourtant son meilleur ami.

— Je voulais te le dire, reprit Jake, et puis j'ai une question à te poser.

Hobby sentit qu'ils allaient passer aux choses sérieuses.

Jake souffla à plusieurs reprises dans son poing serré.

Oh merde, songea Hobby. Qu'est-ce qu'il y a encore ?

— Je veux savoir pourquoi.

— Pourquoi quoi ?

— Pourquoi Penny a fait ça. Que s'est-il passé ? Elle allait bien jusqu'à ce qu'elle aille dans les dunes avec Demeter. Et là, brusquement, elle a perdu la tête. Il a dû se passer quelque chose à ce moment-là. Demeter ou quelqu'un d'autre lui aura confié un secret.

— Un secret ? répéta Hobby.

Sa jambe commençait à le gratter sous le plâtre. Le Dr Field lui avait expliqué que c'était à cause du stress. Si seulement on pouvait l'amputer ! Il prit le verre posé sur sa table de chevet et but une gorgée d'eau tiède.

— Je me demandais si tu avais une idée de ce que Demeter avait bien pu lui dire, enchaîna Jake. Si quelqu'un t'en avait parlé. Comme tu as eu de nombreuses visites...

— Personne ne m'a rien dit. J'ai l'impression qu'on essaie de m'épargner. Tu as posé la question à Demeter ?

Hobby se rendit compte tout à coup qu'elle n'était même pas venue le voir. Il avait eu la visite de ses parents, Al et Lynne. Al avait apparemment accompagné Zoe au Mass General les premiers jours. Lynne continuait à livrer des plats préparés chez eux. Zoe en avait apporté quelques-uns à l'hôpital. Nettement meilleurs que les plateaux-repas. Mais de Demeter, aucune nouvelle. Il ne l'avait pas vue, pas plus qu'il n'en avait entendu parler. Bizarre…

— Je l'ai interrogée, répondit Jake. Il a fallu que je l'appelle au moins seize fois avant qu'elle ne daigne décrocher. J'ai voulu savoir ce dont Penny et elle avaient parlé dans les dunes. Elle jure ne pas s'en souvenir.

Un secret ? Hobby ne connaissait pas grand-chose aux filles, comme sa mère et sa sœur ne cessaient de le lui répéter depuis des années. Il savait juste que Penny était déterminée à foncer tout droit sans s'arrêter. Il se rendait bien compte qu'elle était sens dessus dessous, mais il ne s'était pas donné la peine de se demander pourquoi. Sa mère aussi avait essayé d'aborder la question avec lui. « Comment était Penny à la soirée ? Te souviens-tu de quelque chose de particulier ? »

Seulement, pendant la fête à Steps Beach, Hobby était obnubilé par deux choses : Claire et le bébé. Et il avait bu pour oublier précisément… Claire et le bébé.

Avait-il été question de la grossesse de Claire dans les dunes ? Seigneur ! Il crut qu'il allait vomir. Sa jambe le démangeait atrocement ! Il aurait voulu la frotter avec de la laine d'acier. Ou la tremper dans une cuve de soude caustique.

— Et Demeter prétend ne pas s'en rappeler, reprit Hobby. Elle était sacrément rincée, il faut dire.

— C'est bien ce qui m'inquiète.

Le teint de Jake avait viré au vert, comme s'il avait mal au cœur. Hobby faillit lui passer le bassin posé au pied de son lit.

— Tu veux un peu d'eau ? Je suis désolé, si j'avais su que tu venais, j'aurais fait des biscuits.

Jack leva la main, la mine grave. Ses cheveux sales formaient des touffes sur son crâne. Il portait un jean sur lequel Penny avait dessiné un cœur.

— Je vais te confier quelque chose, mais tu ne le répéteras à personne. Jamais. D'accord ?

Hobby hocha la tête. Il avait son propre secret et comprenait désormais que certains sujets devaient rester confidentiels.

— Promis. De quoi s'agit-il ?

— Il s'est passé quelque chose entre Winnie et moi le soir de la fête chez les Potts. On était dans le sous-sol. On a tous veillé tard et on a pas mal bu. Sauf ta sœur. Elle a décidé de rentrer. J'ai traîné un peu, Winnie aussi, et une poignée d'autres.

— Vous avez fait une razzia dans le frigo à bières de M. Potts.

— Exact. Bref, à un moment donné, tout le monde est parti. Il ne restait plus que Winnie et moi. Elle m'a quasiment sauté dessus.

Winnie Potts. Ah... Ouais, une fille dangereuse, pour sûr !

C'était la première de leur classe à avoir eu de la poitrine, qu'elle exhibait sans vergogne. Hobby et elle formaient un binôme au labo de sciences en troisième. Il avait trouvé distrayant de travailler avec elle, il devait bien le reconnaître.

— Je n'ai pas couché avec elle, poursuivit Jake. J'ai filé bien avant, mais je l'ai embrassée et on a poussé le flirt assez loin. Je crois qu'elle aurait voulu qu'on aille jusqu'au bout. Et elle était fâchée, peut-être aussi gênée, que je la laisse en plan. Elle a toujours été jalouse de ta sœur, tu le sais. En tout cas, j'ai peur que, pour une de ces raisons, elle ait noirci le tableau. Si ça se trouve, elle en a parlé à quelqu'un, et c'est arrivé aux oreilles de Demeter, qui l'a répété à Penny dans les dunes.

— Tu crois Demeter capable d'un truc pareil ?

— Possible.

Tout à fait possible, même.

— Rien ne prouve que c'est elle qui a cafté. Penny est peut-être tombée sur Winnie dans les dunes. Auquel cas Winnie se sera chargée elle-même de lui transmettre le message.

— Oh, merde !

Jake éclata en sanglots.

— Je ne voulais pas faire de peine à Penny. C'est arrivé comme ça. Winnie ne me lâchait plus. J'avais mon compte et je n'ai pas réfléchi. Tout de même, je me suis tiré juste à temps. En courant.

— Je connais Winnie, crois-moi. Je sais comment elle est.

— Tu le sais, hein ! Tout le monde le savait. Même ta sœur – surtout elle ! Mais ce n'est pas ça qui allait arranger les choses. Si Penny l'a su, elle devait être...

— Folle de rage.

Jake prit son visage entre ses mains.

— En définitive, on n'a aucune idée de ce qui lui a fait perdre les pédales.

— Qu'est-ce que ça peut être d'autre ? répliqua Jack d'une voix vibrante d'angoisse.

Hobby avait peur qu'il attire l'attention d'une des infirmières.

— Ça aurait pu être n'importe quoi. On parle de ma sœur, là ! Tu te rappelles comment elle a réagi au tsunami au Japon. Elle a pleuré pendant trois jours. Et après la mort de ton frère ? Il a fallu qu'elle aille voir un psy. Elle n'était pas comme tout le monde. Ces choses-là l'affectaient particulièrement. On ignore ce qui s'est passé dans sa tête cette nuit-là, et on ne le saura jamais. En attendant, ça ne sert à rien de te faire des reproches. Elle t'aimait, Jake.

Jake s'essuya les yeux avec la pointe de son col, puis se leva.

— J'ai déjà de la peine à accepter qu'elle soit partie, mais penser que j'en suis responsable, à cause de cette connerie...

— Laisse tomber, Jake. Arrête de culpabiliser !

— Comment veux-tu que je fasse autrement ? Même si Penny ne l'a pas su, j'ai mal agi. Et je ne pourrai jamais me racheter.

Il glissa les mains dans ses cheveux et tira dessus. Ses yeux parurent sortir de ses orbites, et Hobby se dit : il est en train de craquer. Mais Jack se ressaisit un peu.

— J'avais besoin de me confier à quelqu'un, murmura-t-il.

— Je comprends et je n'en parlerai à personne, je te le promets.

— Merci.

Jake lui serra la main – de sa main valide.

— Prends soin de toi, mec, conclut Hobby en prolongeant la poignée de main. On se tient au courant.

— Entendu. Merci, Hob. Remets-toi vite. Je pleure comme un bébé alors que tu souffres le martyre sur ce lit d'hôpital avec toutes ces fractures.

— On a tous des fractures.

Un commentaire plus sombre qu'il ne le voulait, mais ô combien vrai !

Jake le dévisagea un instant avant de sortir de la chambre à reculons.

Si Hobby avait la certitude de revoir Penny, en revanche, il en était moins sûr concernant Jake. Il partait à l'autre bout du monde et déciderait peut-être de ne jamais revenir. C'était injuste. Il avait déjà perdu Penny, et maintenant Jake, un de ses plus proches amis. Rien à voir avec les liens qu'on nouait au sein de l'équipe de foot. Avec ses coéquipiers, il se contentait de traîner, de blaguer. Jake s'apparentait plus à un cousin, un parent. Un frère. Voilà qu'il venait de franchir la porte de sa chambre, le laissant gérer la situation seul.

Jake et Winnie Potts. Était-ce la raison du geste désespéré de Penny ? Jusqu'à ce que Jake aborde la question, Hobby n'avait même pas idée qu'il y ait pu y avoir une raison. Cela lui paraissait évident maintenant. Et si elle avait découvert que Claire était enceinte et avait décidé de se faire avorter ? C'était l'un ou l'autre.

Hobby repensa aux semaines tendues qui avaient précédé la remise de diplômes. Il avait invité Claire Buckley à la soirée des élèves de troisième année en lui envoyant un texto entre le cours de chimie et celui d'histoire américaine, sachant qu'elle avait une heure de libre et qu'elle en profiterait pour aller faire un peu de musculation. Il l'imaginait en short et T-shirt gris des Whalers. En sueur. Ses yeux bleus intenses, ses cheveux brun clair relevés en queue-de-cheval. Il tenait à ce qu'elle lise son message quand elle serait seule, et non entourée d'une quarantaine de copines, comme c'était souvent le cas avec elle.

Tu viens avec moi à la soirée ?

Il aurait dû lui demander de vive voix, il était assez malin pour le comprendre, mais personne ne se rendait compte qu'il était timide. Ça ne semblait pas logique. Il vivait avec deux membres du sexe féminin et recevait constamment des coups de fil et des messages de copines. Des filles d'autres écoles lui offraient des roses et lui tendaient des petits bouts de papier pliés avec leur numéro de portable. « Appelle-moi quand tu veux ! » Ils discutaient tout à son aise avec elles tant que la conversation restait sur un plan amical, mais dès qu'elle prenait une tournure sentimentale (pouvait-on vraiment appeler ça des sentiments ?), il décrochait. Il ne savait pas flirter, peinait à saisir les allusions. Comment embrasser une fille qu'il venait à peine de rencontrer, tout en restant un type bien – ce qu'il espérait être ?

Il avait perdu sa virginité l'été précédent dans les bras d'une étudiante (en première année à Amherst). Elle travaillait chez Henry Jr., où elle préparait des sandwichs. Lui chargeait du bois sur des camions au Marine Home Center, juste en face. Il allait chercher son déjeuner tous les jours chez Henry Jr. Cette jolie brune au sourire assassin se souvenait de sa commande (deux sandwichs au roast-beef, fromage, tomate, concombre et mayonnaise au raifort).

— Vous êtes deux ? lui avait-elle gentiment demandé la première fois.

— Je suis en pleine croissance, avait-il répliqué.

Il apprit qu'elle s'appelait Heather. Dès lors, il se donna la peine de la saluer et de laisser un dollar dans le bocal à pourboires.

Il était tombé sur elle quelque temps plus tard à une fête sur la plage de Dionis, où il était venu avec Anders Peashway et le peu recommandable David Marcy. En la voyant, il sut qu'il la connaissait, mais ne se rappelait pas d'où. Elle avait un peu bu elle aussi et, pour le taquiner, elle lui avait fait deviner où ils s'étaient rencontrés. Pour finir elle lui avait fourni un indice :

— D'habitude quand tu me vois, je porte un tablier blanc.

— Henry ! Je veux dire, Heather !

Ils s'étaient alors étreints, comme de vieux amis. Après quelques bières supplémentaires, d'humeur câline, elle l'avait entraîné loin de la fête, au bout de la plage où ils avaient commencé à s'embrasser. D'au moins trois ans son aînée, elle avait pris les choses en main. Ils se retrouvèrent bientôt allongés sur son pull à capuche en cachemire, elle à califourchon sur lui. Il avait essayé de l'arrêter, car il était prêt, mais pas préparé – il n'avait pas de préservatif ! Elle lui avait précisé qu'elle prenait la pilule. Du coup, il avait cédé. Il avait passé un moment merveilleux, trouvant autant de plaisir dans le fait de perdre enfin sa virginité que dans l'acte lui-même.

Pourtant, lorsqu'il était entré chez Henry Jr. quelques jours plus tard, tout excité à l'idée de la revoir, Heather ne s'était pas montrée très aimable avec lui. Quelques mots brefs. Pas un sourire. Elle prépara ses sandwichs, les enveloppa dans du papier blanc et les posa sans ménagement sur le comptoir. Quelque chose n'allait pas, mais quoi ? Il n'en avait pas la moindre idée. Il lui avait laissé un gentil message sur son portable pour lui dire qu'il avait passé un bon moment avec elle. L'avait-elle mal pris ? Il avait envie de lui poser la question, mais il y avait une longue file d'attente derrière lui. Des ouvriers du bâtiment. Le moment était très mal choisi. Il paya, elle lui rendit la monnaie. Devait-il lui laisser un pourboire ? Se méprendrait-elle sur son geste ? Trouverait-elle ça mesquin ? Ne serait-ce pas pire encore s'il s'en abstenait ? Il l'avait toujours fait auparavant, aussi déposa-t-il une pièce d'un dollar dans le bocal en la remerciant. Puis il sortit dans le parking où il faisait une chaleur étouffante. Décidément, il ne savait pas y faire avec les filles !

Avec Claire Buckley, la situation était différente. Ils fréquentaient la même école depuis la maternelle et avaient passé beaucoup de temps ensemble. Hobby avait toujours su qu'elle était intelligente – un cran au-dessus des autres. De surcroît, elle déployait des talents athlétiques phénoménaux, tant sur le terrain de hockey, de basket que de crosse. Grande, musclée, elle accordait plus d'attention à ses quadriceps qu'à sa poitrine – qu'elle avait pourtant très jolie, comme Hobby n'avait pas manqué de le remarquer. Mais ce qui le séduisait le plus chez elle, c'était son dynamisme. Tout comme lui, elle cherchait à exceller en tout.

Elle répondit à son texto :

Bien sûr.

Bien sûr qu'elle irait avec lui à la soirée de fin d'année avec lui. Hobby sourit en recevant son message, juste avant le déjeuner. Excellent. En dévorant ses deux boulettes de viande nappées de mozzarella fondue, il pensa à nouveau la même chose.

S'il ne l'avait pas invitée de vive voix, c'est parce qu'il redoutait d'essuyer un refus. À la fin de l'automne, entre Thanksgiving et Noël, ils s'étaient vus tous les jours. La saison du basket venait de démarrer, et ils passaient beaucoup de temps l'un et l'autre dans le gymnase ou aux abords. Claire ayant une voiture, elle proposait souvent de le raccompagner. Un soir, la lune brillait au-dessus de Miacomet Pond. Un astre énorme, tout rond, d'un blanc éclatant. On dirait un biscuit géant, songea Hobby, mais il garda pour lui cette réflexion qu'il trouvait un peu ridicule. Claire se rangea sur le bas-côté du chemin de terre qui menait chez lui, pour contempler cette belle lune tout à loisir. Très vite, ils s'embrassèrent. Hobby était très excité, Claire aussi. Il envisagea de passer à l'acte, elle pensa la même chose. Mais ils n'étaient pas du genre à faire l'amour dans une voiture, sur le bord de la route, surtout la première fois. Ils s'interrompirent. Reprirent leur souffle. Admirèrent la lune et son reflet sur la surface de l'étang.

Il y avait eu d'autres séances de baisers et de pelotage après ça. À un moment donné, Hobby se retrouva le pantalon sur les genoux, avec Claire à califourchon sur lui, mais ils ne firent toujours pas l'amour. Puis Claire attrapa une bronchite, Hobby partit faire un tournoi de basket le week-end. Ensuite ils furent occupés par les révisions de leurs examens, et l'équipe des garçons passa les séries éliminatoires, contrairement à celle des filles, si bien qu'ils s'éloignèrent un peu malgré eux.

Hobby eut vent d'une rumeur selon laquelle Claire sortait avec Luke Browning. Son frère, Larry, était en maison de correction à Walpole, et Luke avait toutes les chances de finir au même endroit. Il avait une réputation de tombeur, mais Claire était trop futée pour céder à ses manœuvres de séduction, n'est-ce pas ? Quand Hobby la voyait en cours ou dans les couloirs, elle était gentille avec lui, comme avec tout le monde. Elle ne cherchait pas particulièrement à engager la conversation et ne proposait plus de le raccompagner. Quand il la croisait en dehors du lycée – à la seconde représentation de *Grease*, par exemple –, elle était toujours avec ses copines. Il en conclut que cette histoire avec Luke Browning n'était qu'un ragot typique de Nantucket, de ceux qui plantent leurs crocs dans leur victime comme un pitbull et les secoue jusqu'à ce qu'elle soit sans défenses.

Si Hobby avait invité Claire à la soirée de fin d'année, c'est parce qu'elle était la seule avec qui il avait envie d'y aller.

« Bien sûr », avait-elle répondu. Comme si c'était une évidence.

Ils couchèrent ensemble pour la première fois le mercredi matin avant le bal. Ils auraient dû être au lycée, mais le professeur d'histoire américaine était malade, et le secrétariat n'avait pas trouvé de remplaçant. Donc, Hobby avait une heure de libre. Il décida d'aller faire un peu d'exercice au gymnase, et tomba sur Claire, devant les casiers du couloir. Elle aussi avait l'intention de s'entraîner, mais il faisait si beau qu'elle avait eu l'idée de sécher une heure pour aller à la plage. Sécher ? pensa Hobby. Les dernière année avaient le droit de sortir de l'établissement pendant les heures d'étude et la pause déjeuner, mais pas eux. Claire avait raison. C'était le printemps, les pelouses venaient d'être tondues, et une douce fragrance d'herbe fraîche s'engouffrait par les fenêtres. Et puis ils étaient quasiment en dernière année.

— Je viens avec toi, décida-t-il.

Ils montèrent dans la voiture et, sans dire un mot, Claire prit la direction de chez Hobby. Un tic agitait son genou. Il avait forcément interprété les indices à bon escient. Cette fois-ci, c'était la bonne.

Claire coupa le contact dans l'allée.

— Ta mère est au travail ?

— Oui, toute la journée.

Impossible d'empêcher sa jambe de tressauter.

— Tu te sens nerveux ?

Il aurait bien aimé répondre par la négative. Hobson Alistair Junior – qui avait marqué l'essai décisif miraculeux contre Vineyard à treize secondes de la fin –, nerveux ?

— Oui, reconnut-il.

Les causes de son anxiété étaient multiples : c'était la première fois qu'il faisait l'école buissonnière, et il redoutait d'avoir des ennuis. S'il se faisait prendre, l'entraîneur ne le laisserait peut-être pas lancer lors du match contre Dennis-Yarmouth. Ce qui risquait de figurer dans son dossier scolaire. Et si le responsable des admissions de Stanford ou Duke tombait sur cette information ? Par ailleurs, il avait peur que sa mère débarque à l'improviste. Sa chambre ne fermait pas à clé. Elle n'aurait aucun scrupule à y faire irruption, même si elle avait reconnu la voiture de Claire dans l'allée. Surtout, il voulait que tout se passe bien. Que Claire prenne du plaisir. Il y avait de fortes chances qu'elle soit vierge. Dans le cas contraire, il tenait à surpasser son prédécesseur. C'était un compétiteur dans l'âme !

Tout se déroula à la perfection.

Malgré sa nervosité manifeste, comme celle de Claire, dissimulée, ils prirent leur temps. Ils s'embrassèrent sans se toucher jusqu'à ne plus pouvoir tenir. La délicieuse humidité de Claire. Quand il la caressa, elle gémit de façon si érotique qu'il faillit éjaculer dans son slip. Il se mit sur elle.

— Je suis prête, murmura-t-elle. Viens.

Elle avait prononcé ces mots à l'instant où il tendait la main vers ses préservatifs. Une boîte de trois, intacte, sous son lit. Mais il pouvait aussi la pénétrer tout de suite, sans protection. Elle devait prendre la pilule, comme beaucoup de filles. C'était bon pour l'acné, un truc comme ça. Heather la prenait, Penny aussi. Rasha, la mère de Claire, était cool. Elle avait dû prendre ses précautions avec sa fille.

Il la pénétra à moitié – sans capote.

— Ça va, toi ?

— Oh mon Dieu ! Oui ! Vas-y !

Il s'exécuta, d'abord lentement, en douceur, tout en l'embrassant sur le visage, puis il accéléra le rythme, elle poussa un cri, qui l'excita comme jamais auparavant. Il éjacula au plus profond d'elle.

Huit jours après la remise de diplômes, le 8 juin, elle l'attendait près de son casier. Il comprit aussitôt. Cela se lisait sur sa figure. Peut-être se trompait-il ? Elle avait raté son examen de chimie ? Cela expliquait peut-être sa drôle de tête.

— Salut.

Elle s'effondra. Elle, si coriace, si maîtresse d'elle-même. Elle perdait les pédales. Il la prit dans ses bras. Elle était grande, pas autant que lui, mais assez pour qu'il puisse déposer un baiser sur le sommet de son crâne. Ils devaient avoir l'air d'un couple de girafes aux yeux de leurs camarades.

— Ce n'est pas grave, déclara-t-il.

Si, c'est grave. J'ai dix-sept ans.

Ça, il pouvait le comprendre. Il avait le même âge. Un ado, un peu niais. Il croyait qu'elle prenait la pilule. Il lui posa la question d'une voix douce. Si ce n'était pas le cas, à quel mode de contraception avaient-ils eu recours, d'après elle ?

Elle avait pensé qu'il se retirerait. Elle était sortie avec un garçon pendant l'été – pas Luke Browning, un certain Wils, qui lui s'était retiré, et il n'y avait pas eu de problème. Quand Hobby avait éjaculé en elle, elle avait un peu paniqué, secrètement, mais pas trop parce qu'elle venait d'avoir ses règles. Et puis elle avait pris la pilule tout de suite – le jour même. Elle en avait une plaquette dans son tiroir à sous-vêtements. Elle se l'était procurée en décembre à l'époque où Hobby et elle étaient très amoureux, mais quand ils avaient commencé à prendre leurs distances, elle avait jugé toute contraception inutile.

— C'est ma faute, balbutia-t-elle.

— Non, c'est la mienne. J'aurais dû mettre une capote.

— Qu'est-ce qu'on va faire ?

Deux charmants adolescents, parmi les meilleurs spécimens du lycée de Nantucket. Hobby allait accéder sans peine à une université de renom. Claire comptait elle aussi entrer dans un établissement de la Ivy League, ou intégrer une équipe de crosse comme Bucknell ou Williams. Ils avaient tous les deux le vent en poupe. Un bébé ? Impensable.

— Attendons quelques jours.

À cet instant, Patrick Loom était passé à côté d'eux et lui avait tapoté l'épaule. Il mettrait le cap sur Georgetown à l'automne. En le voyant, Hobby réfléchit à cette prestigieuse université, à ses propres rêves – des bâtiments en brique, des pelouses impeccables, des cours magistraux, des conférences, une cinémathèque, des jolies filles, le craquement des feuilles d'automne sous ses pieds, un stade couvert, bondé au moment où il entrait sur le terrain, vêtu d'un polo des Hoyas gris tourterelle, tel Patrick Ewing.

— On m'a parlé de quelqu'un au Cap, avait soufflé Claire.

— Au Cap ?

Il avait cru qu'elle suggérait un petit voyage à Boston. Voire quelque part hors du Massachusetts. Il n'avait pas compris. Il était niais. Tellement niais.

— Ça se fait très vite, paraît-il. Ils t'endorment. Quand tu te réveilles, tout est fini et ils te donnent une ordonnance de Percocet.

— C'est ce que tu veux ?

Elle hocha la tête.

C'était son souhait à lui aussi. Il voulait s'envoler pour Hyannis – le plus tôt serait le mieux –, aller trouver ce type et régler rapidement le problème, sans douleur. Le soulagement emplit sa cage thoracique, suivi d'un sentiment inattendu dont il se serait bien passé : la culpabilité. Le plan d'action pour lequel ils avaient opté trente secondes plus tôt – disons-le franchement : l'avortement – paraissait tellement égoïste. Ils étaient des ados bien élevés. Quelle décision sinistre ! Mais sinon, ils gâcheraient deux brillants avenirs.

Et pourtant...

Il l'embrassa doucement sur les lèvres, et elle partit en cours. Sa mère lui avait demandé quelques mois plus tôt s'il avait jamais été amoureux, puis avait fait allusion à Claire. L'aimait-il ? Non. Il l'appréciait énormément. Il la trouvait cool. Ils étaient amis, ils avaient couché ensemble. Confrontés à cette situation, ils allaient y faire face ensemble, tels de bons partenaires désireux d'aboutir au même résultat.

Et pourtant...

Hobby avait appris l'essentiel de ce qu'il savait du monde des adultes en écoutant sa mère et ses amis – Al et Lynne Castle, Jordan et Ava Randolph – discuter autour d'une table après un bon repas, quand il ne restait plus qu'à finir le vin en regardant les bougies se consumer.

Il avait entendu sa mère raconter un jour quel effet cela lui avait fait de tomber enceinte à vingt-deux ans. Elle terminait son dernier semestre à l'Institut culinaire et sortait avec le père de Hobby. Ils s'aimaient et vivaient ensemble. Hobson senior était maître boucher, un expert des viandes, et Zoe une superstar. Elle avait accepté un stage chez Alison, dans Dominick Street, un poste très convoité à l'époque. Et puis elle s'était aperçue qu'elle attendait un enfant.

Zoe n'avait pas remarqué que son fils les épiait. Elle le croyait au lit, dormant à poings fermés.

— Je ne vais pas vous mentir, avait-elle confié à ses amis. Je voulais me faire avorter. J'avais une carrière devant moi, une vie à mener. J'étais trop jeune pour être mère. Mais Hobson m'en a dissuadé. Nous nous sommes mariés à l'hôtel de ville de Manhattan. Six mois plus tard, il était mort.

Un long silence avait suivi. Hobby se rappelait avoir vu Lynne Castle prendre son visage entre ses mains. Les yeux rivés sur Zoe.

— Dieu merci, j'ai gardé ces bébés. Ils comptent tellement pour moi. Je n'ai qu'eux, et je ne désire rien d'autre.

Ces propos n'avaient pas échappé à Hobby. Sa mère avait eu un choix à faire. Elle aurait pu aller trouver un type qui l'aurait débarrassée rapidement, sans douleur, des embryons qui se développaient en elle. Poursuivre sa carrière, se faire un nom, ouvrir un restaurant. Elle serait peut-être aussi célèbre que Mario Batali aujourd'hui. À la place, elle avait choisi Penny et lui.

Claire prit rendez-vous avec l'homme du Cap. Mardi matin. Elle allait devoir manquer le lycée. Hobby la persuada de repousser d'une semaine, d'attendre la fin des cours, la remise des diplômes. Il s'abstint de lui préciser qu'il remettait pour sa part leur décision en question, ne sachant pas vraiment quelle influence il aurait sur elle. C'était son corps, après tout. La fin de ses études secondaires qui serait affectée, peut-être même ses chances d'aller à l'université. Il ne se sentait pas prêt à l'épouser. S'il lui demandait sa main, elle lui rirait au nez. Mais s'il parvenait à la convaincre d'avoir l'enfant et de le faire adopter ?

Il tenta de lui en parler le soir de la remise de diplômes. À la soirée chez Patrick Loom, il la coinça près du buffet.

Tel un animal pris au piège, elle jetait des regards inquiets à la foule, à la recherche d'une bonne âme pour la sauver.

— Écoute, Claire, je me demande si...

— L'année prochaine, ce sera notre tour. Nous aurons fini nos études secondaires et partirons à l'université. Et nos parents penseront qu'on a décroché la lune.

— Tu n'as pas de doutes, toi ?

Une lueur étrange brillait dans ses yeux.

— Bien sûr que j'ai des doutes, Hobby. J'ai dix-sept ans. J'ai une mère célibataire, comme toi. Hors de question que j'en sois une aussi, surtout à mon âge.

— Il y a toujours l'adoption. On n'en a pas parlé.

— L'adoption ? s'exclama-t-elle, incrédule, comme s'il avait suggéré d'aller fumer un narguilé en haut du clocher de l'église congrégationaliste.

Elle but une grande lampée de la boisson dans son gobelet – de l'eau pétillante, espérait-il –, puis s'excusa pour aller aux toilettes.

Il la revit plus tard sur la plage. Elle avait une bière à la main. Il essaya de déterminer combien elle en avait bu, mais il était tellement saoul à force d'engloutir le Jim Beam que Demeter avait apporté qu'il faisait un bien mauvais détective. Claire était entourée de toute sa clique. Elle le fusilla du regard quand il s'approcha. Il se rendait compte qu'il se montrait trop insistant, comme sa mère n'aurait pas manqué de le lui faire remarquer, qu'il ferait mieux d'attendre et de l'appeler le lendemain, quand il serait sobre. Mais il avait le sentiment qu'ils devaient prendre leur décision ce soir-là.

— Je peux te parler une seconde, Claire ?

— Va-t'en, Hobby, s'il te plaît.

— Allez. Juste cinq minutes.

Annabel Wright avait applaudi Hobby depuis qu'ils avaient huit ans au Club Boys & Girls mais, dans ces circonstances, elle s'en garda bien.

— Laisse-la tranquille, Hobby. Tu es bourré.

Elle avait raison. Il resta planté là, les pieds ancrés dans le sable, cramponné au gobelet en plastique bon marché rempli d'une bière tiède que Demeter était allée lui chercher au tonneau. À un moment donné, Annabel, Claire et les autres filles prirent la direction des dunes. Il envisagea de demander à Demeter de lui laisser le reste du Jim Beam. Elle voudrait probablement partager avec lui. Il n'y voyait pas d'inconvénient. Il l'aimait bien, sans doute parce que sa mère ne tarissait pas d'éloges sur Al et Lynne Castle comme les êtres les plus merveilleux de la terre. Son affection pour Demeter avait aussi quelque chose de plus naturel. Il la trouvait sympa, malgré son comportement autodestructeur. Elle avait un problème de poids et ne serait jamais une reine de beauté, mais son isolement lui conférait une certaine sagesse, à l'image d'un hibou solitaire. Comment réagirait-elle s'il lui disait que Claire était enceinte de lui ?

Il préféra s'en abstenir. Il commença à parler à quelqu'un, puis à une autre personne. Ensuite Jake vint le trouver. Il songea à se mettre en quête de Claire, par courtoisie cette fois-ci, pour lui dire au revoir. Elle portait son enfant, après tout. Mais elle avait disparu. Il lui envoya un texto. Elle ne répondit pas. Après ça, il n'eut plus le temps.

Ses amis et lui quittèrent la soirée.

Début août, Hobby délaissa son fauteuil roulant et se mit à marcher avec des béquilles. Meadow, la kiné de l'hôpital, déclara qu'il était le patient le plus prometteur qu'elle ait jamais eu, grâce à sa santé florissante et à ses capacités athlétiques exceptionnelles. Les anciens sportifs lui donnaient pourtant assez souvent du fil à retordre. Ils avaient l'habitude de la facilité et rechignaient à faire des efforts. Une certaine fragilité psychologique les empêchait d'admettre l'éventualité d'un échec.

Hobby avait ri du commentaire de Meadow, même s'il se reconnaissait dans cette description. C'était normal de sa part de regretter amèrement son corps d'avant et son précieux talent. Son entraîneur de football, Jaxon, passa le voir à deux reprises en séance de rééducation et chaque fois Hobby vit une lueur d'espoir briller dans son regard. Il tenta d'épier les conversations à mots couverts entre la kiné et lui, tout en faisant ses vingt-cinq roulements de la nuque, mais il voyait seulement Meadow secouer la tête. Il ne serait pas prêt en septembre, ni l'année suivante. Son corps ne serait plus jamais en mesure d'encaisser les traumatismes du football américain. Une autre commotion cérébrale, lui avait expliqué Meadow, à défaut de le tuer, le laisserait dans un état végétatif à vie. Il n'aurait plus jamais la rapidité ou l'endurance nécessaires pour jouer au basket à haut niveau, et si son bras droit était intact, le gauche resterait affaibli pour toujours. Il serait à jamais de guingois, déséquilibré.

Hobby refusait cependant de s'apitoyer sur son sort. Il avait vu des films sur des athlètes aigris luttant pour se remettre d'une blessure (De quel film s'agissait-il déjà ? Sa mémoire aussi lui jouait des tours.) et ne s'autoriserait aucune amertume. Il pourrait être dans une boîte six pieds sous terre, comme Penny. Ou un légume que sa mère devrait se coltiner le restant de sa vie. Il allait se battre, sans se plaindre, pour pouvoir reprendre une vie normale : marcher, porter un sac de courses, et lancer un ballon, un jour, à son fils ou à sa fille.

Il aimait bien ses béquilles – tellement mieux que le fauteuil ! Au moins, il était plus mobile et sa mère le houspillait moins. Zoe avait repris son travail presque à temps complet chez les Allencast. Hobby s'en félicitait. Ça lui occupait l'esprit. Il se faisait du souci pour elle. Elle passait beaucoup de temps la nuit sur la terrasse, à marmonner à l'adresse de l'océan. Un soir, il la crut même au téléphone, tant son ton était enjoué.

— Tu parlais avec Jordan ? lui demanda-t-il quand elle rentra.

— Non ! Je parlais toute seule.

Elle éclata en sanglots.

Zoe refusait d'aller voir un psy. Meadow avait interrogé Hobby à ce sujet, ainsi que le Dr Field, tous deux ayant apparemment fait cette suggestion à sa mère. En vain. Ils pensaient que si Hobby l'encourageait, elle se déciderait peut-être. Il aborda la question avec elle un soir au dîner. C'en était fini des repas livrés à domicile, Dieu merci ! Il préférait de loin la cuisine de sa mère. Les repas étaient des moments toujours difficiles, lorsqu'ils se retrouvaient rien que tous les deux à la table, sur la terrasse, face à la troisième chaise vide. Celle de Penny.

— Tu devrais aller voir quelqu'un, maman. Je peux t'accompagner si tu veux.

— Si tu éprouves le désir d'aller consulter un psy toi-même, je t'en prie, n'hésite pas. Je te prendrai un rendez-vous. En ce qui me concerne, c'est hors de question.

— Pourquoi pas ?

— Parce que j'ai l'intention de gérer la mort de ma fille comme je l'entends. Je n'ai pas envie qu'un inconnu – même le psy le plus gentil et le plus perspicace de la terre – me dise comment m'y prendre.

— Je ne crois pas qu'ils te disent quoi faire. Ils t'écoutent, c'est tout.

Il marqua une pause. Sa mère triturait sa salade de maïs dans son assiette du bout de sa fourchette.

— Tu n'as pas envie de te confier ? insista-t-il.

Elle ne répondit pas. Hobby acheva son steak et ses légumes, puis se resservit.

— Est-ce que Jordan te manque ?

Zoe le dévisageait, les yeux écarquillés, sa fourchette suspendue dans les airs. Hobby eut le sentiment d'avoir posé la question qu'il ne fallait pas, que seul un ado de dix-sept ans un peu naïf aurait osé soulever.

— Oui, murmura-t-elle. Il me manque. Terriblement.

Ce soir-là, il l'entendit pleurer dans son lit. Il se frotta les yeux avec les poings. Penny, où que tu sois, viens-moi en aide ! Il voyait en elle une force magique, capable d'accomplir toutes sortes de miracles maintenant qu'elle était morte. Peux-tu réconforter maman, s'il te plaît ? Il songea qu'il se déchargeait sur elle une fois de plus, qu'il avait le pouvoir de soutenir sa mère lui-même. Il pouvait lui parler du bébé. Le bébé qu'ils avaient failli faire disparaître, que Claire avait décidé de garder quand elle avait eu vent de l'accident et appris que Penny était morte et Hobby dans le coma. La vie lui avait paru différente tout à coup, immense, précieuse, lui avait-elle expliqué. Et une vie, elle en avait une en elle, qui leur appartenait à tous les deux. Elle ne doutait plus de leur choix, elle était sûre qu'ils se débrouilleraient pour que ça fonctionne. Elle allait protéger l'enfant de Hobby. Lors de la veillée aux bougies, au milieu des deux mille personnes rassemblées sur le stade de football, elle s'était sentie privilégiée de porter en elle une part de lui.

Hobby était impatient d'en parler à sa mère. Cela la distrairait, au moins. Mais Claire tenait à garder le secret jusqu'à la première échographie, prévue pour la deuxième semaine de septembre. Rasha, au courant de la grossesse de sa fille, en avait parlé à sa meilleure amie, Sara Boule. Hobby n'appréciait pas trop que Sara (qui gagnait essentiellement sa vie en cancanant en sa qualité de réceptionniste chez le Dr Toomer, le dentiste de Hobby) soit au courant alors que Zoe l'ignorait. Comment prévoir la réaction de sa mère ? Elle serait peut-être folle de joie. Mais rien n'était moins sûr.

La porte de la chambre de Penny était restée close depuis le retour de Hobby de l'hôpital. La fenêtre devait être ouverte parce que le battant cognait contre l'encadrement sous l'effet de la brise océane. La nuit, ce bruit faisait froid dans le dos. Qui avait envie d'entendre grincer la porte de la chambre d'une morte ? Hobby soupçonnait sa mère de n'avoir rien touché dans la pièce – toutes les affaires de Penny devaient encore s'y trouver.

Un jour que Zoe était partie au travail, il alla se planter devant cette porte, en équilibre sur ses béquilles et la contempla longuement – une simple planche de contreplaqué, peinte en blanc, fendue à l'endroit où Penny avait flanqué un coup de pied... À quand cela remontait-il ? Il n'arrivait pas à s'en souvenir. Aurait-il le courage de pousser ce battant et jeter un coup d'œil dans la chambre ?

Il ruminait encore ce que Jake Randolph lui avait dit. Il était vraisemblable qu'une version plus ou moins exagérée de ce qui s'était passé entre Jake et Winnie dans le sous-sol des Potts soit parvenue aux oreilles de Penny, par l'intermédiaire de Demeter ou de quelqu'un d'autre. De Winnie peut-être. En l'apprenant, Penny avait très bien pu craquer, surtout si les mauvaises langues en avaient rajouté.

D'après sa mémoire, même défaillante, Penny ne semblait pas en vouloir à Jake. Si c'était Jake le problème, Penny lui aurait sûrement fait un commentaire, non ? Ou refusé de ramener sa voiture à la maison ? Or elle n'avait rien dit. Elle s'était juste effondrée. Si elle avait effectivement appris un secret, c'était sans doute trop terrible pour être répété. Hobby redoutait que quelqu'un (Demeter ?) l'ait informée de la grossesse de Claire. Cette nouvelle aurait-elle fait basculer le fragile équilibre psychique de sa sœur ? Qu'est-ce qui l'aurait le plus bouleversée ? Que Claire ait l'intention d'avorter ? Ou que Hobby n'ait pas daigné la mettre au courant ? Son jumeau. Il n'avait même pas envisagé de lui en parler, de peur de la rendre hystérique. Face aux réalités trop pénibles de la vie, Penny faisait toujours l'autruche.

Elle aurait été bouleversée d'apprendre par un tiers que Claire était enceinte. Jusqu'à quel point, il ne saurait le dire. L'écart de Jake avec Winnie l'aurait tout autant secouée. Dommage qu'il ne se rappelle pas mieux son comportement ce soir-là. Quand ils s'étaient tous retrouvés près de la voiture de Jake, il avait déjà sombré dans un état second. À partir de ce moment-là, il n'avait plus aucun souvenir précis.

Il songea à appeler Demeter. Tous deux avaient toujours été en assez bons termes. Il obtiendrait peut-être de meilleurs résultats que Jake. Mais Al et Lynne Castle avaient disparu de la circulation, et la seule fois où Hobby avait croisé Demeter depuis l'accident, celle-ci l'avait superbement ignoré. À l'époque, il était encore en fauteuil. Ce soir-là, sa mère l'avait emmené se promener autour de Miacomet Pond. Il faisait merveilleusement doux. Hobby inspirait de grandes goulées d'air pour refouler l'impression qu'il avait d'être le survivant d'une guerre personnelle. Zoe avait repris du poil de la bête, semblait-il. C'est elle qui avait proposé la balade.

— Tiens, c'est Demeter ! avait dit Zoe en voyant sa voiture approcher.

— Tu as raison.

— Elle n'a pas une égratignure.

— Allons, maman !

— Désolée, Hob, je suis humaine.

Hobby n'avait pas vraiment été surpris que Demeter les dépasse sans s'arrêter ni même leur faire signe. Elle n'avait même pas pris la peine de venir le voir à l'hôpital ou chez lui. Ni même de lui envoyer un petit mot.

— Elle n'est pas encore prête à faire face à tout ça, je suppose, avait-il commenté en voyant les phares arrière de son Escape disparaître au bout de Pond View Road.

— Elle se sent coupable, renchérit Zoe. C'est pour ça qu'elle nous évite.

— Elle est en proie aux remords du survivant d'après toi ?

— Je te dis que cette fille est coupable.

Hobby tourna la poignée de la porte qui s'ouvrit d'elle-même, bien entendu. Aucune porte de cette maison ne fermait convenablement.

La chambre de Penny.

Bizarre. Elle était exactement comme il y a six semaines, quand Penny vivait encore. Son lit à baldaquin impeccablement fait, avec les draps piquetés de fleurs bleues et la couette bleu ciel. Deux oreillers blancs à œillets reposaient contre la tête de lit en compagnie des peluches préférées de Penny – son vieil ourson, le singe chaussette, un tigre maigrichon que Jake avait gagné pour elle au carnaval de Tom Nevers. Penny régentait l'univers de son lit avec une rigueur militaire. Elle le tirait au cordeau chaque matin et passait son temps à lisser les plis de la couette sous prétexte de ne pas pouvoir s'allonger dessus autrement. Si Hobby voulait la faire sortir de ses gonds, il lui suffisait de se jeter sur son lit, froisser la housse de couette, envoyer valdinguer les oreillers et jongler avec le trio de peluches pitoyables. Elle hurlait. Hobby aurait ri à ce souvenir si cela n'avait été aussi tragique. Où que tu sois, Penny, ne te fais pas de souci. Ton lit est impeccable. Il passa sa main sur un pli imaginaire pour s'en assurer.

Il porta son regard sur la coiffeuse au grand miroir – le plus grand de la maison. Zoe venait à tout moment se mirer dedans, ce qui agaçait Penny au plus haut point.

— Sers-toi de ta propre glace, protestait-elle.

— Allons, Penny, ne t'énerve pas. J'en ai pour une minute.

— Pourquoi n'utilises-tu pas le tien ? Franchement, on a les moyens d'en acheter un en pied.

Zoe ne se laissait jamais décontenancer par sa fille.

— Je préfère le tien, c'est tout. Il me fait des fesses plus petites.

Combien de fois Hobby s'était-il plaint de sa sœur auprès de Zoe ?

— Elle me rend dingue. Elle ne peut pas se détendre un peu, comme un être humain normal ?

— Son cœur est fait de la porcelaine la plus tendre qui soit, répondait Zoe. Comme une tasse de thé.

Alors elle souriait, et lui aussi.

La brosse à cheveux de Penny, remplie de longs cheveux noirs, se trouvait sur la coiffeuse. Avant, elle la laissait dans la salle de bains, mais Hobby avait protesté le jour où il avait trouvé un cheveu enroulé autour de la tête de sa brosse à dents. Il y avait aussi son élégant vaporisateur de parfum, qui n'en avait jamais contenu une seule goutte. Ainsi que sa boîte à bijoux en érable piqué. Il souleva le couvercle. Elle contenait des bracelets de l'amitié en fils tissés, ses boucles créoles dorées, la perle qui avait appartenu à leur grand-mère, son badge de la National Honor Society et un boîtier couleur turquoise de chez Posh, renfermant une paire de pendentifs en argent incrustés d'éclats de saphir que Jake lui avait achetés pour fêter leurs deux ans ensemble.

En ouvrant le tiroir de la commode, Hobby tomba sur un enchevêtrement de sous-vêtements en dentelle. Gêné, il voulut le refermer aussitôt, quand il entrevit la bordure d'un objet rouge, brillant. Un livre. Un journal. Il écarta la dentelle pour s'assurer qu'il avait bien sous les yeux la couverture en cuir d'un journal. Il le feuilleta rapidement afin de vérifier que c'était l'écriture de Penny – penchée, enfantine – puis le remit en place et referma le tiroir. Très original, Pen, de cacher ton journal dans ton tiroir à sous-vêtements ! Je l'ai trouvé tout de suite.

Le store se soulevait sous la brise. Hobby alla inspecter la table de chevet. Un verre d'eau presque vide. Il n'en restait plus qu'un centimètre au fond, recouvert d'une pellicule de poussière. Une boîte de Kleenex. Un exemplaire de *Moby Dick*, que Penny appelait sa « lecture personnelle ». Cela faisait au moins neuf mois qu'elle parlait de ce livre à tout le monde. En y regardant de plus près, Hobby vit qu'elle n'avait pas dépassé la page 236. Moins de la moitié.

Depuis le lit, il pivota vers le placard et l'ouvrit. Un éventail de photos de Penny et Jake décorait le panneau en liège à l'intérieur de la porte. Penny et Jake dans *Guys and Dolls*, Penny et Jake dans *Damn Yankees*, dans *Grease*. Dans les tribunes lors d'un de ses matches de football. Jake portant Penny sur son dos à la plage. Penny et Jake, la bouche pleine de marshmallows. Penny et Jake au bal de fin d'année. Il y avait aussi une photo de Hobby et sa sœur le matin de Noël devant le sapin. Elle portait une grotesque chemise de nuit en flanelle à col haut qui lui donnait des allures de Laura Ingalls, surtout avec ses tresses. Lui était en caleçon, affublé d'un T-shirt vintage des Clash ayant appartenu à son père (Zoe avait conservé tous les T-shirts de concert de Hobson senior ; elle en donnait un à son fils chaque année pour son anniversaire). Sur cette photo de Noël, Penny rayonnait, les joues rondes comme des pommes, alors que Hobby avait la mine renfrognée et les yeux bouffis. C'était l'année dernière. Penny l'avait réveillé à

7 heures et demie. Il n'aurait pas été mécontent de dormir jusqu'à midi et d'engouffrer les trois quarts du gâteau au café confectionné par sa mère avant de découvrir ses cadeaux. Contrairement à Penny. Un vrai petit lutin de Noël.

C'est fini, Noël, pour toi, Pen. Pour lui aussi peut-être. Sa mère avait suggéré un voyage à Saint John pendant les fêtes de fin d'année.

Les habits de Penny étaient toujours pendus dans l'armoire. Zoe avait parlé d'en faire don à une œuvre de bienfaisance, quand elle trouverait le temps de s'en occuper. Hobby effleura du bout des doigts le chemisier bleu préféré de sa sœur, qui avait coûté une fortune. Deux ou trois cents dollars. Elle l'avait repéré sur Internet et voulait l'acheter avec ses sous, mais Zoe s'y était opposée. Elle ne voyait pas pourquoi une adolescente dépenserait autant d'argent pour un vêtement. Quelques semaines plus tard, on avait demandé à Penny de chanter avec l'orchestre des Boston Pops pour la deuxième année consécutive. Zoe avait commandé le chemisier à cette occasion. Hobby caressa le tissu soyeux. Le chemisier était toujours là, mais pas Penny. Cette pensée lui donna le tournis.

Il boitilla jusqu'au lit. L'affiche de Robert Pattinson était toujours au mur, la collection des *Twilight* sur les étagères. En dessous, les CD de Penny. Charlotte Church et Jessye Norman côtoyaient les opéras de Puccini et *Send in the Clowns*, de Judy Collins. Penelope Alistair devait être la seule adolescente de dix-sept ans au monde à posséder un CD de cette chanteuse. Elle raffolait de ces horribles chansons des années 1970. Crystal Gayle, Anne Murray, Karen Carpenter. Elle rêvait de devenir comme elles. Quand elle serait grande, le monde serait prêt à redécouvrir ces mélodies, soutenait-elle. Si elle passait un jour dans l'émission *American Idol*, elle prévoyait de chanter *You light up my life*, de Debby Boone. Elle la chantait tout le temps sous la douche.

— Même avec ta jolie voix, cette chanson est nulle, affirmait Hobby. Trouve autre chose.

— Je suis d'accord avec ton frère, renchérissait Zoe.

Leur mère avait d'excellents goûts musicaux. Elle adorait Grateful Dead et gardait sous son lit un carton rempli de CD piratés. Elle appréciait aussi certains groupes modernes – Eminem, Spoon, Rihanna.

Penny n'en continuait pas moins de chanter *You light up my life*. Ainsi que les airs de la bande sonore de *Fame*. Hobby aurait ri si cela n'avait été aussi tragique.

Il referma la porte du placard. Tous deux avaient une table à dessin en guise de bureau. Hobby, parce qu'il voulait devenir architecte. Penny, parce qu'elle avait tenu à faire comme lui. Elle gardait toujours un carnet de croquis et une boîte de crayons de couleur sur sa table sous prétexte qu'elle aimait « dessiner », bien qu'elle n'eût guère de talent en la matière. Hobby fixa son regard sur le carnet, se demandant si elle n'y avait pas laissé un message. Certains pensaient que l'accident n'avait rien de fortuit, il l'avait compris, même si personne ne lui en avait parlé ouvertement.

Il s'approcha de la table clopin-clopant. S'il trouvait un mot, il faudrait qu'il le montre à sa mère. Et s'il s'avérait que Penny s'était bel et bien suicidée, sa fureur ne connaîtrait pas de bornes.

Il ne trouva rien dans le carnet, à part un cœur dessiné au crayon noir. Dans lequel elle prévoyait sans doute d'écrire : PENNY+JAKE LOVE4EVER. Une plaisanterie circulait au lycée : tous les jeans de Jake Randolph portaient ce cœur.

Penny aurait été bouleversée d'apprendre qu'il s'était passé quelque chose entre Winnie et lui. Cela l'aurait-il poussée à commettre l'impensable ? Peut-être.

Pas de message, donc. Tant mieux. Hobby se demanda si sa mère était déjà venue fouiner dans l'espoir d'en trouver un. Sûrement. Juste après la mort de Penny ? Pourtant, rien ne semblait avoir été déplacé.

Sur le point de quitter la pièce, Hobby eut la sensation que sa sœur l'observait. « La matière ne peut être ni créée ni détruite. » Penny devait exister quelque part, non ? Et n'appréciait sûrement pas qu'il clopine dans son espace privé en fourrant le nez dans ses affaires. Mieux valait qu'il s'en aille.

Il savait pertinemment qu'il ne partirait pas de là sans le journal. Il se dirigea vers la coiffeuse et le prit sous le tas de vêtements en évitant de regarder son reflet dans la glace. Puis il regagna le couloir et ferma la porte derrière lui.

Où que soit Penny, elle serait furieuse qu'il lise son journal. Quelle formule sa mère avait-elle employée ? « Désolée, Hob, je suis humaine. » Navré, Pen, moi aussi, je suis humain. Je ne peux pas laisser filer une telle occasion.

Aucune des entrées du journal n'étant datée, il s'orienta d'après le contenu. Penny avait dû le commencer plusieurs années auparavant parce qu'au début, elle faisait référence à Mme Jones-Crisman, son professeur principal au collège. À la toute première page, elle racontait que celle-ci lui avait passé un savon parce qu'elle l'avait surprise en train d'embrasser Jake dans le couloir. Un peu plus loin, qu'elle s'était disputée avec sa mère pour la même raison. Ils étaient sur la banquette arrière de la Karmann Ghia cette fois-ci. « On ne me paie pas pour vous regarder vous bécoter. Faites ça en privé. »

Où, par exemple ? avait écrit Penny. Si on ne peut pas s'embrasser à l'école, ni dans la voiture, alors, où ?

Hobby craignait que tout le journal ne parle que de ça. C'était le cas, au début tout du moins. Penny décrivait en détail toutes les fois où elle avait flirté avec Jake. Un baiser, selon elle, c'était comme « manger un délicieux dessert dont on ne se rassasiait jamais. Les beignets aux pommes de maman avec de la crème au beurre, par exemple ».

Hobby interrompit sa lecture. Dommage que Jake soit à l'autre bout du monde. Il aurait été heureux d'apprendre que ses baisers soutenaient la comparaison avec les beignets de Zoe.

Hobby sauta quelques passages. Il n'avait pas envie de lire les scènes de pelotage ni la découverte de l'érection

par sa sœur. (Son regard était tombé sur la phrase :
« Est-ce que ça provoque un changement chez toi quand
on fait ça ? ») Pas plus que le compte rendu de sa dispute
avec son professeur de chant. Il cherchait des anecdotes
plus intéressantes.

Allez, Penny, donne-moi des éléments pour m'aider à
comprendre.

Aux deux tiers du journal, le ton changeait. Penny commençait à évoquer les gens en ne mentionnant que l'ini-
tiale de leur prénom. Jake devenait J. Hobby trouva des
références à sa mère et à lui-même.

H à l'entraînement, Z au travail. J et moi, on est seuls
à la maison, mais je ne veux pas qu'on le fasse. Je n'en
ai pas envie, je ne sais pas pourquoi. Je suis trop triste.
J voudrait savoir ce qui m'arrive, pour me consoler, mais
je suis incapable de lui expliquer. Je suis triste, c'est tout.
Je ne suis même pas sûre que ce soit le mot juste. Je me
sens vide. Comme j'ignore pourquoi, je pense comme lui :
ça doit être une histoire d'hormones.

Quelques pages plus loin, elle avait noté : *A m'a dit de*
lire Moby Dick. *Que ça allait me plaire.*

A ? La mystérieuse personne qui avait incité sa sœur à
lire ce roman pendant neuf mois pour finalement rester
coincée page 236 ?

A apparaissait de plus en plus au fil des pages. Hobby
dévorait les lignes à présent.

J au journal tout l'après-midi. J'ai séché la chorale. Ça
m'est égal si on me retire mon solo. J'ai passé deux heures
avec A dans sa chambre.

Hobby releva brusquement la tête. Pendant que Jake
travaillait au journal, Penny avait passé deux heures dans
une chambre avec quelqu'un dont le prénom commençait
par un A. En état de choc, il se creusa les méninges. Le
seul A qui lui venait à l'esprit, c'était Anders Peashway.
Sa sœur avait-elle fricoté avec lui derrière le dos de Jake ?
Anders était beau garçon, un remarquable sportif, vedette
de l'équipe de basket, l'attrapeur de l'équipe de base-ball,
et comptait parmi les meilleurs lieutenants d'Hobby.
Penny et Anders ? Vraiment ? Il ne semblait pas assez

futé pour elle, trop péquenaud. Anders choisirait à coup sûr une université où intégrer une bonne équipe de base-ball – Plymouth State, avec un peu de chance, ou Northeastern –, après quoi il reviendrait à Nantucket et travaillerait dans l'entreprise de construction de son père. Il achèterait un bateau pour aller à la pêche. Il aurait des enfants, qu'il regarderait jouer dans le gymnase et sur les terrains où il avait évolué lui-même. Penny ne pouvait pas s'intéresser à quelqu'un comme lui, si ?

A m'a dit de lire Moby Dick. *Que ça allait me plaire.*

Inimaginable qu'Anders Peashway ait pu suggérer à Penny un classique de huit cents pages ayant trait à ce qu'il aurait lui-même qualifié de « trucs ringards ».

Hobby poursuivit sa lecture.

Me suis allongée sur le lit avec A aujourd'hui. On a parlé. A me comprend et dit que le cœur pompe parfois du sang noir. C'est tout à fait le sentiment que j'ai. Quelque chose m'empoisonne, une terrible maladie, une léthargie, une indifférence vis-à-vis du monde. Je devrais me réjouir d'avoir une belle voix, un don. Z insiste pour que je développe mon talent. Dieu ne m'a pas donné cette voix sans raison, soutient-elle. Les autres n'ont pas l'air de se rendre compte que tout est une question de hasard. Une femme tue ses deux adolescents par balle. « Je n'en pouvais plus, se justifie-t-elle. C'était des grandes gueules. » Tout le monde plaint les enfants. Moi aussi, bien sûr, mais j'éprouve aussi de la compassion pour la mère. Ce sentiment de ne plus en pouvoir, je le comprends.

Hobby referma le journal. Il n'aurait jamais dû l'ouvrir. Il allait devoir le montrer à sa mère. Peut-être pas. *Le cœur pompe parfois du sang noir.* Penny avait dessiné un cœur noir dans son carnet. Elle était malade et personne ne le savait. Du coup, Hobby cessa de se sentir coupable d'avoir fourré son nez dans la vie privée de sa sœur. Elle voulait qu'il trouve ce journal, cela ne faisait aucun doute.

J m'en veut de passer autant de temps avec A. Pas
sain, d'après lui. Il ne se rend pas compte que personne
d'autre ne me comprend.

Jake était donc au courant pour A. L'idée qu'il puisse
s'agir d'Anders Peashway continuait à le travailler. Jake
aurait très bien pu dire à Penny qu'il trouvait malsain
qu'elle passe autant de temps avec Anders. Mais lui
conseiller de lire *Moby Dick* ? Non. Pas Anders. Impossible.

J'ai posé des questions à A sur son mari.

Hobby fut si surpris de lire cette phrase qu'il faillit
déchirer le journal en deux. Une douleur lancinante
remonta le long de son bras blessé, provoquant un élan-
cement à l'endroit où il s'était fracturé la clavicule. A était
une femme. Mariée, ou qui l'avait été. Qu'est-ce que ça
voulait dire ? Que sa sœur était lesbienne ? Qu'elle avait
une liaison avec une femme adulte ? « Allongée sur le
lit », elle avait confié ses pensées les plus intimes à une
femme d'âge mûr. Jake était au courant et ne trouvait
pas cette situation saine.

Soudain Hobby comprit. Il était vraiment trop bête !
Quelqu'un d'autre – sa mère, par exemple – aurait deviné
sur-le-champ. A n'était autre qu'Ava Randolph.

A dit qu'elle se sent seule depuis qu'Ernie est mort. Sa
solitude est comme un linceul, un bouclier. Elle a inté-
riorisé la souffrance de la perte de son fils, et ça a tout
rongé en elle. Elle a de la chance. Ernie est la cause de
tout. Elle peut mettre le doigt dessus. Moi aussi, j'ai l'im-
pression d'avoir été rongée de l'intérieur, mais sans savoir
pourquoi. Je me demande si cela pourrait être lié à mon
père, mort avant ma naissance. « C'est possible », m'a dit
A en me caressant les cheveux.

Seigneur ! On aurait dit qu'Ava Randolph entraînait
Penny vers la dépression, la folie. Comment pouvait-elle
ressentir la perte d'un être qu'elle n'avait jamais connu ?
Hobby était dans la même situation, pourtant il y pensait
rarement. Il avait parfois un pincement au cœur, le jour
de la fête des pères, lorsqu'il voyait les autres enfants
lancer une balle de base-ball à leur papa, mais il avait

toujours refusé de se lamenter sur son sort. Il était reconnaissant à Hobson senior de lui avoir légué d'excellents gènes. Ce n'était certainement pas de Zoe qu'il avait hérité sa grande taille et ses qualités athlétiques.

Dans les quinze ou vingt dernières pages de son journal, Penny mentionnait à peine J. Il n'était plus question que de A.

A veut aller vivre en Australie, mais JR a son travail, et J le lycée. Sa famille lui manque. Quand je lui ai demandé pourquoi elle n'y retournait pas toute seule, elle m'a avoué qu'elle se sentait en plein dilemme.

Hobby comprit qu'il ne pourrait jamais montrer ce journal à sa mère. Zoe ne supporterait pas d'apprendre que Penny ait eu des conversations intimes avec Ava Randolph. Il voulut se remémorer Ava, mais comme pour la plupart de ses souvenirs, on aurait dit que quelqu'un avait dévalisé sa banque de données. Puis une image lui revint : Ava Randolph à l'enterrement de son bébé. Elle avait déposé le minuscule cercueil dans la fosse qu'elle avait comblée à elle seule avec la pelle. Tout le monde était resté là, hébété, à la regarder – y compris Jordan Randolph, Al Castle, et le gardien du cimetière. Hobby n'avait que treize ans à l'époque, mais il se rappelait avoir vu les muscles d'Ava se crisper, puis cette façon qu'elle avait eue de lisser la terre. À la fin, elle avait planté la pelle dans le sol, puis s'était tournée vers l'assemblée.

— Il est parti ! avait-elle hurlé. Il est parti !

Hobby ne s'était jamais senti aussi désemparé de toute sa vie.

A est la seule personne qui me comprend, avait écrit Penny. *Je l'aime.*

AVA

Il faisait à peine jour quand elle avait vu Jake pénétrer dans le jardin. Elle avait tressailli, pensant avoir affaire à un intrus, un ivrogne peut-être, un type venant du pub du coin qui se serait trompé de maison. Jusqu'à ce qu'elle se rende compte que la silhouette qui s'était faufilée dans le jardin était celle de son fils, avec un sac à dos. Leurs regards se croisèrent, et Ava perçut le désespoir et le sentiment de défaite qui crispaient ses traits. Elle fut immensément soulagée de le voir se diriger vers le bungalow au lieu de s'en éloigner.

— Jake ?

— J'ai besoin de mon lit.

Elle tira sur sa cigarette – une sale habitude qu'elle aurait préféré lui cacher. Elle souffla la fumée avant de hocher la tête, résolue à ne pas l'embêter.

Pendant quatre années, elle avait dérivé. Elle avait perdu son enfant. Son fils, Ernie. Elle l'avait porté neuf mois, expulsé de son corps sans le confort d'une péridurale. Elle l'avait allaité et avait pris soin de lui pendant huit semaines. Huit semaines de bonheur. Ernie était constamment dans ses bras, sa petite bouche affamée accrochée à son sein, ses petites mains cramponnées à ses cheveux. Elle était folle de lui, éperdument amoureuse. Jordan se lassait, râlait parfois quand il fallait se lever la nuit pour la tétée, mais Ava, elle, ne se plaignait jamais. Ne se fatiguait jamais. Elle débordait d'enthousiasme. La joie lui donnait le vertige.

Et puis tout avait basculé. Dans l'horreur.

Ernie était en parfaite santé. Elle venait de l'emmener passer l'examen des deux mois, et Ted Field l'avait déclaré en pleine forme. Il n'y avait aucune raison pour qu'il ait cessé de respirer. C'était incompréhensible. Il devait y avoir erreur. Il allait se réveiller, lui revenir, se tortiller à nouveau dans ses bras en affichant son beau sourire édenté. Pendant des jours après le drame, elle s'était réveillée chaque matin, persuadée qu'elle allait le retrouver vivant.

Mais non.

Jordan arriva du journal. Il suivait les ambulanciers de près, sa mallette à la main. Ava ne comprit pas tout de suite la situation. Le chef ambulancier lui prit Ernie et le posa sur un tapis pour tenter de le ranimer. Ava s'effondra dans les bras de son mari. Il la serra contre lui, aussi tremblant qu'elle, tout le temps qu'ils assistaient aux efforts infructueux déployés par les secouristes pour sauver leur enfant.

— Je suis désolé, Ava, murmura-t-il. Tellement, tellement désolé.

Ces excuses ne s'expliquèrent que plus tard, lorsqu'elle comprit qu'il n'était pas à la maison ce soir-là. Mais au bureau.

Ava se considérait comme plutôt indulgente. Elle avait grandi dans une famille nombreuse et vécu sur deux continents. Elle déployait des trésors de patience pour comprendre les êtres humains, leurs motivations, leurs comportements parfois étranges.

Cependant, elle n'arrivait pas à accepter que Jordan ait été au travail le soir où Ernie avait rendu l'âme. Il n'y avait aucun lien de cause à effet entre l'absence de son mari et la mort de son enfant, elle le savait pertinemment. Ces deux faits n'en étaient pas moins irrémédiablement associés dans son esprit. Le décès d'Ernie restait une énigme. On ne pouvait accuser personne, mais l'absence de Jordan constituait une explication plausible. Une pointe d'obsidienne qu'elle ne cessait de briquer.

— Il avait du mal à respirer. Tu l'aurais sans doute entendu si tu avais été là ! Tu aurais peut-être pu le sauver !

Elle estimait Jordan responsable. S'il n'avait pas provoqué la mort d'Ernie, il en avait rendu les circonstances insupportables.

Ava savait que Zoe et Jordan avaient une liaison. Elle s'en était doutée dès le mois de mai de l'année précédente. Depuis que Jake et Penny sortaient ensemble, ils se relayaient tous les deux pour les véhiculer. Un jour, en jetant un coup d'œil par la fenêtre de la chambre d'Ernie, elle les avait vus bavarder, assis sur le capot de la voiture orange de Zoe. Son mari, très animé, paraissait heureux. Il n'avait jamais cette gaieté quand il s'adressait à elle. Et puis elle s'était fait la remarque que tous deux ne parlaient jamais vraiment.

Un ou deux mois plus tard, alors qu'elle grimpait dans le Land Rover dans l'intention d'aller déposer un bouquet de lys blancs sur la tombe d'Ernie, une odeur nauséabonde assaillit ses narines. Il faisait très chaud, la voiture était restée fermée toute la nuit. Jordan avait laissé un sac en papier brun froissé avec son déjeuner sur la banquette arrière. Elle remarqua une tache sombre au fond. Une sorte de liquide laiteux avait coulé sur le siège. Elle souleva délicatement le sac dégoulinant pour le jeter dans la poubelle du garage. Avant de le lâcher, elle regarda à l'intérieur. Un petit Tupperware mal fermé contenant du coleslaw avarié, voilà ce qui empestait. Outre des miettes de sandwich et un brownie enveloppé dans du papier sulfurisé qu'elle examina de plus près. Ce papier sulfurisé, elle l'aurait reconnu entre mille.

Zoe !

C'est alors qu'elle vit la fiche culinaire pliée en deux, agrafée au sachet.

Un simple mot.

C'est ridicule à quel point je t'aime.

Ava ne reparla jamais à Jake de leur tête-à-tête dans le bungalow de Fremantle. Au final, son silence fut récompensé. Le 14 août, le jour le plus froid de l'hiver – à peine onze degrés –, Jake avait surgi dans la cuisine à 5 heures et demie du matin. Ava était en train de faire les mots croisés du journal de la veille en sirotant du Lady Grey.

Jake portait un jean dédicacé par Penny et son sweat-shirt bleu marine des Nantucket Whalers. Il était entré dans la pièce d'un air déterminé, comme s'ils avaient rendez-vous. Ava aurait aimé être mieux préparée à cette confrontation, mais ne s'étonna pas de la démarche de son fils. Jake était le genre de gamin à vouloir se justifier.

— Une tasse de thé, ça te dit ?

— En fait, j'ai commencé à boire des « petits noirs ».

— Des « petits noirs » ?

Elle réprima un sourire, préférant lui cacher son plaisir de l'entendre employer l'expression australienne.

— Vraiment ?

Il hocha la tête d'un air grave. Elle alla chercher la cafetière italienne et le café en poudre, mit de l'eau à chauffer. Histoire de gagner du temps. Pourvu que Jordan continue à dormir ! À Nantucket, il se levait toujours à l'aube, mais depuis qu'ils vivaient à Freemantle, il se réveillait quand il en avait envie, parfois seulement à 8 heures et demie.

Le café prêt, elle servit une tasse à Jack et la posa devant lui sur la table.

— Merci.

Il en but une gorgée sous son œil attentif.

— Aussi bon qu'au Dome ?

— Meilleur.

Il mentait. Elle lui en fut reconnaissante.

— Alors ? dit-elle.

Il poussa un soupir et la dévisagea, sans dire un mot. Elle redoutait de le provoquer. De le faire fuir.

— J'aimerais que tu me parles de Penny.

— Penny ?

— Quand vous étiez toutes les deux dans la chambre d'Ernie, de quoi avez-vous parlé ? Je sais que vous étiez proches, qu'elle te faisait des confidences, maman.

Ava ne s'était pas hasardée à aborder la question de Zoe avec Jordan. Elle l'avait envisagé, surtout après la découverte du message. *C'est ridicule à quel point je t'aime.* Elle se sentait trahie. Évidemment ! Elle s'entendait bien avec Zoe avant la mort d'Ernie. Ils formaient une joyeuse bande, tous les cinq – Zoe, Al et Lynne, Jordan et elle. Tous ces week-ends passés ensemble. Tant d'heures partagées avec les enfants. Ava repensa au comportement de Jordan et Zoe au fil des ans. Ils étaient proches, se serraient les coudes. Une camaraderie à l'américaine. Ils avaient les mêmes opinions politiques, appréciaient la même musique. Ava ne s'en était jamais souciée. En réalité, peu lui importait ce qu'ils faisaient ensemble derrière son dos. Qu'ils s'en donnent à cœur joie, comme Penny et Jake. Des ados surexcités ! Qu'ils s'envoient des petits mots d'amour ! Jordan ne valait pas mieux que son père, en définitive. Un vulgaire coureur de jupons ! Libre à lui de chercher du réconfort dans les bras d'une autre femme, même s'il s'agissait d'une amie d'Ava. Et alors ? Qu'ils aillent au diable ! Elle avait des choses plus importantes en tête. Elle avait perdu son enfant.

Leur liaison apaisait sa culpabilité. Elle avait tourné le dos à son couple, ainsi qu'à son amitié avec Zoe. Désormais, ils n'avaient plus besoin d'elle. Se suffisaient à euxmêmes. Ava voulait qu'on la laisse tranquille. Elle était exaucée.

Dans ses élans de générosité, elle se disait : Jordan a essayé de m'aimer, de m'épauler quand j'étais au fond du gouffre. Zoe aussi. Elle qui préparait si gentiment tous ces plats qu'elle venait nous livrer elle-même, je ne l'ai pas remerciée une seule fois. Pas plus que je lui ai tendu la main. Elle m'a envoyé une lettre magnifique, et je l'ai jetée. Je n'arrivais pas à leur parler. À personne. Du coup, ils ont fini par se tourner l'un vers l'autre. Quoi d'étonnant, après tout ?

Quand Penny était-elle venue la solliciter la toute première fois ? Quand avait-elle frappé à la porte de la chambre d'Ernie ? Quand lui avait-elle demandé ce qu'elle regardait (la énième rediffusion de *Home & Away*), ce qu'elle lisait (Melville) ? Ava n'arrivait pas à s'en souvenir précisément. Elle avait débarqué un jour alors que Jordan était absent et, avec son charmant air innocent, avait commencé spontanément à parler de Jake, de l'école, de sa voix aussi – un terrible fardeau –, et de ce poids indicible qui pesait sur son cœur, qu'elle ne parvenait pas à s'expliquer, qu'elle ne pouvait partager avec personne.

— Vous êtes la seule à me comprendre, disait-elle. Je ne peux pas me confier à Jake. Ni à ma mère.

Pendant des mois, Ava avait été témoin de sa tristesse, de ses effondrements psychiques – insondables, probablement, pour tous, sauf elle-même.

— Je sais ce que tu ressens, ma chérie.

Elle pensait que Penny souffrait du malaise de toutes les adolescentes.

— Personne ne me comprend. Maman et moi, avant, on était proches, mais c'est terminé. Elle s'imagine que je suis la fille la plus chanceuse de la planète. Si je lui confiais ce que je ressens, elle m'enverrait chez le psy. Elle m'a déjà fait le coup.

Ava estimait que toutes les jeunes filles avaient besoin d'une amie avec qui parler, en dehors de leur mère, pour s'épancher sans se sentir jugée. Elle se félicitait que Penny soit venue la trouver. Elle avait gagné le cœur de la fille de Zoe. Elle prenait soin d'elle.

Vis-à-vis de Jake, en revanche, Ava éprouvait un énorme sentiment de culpabilité. Elle avait vu les signes avant-coureurs, savait Penny capable de se mettre en danger, de faire courir des risques à son entourage. Or, elle n'avait rien fait pour l'en empêcher. Elle aurait dû en parler à Jordan, ou à Lynne Castle. À Zoe. Bien sûr qu'elle aurait dû le dire à sa mère !

— Elle me confiait ses angoisses, son chagrin, Jake. Elle sentait qu'elle pouvait s'ouvrir à moi sans risque, puisque que moi aussi j'étais triste. À cause d'Ernie.

Jake hocha la tête, puis but une gorgée de café.

— Si c'était à refaire, j'irais trouver sa mère. Je lui raconterais certaines confidences que Penny m'a faites. J'essaierais de trouver quelqu'un pour l'aider.

— Tu n'as rien à te reprocher, maman. C'est moi le coupable. J'ai fait un truc horrible...

Ses yeux s'emplirent de larmes, et il se mit à sangloter. Ava fit le tour de la table pour s'agenouiller près de lui et le prendre dans ses bras.

— Oh, chéri ! Non ! Tu étais merveilleux avec Penny.

— Pas du tout. Enfin, la plupart du temps, oui. Mais pas toujours.

Ava chercha à l'apaiser en lui caressant les cheveux. Elle avait passé tellement de temps à pleurer Ernie qu'elle avait omis de prendre soin de l'unique enfant qui lui restait.

— On ne peut pas être constamment à la hauteur. J'en suis la preuve vivante. On blesse les personnes qui nous sont chères, intentionnellement ou pas. Mais si j'ai bien une certitude, c'est que Penelope Alistair savait que tu l'aimais.

Jake renifla et s'essuya le nez avec sa manche. En se levant pour aller chercher une boîte de mouchoirs, Ava jeta un coup d'œil en direction de la chambre – toujours fermée.

Jake soupira. Il parut se ressaisir et but une autre gorgée de café.

— C'est délicieux.

Ava le resservit. Elle n'arrivait pas à décider si elle devait s'asseoir ou rester debout. Il lui parlait, elle l'écoutait. Ce qu'il ignorait, et qu'il ne saurait pas tant qu'il ne serait pas lui-même parent, c'est à quel point elle lui était reconnaissante. Elle ne méritait pas sa gentillesse.

— Comme tu as dû le comprendre, reprit-il, j'ai voulu m'enfuir.

En proie à une sensation d'étouffement, elle résolut de s'asseoir. S'enfuir ?

— Où es-tu allé ?

— À South Beach. J'ai rencontré une bande de jeunes autour d'un feu de camp. Des vagabonds.

Ava fit la grimace. Des vagabonds. Quelle horrible idée ! Depuis qu'elle était toute jeune, elle en avait toujours vu errer aux abords de Perth et de Freo. On les avait toujours appelés ainsi. Elle en avait croisé elle-même à South Beach trente ans plus tôt – avec des dreadlocks, tatouages, piercings, et des matelas sales qu'ils traînaient au parc pour se vautrer dessus et fumer de la marijuana, jouer de la guitare, gribouiller dans leur journal intime ou lire Orwell ou Proust. Ils cuisinaient sur des réchauds de camping et dormaient dans leurs vans. Leurs pieds sales dépassaient des fenêtres.

— L'un d'eux, un certain Hawk, m'a proposé de traverser la plaine de Nullabor avec lui. Jusqu'à Adelaïde d'abord, puis Sydney. (Jake marqua une pause avant d'ajouter :) Je lui ai donné de l'argent.

— Oh ! s'exclama Ava en essayant de dissimuler son inquiétude. Combien ?

— Deux cent soixante dollars, répondit Jake, les yeux rivés sur sa tasse. Sur le moment, j'ai pensé que c'était une affaire.

— Que s'est-il passé ?

— J'ai bu quelques bières, j'ai fumé un peu de marijuana, enfin j'ai cru que c'était de l'herbe, et puis j'ai tourné de l'œil sur la plage. En me réveillant, je me suis aperçu qu'avant de filer, ils m'avaient volé le reste de mon argent, ma carte de crédit, mes chaussures et mon appareil photo.

— Ah !

Jordan avait dit à Ava que Jake avait perdu sa carte de crédit, et qu'après un petit speech sur la responsabilité fiscale, il avait dû appeler lui-même pour l'annuler.

— Je vois.

— Après ce coup-là, j'ai décidé de rentrer.

— C'est à ce moment-là que je t'ai vu te faufiler dans la cour avec ton sac.

— Tu ne l'as pas dit à papa ?

— Non.

— J'en étais sûr. Il aurait insisté pour avoir une discussion à cœur ouvert tout de suite.

— Ça ne fait aucun doute.

— En un sens, je me félicite que ce voyage ne se soit pas fait, ajouta Jake en prenant une grande inspiration. Je n'aurais pas supporté de te savoir inquiète, à te demander où j'étais, où je dormais, si je mangeais correctement, avec qui je traînais.

— Merci, mon chéri.

— Je sais que tu m'aimes, maman.

Ava sentit les larmes lui brûler les yeux.

— Tu sais que je t'aime, mais tu ne sauras jamais à quel point.

— Tu as l'air heureuse ici.

— Je ne pensais pas me sentir à nouveau moi-même un jour. Pourtant, c'est le cas maintenant.

— Papa, lui, n'est pas heureux.

— Non, je sais.

— J'aimerais qu'on puisse être heureux tous les trois en même temps, au même endroit.

Quand Jordan lui avait proposé de déménager en Australie, Ava n'en était pas revenue.

— On va louer une maison à Perth. Je peux prendre une année sabbatique. Tentons le coup. Marnie peut gérer le journal. Elle en est plus que capable.

— Et Jake ? Le lycée ?

— Il y a des lycées en Australie !

— Il sera en dernière année, je te rappelle.

— Il faut qu'on l'éloigne d'ici, Ava.

Elle avait senti la moutarde lui monter au nez. Depuis combien d'années réclamait-elle de retourner en Australie ? Voilà que Jordan se décidait enfin, sous prétexte que Jake devait quitter l'île ?

— Tout ça pour Jake, alors ?

— Et pour toi. Surtout pour toi. Si éloigner Jack était ma seule motivation, j'aurais envisagé des destinations nettement plus proches.

Oui, pensa Ava. On faisait difficilement plus loin.

— Tu veux déménager. Je suis disposé à te ramener chez toi.

Elle avait envie de partir, incontestablement. C'était idiot de se faire l'avocat du diable, mais quelque chose ne collait pas.

— Tu vas abandonner le journal ? Laisser Marnie prendre les choses en main ?

— Pendant un an, oui.

Cela semblait inconcevable. Quelque chose échappait à Ava. Elle vit la détermination de Jordan dans son regard. Il ne plaisantait pas. Il allait quitter son journal, son île. Il en avait réellement envie. Mais pourquoi maintenant alors que, jusqu'ici, un voyage de quinze jours en Australie lui paraissait un véritable enfer ? En réfléchissant, elle se remémora un épisode qui s'était produit le 4 juillet. Jordan lui avait dit qu'il était tombé en panne d'essence sur Hummock Pond Road. Cela lui avait paru étrange. Il n'était pas du genre à oublier de faire le plein.

— Que faisais-tu là-bas ? lui avait-elle demandé.

— Je me baladais.

Ava avait ruminé l'information des heures durant en s'efforçant de comprendre. Ils allaient partir un an en Australie. Jordan y tenait – pour Jake, pour elle aussi. Elle avait du mal à admettre qu'il puisse être altruiste à ce point. Que cherchait-il à fuir ?

Soudain, elle comprit que Zoe n'était pas étrangère à sa décision.

Elle l'avait repoussée.

Elle ne voulait plus de lui.

Depuis qu'ils vivaient à Fremantle, Ava n'avait jamais été aussi bien dans sa peau. Elle prenait son thé de bonne heure le matin en faisant des mots croisés. Ensuite elle préparait le petit déjeuner – œufs au bacon, tomates grillées et haricots rouges. Pendant la semaine, elle allait faire ses courses chez Woolies. Le week-end, elle préférait le marché de Freemantle, où elle achetait des mangues, du pain turc, et de la romaine pour sa salade Caesar. Elle passait du temps avec ses frères et sœurs, sa mère. Elle voyait des camarades du lycée, des copines avec qui elle avait été serveuse chez Cicarella. Elle était sortie à deux reprises avec son ex-petit ami, Roger Polly, et chaque fois elle avait ri comme jamais depuis des années. Jordan avait-il ressenti ce même regain d'énergie, cette sensation d'une nouvelle jeunesse avec Zoe ?

J'aimerais qu'on puisse être heureux tous les trois au même endroit en même temps, avait dit Jake.

Ava essaya de s'imaginer ce qui se serait passé si Jake avait traversé le pays dans le van de ces inconnus. Si Jordan et elle avaient trouvé son lit vide, ses affaires envolées en se réveillant ce matin-là ? Avec ses instincts de journaliste, Jordan aurait probablement mis le cap sur la ville d'abord, puis sur South Beach, pour demander à tous les gens qu'il croisait s'ils avaient aperçu son fils.

Il aurait peut-être trouvé quelqu'un qui se souvenait de lui. Jake se distinguait du lot avec son look d'Américain, ses tenues chic, proprettes. Et puis il lisait Hemingway ! Et s'ils ne l'avaient pas retrouvé à temps ? Si ces vagabonds l'avaient jeté de leur véhicule sur l'asphalte brûlant d'une route déserte au cœur de la plaine de Nullarbor, sans eau ni vivres ?

Ava vérifia l'heure : 6 heures et quart seulement. Dehors, les martins-chasseurs géants pépiaient. La matinée avait déjà été forte en émotions.

— Que veux-tu ? demanda-t-elle à Jake. Voilà ce que tu dois déterminer avant tout.

— Je veux rentrer à la maison.

Une lueur d'espoir grandissait dans son esprit depuis des semaines, une idée de changement de vie, mais elle redoutait d'en parler à qui que ce soit. Pour finir, elle se confia à sa sœur May, lors d'un dîner en tête à tête au Subiaco Hotel. Elles avaient commandé des verres de chardonnay Leeuwin et une assiette de moules au piment à partager. Eva faillit se pincer. Elle était au Subiaco en train de dîner avec sa sœur préférée, comme elle en avait rêvé si souvent, les soirs de déprime sur Nantucket. Maintenant qu'elle avait de nouveau une vie, elle ne laisserait personne l'en déposséder.

— J'ai pris une décision, annonça-t-elle à May.

— Tu vas te faire refaire les seins.

— Non. Je vais adopter un bébé.

May plaqua sa main sur sa bouche pour réprimer un cri, les yeux écarquillés. Ava éclata de rire.

— Les gens nous regardent.

— Oh mon Dieu ! C'est tellement mieux que la chirurgie esthétique. Une idée géniale ! Je me demande pourquoi tu n'y as pas pensé plus tôt.

— Eh bien...

Sa famille avait-elle conscience de sa détresse émotionnelle au cours des quatre dernières années ? Ils devaient penser qu'elle traversait une période difficile, qu'elle n'était pas vraiment elle-même. Un exemple caractérisé de litote à l'australienne, ou la conséquence d'un exil à quinze mille kilomètres.

— Je n'étais pas prête avant. Je le suis maintenant. J'aimerais une petite fille. Une Chinoise !

— Oh, Ava !

May contourna la table pour la prendre dans ses bras. Parmi la progéniture Price, c'est elle qui ressemblait le plus à leur mère, Dearie. Elle avait hérité de sa poitrine imposante et de son pragmatisme. Elle avait appris à tricoter et était capable de préparer un repas pour dix même avec presque rien. Cela lui était égal d'avoir des cheveux blancs. Avec ses six enfants, une semaine normale comprenait quatre matches de criquet, trois visites chez le dentiste et, au bas mot, dix saignements de nez ! D'où le grisonnement précoce.

— Je suis ravie pour toi ! C'est merveilleux.

Elle se rassit, avala une gorgée de vin.

— Jordan est content, j'imagine.

— Il n'est pas au courant. C'est ma décision. Une affaire personnelle.

— Tu as l'intention de le quitter alors ?

Ava s'était attendue à ce que sa sœur pousse les hauts cris. Pas un seul divorce dans la famille Price en trois générations. Mais May parut le prendre plutôt bien.

Ava avait longuement réfléchi à la manière d'annoncer la nouvelle à Jordan. Le lieu, le moment. Un après-midi, en rentrant du marché, elle le vit au bar du Norfolk Hotel en train de boire seul. Elle faillit entrer et lui taper sur l'épaule, mais elle ne voulait pas avoir l'air de lui tendre une embuscade. Il lui fallait un certain laps de temps, dans un cadre sûr. Elle réserva une excursion d'une journée et s'organisa avec May pour qu'elle prenne Jake le soir.

— On va à Rottnest Island demain matin. Le ferry part à 9 heures moins le quart.

Jordan tourna la tête vers elle, si vivement que ses lunettes glissèrent sur son nez.

— Pas question !

— Comment ça, pas question ?

— Je n'ai aucune envie de faire une excursion, et ça ne dit sûrement rien à Jake non plus.

— Il n'est pas convié. Il sera chez May et Doug. Nous partons tous les deux.

Jordan parut encore plus alarmé.

— Ne me dis pas que tu comptes passer la nuit là-bas ?

— On n'y restera que la journée. On louera des vélos pour visiter l'île. Et voir les quokkas.

— Oh ! fit Jordan, avec une moue réprobatrice. Je ne sais pas. J'ai des trucs à faire demain.

Ava l'étudia longuement. Elle aurait pu rétorquer : Quoi, par exemple ? Aller boire un verre au Norfolk ? Regarder le cricket à la télé ? Te vautrer dans ta déprime ?

Au lieu de quoi, elle sourit.

— Annule tout. On va à Rottnest, pas la peine de discuter.

Elle avait les nerfs en pelote. Les huit minutes de trajet jusqu'au ferry furent sans doute les plus stressantes qu'elle ait jamais passées avec son mari. Il boudait comme un enfant récalcitrant. Il n'avait aucune envie de faire une excursion avec elle. La seule chose qui rachetait Ava, c'est qu'elle compatissait. Si les rôles avaient été inversés, s'il l'avait forcée à partir en balade – pour passer la journée à Tuckernuck Island, par exemple –, elle aurait été tout aussi morose. Pendant qu'elle conduisait, Jordan pressa son front contre la vitre, tel un chien qu'on emmène à la fourrière.

Dans le ferry, elle se posta à la poupe. Jordan resta enfermé dans la cabine, où il but un café serré en relisant le journal qu'il avait déjà feuilleté plus tôt à la maison. Il faisait frisquet sur le pont. Le vent s'infiltrait à travers le pull d'Ava. L'été, la température était plus douce sur l'île, mais elle devait parler à son mari sans plus attendre. Elle contempla les flots bleus crêtés d'écume. Elle n'arrivait pas à croire qu'ils aient vécu ensemble toutes ces années. Quel gaspillage !

Au moment de débarquer, une telle nostalgie l'envahit qu'elle faillit en oublier son objectif. Enfant, elle passait une semaine de vacances sur cette île tous les ans, en janvier, avec ses frères et sœurs. Ils louaient des bicyclettes. À partir d'un certain âge, on les avait autorisés à explorer l'île seuls. Loin d'un paradis tropical luxuriant, le paysage était austère. Des hectares de terre brune, aride, parsemée d'eucalyptus et de broussailles. Le père d'Ava accordait une pièce d'un dollar au premier qui repérait un quokka, cet étrange marsupial autochtone. La famille plantait sa tente à proximité de Geordie Bay. Le point d'orgue du séjour était la soirée au pub de l'hôtel, à jouer au billard en mangeant des sandwichs. Trente années avaient passé. Désormais plus chic, l'île se prévalait d'un Dome, d'un Subway, d'un café sur le front de mer. Des voiliers et des yachts venus de Perth jetaient l'ancre près de la plage. On y faisait de la plongée sous-marine.

En descendant sur le quai, Ava huma des fragrances d'eau salée et d'eucalyptus.

— Mon Dieu ! Comme j'aime cet endroit ! J'ai toujours adoré cette île. Dire que je pensais ne plus la revoir.

Jordan émit un grognement.

Ils louèrent des VTT à vingt et une vitesses. À mille lieues des vélos de son enfance qui n'avaient même pas de freins.

— Il faut qu'on fasse tout le circuit jusqu'à Fish Hook Bay, déclara Ava en attrapant la carte que lui tendait le jeune homme derrière le comptoir de location, et puis on doit absolument aller voir le phare. On déjeunera à l'hôtel où mes parents nous emmenaient autrefois.

Jordan secoua la tête. Il n'avait aucune envie d'être là.

Ils enfourchèrent leurs montures et s'élancèrent. Depuis combien de temps n'avait-elle pas fait de vélo ? Le premier été à Nantucket, elle avait sillonné toute l'île sur une bicyclette d'occasion à dix vitesses, parfois les pieds nus et couverts de sable. Un jour, la Jeep de Jordan avait surgi à sa hauteur sur la route. Il avait tenté de la convaincre de monter avec lui, mais elle avait décliné son offre. Elle voulait continuer à pédaler.

Ils remontèrent la colline, péniblement, en direction de Vlamingh Lookout. Lors d'une halte au sommet, un peu essoufflée, Ava désigna Little Parakeet Bay, de l'autre côté de l'île. Il faisait assez beau pour distinguer les côtes du continent, à huit kilomètres.

Jordan suivit la direction de son doigt d'un œil morne. Puis il sortit sa bouteille d'eau et en avala une lampée.

— Qu'est-ce qu'on fait là, Ava ?

— Ça ne te plaît pas ? En été, on se baigne sur ces plages. On fait de la plongée. Quand on était petits, on ramassait des oursins violets, et mes frères pêchaient des poulpes au filet.

— Qu'est-ce qu'on fait là ? répéta-t-il.

Elle avait espéré attendre le déjeuner, où ils se relaxeraient en sirotant une pinte au pub de l'hôtel. Elle ferma les yeux. Jadis, il y avait déjà un jukebox dans ce pub. Ses frères et sœurs et elle mettaient Bruce Springsteen, les Who. Leur mère choisissait toujours *Waltzing Matilda*, et ses parents entonnaient alors les paroles, bientôt rejoints par une poignée d'inconnus éméchés attablés autour.

— Je vais adopter un bébé, lâcha-t-elle. Une petite Chinoise.

Cette déclaration fut suivie d'un silence, comme elle s'y attendait. Incapable de regarder son mari en face, elle crevait d'envie de fumer une cigarette.

— Certainement pas, répondit-il finalement. Pas question que j'élève un autre enfant.

— Tu ne m'as pas écoutée. J'ai dit : *je* vais adopter un enfant.

— Qu'est-ce que je dois en conclure ? (Il porta à nouveau la bouteille d'eau à ses lèvres et se rinça la bouche avant de cracher dans l'herbe sur le bas-côté.) Qu'est-ce que ça veut dire, Ava ?

— Que... je veux rester ici pour de bon, et adopter une petite fille. Je pense que, Jake et toi, vous devriez rentrer en Amérique.

— Quoi ? De quoi parles-tu ? De me quitter, c'est ça ? Tu m'as amené ici, au bout du monde, pour m'annoncer que tu as l'intention de me quitter et d'adopter un bébé ?

Il descendit de son vélo, qu'il expédia sur la chaussée où il rebondit dans un fracas de tous les diables.

— Tu dis n'importe quoi, Ava !

— Jordan !

— N'importe quoi ! J'ai renoncé à ma vie pour toi. J'ai tout laissé à Nantucket pour t'accompagner ici, pour exaucer ton vœu le plus cher. Tu n'as jamais été heureuse à Nantucket avec moi. C'était clair comme de l'eau de roche il y a vingt ans, quand j'ai débarqué ici et que tu m'as ri au nez en me désignant la porte. Pourtant, tu es revenue vers moi, Ava, tu es revenue ! Or j'ai passé l'essentiel de notre vie commune à croire que c'est *moi* qui te rendais malheureuse. C'était *ma* faute si tu n'arrivais pas à retomber enceinte. Tu m'as jugé responsable de la mort d'Ernie. J'étais trop absorbé par mon travail. Tout était ma faute. Et maintenant que je fais preuve d'altruisme, que j'agis au nom de notre couple, de notre famille, tu m'annonces que tu as l'intention d'adopter un bébé et que, Jake et moi, on devrait rentrer ?

Une cigarette. Ou une bière fraîche. N'importe quoi pour rendre les choses plus faciles. Mais elle se féliciterait sans doute plus tard de ne pas avoir recouru à ce genre de béquilles. Rien dans les mains, à part son vélo, qu'elle tenait fermement. Nul endroit où poser son regard non plus, en dehors de son mari.

— Je suis au courant pour Zoe, Jordan. Ça fait un bout de temps que je le sais.

L'embuscade. Jordan fut totalement pris au dépourvu. Elle vit une demi-douzaine d'émotions déferler sur son visage. Comme ils étaient mariés depuis tant d'années, elle les identifia toutes, sans exception – déni, incrédulité, contrition, colère, tristesse, résignation.

— Mon Dieu, Ava...

— Ce n'est pas grave. Ça l'a été, je pense, pendant longtemps, mais plus maintenant.

Elle repensa à leurs ébats maladroits au lit récemment. Ce jour-là, elle avait compris que tout était fini entre eux. Elle avait laissé son couple se rouiller, tel un tandem abandonné sous la pluie. Quand elle avait décidé de l'enfourcher à nouveau, elle avait été surprise qu'il ne soit plus en état de marche. Lorsqu'elle avait finalement tendu la main à Jordan, elle avait compris qu'il était à des milliers de kilomètres de là. Se sentant rejetée, elle en avait conçu de la colère jusqu'au moment où elle s'était rendu compte que l'élan qui avait jailli ce soir-là en elle ne concernait pas Jordan, mais tout autre chose : l'Australie, sa mère, ses frères et sœurs, l'idée naissante d'une nouvelle famille.

— Je n'arrive pas à y croire ! souffla Jordan, avant de le répéter en hurlant à l'adresse du ciel : JE N'ARRIVE PAS À Y CROIRE !

Ava non plus, du reste. Elle aspira une grande goulée de l'air tonifiant de Rottnest. Quand elle était venue sur cette île, enfant, elle n'aurait jamais pu imaginer les circonstances de son retour. Pendant des années, malgré son profond désespoir, pas une seconde elle n'avait imaginé se séparer de Jordan. Pourquoi ? Pourquoi ? !

— Retourne à Nantucket, Jordan. Ta place est là-bas.

Il ouvrit la bouche, mais pas un son n'en sortit.

— Ne proteste pas. Tu peux le nier autant que tu veux, c'est la vérité. Tu veux autant que moi que nos chemins se séparent.

— Et notre fils, dans tout ça ?

— Jake est en piteux état. Il a tenté de s'enfuir il y a une quinzaine de jours. Il est tombé sur des jeunes à South Beach. Des vagabonds qui vivent dans un van. Il leur a donné de l'argent pour aller avec eux à Sydney, où il avait l'intention de monter à bord du premier avion, ou cargo, en partance pour les États-Unis. Seulement, ils l'ont drogué, dépouillé, si bien qu'au final, il est rentré à la maison tout penaud. Je l'ai surpris dans le jardin à 5 heures et demie du matin avec son sac de voyage.

— Seigneur ! Pourquoi ne m'as-tu rien dit ? Pourquoi ne m'en a-t-il pas parlé ?

— Depuis qu'il m'a raconté ses mésaventures, je n'ai pas cessé de penser que nous aurions pu le perdre. Vraiment le perdre, comme nous avons perdu Ernie, comme Zoe a perdu Penny.

Elle tenta une fois de plus de dompter sa chevelure emmêlée par le vent en l'emprisonnant dans un élastique.

— Qu'aurais-je fait, Jordan ?

— Je n'ai pas de réponse à te donner. Il semble que je n'en aie plus aucune, d'ailleurs.

— J'ai demandé à Jake ce qu'il désirait plus que tout au monde. Tu sais ce qu'il m'a répondu ? Retourner à Nantucket.

— On ne va pas décider de ça aujourd'hui. On ne peut pas rompre une union de vingt ans du jour au lendemain.

— Réfléchis, Jordan, s'il te plaît. Ramène Jake à la maison et protège-le. Envoie-le à l'université. Tu le mettras dans un avion de temps en temps pour qu'il vienne me voir. Reprends la direction du journal, rends service à l'île, fais ce pour quoi tu es né, ce pour quoi on t'a élevé. (Elle avala sa salive avant d'ajouter :) Et retourne auprès de Zoe.

— Ava...

— Je suis sérieuse, et totalement sincère. Vis tes rêves.

Jordan remonta ses lunettes sur l'arête de son nez. Un geste qui agaçait Ava autrefois, mais à cet instant, elle y voyait une manière d'exprimer son ahurissement.

— Et toi ?

— J'ai tout ce qu'il me faut ici.

Elle enfourcha son vélo et descendit l'autre versant de la colline. Un quokka traversa la route à petits bonds devant elle.

J'ai gagné une pièce d'un dollar ! se dit-elle.

Elle était enfin rentrée chez elle.

LYNNE

« Je suis trop vieille pour ça. » Telle était la phrase préférée de Lynne Castle. Ces derniers temps, toutefois, elle se sentait d'humeur plus grossière : « Je suis trop vieille pour ces conneries. » Mais jurer ne lui ressemblait pas. Elle était solide, responsable. La voix de la raison. Une citoyenne modèle. Une femme aimante, une bonne mère.

Quoique...

C'était l'été de tous les doutes ! Lynne et Al avaient tout ce qu'ils pouvaient désirer. Lui, sa concession automobile et la politique locale. Elle, une affaire intéressante qui lui laissait du temps libre. Ils vivaient dans une magnifique demeure. Ses deux fils, à l'université, s'apprêtaient à conquérir le monde. Et puis ils avaient Demeter.

Vu de l'extérieur, les Castle avaient la belle vie. Et cela depuis toujours. Al se chargeait de tout sur l'île. Sinon, Lynne prenait la relève. Ces derniers temps, toutefois, une chose enfouie au plus profond de leur existence revenait à la surface.

Lynne n'était pas idiote. Elle savait pertinemment que le problème venait de Demeter, sa benjamine. Quel bonheur d'avoir donné naissance à une fille après ses deux

garçons ! Un rêve devenu réalité : tout ce rose, les poupées, les cours de danse, les goûters. Demeter était une
petite fille précoce, adorable, si menue, avec une jolie
voix haut perchée.

Quand cela avait-il commencé à aller de travers ? Lynne
se sentait-elle capable d'explorer le passé, et d'être honnête avec elle-même, pour une fois ?

Quand Demeter eut dix ou onze ans, Lynne s'aperçut
qu'elle était en surpoids. Elle n'aurait pas trop su dire
comment sa fille en était arrivée là. Certes, ni Al ni elle
ne pouvaient se vanter d'avoir la ligne, et ne trouvaient
jamais le temps de faire de l'exercice, mais on ne pouvait
certainement pas les qualifier de gros. Les garçons, sveltes
tous les deux, faisaient du sport.

Lynne inscrivit sa fille au club de foot. Au début, Demeter restait assise sur le banc, consciente qu'elle jouait mal
et que sa corpulence l'empêcherait de courir plus de
quelques mètres sans être essoufflée. Très vite, elle avait
baissé les bras. Son père lui offrit un VTT pour son anniversaire, mais Demeter n'avait pas beaucoup d'amis. Personne, donc, pour aller faire du vélo avec elle, à qui
rendre visite en bicyclette. Si ses camarades d'école l'ex-
cluaient à cause de son poids, à la maison, sa mère redoutait d'aborder la question, de peur d'accentuer le problème.
Elle ne voulait pas que Demeter pense que sa propre mère
la trouvait grosse. Au contraire, elle lui faisait des com-
pliments pour lui donner une image positive de son corps.
Et, bien sûr, elle avait le droit de reprendre du gâteau.

Demeter continua à engraisser. Elle refusait de skier
lorsqu'ils partaient en week-end à Stowe. D'enfiler un
maillot de bain à la plage le dimanche.

Fallait-il l'envoyer dans un camp faire une cure d'amai-
grissement ? Un été loin de la maison arrangerait peut-
être les choses, mais le concept en soi paraissait cruel.
Et dépassé. Une camarade de Lynne avait suivi une de
ces cures au lycée. Depuis, elle souffrait de troubles de
l'alimentation.

Al ne se montrait pas très coopératif. Quand Lynne se
glissait dans le lit près de lui le soir en soupirant :

« Qu'allons-nous faire pour Demeter ? Elle est si seule. J'ai envie de pleurer rien que d'y penser », il se bornait à lui répondre : « On fera ce que tu veux, chérie. »

Un soutien, en apparence, qui n'était en réalité qu'une manière de se décharger sur elle. Ses activités politiques et sociales l'occupaient trop pour qu'il daigne se pencher sur le problème. Demeter était une fille, donc Lynne, sa mère, trouverait forcément une solution appropriée. Al s'était pleinement investi pour ses fils, entre ses fonctions d'entraîneur dans l'équipe de Ligue mineure, les projets scientifiques, les prospections dans les universités. À cet égard, il avait tout assumé. Lynne aurait difficilement pu le prendre en défaut.

Il n'empêche qu'elle l'estimait aussi responsable qu'elle-même vis-à-vis de Demeter. Et qu'au final, elle était trop vieille pour ces conneries.

L'adolescence s'apparentait à une traversée agitée en ferry, avait-elle essayé d'expliquer à sa fille. Les vagues vous malmènent, vous hissent au sommet des crêtes avant de vous plonger dans les creux, et l'écart entre les hauts et les bas vous donne mal au cœur. À tout instant, on a l'impression qu'on va se noyer. La bonne nouvelle, c'est que le voyage a une fin. On accoste au port de Hyannis et on débarque. Demeter achèverait ses études secondaires. Quand elle aurait atteint l'âge adulte, tout s'arrangerait.

À la fin de ce discours, Demeter l'avait regardée d'un œil noir.

— Une traversée agitée en ferry ?

C'est tout ce que sa mère avait trouvé.

Le 17 juin, un peu avant 1 h 30 du matin, Ed Kapenash avait appelé à la maison pour annoncer à Al qu'un accident s'était produit. Demeter était à l'hôpital, mais elle n'était pas blessée.

Al avait transmis le message à Lynne, qui s'était redressée brusquement à côté de lui.

— Il y a eu un accident. Demeter est à l'hôpital, mais elle n'a rien.

— Elle est dans sa chambre, pas à l'hôpital.

Al, qui prenait pour parole d'Évangile tout ce qui sortait de la bouche de sa femme, répéta au capitaine de la police :

— Demeter est dans sa chambre.

Ce à quoi Ed rétorqua :

— Elle est en face de moi, Al. Pourriez-vous venir, s'il vous plaît ?

Même à cet instant, Lynne n'y avait pas cru. Elle avait enfilé à la hâte sa jupe et son chemisier restés près du lit – la tenue qu'elle avait portée quelques heures plus tôt, à quatre fêtes successives – puis avait gagné d'un pas décidé la chambre de Demeter, au bout du couloir. Frappé à la porte. Pas de réponse, ce qui n'avait rien d'inhabituel. Essayé d'ouvrir. Verrouillée. Là encore, rien d'insolite. Toutes les adolescentes s'enfermaient dans leur chambre, non ? Alors qu'elle toquait à nouveau, Al apparut derrière elle, une tige de métal à la main.

— Nom de Dieu, Lynne ! Écarte-toi, s'il te plaît.

Elle se tourna à demi vers lui, sidérée. Il ne lui parlait jamais sur ce ton.

Il débloqua le pêne, tendit la main vers l'interrupteur, et tous deux se retrouvèrent dans la chambre vide, avec la fenêtre grande ouverte. Affolée, Lynne s'en approcha et regarda en bas.

— Elle... ?

— ... est sortie par la fenêtre, acheva Al d'un ton abrupt.

— Et après ?

La moustiquaire gisait sur les bardeaux du toit. De là-haut, il fallait faire un saut d'au moins trois mètres pour atterrir sur la pelouse.

— Elle a sauté ?

— Forcément. Je vais à l'hôpital. Tu viens avec moi ?

— Bien sûr.

Sa fille avait eu un accident, elle était à l'hôpital. Elle avait sauté par la fenêtre de sa chambre et atterri sur la pelouse. Elle les avait dupés. Lynne se sentait si fatiguée. C'était le milieu de la nuit, et elle n'avait dormi que quelques heures. Elle était trop vieille pour tout ça.

À leur arrivée à l'hôpital, elle n'aurait pas pu être plus réveillée. Ed Kapenash les attendait sur le parking. Ce n'est pas la procédure normale, pensa Lynne. Il a dû nous mentir en nous disant que Demeter n'avait rien pour nous éviter une sortie de route. Sinon, pour quelle autre raison serait-il venu les accueillir dehors ?

Ed parlait à voix basse. Lynne ne l'avait jamais entendu s'exprimer d'un ton aussi grave. La Jeep de Jake Randolph. Penny au volant. Morte sur le coup. Hobby en vie, mais dans le coma. Il allait être héliporté. Demeter n'avait rien. Jake Randolph non plus.

Lynne ne parvenait pas tout à fait à suivre.

— Attendez une minute. Qu'avez-vous dit à propos de Penny ?

Ed serra les lèvres.

— Elle est morte, ma chérie, intervint Al. Son décès a été constaté à son arrivée à l'hôpital.

Lynne se sentit défaillir. Mais non, elle tenait toujours debout. Elle avait lâché quelque chose. Ses clés. Tombées sur l'asphalte. Elle se pencha pour les ramasser. Eut un hoquet, puis elle éclata en sanglots.

— Je suis venu vous chercher ici pour vous prévenir, reprit Ed. Pour vous préparer. Jordan est en route. Zoe aussi.

— Sont-ils au courant ? demanda Lynne. Zoe... ?

— Pas encore.

Seigneur ! C'était abominable. L'existence de Lynne ne l'avait pas armée pour encaisser de telles atrocités.

— Je dois également vous informer que nous avons trouvé une bouteille de Jim Beam dans le sac de votre fille. Il en restait un fond. Elle ne l'a sûrement pas bue toute seule, mais les infirmiers qui l'ont accueillie ont constaté qu'elle était en état d'ébriété. Je m'apprête à aller lui parler, mais je tenais à vous en faire part moi-même. Au nom de notre amitié.

Merci, Ed, souffla Al.

— Du Jim Beam ? s'exclama Lynne. Pour l'amour du ciel, où a-t-elle pu dénicher une bouteille de bourbon ? Nous ne buvons pas, vous le savez, Ed.

— Je vous informe simplement de ce que nous avons découvert.

— Quelqu'un a dû le glisser dans son sac, poursuivit Lynne. Un des garçons.

Pas Penny. Penny ne buvait pas d'alcool. Lynne tenait cette information de Demeter. Et de Zoe. Ils avaient fêté la remise des diplômes, tout de même. Alors peut-être s'était-elle un peu laissée aller ce soir. Cela expliquait-il l'accident ? Penny aurait aussi pu planquer la bouteille dans le sac de Demeter, qui n'aurait pas protesté, tant elle voulait se faire accepter par la bande.

— Penny avait bu ?

— Nous ne savons quasiment rien d'autre.

— Laisse-le faire son travail, ma chérie. Il est venu nous avertir par courtoisie.

Al s'attendait-il à ce qu'elle remercie Kapenash ?

Merci, Ed, de nous avoir informés que notre fille avait une bouteille d'alcool presque vide dans son sac ?

Lynne ne s'aimait pas trop dans le rôle de la mère défendant mordicus l'innocence de son enfant – ces mères-là se faisaient presque toujours des illusions sur leur progéniture –, mais, en l'occurrence, elle n'avait pas le choix. Elle refusait d'admettre que la bouteille de Jim Beam, ou de Dieu sait quoi, découverte dans le sac de Demeter ait pu lui appartenir.

Lynne n'arrivait pas à croire qu'elle se soucie de cela en un moment pareil. Penny Alistair était morte. Et Hobby... Qu'avait dit Ed à son sujet, déjà ?

— Qu'est-ce qu'il a dit à propos de Hobby ? demanda-t-elle à son mari tandis qu'Ed rebroussait chemin vers les portes vitrées brillamment éclairées des urgences.

Elle grelottait comme si c'était le mois de janvier, et non juin.

— Entrons, dit Al.

Deux mois plus tard, Lynne avait du mal à reconstituer le déroulement des événements. Sa mémoire s'était brisée comme un miroir. Elle se rappelait avoir vu Zoe arriver. Elles avaient échangé un regard et Lynne avait eu peur de se trahir. Il était insoutenable qu'elle sache que Penny était morte alors que Zoe l'ignorait encore, et maudissait Ed Kapenash de les avoir informés en premier.

Elle se rappelait la gifle que Zoe avait assenée à Jordan. Elle ne l'oublierait jamais. Jamais. Les lunettes de Jordan avaient failli valser. Qu'avait-il fait de mal ? Elle ne l'avait jamais su précisément.

Al avait accompagné Zoe à Boston. Dans un premier temps, elle avait refusé son aide, mais il avait tenu bon : « Je t'emmène, que tu le veuilles ou non ! Bon sang, tu ne peux pas y aller toute seule ! » Il l'avait conduite au Mass General et il était à son côté lorsque les médecins lui avaient annoncé l'épouvantable nouvelle. Hobby était toujours dans le coma. On ne pouvait rien faire, à part attendre.

Pendant ce temps-là, Lynne et Jordan patientaient dans la salle d'attente du Nantucket Cottage Hospital qu'Ed Kapenash ait fini d'interroger leurs enfants. Avaient-ils parlé ensemble ? Lynne ne s'en souvenait pas. Demeter, pâle, tremblante, avait fini par les rejoindre. Elle sentait le vomi.

Lynne avait palpé son corps – ce qu'elle n'avait pas fait depuis des années – pour s'assurer qu'elle était en un seul morceau.

— Allons-nous-en d'ici, maman, s'il te plaît, avait chuchoté sa fille.

Jordan attendait Jake. Il n'avait pas bougé de son siège mais son regard bleu les suivait à la trace, Demeter et elle. Il avait ouvert la bouche pour dire quelque chose. Leur avait-il parlé ? Lui avait-elle dit au revoir ?

Impossible de s'en souvenir. Sûrement. Elle ne serait jamais partie sans prendre congé de lui.

Une autre mère aurait sans doute abordé sur-le-champ la question du Jim Beam. Et reconnu, ne serait-ce que

pour elle-même, que des relents de whisky émanaient de
sa fille, assise sur la banquette arrière de la voiture. Elle
aurait alors posé une question toute simple : Que s'est-il
passé ? De manière à ouvrir le dialogue.

Lynne Castle n'avait rien fait de tel. Il en aurait peut-
être été autrement si Al était resté avec elle, mais il avait
conduit Zoe à Boston. Contrainte d'affronter sa fille seule,
Lynne s'était sentie perdue. Demeter avait embarqué un
oreiller à la taie bleu pâle de l'hôpital. De temps en temps,
elle y enfouissait son visage et poussait un cri silencieux.
Elle est en état de choc, se disait Lynne, comme le
Dr Field le lui avait précisé en lui glissant dans la main
une ordonnance pour un sédatif. Mais il était trop tard
– ou trop tôt – pour aller à la pharmacie.

— Ton père est parti à Boston, expliqua-t-elle à Demeter une fois de retour à la maison. Veux-tu dormir dans
mon lit ?

— Sûrement pas !

Lynne essaya de ne pas se vexer, mais elle était épuisée,
et pour Dieu sait quelle raison, ces paroles – ou le dégoût
qui les avait inspirées à Demeter – la blessèrent profondément. Certes, sa fille n'avait jamais été câline, et toutes
deux n'avaient pas une relation très chaleureuse. Zoe et
Penny, elles, ont ce genre de rapports, songea-t-elle. Ou
plutôt, avaient. (Atroce, ce premier recours au passé.)
Penny se glissait dans le lit de sa mère quand elle avait
peur, pendant un orage par exemple. Mère et fille se blot-
tissaient sur le canapé pour regarder les matches des
Patriots le dimanche. Sur la plage, elles s'allongeaient
côte à côte. Demeter et elle ne se comportaient pas ainsi,
mais ce soir où Penny Alistair avait trouvé la mort, où
sa fille elle aussi aurait pu disparaître, un peu de tendresse, était-ce trop demander ?

Elles se tenaient sur le seuil de la chambre de Demeter.
La lumière était allumée, et la fenêtre grande ouverte.
Lynne allait-elle aborder de front la question de la porte
verrouillée, de la fuite de Demeter, de cette supercherie
manifeste ?

Pas cette nuit. Les oiseaux commençaient à pépier au-dehors. Au mois de juin à Nantucket, le soleil se levait à 4 h 30.

— Ça va aller, tu crois ? s'enquit-elle.

Demeter la toisa du regard.

D'accord ! Question idiote, trop vaste pour qu'elle puisse y répondre. Elle la restreignit un peu.

— Veux-tu un cachet ? Je peux te donner un des miens.

— D'accord.

Elle se réjouit de pouvoir faire quelque chose de concret. Donner un de ses Lunesta à sa fille. Elle avait demandé à Ted Field de lui en prescrire en avril, à l'époque où Al se présentait pour la quatrième fois aux élections du conseil municipal. Le stress de la politique locale, de la campagne de dénigrement dont son mari faisait l'objet, des insinuations selon lesquelles il se serait mis Ed Kapenash dans la poche, tout cela l'empêchait de dormir. Dire qu'elle s'était fait un sang d'encre à l'époque, alors que tout allait bien ! Al l'avait emporté haut la main.

En déposant le comprimé minuscule dans la paume de sa fille, qui l'avala sans eau, Lynne fit la grimace. Elle devrait lui conseiller de prendre une douche et de se brosser les dents. Demeter empestait. Pendant que Lynne cherchait ses mots pour lui faire cette suggestion en douceur, Demeter entra dans sa chambre et claqua la porte derrière elle, la laissant seule dans le couloir.

— Bonne nuit, ma chérie.

Au mois d'août, le pire était passé. Hobby était sorti du coma, les funérailles de Penny étaient passées, les Randolph vivaient désormais à l'autre bout du monde. Contre toute attente, Demeter avait honoré son engagement et travaillait chez Frog & Toad Landscaping. Elle se levait de bonne heure cinq jours par semaine, sans jamais accuser de retard. Elle avait le teint hâlé, et il ne faisait aucun doute qu'elle avait perdu du poids.

Mais cela n'allait toujours pas. Demeter communiquait encore moins que d'habitude, et ouvrait rarement la bouche, à moins qu'on ne lui adresse la parole. La moitié du temps, quand Al ou Lynne lui posait une question, elle répondait en dépit du bon sens et se mettait à ricaner. Sa mère se gardait d'analyser son attitude car sa fille ne lui avait pas paru aussi heureuse depuis longtemps. Chaque semaine, elle travaillait dur et gagnait son salaire. Elle avait bonne mine. Elle disait s'être fait quelques amis au sein de son équipe. Une certaine Nell. Et un garçon prénommé Coop. Ainsi qu'un homme qui s'appelait Zeus.

— Zeus ? s'exclama Lynn. Voilà un nom intéressant.

— Un dieu et une déesse en première ligne, commenta Demeter, avant de pouffer de rire.

Lynne se demanda si sa fille avait une liaison avec un de ses collègues. Ce Coop peut-être, ou Zeus. Zeus, plus vraisemblablement. Un Hispanique d'âge mûr dont la femme était restée en Amérique centrale. Demeter devait lui paraître jeune, appétissante. Trop jeune ! Cette pensée révulsait Lynne.

Il lui vint à l'esprit que sa fille consommait peut-être de la drogue, avant ou après le travail. Car, pour être honnête, son comportement avait changé du tout au tout. Son irascibilité, son amertume, sa rancœur, sa tendance à l'apitoiement semblaient s'être volatilisées, remplacées par un vide insipide. Avant, Demeter était une lectrice vorace. Elle ne brillait pas à l'école, récoltait des notes passables, mais elle lisait d'excellents ouvrages, tant classiques que contemporains. En avait-elle lu un seul au cours de l'été ? Apparemment pas.

Lynne connaissait la réputation de fumeurs de marijuana des paysagistes. Sa fille n'avait peut-être pas eu la force de résister. Elle qui aspirait tant à être acceptée, à s'intégrer dans un groupe, faisait une cible idéale. Lynne n'avait pas hésité à renifler ses vêtements avant de les fourrer dans la machine à laver. Ils sentaient la transpiration, pas la fumée. Elle poussa ses investigations olfactives jusqu'à l'Escape de Demeter où ses narines furent assaillies par des arômes de pastilles à la menthe et de désodorisant parfumé au pin, outre une autre odeur d'une douceur écœurante, non identifiable jusqu'au moment où elle ramassa une banane pourrie, toute noire sous le siège passager.

Pas trace de marijuana. Pourtant, il se passait quelque chose.

Demeter avait vécu un enfer pendant l'été. Elle avait perdu Penny, la seule amie dont elle pouvait se prévaloir, ainsi que Jake. Hobby était toujours de ce monde, Dieu merci. Lynne suivait son rétablissement, par des voies détournées. À tout moment, elle parlait avec quelqu'un qui l'avait croisé en ville ou vu attablé au 56 Union avec sa mère. Débarrassé de son fauteuil roulant, Hobby marchait avec des béquilles et faisait de rapides progrès. Jaxon, son entraîneur, s'était résigné à l'idée qu'il ne jouerait plus jamais au football américain. Trop dangereux. Hobby passait apparemment beaucoup de temps en compagnie de Claire Buckley. Tant mieux. C'était une gentille fille.

Lynne regrettait de ne pas tenir ces informations de Zoe, mais celle-ci demeurait injoignable. Elle s'était organisée pour livrer des repas chez les Alistair pendant six semaines après l'enterrement de Penny. Zoe ne l'avait jamais appelée pour la remercier. Non que ce fût nécessaire. Si elle avait pris cette initiative, ce n'était pas pour mériter sa gratitude, mais parce qu'il s'agissait d'une démarche simple, banale au fond, que les femmes de la communauté pouvaient facilement prendre en charge. Proposer une nourriture saine et exquise, afin que Zoe ait ce qu'il lui fallait sous la main quand elle recouvrerait l'appétit. Lynne avait laissé plusieurs messages sur sa boîte vocale. Combien ? Quatre, cinq peut-être. Zoe ne l'avait jamais rappelée. Pourtant elle avait pris des gants : « Salut, Zoe, c'est moi. Je voulais juste prendre des nouvelles. Et te dire que je pense à toi. Pas la peine de me rappeler. » Zoe avait réussi à aller jusqu'au 56 Union pour dîner avec Hobby, mais elle n'avait pas été capable de la rappeler ? Elle, son amie de longue date ? Lynne en conclut qu'elle n'occupait plus la même place dans sa vie. Ce mutisme à son égard procédait peut-être du même phénomène qui l'avait

poussée à gifler Jordan dans la salle d'attente de l'hôpital : un mur de rage. Elle avait perdu un enfant, pas
eux.

Elle avait perdu un enfant. Lynne ne pouvait prétendre
comprendre l'impact d'une telle tragédie.

Ils avaient tous vécu un enfer cet été.

Quels que soient les démons actuels de Demeter, se
disait Lynne, ils finiraient par s'en aller. Elle avait une
furieuse envie de se voiler la face. Si seulement sa fille
pouvait tenir le coup jusqu'à la fin de l'été... La situation
s'arrangerait peut-être à la rentrée... lorsqu'elle serait en
dernière année. Toujours une excellente année pour les
lycéens. Demeter devrait pouvoir la supporter. Ensuite,
elle serait acceptée dans une université, sans doute pas
dans un établissement de renom, comme ses frères.
Michigan State peut-être, où Al avait fait ses études. Il
leur faisait régulièrement des dons et devait pouvoir tirer
quelques ficelles, si nécessaire. Alors Demeter s'en irait,
et Al et Lynne prendraient un nouveau départ. Ils étaient
faits pour ça, en un sens. Ils avaient suffisamment de
passions et d'engagements l'un et l'autre pour les occuper
trois siècles durant. (Même si, à ce stade, leur intérêt
mutuel était restreint : ils ne faisaient plus l'amour que
deux ou trois fois par an, à des dates spécifiques – le
jour de leur anniversaire de mariage, de l'anniversaire
d'Al et de la Saint-Valentin. En toute honnêteté, Lynne
trouvait cela amplement suffisant.) Son impatience à se
retrouver dans un nid vide prouvait peut-être qu'ils n'auraient jamais dû avoir d'enfants.

Demeter continuait à se comporter bizarrement. Un
soir, Lynne s'empiffrait de Chunky Monkey devant la
porte ouverte du congélateur, quand elle l'entendit rentrer d'un baby-sitting chez les Kingsley. Elle s'adonnait
de plus en plus à ce genre de boulimie nocturne ces
derniers temps. Avant que Demeter n'apparaisse, elle
remit le couvercle sur le pot de glace et le rangea à la
hâte dans le congélateur. Sinon, quel exemple lui
donnerait-elle ?

— Bonsoir, ma chérie ! lança-t-elle en se positionnant de manière à lui cacher la vue de la cuillère collante posée sur le comptoir.

Demeter fila vers l'escalier sans répondre, son sac à dos plaqué contre sa poitrine.

— Demeter ! protesta Lynne d'une voix plus forte que nécessaire à cette heure tardive, d'autant qu'Al dormait, mais nom d'un chien, elle en avait assez d'être ignorée ainsi !

— Quoi ?

— Ça s'est bien passé, ton baby-sitting ? Comment vont les Kingsley ?

Demeter émit un rire perçant, comme Lynne n'en avait jamais entendu de la bouche de sa fille. Du coup, elle la crut possédée par Satan.

— Le baby-sitting ? Chez les Kingsley ? C'est atroce. Une horreur, maman, si tu veux tout savoir !

Elle s'esclaffa de plus belle.

Lynne en eut la chair de poule.

Deux jours plus tard, Lynne se retrouvait devant la porte de la chambre de sa fille, une tige de métal à la main. Demeter était encore au travail. Lynne avait essayé de s'activer de son côté, mais la réplique de sa fille tournait en boucle dans sa tête : « Une horreur, maman, si tu veux tout savoir ! » Ce rire démoniaque. Il se passait quelque chose, et Lynne avait la ferme intention d'en avoir le cœur net.

Elle débloqua le pêne comme elle avait vu son mari le faire la nuit de l'accident et pénétra dans la chambre. Voilà, elle faisait désormais partie de ces mères fouineuses qui s'insinuent dans l'espace personnel de leur enfant, des mères en qui on ne pouvait pas avoir confiance. Elle n'avait jamais eu recours à ce genre de mesures avec les garçons. Ils avaient été faciles à élever. Aucun problème.

Une drôle d'odeur flottait dans la chambre. Comme il faisait chaud depuis quinze jours, la climatisation marchait en permanence, si bien que la fenêtre était hermé-

tiquement fermée. Le soleil inondait la pièce ; des grains
de poussière flottaient dans l'air. Le lit n'était pas fait.
Demeter dormait sur un drap housse avec juste une
couette, de toute façon. Lynne renifla la couette. Abominable mélange d'odeurs corporelles et du parfum d'adolescente bon marché que sa fille utilisait pour les masquer.
Lynne faisait rarement le ménage dans cette chambre
dont on lui interdisait l'accès depuis trois ans, même si
elle prenait la peine de réclamer à sa fille les draps et
les serviettes à laver de temps à autre. Comme elle n'avait
pas pris cette initiative depuis le début de l'été, la pièce
entière empestait le linge sale. Elle entreprit sur-le-champ
de défaire le lit. Un objet sous l'oreiller valsa. Elle se
pencha pour le ramasser. C'était un exemplaire de *Les
heureux et les damnés*, de F. Scott Fitzgerald. Lynne s'assit sur le matelas nu pour le feuilleter. Demeter lisait
Fitzgerald. Lynne s'était-elle rongé les sangs pour rien ?

Elle posa le livre sur la table de nuit, à côté d'un verre
d'eau où flottait une rondelle de citron vert. Du citron
vert dans un verre d'eau ? L'influence de Zoe, manifestement. Zoe gardait toujours dans son réfrigérateur un
pichet d'eau glacée où elle mettait des quartiers de citron,
parfois de la menthe fraîche, voire des tranches de
concombre. Merveilleusement rafraîchissant.

Mon Dieu, comme elle me manque ! Et si elle débarquait chez elle à l'improviste ? N'était-ce pas ce que ferait
une véritable amie ? Y aller directement pour prendre de
ses nouvelles. Elle lui apporterait quelque chose, un bégo-
nia pendula de la ferme Bartlett, ou un arbre sculpté de
chez Flowers, sur Chestnut Street.

Lynne vida le verre dans le lavabo de la salle de bains
de sa fille. Elle jeta la rondelle de citron à la poubelle,
qu'elle descendit pour en transvaser le contenu dans celle
de la cuisine. Des mouchoirs usagés principalement, du
fil dentaire, des emballages de chewing-gum sans sucre
et de pastilles à la menthe. Demeter avait peut-être bel
et bien une liaison avec un collègue de travail. Elle s'était
probablement entichée de quelqu'un. Ce qui risquait de
mal finir.

Lynne remonta dans la chambre pour récupérer les serviettes et le tapis de bain. Elle prit aussi les draps et emporta le tout dans la buanderie. Demeter serait furieuse quand elle s'apercevrait que sa mère était entrée dans sa chambre, mais se réjouirait d'avoir des draps et des serviettes propres.

Lynne avait du travail – trois clients avaient besoin de titres de propriétés en bonne et due forme –, mais elle n'aimait pas s'interrompre au milieu d'une tâche. Elle monta son Dyson à l'étage, attrapa un chiffon à poussière jaune au passage, retourna chercher son seau, ses produits d'entretien et la serpillière. L'entreprise de ménage envoyait un employé une fois par semaine, si bien que Lynne ne perdait plus un temps précieux à nettoyer le reste de la maison. Mais là encore, Demeter barrait l'accès à sa chambre. Il était grand temps d'intervenir.

Cette odeur ! Comment la supportait-elle ?

Lynne passa l'aspirateur, épousseta les meubles. Cela lui donnait une excuse pour jeter un coup d'œil sous le lit. Rien, à part une valise poussiéreuse. Du coup, elle se demanda s'ils n'avaient pas besoin de vacances. Ce qui lui fit penser aux Randolph, partis en Australie pour éloigner Jake et Ava de l'île pendant quelque temps, lui avait expliqué Jordan. Ava souhaitait retourner là-bas depuis des années. En définitive, c'était l'accident qui avait provoqué leur départ. Comme si la honte les avait poussés à s'en aller, pensait Lynne, comme le reste de la population de Nantucket, probablement. Certains reprochaient à Jordan de ne pas avoir publié d'article à propos de la tragédie dans son journal. Lynne avait fait de son mieux pour corriger cette perception erronée, expliquant à tous que Zoe avait expressément demandé à Jordan de ne pas imprimer un seul mot à ce sujet. Il avait agi noblement, d'après elle.

Jake avait-il été mis en cause d'une manière ou d'une autre dans l'accident ? Le rapport de police était tellement vague.

Lynne se réjouissait de ne pas avoir trouvé d'objet étrange ou non identifiable dans la chambre de sa fille.

Ni autel bizarre, ni fiole de sang de tigre, ni poupées vaudou. Certes, elle n'avait pas encore passé en revue le contenu des tiroirs. Ce qu'elle ferait peut-être, une fois qu'elle aurait fini de nettoyer la salle de bains.

Personne n'aimait faire le ménage dans une salle de bains, et celle de Demeter empestait particulièrement. Lynne se servit de détergent à profusion. Elle essaya de ne pas regarder dans la cuvette des toilettes quand elle la récura avec la brosse. En jetant un coup d'œil dans le placard sous l'évier, elle constata qu'il ne restait plus qu'un seul rouleau de papier toilette et deux tampons. Elle réapprovisionna le stock en allant puiser dans les réserves de sa propre salle de bains. Que de laisser-aller !

La baignoire lui donna du fil à retordre. Après avoir extirpé un paquet de cheveux du siphon, elle décrocha le rideau de douche. Un passage dans la machine à laver ne lui ferait pas de mal.

En explorant l'armoire à pharmacie, elle découvrit un grand flacon rempli de cachets d'Ibuprofène, qu'elle était certaine de ne pas avoir acheté elle-même. Bizarre. Elle le déboucha pour s'assurer qu'il s'agissait bien d'Ibuprofène. Pas de doute.

Elle commençait à se sentir paranoïaque. Pourquoi Demeter dépenserait-elle son argent pour un médicament ? Pourquoi ne pas l'avoir noté tout bonnement sur la liste de courses de sa mère ?

Lynne retourna dans la chambre, déterminée à vérifier le contenu des tiroirs de la commode. Elle n'en avait pas envie, mais il fallait qu'elle mène son enquête jusqu'au bout. C'est alors que l'écran noir de l'ordinateur de Demeter attira son regard. Devait-elle l'allumer ? Y trouverait-elle ce qu'elle cherchait ? Demeter n'avait pas de compte Facebook, tout au moins pas la dernière fois que Lynne avait vérifié, un peu avant l'accident. Lynne elle-même en avait un, et comptait non moins de 274 amis. Dont Penny, ce qui prouvait combien c'était une gamine adorable. Lynne n'avait pas eu le courage d'aller voir si sa page avait été supprimée. Elle se laissa tomber dans le fauteuil et fixa l'écran des yeux. Il y avait tellement d'endroits où les jeunes pouvaient cacher un secret. Quelle chance avaient les parents de l'emporter à ce petit jeu ?

Lynne décida de fouiller dans les tiroirs, mais de ne pas toucher à l'ordinateur pour le moment. Elle chargerait peut-être Al de s'en occuper. Il devait faire sa part du sale boulot après tout.

En ouvrant le premier tiroir, elle retint son souffle, comme si elle s'attendait à tomber sur un nid de serpents. Elle n'y trouva qu'un fatras de vêtements extralarges – salopettes, jeans, T-shirts, et ces sweat-shirts à capuche qui donnaient à Demeter des allures de voyou de Jamaica Plain, et non d'une gentille fille de Nantucket. Lynne tenait sa chance de les faire disparaître, mais elle était tellement soulagée de ne rien avoir découvert d'inquiétant qu'elle laissa les vêtements en place, se retenant même de les plier et de les empiler comme il faut. Elle ferma résolument les tiroirs.

Sa recherche n'avait rien donné. À part le Fitzgerald.

Elle s'apprêtait à sortir de la chambre quand elle vit la porte du placard entrouverte, ce qui lui fit l'effet d'une invitation à pousser son exploration plus loin. Au passage, elle remarqua l'aspect dépouillé de cette porte, comme le reste de la chambre, d'ailleurs. Pas de photos d'amis, ni d'Al et elle, ni de Mark ou de Billy. Pas de trophées non plus, ni récompenses, ni rubans, ni certificats encadrés. Pas de cartes des sites qu'ils avaient visités. Pas de posters d'acteurs ou de stars du rock. (Lynne elle-même, pourtant si sérieuse, oui, Lynne Comstock, avait collé une affiche de Lynyrd Skynyrd sur son mur.)

Soudain la chambre de sa fille lui parut l'endroit le plus triste de la terre.

Elle fit un pas en direction du placard.

— Maman ?

— Nom de Dieu, Demeter, tu m'as foutu une de ces trouilles !

Demeter la dévisagea. À quand remontait la dernière fois où elle avait prononcé le nom de l'Éternel en vain et juré dans la même phrase ? À la fac ? Elle n'avait pas toujours été une citoyenne aussi modèle, irréprochable.

Elle avait écouté Lynyrd Skynyrd sur la banquette avant de la Mazda RX4 de Beck Paulsen. Fumé des Newport et bu des canettes de bière Miller en sa compagnie.

— Qu'est-ce que tu fais là ? explosa Demeter.

— Le ménage, répondit-elle en toute honnêteté. Ça sentait mauvais. J'ai pris tes draps...

Elle pointa le menton vers le lit dépouillé.

— Je vois ça.

— J'ai nettoyé ta salle de bains. Je te rapporterai tes draps propres à l'heure du dîner. Inutile de me remercier.

— La porte n'était pas fermée à clé ?

— Si, mais...

— Comment es-tu entrée ?

— J'ai forcé la serrure.

— Tu as *forcé la serrure ?*

— Avec une tige de métal.

Là, Demeter se mit à rire, sans raison. Entrée par effraction dans la chambre de sa fille adolescente, Lynne n'avait rien à dire pour sa défense. Elle s'était donné tellement de mal pour tout nettoyer qu'elle avait perdu la notion du temps. Elle se sentait penaude, comme si c'était elle l'adolescente et Demeter le parent.

— Sors d'ici !

— Je t'assure, ma chérie, il fallait vraiment que je fasse...

— Si tu as besoin d'entrer ici, demande-le-moi. Tu n'as pas à forcer la serrure avec une tige de métal pendant que je suis au travail. Comme un vulgaire cambrioleur.

— Un cambrioleur ? Je n'ai rien pris.

— Un espion, alors.

— Je ne t'espionnais pas, ma chérie. Je te l'ai dit, l'odeur...

— Elle me plaît, cette odeur.

— Tes draps avaient besoin d'être changés.

— Où est passé mon verre d'eau ?

— Je l'ai vidé. Il est dans le lave-vaisselle.

— Je ne comprends pas ce que tu fais là ! s'exclama Demeter d'une voix perçante, presque hystérique.

Elle avait toujours ses bottes de caoutchouc aux pieds, qui laissaient des traînées de terre et de sable sur la moquette où Lynne venait de passer l'aspirateur. Et serrait son sac à dos contre sa poitrine, tel un bouclier, comme l'autre soir en rentrant de son baby-sitting.

Demeter se cramponnait à ce sac. Lynne était consciente de n'avoir rien fait de mal. Elle était chez elle. La mère, c'était elle, et Demeter, l'enfant. Il se passait quelque chose d'anormal dans la vie de sa fille, il fallait qu'elle en ait le cœur net.

— As-tu une page Facebook ?

— Quoi ? Non.

— Je peux vérifier, tu sais.

— Pas de problème. Je n'en ai pas, je te dis, répliqua calmement Demeter.

Facebook n'avait donc rien à voir là-dedans.

— Montre-moi ton téléphone.

— Comment ?

— Ton portable. Passe-le-moi.

— Mon portable ?

— Oui.

Depuis que Lynne lui avait acheté un iPhone 4S au printemps, elle avait remarqué qu'elle en bloquait l'accès grâce à un mot de passe. N'était-ce pas la preuve qu'elle cachait quelque chose ?

Demeter sortit son téléphone de la poche de son bermuda et le lui tendit.

— Débloque-le, s'il te plaît.

Demeter s'exécuta.

— Tu agis comme une dingue, maman.

— Non, seulement comme ta mère. Enfin.

Elle examina l'écran. Les applications. Elle avait déjà vu ces carrés colorés, mais n'avait pas la moindre idée de ce qu'il fallait en faire. L'incompréhension du parent dépassé. Elle avait bien un portable, mais le laissait dans la voiture et s'en servait uniquement quand elle était sur la route, ou loin de la maison. Envoyer un texto était au-dessus de ses forces. Zoe savait le faire, Jordan aussi. Ils envoyaient des SMS à leurs amis depuis des années.

Ils communiquaient ainsi. Pas elle. Elle était larguée, inapte à envoyer un texto et se servir d'un iPhone. Elle rendit son portable à Demeter.

— Tu as trouvé ce que tu cherchais ?

Lynne soupira. Tout cela ne la menait nulle part.

— Qu'est-ce qui t'arrive, Demeter ?

— Que veux-tu dire ?

— J'aimerais savoir ce qui se passe. Quelque chose ne va pas et je voudrais en avoir le cœur net.

— Je travaille. Je passe mes journées à genoux à désherber. Quand j'ai vraiment de la chance, j'ai le droit d'arroser. Ou de couper les fleurs fanées.

Elle leva une main couverte de taches violettes tout en continuant à agripper son sac de l'autre.

— Des lys.

Ce sac qu'elle serrait contre elle.

— J'aimerais que tu m'ouvres ce sac, s'il te plaît.

— Quoi ?

Demeter resserra encore son étreinte, ce qui poussa encore plus sa mère à vouloir vérifier son contenu.

— Tu plaisantes, j'espère.

— Pose-le et défais la fermeture Éclair, s'il te plaît.

— Je vais avoir droit à une fouille au corps après, je suppose ? J'appelle mon avocat ?

— Fais ce que je te dis.

Demeter ne lâcha pas son sac pour autant.

— Je n'arrive pas à y croire. C'est quoi, ton problème ?

— C'est toi qui as un problème, riposta Lynne d'un ton affreusement déplaisant.

Elle sentait qu'elle était en train de perdre le contrôle d'elle-même, ce qui lui arrivait rarement. Si Al avait été à la maison, elle aurait déjà filé de là. Elle se serait préparé une tasse de camomille et aurait pris un bain froid en lisant de la poésie ou en écoutant du Mozart.

— Pose ce sac, s'il te plaît, et ouvre-le.

Cette fois, Demeter obéit. Lynne s'approcha du sac béant et jeta un rapide coup d'œil à l'intérieur, comme si elle s'attendait à y trouver une tête coupée. Mais elle ne vit qu'une chemise en flanelle. Elle fouilla un peu.

Deux bouteilles d'eau dont une avec une rondelle de citron vert flottant à la surface – encore de l'eau à la Zoe – ainsi qu'une banane pourrie. Rien d'autre.

Elle sortit la banane.

— Du gaspillage pur et simple !

— Appelle la police des fruits.

Lynne brandit la banane noire, fendue. Elle se sentait tellement soulagée, elle crut qu'elle allait éclater en sanglots.

Demeter se laissa tomber contre la porte du placard qui se ferma bruyamment, avec un bruit sec, voisin d'une détonation.

— Maman.

— Quoi ?

— Tu peux sortir d'ici, s'il te plaît ?

— Oui. D'accord.

Lynne était tellement gênée de ce qui venait de se passer dans la chambre de Demeter qu'elle résolut de ne pas en parler à Al. Elle lava les draps et les serviettes de toilette de sa fille qu'elle déposa devant sa porte en une pile bien nette. Et se jura de ne plus jamais forcer la serrure. Demeter avait dix-sept ans. Elle avait besoin de son intimité.

Le 14 août, Lynne travaillait dans son bureau à la maison en écoutant Bruce Springsteen. Elle venait de se préparer du thé à la menthe glacé. Al et elle avaient rendez-vous au Ladies Beach à 16 heures. Une tradition, au mois d'août, quand Al se rendait compte que la fin de l'été approchait et qu'il n'avait pas encore profité d'un bain de mer en fin d'après-midi. Étant donné les événements qui avaient perturbé la saison, ils n'étaient pas descendus une seule fois à la plage. Jordan était parti et Lynne n'avait pas osé s'imposer à Zoe.

Elle se réjouissait d'aller nager. Ensuite, elle essaierait de convaincre Al d'aller dîner chez Dune.

En entendant le téléphone sonner en bas, Lynne décida de ne pas décrocher. Si elle répondait à chaque fois, elle n'avancerait jamais dans son travail. Elle avait pris du retard à cause de tout ce qui s'était passé durant l'été. Le répondeur prit le relais. Les Castle devaient être la dernière famille d'Amérique à en avoir encore un en état de marche. Tout le monde recourait à une boîte vocale automatisée de nos jours. Lynne essaya de ne pas écouter le message qui s'enregistrait. Si elle tenait tant à savoir qui appelait, elle aurait dû répondre. Elle écouta quand même, juste le temps de reconnaître la voix de Zoe.

Zoe. Qui se décidait finalement à la rappeler. Lynne se leva d'un bond et dévala l'escalier, mais le temps de décrocher, elle n'eut plus que la tonalité au bout du fil. Elle s'apprêtait à rappeler quand le téléphone de son bureau sonna à son tour. Bien sûr, pensa-t-elle, Zoe tente de me joindre dans mon bureau, faute de m'avoir eue sur la ligne de la maison. Lynne remonta les marches quatre à quatre en criant vainement : « J'arrive ! Attends ! Me voilà ! » Elle décrocha, à bout de souffle. Elle était décidément trop vieille pour ça. Zoe. Enfin ! Elle mourait d'impatience de lui parler.

— Allô ?

— Lynne, c'est Al. Assieds-toi.

Vingt minutes plus tard, ils se retrouvèrent dans les bureaux étouffants de Frog & Toad Landscaping en compagnie de Kerry Trevor et d'une Demeter hystérique, tellement déchaînée que les adultes avaient du mal à discuter entre eux.

— Il faut que tu te calmes, ma chérie.

Demeter était un volcan sur le point d'entrer en éruption. Elle n'avait pas laissé libre cours à ses sentiments dans de telles proportions après l'accident ou l'enterrement de Penny, ce qui expliquait probablement son état actuel. Tous ces drames refaisaient surface.

— Il serait peut-être préférable que Demeter attende dehors, en fait, déclara Kerry.

Était-ce une bonne idée ? se demanda Lynne, consciente qu'elle risquait de prendre la fuite. Si on ne l'avait pas à l'œil, elle pouvait très bien monter dans sa voiture et filer. Dieu seul savait ce dont elle était capable.

— Jeanne la surveillera, ajouta Kerry.

— D'accord.

Jeanne, le bras droit de Kerry, avait grandi à Brockton, où elle avait décroché un doctorat « de mauvais garnement », comme elle aimait en rire.

Dès que Jeanne prit Demeter par le bras pour l'entraîner hors de la pièce, ce fut beaucoup plus calme.

— Vous devriez peut-être reprendre depuis le début, suggéra Lynne.

— On a surpris Demeter en train de voler de la vodka chez des clients. Ils n'étaient pas chez eux, mais un membre de leur personnel l'a vue sortir par la porte latérale avec une bouteille dans chaque main.

— Un membre de leur personnel ?

— Je vais vous dire qui sont ces particuliers, même si c'est extrêmement confidentiel. Il s'agit des Allencast.

Lynne réprima un haut-le-cœur.

— Et la personne qui a pris Demeter sur le fait n'était autre que leur chef, Zoe Alistair.

— Nous connaissons Zoe, intervint Al. Nous sommes des amis proches.

— J'en suis conscient, répondit Kerry. Zoe a su faire face à la situation avec doigté. Elle m'a téléphoné tout de suite. Elle a repris les bouteilles à Demeter et résolu de ne pas en parler aux Allencast. Elle a dit qu'elle préférait nous laisser gérer les choses tous les trois.

Lynne repensa au coup de fil de Zoe. Elle avait appelé pour l'avertir. L'informer que sa fille qui, elle, avait survécu, était une voleuse.

— Quelqu'un d'autre aurait sans doute alerté les propriétaires, continua Kerry, et contacté la police.

— C'est certain, commenta Al.

— J'ai une autre mauvaise nouvelle à vous annoncer.

— Oh mon Dieu !

Dans le bref silence qui suivit, ils entendirent Demeter sangloter dans la pièce voisine.

— J'ai fait l'objet de trois plaintes distinctes relatives à des disparitions de bouteilles d'alcool chez des clients, que j'ai ignorées pour la bonne raison que mes équipes n'entrent jamais dans les maisons. En parlant avec les coéquipiers de Demeter, cependant, j'ai appris qu'elle y pénétrait tout le temps, le plus souvent pour « aller aux toilettes ». Nell, qui travaille en étroite collaboration avec votre fille, m'a précisé qu'elle s'y rendait uniquement en l'absence des propriétaires. J'ai fait des recoupements entre les clients spoliés et les missions de Demeter. Ça correspond chaque fois.

— Donc vous accusez ma fille de... quoi ? bredouilla Lynne.

— Ma chérie..., intervint Al.

— Je ne pense pas que l'épisode d'aujourd'hui soit une exception, reprit Kerry. Il est tout à fait possible que ça se soit produit tout l'été.

— Voler de l'alcool ? Mais pour quoi faire ? Je ne comprends pas. Quel intérêt ! Nous ne buvons pas chez nous. Pas une goutte.

— C'est à Demeter qu'il faudrait poser la question. Et je vais vous laisser le faire en privé, parce que je sais que vous êtes des gens bien, de bons parents. Demeter ne travaille plus chez nous, toutefois, et je ne pourrai pas lui remettre de certificat de qualification.

Kerry se leva, s'éclaircit la voix. Il portait un T-shirt vert orné de l'insigne de Frog & Toad Landscaping et un short kaki. Il avait les cheveux décolorés et la peau tannée par le soleil. Lynne l'avait toujours apprécié. Ils le voyaient parfois surfer à South Shore après le travail. À cet instant, toutefois, elle n'éprouvait que de la colère et de la haine envers lui. Elle n'en avait pas le droit, bien sûr. Elle devrait lui être reconnaissante de ne pas avoir appelé Ed Kapenash. Demeter s'était introduite chez les clients de l'entreprise qui l'employait pour les voler !

— Votre fille est passée par une période difficile, commenta Kerry. Vous deux aussi.

Là-dessus, Lynne était d'accord.

— Oui, bredouilla-t-elle. Merci.

Quand ils rentrèrent tous les trois à la maison ce jeudi après-midi, à 14 heures, Lynne écouta le message de Zoe.

« Salut, Lynne, c'est Zoe. Il vient de se passer quelque chose sur mon lieu de travail. J'ai besoin de te parler le plus rapidement possible. Rappelle-moi, s'il te plaît. Sur mon portable. »

Elle repassa le message, une fois, deux fois. Ce qui la frappa avant toute chose, ce fut d'entendre la voix de Zoe. Elle lui avait tant manqué. Elle se rendit compte que, s'il y avait une certaine tension dans cette voix, Zoe ne semblait ni fâchée ni vindicative. Elle n'avait pas inventé cet épisode de toutes pièces, histoire de prouver la malveillance de Demeter. Et que ce n'était pas Penny qui aurait dû mourir.

Al empêcha Demeter de foncer dans sa chambre.

— Oh non, jeune fille ! Tu vas t'asseoir ici, dit-il en désignant sa place habituelle à la table de la salle à manger, et nous expliquer de quoi il retourne.

Lynne s'en félicita. Elle avait besoin de son aide, même si elle trouvait le ton de son mari trop dur.

Demeter s'assit, prit son visage dans ses mains et se mit à hurler. Lynne alla lui chercher un verre d'eau glacée dans lequel elle ajouta une rondelle de citron vert. Une petite gâterie.

Quand elle posa le verre sur la table devant sa fille, Al la fusilla du regard. Demeter releva la tête et engloutit l'eau d'une traite. Lynne comprit alors qu'à cause de la rondelle de citron, on aurait dit un cocktail. Elle sentit son estomac se crisper à nouveau, la nausée l'assaillir. Elle alla monter un peu la clim avant de revenir s'asseoir près de sa fille.

— Commençons par l'accident, reprit Al. Avais-tu une bouteille de Jim Beam sur toi ce soir-là ?

— Non.

— Allons, ma chérie, insista Lynne. Nous savons que la police en a trouvé une, presque vide, dans ton sac à ton arrivée à l'hôpital.

— Elle était dans mon sac. Ça ne veut pas dire qu'elle m'appartenait.

— À qui était-elle, alors ?

— Je n'en sais rien. Quelqu'un me l'a donnée à la fête. J'en ai bu une gorgée, Jake et Hobby aussi, mais ce n'était pas la mienne. Elle s'est retrouvée dans mon sac, je ne sais pas comment. Peut-être parce que j'étais la seule à en avoir un.

— Tu es en train de nous dire que tu ne connaissais même pas la personne qui te l'a donnée !

— Il n'était pas de Nantucket.

— Soit tu nous mens maintenant, soit tu as menti à la police l'autre soir, souligna Al. Tu as affirmé à Ed Kapenash que tu l'avais achetée toi-même, hors de l'île.

Vraiment ? découvrit Lynne, éberluée. Voilà un détail dont Al n'avait pas daigné lui faire part. Salopard. Tous des salopards. Al, Ed, et tous les autres membres de ce club masculin fermé qui discutaient entre eux de sujets confidentiels avant de décider des bribes d'information qu'ils se disposaient à distiller à leurs épouses.

— J'ai menti à la police. J'ai dit que je l'avais achetée pour que personne d'autre n'ait d'ennuis.

— Ce gamin étranger à l'île, tu veux dire ? Que tu ne connaissais même pas ? Tu as raconté des bobards à Ed Kapenash, le capitaine de la police de Nantucket, pour protéger un inconnu ?

— J'étais en état de choc.

— Tu racontes n'importe quoi ! rugit Al.

Les murs du château tremblaient. Lynne n'avait jamais vu son mari aussi en colère.

— J'exige que tu nous dises la vérité ! enchaîna Al.

— C'est la vérité.

Demeter paraît diminuée, pensa Lynne. Elle avait perdu du poids, et son visage retrouvait peu à peu ses ravissants contours. Sa peau était bronzée. Ses mèches blondies par le soleil n'avaient jamais été aussi claires. N'était-ce pas injuste qu'elle soit si jolie, le jour où elle se révélait être une menteuse, une voleuse, peut-être même une personne plus malveillante encore ?

Al faisait les cent pas autour de la table, tel un animal sauvage attendant sa pitance. Qui aurait imaginé le voir agir ainsi ?

— Pourquoi as-tu pris deux bouteilles de vodka chez les Allencast ?

— Je n'en sais rien.

— Dis-le-moi !

— Je n'en sais rien ! hurla Demeter. Je suis allée aux toilettes, j'ai vu la vodka sur le bar et... je l'ai prise. J'avais envie de faire une bêtise, ça doit être ça.

— Une bêtise, riposta Al. Une bêtise ? Savais-tu que Zoe était dans la maison ? Tu pensais vraiment t'en tirer à bon compte si elle te surprenait ?

— J'ignorais qu'elle était là, c'est évident, sinon jamais je n'aurais...

— Dis-le.

— Pris la vodka.

— Volé la vodka, cria Al. Tu l'as volée, Demeter. Tu es une voleuse. Une criminelle.

— Al !

— Zoe est une de nos amies les plus chères. Te rends-tu compte de ce que cela représente pour nous qu'elle t'ait prise sur le fait ? Elle a perdu un enfant. Penny est morte alors que toi, tu es vivante. Tu as eu droit à une deuxième chance. Et qu'en as-tu fait ?

— Je ne pouvais pas savoir que Zoe était là. Ni qu'on était chez les Allencast. Je suis désolée de vous faire honte, ajouta-t-elle en hoquetant. Et de ne pas être morte dans l'accident à la place de Penny.

— Demeter !

— Mais si, insista Demeter d'une voix presque sereine. Je sais bien que tout le monde aurait voulu que je meure à sa place.

— Personne n'a souhaité ça, mon cœur.

— Zoe, si.

— Pas même elle.

— Hobby et Jake, alors.

— Demeter !

— Que comptais-tu faire de la vodka ? La boire ?

— Non.

— Pourtant, tu as bu à la soirée de fin d'études ?

— Ce soir-là, oui. Un petit peu.

— Un petit peu, répéta Al. Ton taux d'alcoolémie s'élevait à 1,8 gramme. Ça fait plus qu'« un petit peu », ma chère.

Vraiment ? Encore une information qu'Al et Ed Kapenash lui avaient cachée !

— J'ai bu ce soir-là parce que c'était la remise de diplômes, répliqua Demeter. Comme tout le monde.

— Pas Penny ? souligna Lynne.

— Non. Pas Penny.

— Kerry a dit que trois autres clients s'étaient plaints. Il a ignoré ces allégations parce qu'en principe, ses équipes n'entrent jamais chez les particuliers. Sauf qu'aujourd'hui, Nell l'a informé que tu pénétrais régulièrement chez eux en leur absence, sous prétexte d'aller aux toilettes. Est-ce vrai ?

— J'ai eu des maux d'estomac. Qu'est-ce que tu voulais ? Que je fasse caca sur leur belle pelouse ?

— T'est-il déjà arrivé de prendre des bouteilles chez des clients ?

— Non. C'est la première fois.

Elle se mit à pleurer. Lynne se leva pour aller chercher une boîte de mouchoirs.

— Je ne sais pas ce qui m'a pris. C'est comme si j'avais perdu la tête, momentanément. J'ai vu ces deux bouteilles et j'en ai eu envie. J'ai fait tellement d'efforts ces derniers mois pour ne pas me laisser aller. J'aurais pu passer tout l'été dans ma chambre, mais j'avais fait une promesse à Kerry et je voulais la tenir. Vous avez dépensé je ne sais pas combien de milliers de dollars pour m'entretenir. Je voulais gagner de l'argent par moi-même. Éviter de tomber en dépression, comme c'était prévisible. Le fait est que l'accident me hante à peu près chaque seconde de la journée, et je pense sincèrement que ça aurait été mieux pour tout le monde que je meure à la place de Penny.

Elle cueillit un mouchoir dans la boîte pour s'essuyer les yeux.

— Désolée pour la vodka, bredouilla-t-elle. Je ne sais pas ce qui m'a pris.

— Juste pour mettre les choses au point, tu affirmes ne pas avoir volé d'autres bouteilles chez des particuliers ?

— Oui.

— Et tu n'avais pas l'intention de la boire ? Alors que comptais-tu en faire, Demeter, pour l'amour du ciel ?

— Je ne sais pas. La donner à quelqu'un.

— La donner ?

— Certains jeunes boivent, papa. J'aurais pu en faire cadeau à Anders Peashway, Luke Browning ou David Marcy. Ils m'auraient été... je ne sais pas... reconnaissants. Ils m'auraient peut-être appréciée un peu plus. J'aurais pu traîner un peu avec eux.

Lynne et Al gardèrent le silence. Demeter renifla. C'est l'insoutenable solitude dont elle souffrait qui l'avait poussée à commettre un délit.

— Va dans ta chambre ! aboya Al.

Demeter se leva.

— Tu as perdu ton travail et ta chance d'obtenir des références auprès de Kerry en vue de décrocher un autre emploi. À partir de demain, tu m'accompagnes au bureau. Tu feras du classement toute la journée. Tu es privée de voiture, de téléphone et d'ordinateur jusqu'à la rentrée. Compris ?

Elle hocha la tête. Lynne se demanda si c'était sage de la couper du monde alors que la solitude était le point de départ de cette catastrophe, mais elle ne se sentait pas le courage de saper l'autorité de son mari.

— Est-ce que je pourrais encore faire du baby-sitting pour les Kingsley s'ils appellent ?

Al pinça les lèvres.

— D'accord, mais nous t'y conduirons, ta mère ou moi.

— Okay.

Une lueur d'espoir traversa son regard.

Les Kingsley ? s'étonna Lynne. On aurait pu penser que Demeter en avait fini avec eux. « Atroce, maman, si tu veux tout savoir ! »

Quand Demeter monta dans sa chambre, Al posa ses deux mains sur les épaules de Lynne, qui lui en fut reconnaissante. Les Castle avaient la réputation de former un couple solide. De faire face conjointement, en toutes circonstances.

— Je prends le reste de la journée. Allons nous baigner.

— Est-ce bien prudent ? L'un de nous devrait être ici pour la surveiller, non ?

C'était le problème, évidemment, quand on assignait son enfant à résidence. On se punissait soi-même.

— Ça va aller, répondit Al. J'ai ses deux trousseaux de clé.

— Et son téléphone ? Son ordinateur ?

— Je les récupérerai à notre retour. Allons-y. Ça va me faire du bien.

Lynne se dit que cela lui serait tout aussi bénéfique. Elle allait enfiler son maillot de bain, en proie au sentiment persistant qu'elle avait une chose importante à faire. Et désagréable. De quoi s'agissait-il ? Puis cela lui revint : téléphoner à Zoe. Appelle-la tout de suite pour t'excuser humblement, la remercier. Quand elle se leva, ses articulations protestèrent. Elle l'appellerait demain, lorsqu'elle aurait les idées plus claires.

Cette nuit-là, elle rêva de Beck Paulsen. Il ne se produisait pas grand-chose dans son songe, mais l'atmosphère était très prégnante. Elle était de retour en 1976, à Moorestown, dans le New Jersey, où elle avait grandi. Son père était médecin. Ils vivaient dans une immense maison blanche de style colonial, anciennement connue sous le nom de George M. Haverstick House.

La famille Paulden passait pour des nantis. Les garçons faisaient leurs études à St Joe's Prep, mais on avait inscrit Lynne dans une école publique. Cela l'avait un peu dépitée, mais en définitive elle appréciait la diversité que cela lui offrait. Beck Paulsen venait d'un tout autre milieu social que le sien. C'était un vaurien avec de grosses godasses qui fumait de la marijuana. Il écoutait Led Zeppelin et travaillait chez Arthur Treacher pour se faire de l'argent de poche. Tout le monde savait qu'il roulait au volant d'une Mazda RX4 bien avant de décrocher son permis.

Lynne était sortie avec lui durant l'été entre la troisième et la quatrième année de lycée. Elle avait dix-sept ans, comme Demeter aujourd'hui. Abby et elle se retrouvaient souvent chez Arthur Treacher. L'établissement se situait à mi-chemin entre leurs deux maisons : elles pouvaient donc s'y rendre en bicyclette. Et puis elles raffolaient des fish & chips, y compris ce qui voulait se faire passer pour tel chez Arthur Treacher. Un soir, Beck leur proposa de l'attendre pendant qu'il fermait la boutique. « Pas question », répondit Abby, et elle rentra chez elle. Lynne eut la même réaction, mais elle resta. Beck et elle flirtèrent ce soir-là dans la Mazda. Il en fut de même les autres soirs, pendant tout l'été. Comment expliquer son attirance pour lui ? Elle le trouvait exotique. Il n'était pas BCBG ni arrogant comme ses frères et leurs copains. Un type doux, gentil, presque toujours défoncé, certes, mais cet été-là, Lynne l'était elle aussi, le plus clair du temps. Beck buvait de la bière Miller à même la canette, y compris quand il conduisait, avec elle à son côté, pour aller à Maple Shade ou au Cherry Hill Mall. Sa mère travaillait aux admissions de l'hôpital où son père était chirurgien thoracique.

Dans son rêve, Beck et elle roulaient dans la Mazda. Le vent chaud s'engouffrait par les fenêtres. Ils allaient pêcher au lac Nockamixon. Beck attraperait un poisson, et ils le mangeraient. La glacière sur la banquette arrière contenait un pack de Miller Genuine Draft, un paquet de hot-dogs et une plaquette de beurre.

Ils avaient aussi emporté deux cannes à pêche. Beck avait pris celle de son père pour Lynne. Ils comptaient voler un canoë – tout au moins « l'emprunter », selon la formule de Beck –, et pagayer jusqu'à l'endroit du lac où les poissons abondaient. Lynne était consciente de mal agir. Elle devrait être à Avalon avec Abby et ses parents pour le week-end. Ou en train d'aider sa mère à préparer le cocktail annuel de son club de jardinage. Et non pas avec Beck Paulsen, sa coupe à la David Cassidy, son T-shirt noir du concert des Styx, son jean et ses boots, même par cette chaleur. Elle buvait, fumait de la marijuana et écoutait Meat Loaf sur la radio WMMR. Ses parents auraient été horrifiés de la voir à cet instant. Mais elle était contente d'être là. Elle se sentait heureuse.

Elle se réveilla brutalement, et la sensation agréablement floue de son rêve s'évapora. Elle regretta aussitôt de se retrouver à Nantucket, au lit avec Al, son mari depuis vingt-trois ans. Le lendemain matin, ils allaient devoir affronter la débâcle qui venait de leur tomber dessus. Ne pouvait-elle pas replonger dans son rêve ? Pour l'amour du ciel ! Elle se demanda alors si cette apparition de dix-sept ans n'avait pas surgi dans son subconscient pour l'aider.

Que faut-il que je fasse ? demanda-t-elle à la Lynne Comstock adolescente.

Son double adolescent lui sourit d'un air hagard. Elle était défoncée, comme tout cet été-là, sans que ses parents se soient doutés de quoi que ce soit. Les secrets étaient un passage obligé à cet âge.

Ceux de Demeter venaient de leur être révélés dans toute leur odieuse splendeur. Lynne repensa à ce qu'elle leur avait dit : « J'ai vu la vodka sur le bar et j'en ai... eu envie. » « J'étais en état de choc. » « Certains jeunes boivent, papa. » « J'ai dit que je l'avais achetée pour éviter à quelqu'un d'autre d'avoir des ennuis. »

Des mensonges. Rien que des mensonges.

La Lynne de dix-sept ans acquiesça.

Que savait-elle exactement ? La chambre de sa fille empestait. Il y avait des emballages de pastilles à la menthe et de chewing-gum sans sucre dans la poubelle de la salle de bains, un quartier de citron vert dans le verre d'eau près de son lit. Demeter lisait F. Scott Fitzgerald. Lynne allait peut-être chercher un peu loin, mais connaissait-elle un alcoolique plus célèbre ? La voiture de Demeter sentait le désodorisant. Dans l'armoire à pharmacie, il y avait de l'Ibuprofène que sa fille s'était procuré elle-même. Lynne avait tout exploré – le coffre de la voiture, sous le lit, les tiroirs de sa commode, sous le lavabo de la salle de bains. Sauf le placard. Cette odeur. Demeter s'était adossée à la porte du placard, la fermant brutalement. Elle avait dit qu'elle détestait faire du baby-sitting pour les Kingsley. Pourtant elle tenait à y retourner. Ce quartier de citron vert dans le verre d'eau près de son lit. On aurait dit un cocktail. Elle en avait aussi dans une bouteille d'eau. Doux Jésus !

Lynne se glissa hors du lit. Calme-toi. Elle était tentée de prendre un Lunesta et de se rendormir. Beck Paulsen : où était-il maintenant ? Dans un endroit pire que celui où elle se trouvait elle-même ?

Alors qu'elle s'était juré de ne plus jamais forcer la serrure de Demeter, elle avait posé la tige en métal sur sa table de nuit. Elle longea le couloir à pas de loup, bien décidée à ne pas réveiller Al. Ils devaient agir de concert. Quoique. Ne ferait-elle pas mieux de gérer la situation elle-même, de mère à fille ? Cherchait-elle à s'inspirer de la relation entre Zoe et Penny ? Évidemment.

Demeter avait éteint la lumière de sa chambre, apparemment. Lynne colla son oreille contre le battant. Pas un bruit. Elle s'attendait à moitié à trouver la fenêtre ouverte, et le lit vide.

Elle débloqua le pêne. Cela fit tellement de bruit qu'elle retint sa respiration. Attendit, attendit… puis poussa le battant.

Demeter dormait sur le dos. Elle ronflait. En s'approchant du lit sur la pointe des pieds, Lynne fut assaillie par des souvenirs de sa fille toute petite dans son berceau, la vision de sa fontanelle palpitant tandis qu'elle mâchonnait sa tétine. On n'avait jamais vu de bébé plus attendrissant. Puis elle la vit en grenouillère, en robe de chambre à fronces. Jeune adolescente aux joues rebondies avec les ongles des pieds peints en bleu, une traînée de chocolat autour de la bouche, jurant qu'elle s'était brossé les dents alors que c'était fort peu probable.

C'en était fini de l'enfance.

Lynne prit le verre d'eau sur la table de chevet et but une gorgée. Le liquide lui brûla la langue. Elle le cracha, le verre trembla dans sa main. Elle goûta à nouveau, juste pour être sûre. Berk ! Immonde. De la vodka pure, ou du gin. Elle n'aurait pas su le dire. Les larmes lui montèrent aux yeux. Elle brandit le verre et alluma la lumière, sans que Demeter se réveille. C'était préférable, au fond.

Elle se dirigea vers la porte du placard et l'ouvrit.

Et là, par terre, à l'endroit où une autre fille aurait rangé ses chaussures, elle découvrit une foison de bouteilles d'alcool : du rhum Mount Gay, de la tequila Patron, du kahlua, du whisky Dewar, de la vodka Finlandia, et puis du vin – du sauvignon blanc et deux bouteilles de château-margaux, dont elle connaissait le prix exorbitant, même si elle ne buvait jamais. Elle alla poser le verre sur le bureau et retourna fouiller le fond du placard, où elle dénicha un grand sac poubelle noir fermé qu'elle traîna hors de la chambre. Le tintamarre suffisait à en révéler le contenu : des dizaines de bouteilles vides.

Des mouches à fruits voltigeaient autour d'elle. L'odeur. Lynne eut un haut-le-cœur.

Demeter se retourna dans son lit.

— Maman ?

Ted Field suggéra un établissement dans les faubourgs de Boston appelé Vendever.

— Pour combien de temps ? demanda Lynne.

— Aussi longtemps qu'il faudra.

Elle prépara un sac de vêtements pour sa fille qu'elle déposa à l'hôpital. Demeter avait de la chance. La plupart des gens qui se retrouvaient à Vendever devaient se contenter des habits qu'ils avaient sur le dos. Ils n'avaient pas de parents attentionnés prêts à tout pour les aider à aller mieux.

Alcoolique à dix-sept ans ? Lynne savait que ça arrivait. Mais à eux, les Castle ?

Dans un premier temps, Demeter s'était débattue. Elle avait bondi hors du lit pour s'emparer du sac poubelle avec lequel elle avait agressé sa mère. Comme en attestait le bleu que Lynne avait sur les côtes. Al s'était réveillé et avait maîtrisé sa fille. Ensuite il avait appelé Ted Field, qui les avait rejoints à l'hôpital.

Quelques instants avant son départ, Demeter paraissait docile. Quatre semaines. Elle se soumettrait à une cure de désintoxication et aux entretiens avec un psychiatre. Elle rencontrerait d'autres jeunes souffrant de problèmes de dépendance, ainsi que des spécialistes. Elle semblait tellement désemparée, abattue, dans son lit d'hôpital, que Lynne ne put se contenir.

— Puis-je faire quelque chose pour toi avant de partir ?

Le silence qui s'ensuivit fut si long qu'elle pensa que sa fille ne lui prêtait aucune attention. Jusqu'au moment où elle prit une grande inspiration et lâcha :

— J'aimerais parler à Hobby.

DEMETER ET HOBBY

Hobby se prélassait avec Claire sur la terrasse, chez sa mère.

Un été presque normal, somme toute. Zoe leur avait apporté des verres de soda glacé et des *nachos* accompagnés d'une sauce qu'elle avait préparée elle-même avec des tomates de la ferme Bartlett. L'océan se déployait sous leurs yeux. Hobby mourait d'envie d'aller plonger dans les flots, de se laisser bercer par les vagues fraîches, mais il lui restait un dernier plâtre, à la jambe gauche. Pas question de piquer une tête pour un certain temps encore. Il avait des démangeaisons, comme si le Diable en personne s'était glissé dans le moulage. Il s'était juré que, dès qu'il en serait débarrassé, il dégringolerait les marches jusqu'à la plage et sauterait dans l'eau, même si c'était à Noël.

Claire avait peut-être envie d'aller se baigner elle aussi, songea-t-il, mais elle buvait à petites gorgées, et pressait de temps à autre son verre contre sa tempe. Et n'avait pas encore goûté la sauce. Elle devait être patraque, ou anxieuse. Ils avaient l'intention d'annoncer l'arrivée du bébé à Zoe ce soir-là, pendant le dîner. Claire s'était mise un peu en retrait, pourtant au cours des derniers jours, son téléphone n'avait pas arrêté de sonner : Annabel Wright, Winnie Potts, Joe, son patron au Juice Bar. Tous lui avaient laissé des messages l'exhortant à les rappeler. Elle avait la conviction qu'ils étaient au courant de sa grossesse. Elle avait eu une terrible querelle avec sa mère quand elle avait appris que Rasha en avait parlé à Sara Boule, qui n'avait certainement pas manqué de la transmettre à toutes les bonnes âmes ayant transité par le bureau du Dr Toomer ces trois dernières semaines. Claire tenait à attendre la première échographie pour divulguer l'information autour d'elle, dès lors qu'on aurait la certitude que tout allait bien pour l'enfant. Elle comptait annoncer la nouvelle à Zoe en premier, puis à Horton, son entraîneur, de retour de son voyage en France. Par la faute de Rasha et de Sara Boule, Zoe avait toutes les chances de l'apprendre par un tiers. Quelle cruauté ce serait ! Hobby était d'accord que ça ne pouvait pas se passer ainsi.

Et Penny ? songea-t-il. Si elle avait appris la grossesse de Claire par un autre biais, ne serait-elle pas venue lui réclamer des explications ? À moins que cette nouvelle ne l'ait poussée à bout et qu'elle n'ait perdu la tête ?

Il fallait à tout prix qu'ils le disent à sa mère. Sans tarder. Hobby avait demandé si Claire pouvait rester dîner. Zoe avait accepté, bien sûr, et entrepris de mettre les petits plats dans les grands. Elle prépara des queues de langouste grillées, une salade de pommes de terre, des épis de maïs au beurre parfumé au citron vert et à la coriandre, et une crème brûlée aux mûres. Hobby savait que sa mère se faisait une joie de cuisiner pour quelqu'un d'autre que les Allencast. Peut-être même se sentait-elle soulagée à la pensée que la chaise de Penny ne soit pas vide ce soir.

14 heures. Ils passeraient à table à 19 heures. Hobby et Claire avaient cinq heures devant eux pour ruminer leur inquiétude. Comment Zoe allait-elle réagir ? Il n'en avait pas la moindre idée. Elle avait toujours affirmé qu'il pouvait tout lui dire, mais il n'en était pas si sûr. Ce « tout » lui semblait trop vaste. Cependant, elle aussi avait vécu une grossesse précoce, inattendue, dix-huit ans plus tôt. Elle comprendrait certainement. Et si ce n'était pas le cas ? Si cette nouvelle l'accablait, au contraire ? Elle ne lui avait jamais caché qu'en dépit des multiples fractures qu'il avait endurées, elle continuait à nourrir de grandes ambitions pour lui. Entrer dans une université prestigieuse et décrocher un diplôme d'architecte. Pas question qu'il renonce à ce brillant avenir pour travailler dans une entreprise de construction de Nantucket et avoir les moyens d'élever un enfant. Il ne briserait pas le cœur de sa mère.

Serait-elle déçue ? Blâmerait-elle Claire, comme on pouvait s'y attendre ? Pourvu que non, Seigneur ! Claire était dans un tel état de nervosité qu'elle ne pouvait rien avaler. À l'inverse, Hobby engloutit son soda et mangea les chips avec voracité après les avoir généreusement nappées de sauce piquante. Sa mère y avait ajouté des *jalapeños*, ce qu'elle faisait jadis uniquement quand Penny dormait chez une amie ou était en camp de vacances. Penny ne mangeait pas de nourriture épicée, de peur d'endommager ses cordes vocales. Le fait que Zoe ait mis des *jalapeños* cette fois-ci, et qu'elle continuerait désormais à le faire – puisque Penny était morte –, déprima encore plus Hobby, si bien qu'il se goinfra de plus belle. Ses manières, d'ordinaire convenables, en prirent un sacré coup. Il en était conscient, mais n'arrivait pas à se retenir. Un peu de sauce tomba d'une chip laissant une traînée rouge sur son short. Le devant de sa chemise était maculé de miettes. Il avait bu son soda si vite qu'il émit un rot retentissant aux relents d'oignons. Claire l'observait d'un air atterré en se demandant probablement ce qui lui avait pris de sortir avec un goujat de son espèce, et s'inquiétait peut-être aussi de l'éducation qu'il donnerait à leur enfant.

— Pardon, marmonna-t-il.

Claire avait l'air las. Elle devait être malade, ou bien elle en avait assez de lui, de la situation dans laquelle ils s'étaient fourrés. On aurait dit un couple marié depuis quarante ans !

— Parlons-lui tout de suite, lança-t-elle tout à coup. Je n'en peux plus d'attendre.

Hobby épousseta sa chemise et se redressa. Excellente idée ! On va le lui dire maintenant. Qu'on en finisse. L'attente était une torture. Il rota de nouveau, plus discrètement cette fois-ci, regrettant d'avoir mangé si vite.

— D'accord. Tu as raison. Allons-y.

— On va faire comme on a dit. C'est toi qui parles en premier.

À cet instant, le téléphone sonna dans la maison. Hobby sentit son cœur se serrer. Cet appel tombait si mal qu'il imagina forcément que la personne au bout du fil avait choisi ce moment précis pour annoncer la grande nouvelle à Zoe. Ça devait être Beatrice McKenzie, la bibliothécaire de l'Atheneum, ou bien Savannah Major, l'épouse du proviseur, informée par le téléphone arabe, qui voulait féliciter Zoe d'être bientôt grand-mère. Grand-mère ! Zoe avait quarante ans. Hobby rota encore une fois.

Sa mère avait décroché, ce qui le surprit. Il l'entendait murmurer, sur ce ton confidentiel qu'elle avait toujours quand elle parlait à Jordan au téléphone. Était-ce lui qui appelait ? Surprenant ! C'était le milieu de la nuit en Australie.

Sa mère surgit sur la terrasse.

— Puis-je te parler une minute, Hobby, s'il te plaît ?

Il se tortilla sur sa chaise. L'expression de Zoe était indéchiffrable, mais il n'était pas idiot. Ça allait barder. Elle était au courant. Hobby sentit ses entrailles se nouer. Il eut un nouveau renvoi, au goût de *jalapeños*. Elle savait tout. Quelqu'un le lui avait dit. Elle voulait qu'il la rejoigne à l'intérieur. Se rendait-elle compte qu'il avait un plâtre de quatre kilos à la jambe et qu'il continuait à avoir de la peine à se déplacer ? Il se mit péniblement debout. Même les jours où il souffrait le plus, il évoluait avec plus de grâce qu'à cet instant. Le visage de sa mère, celui de Claire – qu'il n'osait pas regarder, mais ce n'était pas nécessaire –, l'ardeur du soleil, sa jambe douloureuse qui le démangeait, ces fichus *jalapeños* dans la sauce... et Penny qui refusait d'en manger de peur d'endommager ses cordes vocales et qui n'était plus là. Tout cela conspirait contre lui. Son estomac se souleva. Il pivota brusquement sur lui-même en s'aidant d'une de ses béquilles et vomit sur les élymes des sables en bas de la terrasse.

— Hobby ! s'exclama sa mère.

Il rendit à nouveau.

Aussi pénible que ce soit de l'admettre, ça lui faisait du bien d'expulser ce poison de son corps. Il entendit Claire derrière lui émettre des sons désagréables. Elle allait probablement dégobiller elle aussi, par solidarité. On se serait cru dans un film des Monty Python. En fermant les yeux, il vit tourbillonner des couleurs – du rose, de l'orange. Peux-tu venir à mon secours, Penny, s'il te plaît ? Elle le repousserait sans doute. Il l'entendait d'ici, où qu'elle soit maintenant, lui rétorquer qu'elle n'était pas un ange esclave censé lui obéir au doigt et à l'œil chaque fois qu'il avait des ennuis.

Un verre d'eau glacée apparut à proximité de son coude.

— Ça va ? demanda Zoe.

Il s'essuya la bouche du revers de la main et prit le verre.

— Oui, oui, ça va. J'ai mangé trop vite.

— J'ai vraiment besoin de te parler, à l'intérieur. En privé.

Il jeta un coup d'œil à Claire, droite comme un piquet, les yeux clos, les jambes repliées sous elle comme dans une posture de yoga.

— Claire ? Je rentre une minute.

Elle se borna à hocher la tête.

Hobby suivit sa mère en clopinant dans la maison. Jusqu'à la chambre de sa mère, qu'il examina comme le visiteur d'un musée. Voilà des années qu'il avait à peine jeté un coup d'œil dans cette pièce. Penny, elle, y allait à tout moment ; elle passait parfois plusieurs nuits d'affilée dans le lit de Zoe. Elles avaient ce lien étroit, grotesque presque, comme deux copines. Hobby préférait rester à l'écart. Certains objets étaient cependant ancrés dans sa mémoire : le miroir ovale au cadre doré (loin d'être aussi grand que celui de Penny), la coiffeuse et la brosse en argent gravée, aux poils blancs tout doux qu'enfant, il aimait frotter contre sa joue. La photo de ses parents sur les marches de l'Institut culinaire, en uniformes blancs et toques de chef. Le gros coquillage rose que Zoe avait rapporté d'un voyage en solitaire à Cabo. L'édredon passé, sur le lit en bois de fusain dont elle avait hérité de sa tante qui avait épousé un Amish et vivait quelque part en Iowa. Et puis au-dessus de la porte, le crucifix en émail, acheté par sa mère à Ravenne, en Italie, où elle avait passé des vacances avec ses parents il y a des lustres. La seule fois où il l'avait interrogée à ce sujet, elle lui avait expliqué qu'elle le considérait comme une œuvre d'art, et non un symbole religieux. Et puis le plat à bonbons en cristal taillé, rempli d'éclats de verre ramassés sur la plage, sur la table de nuit, près d'un tas de bouquins. En bas de la pile, les *Œuvres complètes* de M.F.K Fisher. Le livre préféré de Zoe depuis toujours, celui de Hobson senior aussi.

Tous ces objets lui étaient aussi familiers que les parties de son propre corps. Cependant, il les avait oubliés.

Pourquoi fallait-il que leur discussion ait lieu dans cette chambre ? La cuisine aurait très bien convenu. Le couloir. C'était de mauvais augure. Il avait tant redouté ce moment.

Zoe ferma la porte.

Hobby se laissa tomber sur le lit. Il aurait donné cher à cet instant pour recouvrer ses capacités d'athlète pour prendre ses jambes à son cou. Sauter des barrières, plonger dans des mares. N'importe quoi pour être loin de là.

Aide-moi, Penny !

— Lynne Castle vient d'appeler, lui annonça Zoe.

Oh mon Dieu !

— Demeter est en piteux état. Ses parents l'ont conduite dans un hôpital appelé Vendever pour soigner sa dépendance à l'alcool.

— Quoi ?

— Lynne est encore auprès d'elle. Demeter a émis une requête avant que sa mère ne s'en aille.

— À savoir ?

— Elle veut te parler.

Hobby se brossa les dents et s'aspergea la figure d'eau froide. Demeter voulait lui parler.

En redescendant, il trouva Claire allongée sur le canapé du salon, un gant de toilette humide sur les yeux.

— Elle ne se sent pas bien, dit Zoe. Elle est peut-être restée trop longtemps au soleil. À moins que vous n'ayez attrapé un microbe tous les deux.

— Ce n'est pas un microbe, répondit Hobby en regardant Claire, sa princesse au repos.

Sa main gauche reposait sur son ventre d'une manière qui, selon lui, signalait l'évidence. Fallait-il informer Zoe maintenant, avant de se lancer dans cette odieuse mission à l'hôpital ?

— Maman...

— J'ai dit à Claire que nous avions une course à faire, enchaîna Zoe, et qu'on serait de retour dans une heure ou deux. Elle en profitera pour se reposer.

Claire hocha la tête.

Réglons cette affaire d'abord, pensa Hobby. On lui parlera après. Pendant le dîner, comme on avait prévu de le faire.

— On sera de retour dans une heure, ânonna-t-il. Peut-être plus tôt.

Ils entrèrent dans l'hôpital par l'entrée des Urgences où Lynne Castle les attendait. Elle tendit les bras à Zoe, et elles s'étreignirent longuement. Elles pleurèrent toutes les deux et échangèrent une multitude d'excuses : « Je te demande pardon », « Non, c'est moi… » Lynne s'estimait responsable de tout, Zoe se reprochait de ne pas avoir rappelé plus tôt. Lynne avoua qu'elle avait honte du comportement de sa fille. Zoe s'en voulait d'avoir dû tirer la sonnette d'alarme. En équilibre sur ses béquilles, Hobby avait hâte d'en finir. J'ai mon propre drame qui m'attend à la maison, pensait-il. Mais elles continuaient à chuchoter, à pleurer, et se presser les mains.

— J'étais tellement aveugle, bredouilla Lynne. Quelle imbécile je fais !

— L'important, c'est que Demeter bénéficie de l'aide dont elle a besoin.

Hobby poussa un gros soupir, un signal que sa mère, immunisée contre ses appels puérils pour attirer l'attention, ignora, mais que Lynne, elle, perçut.

— Merci d'avoir accepté de venir, Hobby.

— Pas de problème.

Il s'avança vers elle clopin-clopant, dans l'espoir de provoquer l'élan qui permettrait d'en avoir fini le plus rapidement possible et de retourner auprès de Claire. Ils pourraient enfin s'installer autour de la table et annoncer à Zoe qu'il allait être papa.

— Viens, je t'emmène, dit finalement Lynne.

— Je vais attendre ici, indiqua Zoe.

Elle fixait les chaises de la salle d'attente. Déserte. L'émission *Dr Phil* passait à la télévision. En la voyant porter sa main à sa bouche, Hobby comprit qu'elle était dans cette pièce même lorsqu'on lui avait annoncé la mort de Penny.

— En fait, non. Je vais attendre dans la voiture.

Lynne et Hobby parcoururent le couloir en silence, puis attendirent l'ascenseur.

— Comment te sens-tu ? demanda-t-elle.

— Mieux. Je suis de nouveau d'aplomb, à part ma jambe.

— Quand vont-ils te retirer ton plâtre ?

— Ils ne savent pas très bien. Encore trois semaines sans doute. J'espère en être débarrassé pour la rentrée.

— Ce serait bien.

Hobby acquiesça d'un signe de tête.

Les portes de l'ascenseur s'ouvrirent. Ils pénétrèrent dans la cabine. Lynne appuya sur le bouton du troisième étage. Hobby craignait de sentir les oignons et les *jalapeños* régurgités.

— Ta mère t'a raconté ce qui s'est passé ?

— Pas vraiment. Juste que Demeter va rester un moment à Vendever pour être soignée.

— On l'a surprise en train de voler de la vodka chez les Allencast alors que l'équipe de paysagistes avec qui elle travaille opérait sur les lieux. Ta mère, en fait. Demeter a été virée, bien évidemment. Je lui ai demandé si elle avait l'intention de boire cette bouteille. Elle m'a répondu que non, qu'elle pensait la donner à des amis. Et comme une idiote, je l'ai crue !

Effectivement, songea Hobby, ce n'était pas malin. Demeter buvait tout le temps, beaucoup. Elle avait une bonne descente comme disaient certains de leurs camarades, Anders Peashway notamment. Comment Mme Castle ne s'était-elle pas rendu compte que sa fille buvait, du moins à ce point ? Les parents étaient bizarres parfois, à vouloir se persuader de la perfection de leur progéniture. Hobby se promit d'être ultraréaliste quand il serait père à son tour. Il ne croirait pas son enfant sur parole. Il serait vigilant, surtout s'il avait une fille.

— Et puis j'ai découvert près de deux douzaines de bouteilles vides dans son placard, et dix-huit autres encore pleines, ajouta Lynne. De la vodka, de la tequila, du vin. Je n'en revenais pas.

Hobby haussa les sourcils. Hé ben ! Ce n'était pas rien.

— Toutes volées, chez les particuliers où elle travaillait. Ainsi que chez les Kingsley, la famille pour laquelle elle fait du baby-sitting. C'est là qu'elle a pris la bouteille de

Jim Beam que vous avez tous bue le soir de la remise des diplômes.

— Ah ! fut tout ce que Hobby trouva à répondre, estimant imprudent de s'étendre davantage.

— Si Demeter a commis ces larcins, c'est parce qu'elle avait besoin d'alcool, et nous n'en avons jamais à la maison, continua Lynne. Pas une goutte. Elle en avait besoin parce qu'elle est alcoolique.

Hobby se cramponna à ses béquilles.

— Alcoolique à dix-sept ans, conclut Lynne.

Les portes de l'ascenseur s'ouvrirent. Merci, mon Dieu ! Hobby suivit Lynne dans le couloir. Sa chambre à lui se trouvait au deuxième étage et non au troisième. Un léger avantage. Le troisième se révéla encore plus glauque et déprimant que le deuxième. Hobby se mit à transpirer à profusion en dépit de la climatisation. Difficile pour lui de se retrouver là.

Demeter était seule dans une chambre double. Il l'avait imaginée allongée, en pyjama, comme une patiente, mais elle était habillée – en short beige et T-shirt – et lisait sur le lit, les jambes pendantes. En les voyant entrer, elle posa son livre et agrippa le matelas comme si c'était un rebord d'où elle s'apprêtait à plonger.

— Regarde qui j'ai trouvé ! s'exclama Lynne.

À croire que l'apparition de Hobby dans la pièce était une heureuse surprise, et non parfaitement organisée.

Demeter le dévisagea d'un œil morne. Ils l'ont droguée, pensa-t-il.

— Salut, Meter.

Elle esquissa un sourire, et Hobby se revit assis à côté d'elle dans le cercle des enfants à la Children's House quand ils étaient petits. Il se souvenait de ses couettes, de ses fossettes. Des sandwichs à la pâte à tartiner et à la confiture qu'elle apportait pour son déjeuner.

— Salut.

Elle n'avait pas l'air d'aller si mal. Elle était bronzée, elle avait perdu un peu du poids. Ses cheveux étaient brossés et brillaient. Hobby trouva ses mèches blondes si jolies qu'il eut envie de les toucher.

— Bon, eh bien, je vais vous laisser discuter tranquillement.

Comme s'il s'agissait d'un rendez-vous galant. Hobby fixa son regard à terre en se disant que ce devait être un des instants les plus embarrassants de son existence. Pour aggraver les choses, au lieu de s'en aller, comme elle venait de le promettre, Lynne Castle s'attarda encore quelques minutes, observant tour à tour sa fille, Demeter, une alcoolique de dix-sept ans, et Hobby, un jeune homme qui venait de perdre sa sœur jumelle et avait passé neuf jours dans le coma. Elle devait penser aux enfants qu'ils avaient été jadis et se demander ce qui avait pu aller de travers. Si c'était sa faute ou simplement la malchance. Lynne avait sûrement envie de rester pour entendre ce que Demeter avait à dire. Pouvait-il l'en blâmer ? Lui-même mourait d'envie de tout savoir, même si la terreur lui serrait la gorge.

Qu'allait-elle lui dire ? Qu'avait-elle de si important à lui confier ?

Sa jambe le démangeait sous le plâtre.

Lynne soupira, puis elle tourna les talons et sortit en fermant la porte soigneusement derrière elle.

DEMETER

Il avait l'air terriblement mal à l'aise, sur ses béquilles, tel un épouvantail planté au milieu d'un champ de maïs.

— Tu veux t'asseoir ?

— Non.

Il changea aussitôt d'avis :

— En fait, si.

Il s'approcha de la chaise et s'y laissa tomber, sa jambe gauche plâtrée toute droite devant lui.

Demeter ne savait pas par où commencer. Elle avait le sentiment qu'avant toute chose, elle devait le remercier d'être venu.

— Putain, Meter, qu'est-ce qui se passe ? Parle.

Elle avait longuement répété son laïus dans sa tête.

— J'ai dit quelque chose à Penny quand on était dans les dunes.

— Au sujet de Jake ?

— Jake ? s'étonna-t-elle. Pourquoi Jake ?

— À propos de moi, alors ?

Son regard vacilla. Son front brillait de sueur.

— Lui as-tu raconté quelque chose sur moi ?

— Non. Je lui ai parlé de ta mère et de Jordan Randolph.

Hobby plissa les yeux. Quand il se pencha, Demeter vit les orteils au bout de son plâtre se tortiller.

— Quoi ? Que lui as-tu raconté ?

— Que je les avais vus ensemble.

— Qu'est-ce que ça veut dire, merde ! Tu les as vus ensemble. Et alors ? Ils se voyaient sans arrêt. Ils étaient amis, tu le sais.

— Oui, mais ils étaient *vraiment* ensemble.

— Comment ça ? Ils s'embrassaient, c'est ça ?

— Plus que ça.

— Putain, Meter, crache le morceau !

— Je les ai vus..., je les ai vus faire l'amour. Sur la terrasse chez vous. Quelques jours avant la remise de diplômes.

Il la dévisagea, son expression demeurait indéchiffrable. Le plus frustrant dans la vie, songea Demeter, c'est qu'on n'arrive jamais à déterminer ce que les autres pensent.

— Tu les as vus faire l'amour ? Comment ça ? Je ne comprends pas.

Les mains de Demeter tremblaient. Elle avait besoin de boire. Plus jamais de sa vie. C'était impossible, bien sûr, mais le Dr Field et ses parents avaient essayé de l'en convaincre. Dans moins d'une heure, on viendrait la chercher pour l'emmener à Vendever où des conseillers psychologiques, des médecins et des spécialistes des addictions allaient lui apprendre à vivre sans boire.

— Je les ai vus faire l'amour, répéta-t-elle. J'avais séché les cours ce jeudi-là.

C'était une magnifique journée de juin. Une sensation de pureté dans l'air. Un ciel limpide. Ce matin-là, elle avait bu le fond d'une bouteille de Dewar, la dernière de la réserve de ses parents, et englouti quelques lampées du Jim Beam volé chez les Kingsley. Mais il lui en fallait davantage, une autre bouteille au moins, et l'idée d'en subtiliser une chez une personne de sa connaissance avait fait son chemin dans son esprit. Elle n'avait eu aucun mal à se servir chez les Kingsley. Elle avait passé en revue la liste de tous les gens qui consommaient de l'alcool autour d'elle et dans l'entourage de ses parents. Zoe lui avait paru la candidate la plus prometteuse. Elle buvait toujours du vin, même si Demeter avait gardé le souvenir de soirées margaritas chez les Alistair, de cosmopolitans, de martinis, de grogs au rhum chaud en hiver. Elle connaissait la cuisine de Zoe presque aussi bien que la sienne. De plus, elle savait que Zoe serait à son travail et que la porte coulissante face à l'océan ne serait pas fermée à clé.

Elle avait roulé jusqu'au bout de Miacomet Pond et garé son Escape dans l'idée de faire une promenade sur la plage. Rien de mal à ça. Elle couvrit à pas lents les deux ou trois cents mètres qui la séparaient de l'escalier des Alistair. Laissa ses sandales sur la plage et monta rapidement les marches, avec une légèreté qui ne lui ressemblait guère. Elle rêvait d'un verre de vin blanc frais, peut-être aussi d'une petite sieste au soleil sur la chaise longue, avant de retourner à l'école après le déjeuner, à temps pour le cours d'anglais, le seul qu'elle supportait.

Elle était presque en haut des marches quand elle entendit des gémissements, des halètements. Des bruits qu'elle n'avait jamais entendus chez elle, si bien qu'elle ne savait pas trop quoi en penser. Elle tendit l'oreille.

Fais demi-tour et va-t'en tout de suite ! Zoe avait invité un homme chez elle. Rien de surprenant à cela. Elle était célibataire, jeune. À peine quarante ans. Mais au lieu de rebrousser chemin, Demeter continua son ascension, sur la pointe des pieds. Elle n'arrivait pas à identifier ses sentiments. Surprendre ainsi une scène intime. Elle n'avait jamais eu de secret auparavant, en dehors de son odieux problème avec l'alcool. Alors que d'autres jeunes en avaient, les partageaient – Annabel Wright, Winnie Potts et Anders Peashway notamment, qui avaient des vies nettement plus folichonnes que la sienne.

Elle monta encore une marche, une autre, jusqu'à ce qu'elle voie clairement ce qui se passait. Zoe et... Jordan ! Zoe nue, à califourchon sur Jordan dans le fauteuil où Demeter comptait faire la sieste.

Paniquée, elle fit volte-face et dévala l'escalier. Puis elle fonça vers sa voiture après avoir récupéré ses sandales au passage. Dès qu'elle fut certaine d'être hors de vue, elle ralentit l'allure et tenta de recouvrer son souffle. D'apaiser son cœur affolé, son esprit en ébullition, ses émotions chamboulées.

Zoe et Jordan.

Elle était sous le choc, comme si des secousses l'ébranlaient après une électrocution, mais pouvait-elle dire honnêtement qu'elle était surprise ? Zoe et Jordan. Ils étaient toujours fourrés ensemble. Jordan semblait plus à son aise avec elle qu'avec Ava, sa femme et la mère de Jake. Tout le monde faisait des remarques sur la belle amitié qui les unissait. À l'instar de Jerry et Elaine dans *Seinfeld*, ou de Beezus Quimby et Henry Huggins dans les livres que Demeter lisait dans sa jeunesse. Un garçon, une fille, deux meilleurs amis. Ce genre de relation faisait souvent l'objet de livres, de films ou de séries télévisées, mais cela ne se produisait presque jamais dans la vraie vie – sauf dans le cas de Zoe et Jordan. Le mythe venait de se briser. Leurs rapports n'avaient rien à voir avec ce qu'on s'imaginait.

— Je cherchais de l'alcool, expliqua Demeter à Hobby. Je savais que j'en trouverais chez toi. J'ai longé la plage, grimpé les marches et là, je suis tombée sur Jordan et ta mère, sur la terrasse. Et ils étaient en train de...

Hobby leva la main tel un agent de la circulation. Demeter s'interrompit.

— Pourquoi ? demanda-t-il.

Demeter n'était pas sûre de comprendre le sens de sa question. Pourquoi cherchait-elle de l'alcool ? Il le savait maintenant. Tout le monde le savait : elle s'adonnait à la boisson. Faisait-il allusion au couple Zoe-Jordan ?

— Pourquoi quoi ?

— L'avoir dit à Penny.

Elle s'était posé la question un millier de fois : pourquoi en ai-je parlé à Penny ? Elle se doutait qu'elle serait épouvantée, meurtrie. Triste, folle de rage. Écœurée. Oui, elle savait tout ça. Pourtant, elle n'avait pas été capable de tenir sa langue. Cette information lui faisait l'effet d'un lingot d'or. Comment la garder pour elle alors qu'elle se sentait si démunie sur le plan émotionnel ? Ce secret n'avait de valeur que s'il lui donnait ce qu'elle désirait le plus au monde. À savoir l'attention totale de Penny Alistair.

— Si je lui ai dit la vérité, c'est parce que j'avais enfin quelque chose qu'elle n'avait pas. Une monnaie d'échange.

— Une monnaie d'échange, répéta Hobby, incrédule.

— Je me rendais bien compte qu'elle serait bouleversée, mais j'ai pensé que je pourrais la consoler. Mon secret contre son amitié. Voilà ce que je voulais.

Ces mots étaient d'une honnêteté si brutale qu'elle n'en revenait pas elle-même de les avoir prononcés.

— Je pensais que ce secret resserrerait les liens entre nous.

Elle avala péniblement sa salive. Elle avait la gorge sèche, douloureuse.

— Je voulais qu'on devienne de vraies amies.

Hobby laissa échapper un filet d'air. Il était blême, paraissait mal en point. Demeter songea tout à coup qu'en lui annonçant cette nouvelle à propos de sa mère et de Jordan, elle risquait de provoquer une seconde catastrophe. Dans les dunes, elle avait parlé à Penny avec la certitude de bien agir en dévoilant les vils mensonges des adultes de leur entourage. À Hobby, elle ne voulait confesser que ses propres transgressions. Ce qui s'était passé entre Zoe et Jordan ne regardait personne – ni Penny ni Hobby, et certainement pas elle-même.

— Si je pouvais ravaler mes mots..., balbutia-t-elle.

— Je ne te le fais pas dire !

Il se frottait vigoureusement le front, comme s'il cherchait à stimuler son cerveau.

— Bref, reprit Demeter, je tenais à ce que tu saches que ce qui est arrivé à Penny est ma faute. C'est à cause de ce que je lui ai révélé ce soir-là. Au début, elle a semblé bien le prendre, mais une fois à la voiture, elle était dans tous ses états.

— Dans tous ses états.

— Je l'ai tuée. J'aurais aussi bien pu pointer une arme sur sa tempe et appuyer sur la détente.

Hobby garda le silence. Demeter espérait qu'il dirait quelque chose pour la réconforter, mais il n'en fit rien. Il la tenait pour responsable. Il y avait de fortes chances qu'il raconte tout à Zoe, et le monde entier saurait qu'elle avait causé la mort de Penny Alistair. Pourtant, avouer la vérité à Hobby était le seul moyen pour elle de soulager un peu sa conscience. Elle pourrait raconter son histoire lors d'une séance de thérapie de groupe à Vendever, mais cela n'aurait pas la même portée. Parler à des inconnus n'allégerait pas ce poids qui pesait sur son cœur. *J'ai dit une chose horrible à Penny. Je me suis mêlée de ce qui ne me regardait pas. C'est à cause de moi que Penny Alistair est morte. Moi. Si j'avais gardé le silence, elle serait encore vivante.*

Hobby se leva péniblement. *Il va partir, comme ça ?* Elle ne savait pas trop à quoi elle s'était attendue. Des cris, peut-être. Une scène. La faute n'incombait-elle pas en partie à Zoe et Jordan ? Ils avaient menti, triché. Franchi la ligne rouge. C'étaient des adultes – des gens bien, cool, importants, responsables. C'est ce que Demeter avait toujours pensé, tout comme Hobby, Penny et Jake. Pourtant, elle les avait surpris en train de faire l'amour sur la terrasse en émettant des grognements d'animaux. Elle n'était pas entrée dans la chambre de quelqu'un. Ils s'ébattaient dehors, quasiment en public. Était-ce la seule fois où cela s'était produit ? Jordan était peut-être passé pour aider Zoe à changer les écrans de ses fenêtres de tempête. Ils avaient parlé avec nostalgie de la remise de diplômes, de Penny et Jake, si amoureux, et de fil en aiguille, la scène à laquelle Demeter avait assisté n'avait été qu'une étoile filante, d'une brillance fugitive.

Pourtant, ce n'était pas son sentiment. Elle ne les avait entrevus qu'une seconde, juste le temps de graver dans son esprit l'image du dos nu de Zoe (avec la marque blanche de son haut de maillot de bain), les bras de Jordan autour d'elle, leurs mouvements, leurs gémissements. Ils lui avaient paru imbriqués l'un dans l'autre comme s'ils n'en étaient pas à leur première étreinte. (Quoique... que savait-elle du sexe ?) Et quand elle repensa aux relations entre Zoe et Jordan – leur camaraderie, les blagues privées –, au fait qu'ils s'asseyaient toujours l'un à côté de l'autre, que ce soit à table, sur la plage, dans la cabane à la montagne, elle eut la conviction que leur liaison durait depuis un bout de temps, des mois probablement, voire des années. Une véritable industrie du mensonge. Ils avaient dupé non seulement Ava Randolph, mais tout le monde. Y compris leurs propres enfants. N'était-ce pas eux les coupables ? Fallait-il lui jeter la pierre à elle pour l'unique raison qu'elle avait rapporté cette odieuse vérité ?

Elle avait envie d'en discuter avec Hobby. Elle voulait le faire tout de suite, histoire de battre le fer pendant qu'il était chaud, mais elle ne savait pas comment aborder la question sans avoir l'air de nier son implication.

Pas question de renvoyer la balle. Elle avait dix-sept ans. Elle était assez grande pour assumer ses responsabilités.

— Je suis désolée, murmura-t-elle d'une voix émue.

Hobby secoua violemment la tête, comme s'il essayait de déloger quelque chose dans son crâne.

— Moi aussi.

Hobby

Une chose à la fois. Peut-être qu'avant l'accident, il aurait pu gérer en même temps cette information fracassante et annoncer la venue du bébé à Zoe, mais il s'en sentait incapable. Son esprit était cotonneux. C'était trop. Beaucoup trop.

Jordan et sa mère. Wouah ! Il fallait qu'il y réfléchisse tranquillement.

S'il avait eu deux jambes valides, il serait rentré à pied, mais son plâtre l'obligea à monter en voiture avec sa mère qui feuilletait un numéro de *Bon Appétit* en l'attendant. Elle posa son magazine et planta son regard sur lui.

— Ça s'est bien passé ?

— Pas vraiment.

Elle l'observa un instant. Il sentait son regard, les questions en suspens dans l'air moite de la voiture.

— Tu ne veux pas savoir, crois-moi.

Elle ne le quittait pas des yeux. Il serra son poing gauche de toutes ses forces. Il voulait qu'elle démarre. Qu'elle mette la climatisation à fond pour le rafraîchir. Il voulait retourner auprès de Claire, même s'il ne pourrait jamais lui avouer la vérité. Ni à elle ni à personne. Demeter venait de le charger d'un épouvantable fardeau. Se sentait-elle mieux maintenant ? Il l'espérait, putain !

— Hobby ?

— Allons-y, maman, s'il te plaît.

— Je peux faire face, tu sais. Si tu veux me dire quelque chose, en discuter avec moi, je suis capable d'encaisser.

— Tu as géré assez de choses comme ça.

Une bouffée de rage pure, rouge vermillon, monta en lui envers Demeter. Elle s'était servie du secret de sa mère en guise de levier, pour se rapprocher de Penny, dans l'espoir qu'elles deviendraient des amies intimes. Quel prix avait-elle payé pour ça ? Penny avait perdu la vie. Zoe avait perdu sa fille. Hobby, sa sœur jumelle, ainsi que l'agilité, la rapidité, la coordination dont il avait hérité. Demeter, elle, n'avait rien perdu. Elle avait peut-être cette impression parce qu'on l'envoyait à Vendever, mais elle ne pouvait s'en prendre qu'à elle-même. Elle avait bu, volé, bu, encore et encore, parce qu'elle n'arrivait pas à faire face à la réalité : elle avait provoqué l'accident.

Que se passait-il réellement entre Jordan et Zoe ? Sa mère avait-elle vraiment couché avec Jordan, le mari de son amie, Ava ? Se sentait-elle à ce point seule et désespérée ? Que fallait-il en conclure à son sujet ? Aimait-elle Jordan ? Bien sûr, elle était amoureuse de lui. Seigneur ! Cela paraissait si évident à cet instant qu'Hobby avait du mal à réfléchir. Les coups de fil, les textos, sa gaieté quand Jordan était là, les bons petits plats qu'elle lui préparait, l'extase de sa mère à l'idée qu'ils aimaient la même musique et avaient les mêmes opinions politiques. Si une certaine chanson de Springsteen passait à la radio, Zoe appelait Jordan sur son portable et en enregistrait un extrait sur sa boîte vocale sans la moindre explication. Lorsque Barack Obama avait été élu président, elle lui avait téléphoné en premier. Le 4 novembre 2008, un peu avant minuit, ils avaient passé plus d'une heure, pendus au téléphone, à ricaner comme des gosses.

— Est-ce que Jordan te manque ? avait-il demandé à sa mère quelques semaines plus tôt.

— Oui. Il me manque terriblement.

Ce soir-là, il l'avait entendue pleurer. À cause de Penny, avait-il pensé. Mais quel effet cela lui faisait-il que Jordan soit parti à l'autre bout du monde ? Il aurait aimé lui poser la question, mais se rendit compte tout à coup qu'il n'avait pas envie de connaître les pensées intimes de Zoe. Sa vie sexuelle, les secrets de son cœur. Il voulait qu'elle soit sa mère. Qu'elle soit heureuse aussi, bien sûr. Jordan Randolph la rendait certainement heureuse. Avait-il envie qu'ils sortent ensemble ? Il n'en était pas sûr. Son cerveau ne fonctionnait pas correctement, nom d'un chien ! Il n'y comprenait plus rien.

— Démarre. S'il te plaît.

Zoe mit le contact, et la climatisation s'enclencha. Ils sortirent du parking à reculons, et Hobby se sentit un peu mieux grâce au mouvement.

— As-tu vu Lynne en ressortant ?

— Non, mentit-il.

Il l'avait aperçue près des distributeurs de boissons, en train de parler avec Percy Simons, un membre du Board of Selectmen, comme Al Castle, mais ne s'était pas arrêté.

— Je me demande comment Demeter va aller à Vendever.

Hobby haussa les épaules. Il s'imagina en train de lâcher le morceau :

« Demeter m'a raconté qu'elle vous avait vus faire l'amour, Jordan et toi. C'est ce qui a poussé Penny à se tuer, j'imagine. »

Oui, c'était sûrement le cas. Penny était si proche de leur mère. Elle qui racontait tout à Zoe avait dû ressentir un épouvantable choc en comprenant que l'affection qu'elle lui portait n'était pas réciproque. Penny se réjouissait que Zoe n'ait pas de petit ami. Elle la voulait pour elle seule, alors que Hobby redoutait que sa mère souffre de la solitude. Mais Zoe ne paraissait jamais se sentir seule quand Jordan était dans les parages.

Et puis Hobby se souvint du journal. Penny n'avait rien caché à Zoe, mis à part sa relation intime avec Ava Randolph. C'était un double coup dur : Zoe avait trahi Penny, mais aussi Ava, l'amie et confidente de sa sœur.

Peut-être était-ce la raison pour laquelle Penny avait commis l'impensable, même si ça pouvait aussi bien être le fait qu'elle ait appris que Jake avait flirté avec Winnie Potts dans le sous-sol de ses parents. Ou les bruits qui couraient selon lesquels Hobby avait mis Claire Buckley enceinte, et qu'ils prévoyaient un avortement.

Tout le monde avait des secrets. Tout le monde faisait des erreurs. Oui, tout le monde. Zoe Alistair, Jordan Randolph, Ava, Al et Lynne Castle. Une idée insupportable pour Penny. Seule la foi que lui inspiraient ses proches l'arrimait à ce monde. Si elle la perdait pour une raison ou pour une autre, si les gens qu'elle aimait, en qui elle avait confiance, se révélaient différents, alors, oui, elle avait pu partir à la dérive.

C'est exactement ce qu'elle avait fait.

Elle avait fait son choix. La faute lui en incombait. Elle avait provoqué l'accident. Elle s'était tuée.

Écoute, je m'en vais.

Hobby sentit les larmes lui inonder les joues. Il les essuya du revers de la main, ce qui attira aussitôt l'attention de sa mère.

— Qu'est-ce qui ne va pas, mon chéri ?

— Claire est enceinte.

III.

SEPTEMBRE

ZOE

La veille de la rentrée, Zoe conduisit Hobby à l'hôpital pour qu'on lui retire son plâtre. Ils y avaient passé un temps insensé au cours des trois derniers mois et continueraient à y faire des visites régulières, maintenant que Claire allait avoir un bébé. Mais ce serait des moments heureux, tout comme être enfin débarrassé de ce plâtre. Hobby étira son mètre quatre-vingt-dix-huit sur la table d'examen et Ted Field découpa le plâtre en morceaux avec sa scie Sawzall. La jambe de Hobby apparut dessous, blanche et ratatinée, par contraste avec l'autre, bronzée et musclée. Il ressemblait à une poupée bricolée.

Hobby pressa ses ongles sur la peau flétrie.

— Ça ne chatouille plus, alors que ça fait des mois que j'ai envie de me gratter.

Ted Field éclata de rire. Zoe perçut l'humour elle aussi, mais les larmes lui montèrent aux yeux. Le dernier plâtre. Dieu merci, tu es vivant.

Cet après-midi-là, Hobby descendit lentement l'escalier qui menait à la plage et se baigna dans l'océan. Zoe l'observait depuis la terrasse. Il lui fit un signe de la main. Elle lui répondit.

Claire vint dîner. Cela lui arrivait si souvent ces derniers temps que Zoe avait fini par laisser la troisième chaise à la table ronde. Ce serait à jamais celle de Penny, mais au moins maintenant, quelqu'un d'autre l'occupait.

Le ventre de Claire commençait à s'arrondir, ses seins pleins paraissaient sur le point d'éclater. Elle avait la peau limpide, les cheveux brillants. Elle s'était laissé pousser les ongles pour la première fois de sa vie. D'habitude, elle les avait courts pour jouer au hockey, au basket, à la crosse. Zoe l'emmena chez R.J Miller pour qu'elle se fasse faire une manucure. Dans le salon, une cliente leur demanda si elles étaient mère et fille.

Zoe se figea. Mère et fille. Comment répondre à cette question ?

— Je suis la petite amie de son fils, répondit gaiement Claire.

Zoe et Rasha Buckley accompagnèrent Claire et Hobby à l'échographie. Tous les quatre scrutèrent l'image sombre, fantomatique du bébé flottant sur l'écran. Zoe fut submergée par l'émotion en repensant à sa propre échographie, dix-huit ans plus tôt, quand elle avait appris qu'elle portait des jumeaux. Hobson senior avait poussé un cri de joie, telle une vedette de rodéo, comme s'il avait gagné mille dollars à une machine à sous. Un petit investissement aux retours inestimables.

Claire et Hobby avaient décidé qu'ils ne voulaient pas connaître le sexe de l'enfant, mais il n'y avait aucun doute d'après l'image à l'écran.

— Oh, s'exclama Claire. Un garçon !

— Regardez-moi cet équipement ! renchérit Hobby.

Claire devait accoucher en février. Elle prévoyait d'étudier chez elle jusqu'à ce que le bébé atteigne six ou huit semaines, et de retourner en cours à la fin de sa dernière année. Hobby et elle allaient s'inscrire à l'université, et quand le petit aurait sept mois, Zoe et Rasha prendraient la relève. Zoe s'en occuperait trois jours par semaine, Rasha les quatre autres. Zoe transformerait la chambre de Penny. Elle redeviendrait une maman. Elle aurait menti en disant qu'elle n'avait pas espéré, prié même, pour que ce soit une petite fille. Une autre Penny réincarnée, revenue à elle sous la forme de cet enfant. Mais elle se faisait des illusions. Une fausse hypothèse. Un espoir vain.

C'était un garçon.

— Un garçon, commenta Rasha d'un ton égal.

Zoe n'était pas encore prête à donner son avis, même si elle sentait que les autres attendaient sa réaction. Elle examina l'image sur l'écran : un bébé, un vrai, vivant. Si l'accident n'avait pas eu lieu, si Penny vivait encore, si Hobby était encore en un seul morceau et ne lui avait pas dit que Claire était enceinte de lui, elle lui aurait conseillé de se faire avorter. Mais en regardant l'écran, les minuscules orteils du bébé, son pouce dans sa bouche, elle fut sidérée à la pensée qu'elle aurait pu si aisément rejeter cette merveille de la vie.

— Un petit garçon, dit-elle.

— On a décidé que, si c'était un garçon, on l'appellerait Hobson, annonça Hobby. Hobson III. Comme un roi.

Zoe laissa échapper un petit rire.

Le lendemain de leur visite à l'hôpital pour enlever le plâtre, Zoe déposa Hobby à l'école. Le jour de sa rentrée en quatrième année, trois mois à peine après la fin des cours en troisième année. Son monde avait été chamboulé entre-temps.

— Merci, maman.

Il se démena avec son sac à dos et la béquille dont il avait encore besoin pour marcher.

— Je te promets de passer mon permis bientôt.

— J'aimerais autant que tu n'apprennes jamais à conduire.

— Je sais, dit-il en lui tapotant le genou. Mais ça ferait bizarre que ce soit toi qui nous véhicules, mon bébé et moi.

À court de mots, Zoe hocha la tête en souriant. Elle avait redouté cette journée, et n'avait pas fermé l'œil de la nuit. Elle regardait les autres élèves entrer peu à peu dans l'école, les filles bien coiffées, maquillées, élégantes en pantalons corsaires et petits hauts ravissants. Ils évoluaient en bandes, poussaient des cris, ricanaient, parlaient à cent à l'heure. L'énergie était palpable dans l'air, cette excitation qui entoure un nouveau départ. Dans des circonstances différentes, si Penny avait été en vie, et Jake et Jordan encore là, cette journée aurait été une fête. Et non une affaire de survie. Penny avait toujours adoré la rentrée, les cahiers neufs, les crayons bien taillés, les nouvelles gommes roses, les livres jamais ouverts.

Elle était morte. Sous terre.

Zoe regarda son fils se diriger vers le portail. Une foule convergea vers lui. Bien sûr ! Zoe ne les reconnaissait pas tous, mais tous voulaient lui taper dans la main, Hobby, le héros sportif qui avait cessé de l'être, mais qui n'en avait pas moins pris une tout autre envergure. Il avait déjoué la mort. Il avait survécu.

Elle attendit qu'il ait disparu à l'intérieur de l'établissement pour redémarrer. Il fallait qu'elle fasse quelque chose : rentrer à maison préparer un soufflé, faire une heure de vélo d'intérieur, fouiller dans les tiroirs de son bureau pour trouver le joint que son ami fournisseur, Vick, un producteur de disques à la queue-de-cheval grisonnante, lui avait donné à la fin d'un dîner particulièrement arrosé. Il y avait des années qu'elle n'avait pas fumé, mais elle en avait envie ce jour-là – se défoncer, écouter un CD piraté des Grate Dead et contempler l'océan.

Mais franchement, Zoe !

À la place, elle décida d'aller voir la croix blanche à Cisco Beach. Cela lui arrivait de plus en plus fréquemment ces derniers temps. Aller là-bas et penser à Penny en fredonnant parfois un *Ave Maria*. Cela lui faisait du bien. Un peu comme une prière.

Zoe Alistair, prier ? Elle rit. Qui l'aurait cru ?

On était le 4 septembre, une journée radieuse, chaude mais pas étouffante, comme l'avait été la deuxième partie du mois d'août. Zoe roulait, fenêtres ouvertes, le coude gauche posé sur le rebord. Maintenant que Hobby avait repris les cours, elle était libre de relancer son affaire de traiteur avant les congés de fin d'année. La saison du football démarrait la semaine suivante. Zoe songea à inviter Al et Lynne à dîner. Et pourquoi ne pas proposer à

Rasha et Claire de se joindre à eux ? Elle préparerait une chaudrée de palourdes. Elle irait peut-être à Coatue un après-midi pour les récolter elle-même.

Elle s'imagina traînant son vieux râteau – une antiquité achetée dans une brocante la semaine où elle s'était installée sur l'île, persuadée que tous les habitants de Nantucket devaient en posséder un – dans le sable doux, marécageux de Monomoy Beach à marée basse, draguant une poignée de coquillages à chaque passage. On ne s'en lassait jamais. C'était aussi excitant que de récolter quelques pépites d'or dans sa batée. Elle en rapporterait deux ou trois douzaines et les ouvrirait elle-même. Puis elle ferait revenir un oignon Vidalia coupé en petits dés dans une bonne ration de beurre. Elle ajouterait les coquillages, un peu de maïs Bartlett, des filets de poisson, du vin blanc, du thym frais et de la crème épaisse. Au bout d'une heure, ce serait prêt. Hobson senior et elle avaient rêvé de ce genre de cuisine écologique, d'acheter des vaches et des cochons, de cultiver des herbes aromatiques, des carottes, de la laitue, d'ouvrir un restaurant où ils serviraient leurs propres produits. Elle n'irait probablement pas beaucoup plus loin que cette chaudrée dans l'accomplissement de ce rêve, mais peu importait.

En approchant du bout de Hummock Pond Road, elle ressentit à nouveau cette sensation de flottement qui s'emparait d'elle chaque fois qu'elle venait ici, comme si elle entrait en lévitation. Était-ce la vue des bras blancs de la croix, ou s'imaginait-elle l'émotion de Penny au cours des dernières secondes de sa vie ? Cette élévation rapide, cet envol.

Les bras de la croix se découpaient sur le bleu intense du ciel. Un effet visuel aussi majestueux que celui qui avait inspiré le Christ Rédempteur surplombant Rio de Janeiro. Et puis quelque chose attira l'attention de Zoe : une voiture qui lui était familière, une Land Rover, ainsi que l'homme adossé contre.

Elle freina brusquement. Ses jambes se liquéfièrent, menaçant de se dissoudre sous elle. La panique la saisit, l'euphorie, puis à nouveau la panique. Elle plissa les yeux, convaincue de s'être trompée. Refusant d'y croire.

Elle se rangea près du véhicule. L'homme se retourna. Jordan.

Elle eut envie de réagir comme Penny l'avait fait ce soir terrible de juin : appuyer sur la pédale d'accélérateur, foncer dans le vide. La voiture s'écraserait, elle mourrait, et alors ? Tout était préférable plutôt que d'admettre le fait aberrant que Jordan était là. C'était bien lui, n'est-ce pas ?

Il se dirigeait vers elle. Elle plaqua la main sur ses yeux.

Oh mon Dieu ! Que faire ?

Il tendit la main par la fenêtre et lui prit le poignet pour écarter doucement sa main de son visage.

— Je me demandais si tu venais ici de temps en temps.

Sa voix. Insupportable. Elle allait s'effondrer. Elle l'aimait. Elle avait tenté de l'oublier. D'annihiler cet amour par la force de l'esprit. De se concentrer sur d'autres choses – Hobby, Claire, le bébé, sa cuisine. De se dire que la vie était longue, qu'elle était jeune et qu'elle rencontrerait quelqu'un d'autre. Elle avait voulu se convaincre qu'en partant, Jordan leur avait fait une faveur à tous les deux.

— Zoe.

Elle tourna la tête et le regarda bravement. Ces yeux bleus qu'elle avait remarqués le soir de la soirée des pères à la Children's House. Voulait-elle venir faire des puzzles avec lui ? Cette bouche qu'elle avait embrassée pour la première fois au Charlotte Inn de Martha's Vineyard. Ils avaient mal agi, ils n'avaient aucune excuse, mais Zoe pouvait au moins se dire qu'elle l'avait fait pour la bonne raison. Par amour.

— C'est vraiment toi ?

Il s'était déjà passé tant de choses étranges cet été. Peut-être hallucinait-elle ? Son esprit avait si désespérément soif de lui qu'il l'avait fait apparaître. Pourquoi n'avait-il pas écrit, envoyé un mail ou un texto ? Pourquoi ne pas l'avoir prévenue ? Mais elle le connaissait. Il avait eu peur d'appeler. Il avait tenu à la voir en personne pour pouvoir lui dire en face ce qu'il avait à lui dire. Il était revenu parce qu'il y avait un problème au journal, parce qu'elle lui manquait ou parce qu'Ava et lui s'étaient réconciliés et s'installaient en Australie pour toujours.

— C'est bien moi, dit-il, tenant encore son poignet d'une main tandis que de l'autre, il essuyait ses larmes.

JORDAN

Il débita l'information aussi vite qu'il le put. Il était journaliste, jusqu'à la moelle. Et se devait de rapporter les faits.

— Je suis revenu. Jake aussi. Ava est restée là-bas. Nous divorçons. Elle va adopter un enfant. Je t'aime, Zoe. Je t'aime.

JAKE

Il sauta la première semaine de cours. Bizarrement, il avait rêvé de quitter l'Australie et de rentrer chez lui, ses parents avaient fait des pieds et des mains pour qu'il soit de retour à temps, et pourtant le matin de la rentrée, il se sentit incapable d'aller au lycée. Son père avait peut-être raison au fond. Il aurait sans doute mieux fait de rester à Fremantle et de finir ses études secondaires à l'American School. Car la perspective de retourner dans les couloirs de la Nantucket High School sans Penny le terrorisait. Il avait été diplômé honorifique, président du conseil des élèves, rédacteur du journal, star de la comédie musicale annuelle, mais sans Penny, plus rien n'avait de sens ni d'importance. C'était sa dernière année, il devait l'endurer. Il n'avait pas le choix, pourtant il n'arrêtait pas de se répéter : pourquoi se donner cette peine ?

Il craignait de trouver des souvenirs d'elle partout. Tous les élèves du lycée étaient au courant de son deuil. Il allait devoir affronter Winnie Potts, Annabel Wright, Anders Peashway. Et puis Hobby.

Il aurait mieux valu rester dans l'anonymat, la solitude de l'Australie.

— Je ne sais pas comment t'expliquer, dit-il à son père. Je ne suis pas prêt, c'est tout.

— Ils t'attendent. Je t'ai ramené ici pour ça. Tu as dit à ta mère que c'était ton désir le plus cher.

— Je sais. Je vais y aller. Mais pas tout de suite.

— Je te donne une semaine. Une semaine. Pas un jour de plus. Tu m'as bien compris ?

— Compris.

Il alla au cimetière et s'assit près de la tombe de Penny. L'herbe avait recouvert la terre noire, comme il l'avait prédit. On avait posé sa pierre tombale : « Penelope Caroline Alistair. 8 mars 1995 – 17 juin 2012. À notre chère fille, sœur et amie. »

Jake trouvait ces pierres tombales ridicules et inutiles. Elles n'indiquaient rien. En regardant celle de Penny, on n'apprenait pas qu'elle avait des yeux couleur jacinthe, un timbre parfait et que son mot favori en français était « parapluie ». On ne savait pas non plus qu'elle aimait par-dessus tout la couleur lavande ni qu'elle portait des tongs jusqu'à Noël parce qu'elle ne supportait pas d'avoir les pieds enfermés, qu'elle avait eu son premier orgasme sur le podium d'un auditorium, pendant sa première année de lycée, à la faveur d'une pause lors d'une répétition de *Guys and Dolls*.

Jake songea qu'à bien des égards, l'Australie avait été un rêve. Jouer les vagabonds autour d'un feu de camp, le gazouillis de la fontaine dans le jardin, ses cousins à moitié aborigènes, sa mère arrosant généreusement son fish & chips de vinaigre tout en lorgnant la statue de Bon Scott. Tout cela avait-il vraiment existé ? Suffisamment en tout cas pour que sa mère décide de rester là-bas. Elle avait gardé la maison de Charles Street en location, et allait adopter une petite fille chinoise. Ses parents divorçaient. C'était bizarre d'y penser. Ils avaient été terriblement malheureux ensemble, pourtant l'idée de leur séparation lui paraissait saugrenue. La décision avait été prise unanimement, dans la sérénité. Ce serait mieux pour tout le monde. Jake irait voir sa mère à Noël.

En faisant ses adieux à Ava à l'aéroport de Perth, il avait appris quelque chose à propos de l'amour. Il s'était rendu compte que, lorsqu'on éprouvait des sentiments suffisamment purs envers un être, on désirait son bonheur. Il savait que sa mère faisait un énorme sacrifice en le laissant repartir. Parce qu'elle voulait le savoir heureux.

Son retour à Nantucket lui avait tout de même valu certaines satisfactions : revoir les rues du centre-ville, le Bean, où il avait bu sa première tasse de café américain, le drapeau voltigeant au vent à Caton Circle, le phare de Sankaty en forme de sucre d'orge, les bureaux du *Nantucket Standard*, où flottaient des odeurs familières d'encre et de papier poussiéreux.

La Jeep était anéantie, Jake n'aurait pas d'autre voiture. Il circulerait en bicyclette. La veille, en passant devant chez les Alistair, il avait vu la voiture de Zoe dans l'allée. La porte d'entrée était ouverte. En entendant de la musique, il s'était souvenu que chaque fois qu'il leur avait rendu visite, Penny chantait dans la maison. Elle faisait des vocalises ou des exercices vocaux. *Red leather, yellow leather* ! D'autres fois, c'était *Fee* de Phish (« *In the cool shade of the banana tree…* ») ou Motown (*Stop ! In the name of Love*), ou encore quelque chose de plus folklorique, comme *If I had a hammer*, l'air qu'elle avait chanté à huit ans, quand Mme Yurick avait découvert sa voix. Chaque fois qu'il entendait cette magnifique voix, Jake se disait qu'il pourrait l'écouter à jamais, et qu'il aurait toujours l'impression d'être un privilégié.

Il ne se trompait pas. Cela se faisait péniblement sentir maintenant.

La semaine passa, puis le week-end. Jordan avait repris son travail au journal. En rentrant le soir, il raconta à Jake que Demeter allait faire un séjour d'un mois dans un établissement hors de l'île, pour traiter son problème d'alcoolisme, et que Claire Buckley était tombée enceinte de Hobby et qu'ils avaient décidé de garder le bébé.

Jake avait écouté ces informations sans piper mot, en état de choc. Il était parti à peine deux mois. Les choses avaient-elles été chamboulées à ce point en son absence ?

Le lundi suivant, il devait reprendre les cours. Il s'y était engagé.

— Je te dépose si tu veux, suggéra son père.

— Je préfère y aller en vélo.

— Jake ?

— Je suis sérieux. Je prends le vélo. Ça va aller.

— Comme tu voudras, fit Jordan en lui assenant une petite tape sur l'épaule. Oh, non, il ne va pas remettre ça, pensa Jake.

— Je suis persuadé que ça ira très bien.

Il portait un jean et les baskets où Penny avait griffonné des petits messages. Son père les inspecta d'un œil soupçonneux. Jake comprenait son point de vue, mais il ne se sentait pas capable de les effacer. Il tenait à porter ce cœur parce que d'une certaine manière, cette réalité n'appartenait qu'à lui – à PENNY+JAKE 4EVER –, même quand il serait vieux, marié à une autre femme, avec une ribambelle d'enfants et de petits-enfants. Il valait mieux le faire savoir au monde, comme s'il était un panneau d'affichage ambulant, plutôt que de le cacher.

Il rangea sa bicyclette à côté des autres devant l'école. Les élèves évoluaient par petites bandes, discutaient avec animation. Quand, son sac à dos sur l'épaule, il leur emboîta le pas, les conversations se tarirent, reprirent à mots couverts avant de s'éteindre. Il avait emprunté à son père une paire de Ray-Ban Wayfarer qui lui donnaient des airs de Tom Cruise ou d'une autre star de cinéma un peu dépassée. Il marchait droit devant lui sans regarder personne. Ses camarades avaient sûrement besoin d'un peu de temps pour le reconnaître. Lui voulait juste entrer dans l'école, aller voir Mlle Hanson dans son bureau, récupérer le numéro de son casier et aller en cours.

Il était à dix mètres de la porte d'entrée quand un cri le stoppa net.

— Jake ?

Il se retourna brusquement, alors qu'il avait pris le temps de répéter à la maison une réaction plus cool. C'était Winnie Potts. Bien sûr. Elle avait défrisé ses longs cheveux bruns et s'était fait éclaircir des mèches. Son haut blanc mettait sa poitrine en valeur. Il la trouva plus âgée. Sexy. Elle était en dernière année, et Penny Alistair ne lui ferait plus concurrence pour le titre de la Reine des Abeilles du lycée de Nantucket. Jake songea que le lycée était un endroit où l'on apprenait à compter, à lire *Macbeth* et les *Contes de Canterbury*, mais aussi un univers social avec sa hiérarchie et son règlement. Comme il aurait aimé se passer de cette seconde facette, venir là juste pour apprendre, puis rentrer chez lui à la fin de la journée, et manger une pizza avec son père en échangeant les dernières nouvelles avant d'aller au lit !

Il ne fallait même pas y penser.

— Salut, Winnie.

— Oh mon Dieu ! Moi qui croyais que tu ne reviendrais jamais. J'étais sûre que vous aviez déménagé pour de bon. En Australie, c'est ça ?

— C'est ce qui était prévu. Mais on est revenus.

Elle le prit en étau entre ses bras et le pressa contre sa poitrine.

— Je suis super contente que tu sois de retour.

Elle s'écarta de lui et le regarda dans le blanc des yeux.

— Comment vas-tu ?

— Pas trop mal, fit-il, sentant ses yeux le brûler.

Il se félicita d'avoir mis des lunettes de soleil.

— Encore secoué, hein ? (Elle détourna la tête et renifla.) Je vois que tu as mis *son* jean.

Encore secoué ? pensa Jake. Cela ne faisait même pas six mois que Penny était morte. Winny l'avait peut-être oubliée. Sans doute avait-elle fini par l'accepter, comme tant d'autres adolescents à la mémoire courte. La mort de Penny l'avait certes attristée, mais c'était du passé. La vie continuait.

Jake se libéra de son étreinte, sans qu'elle semble s'en apercevoir. Winnie sortit son téléphone et entreprit d'envoyer des textos à une cadence frénétique. Pour informer tout le monde de son retour. Dans dix secondes, tout le monde serait au courant.

Zoe passait souvent *Uncle John's Band* sur le lecteur de cassettes de sa Karmann Ghia. La première strophe disait : « Les premiers jours sont les pires, ne te fais plus de souci pour après. » Jake la fredonna tout en déambulant dans les couloirs, ébahi, curieux. Il eut droit aux saluts de ses camarades, dont il ne se rappelait même plus le nom pour certains. Il tenta de se concentrer sur les cours – les maths, la physique, l'histoire européenne. Les professeurs faisaient de leur mieux pour paraître professionnels et décontractés – à moins qu'ils ne le soient pour de bon. C'était des gens bien, de bons citoyens, avec des enfants ou des parents âgés, ainsi que des hypothèques, des chauffe-eau à remplacer. Ils savaient juste que Penny était morte, qu'elle avait été la petite amie de Jake, peut-être même aussi qu'il avait passé l'été ou l'hiver en Australie, mais ne se sentaient pas pour autant enclins à évaluer son état émotionnel, trop absorbés par leurs propres ennuis pour se mêler des affaires des autres. Ce en quoi Jake leur était reconnaissant.

Alors qu'il se rendait du cours d'histoire européenne à celui d'écriture créative auquel il se réjouissait d'assister, il sentit une main se poser sur son épaule. Il redouta un instant que son père ait fait un saut à l'école pour voir comment il allait, mais en faisant volte-face, il se retrouva nez à nez avec le proviseur, M. Major.

— Jake ! Ravi de vous revoir parmi nous.

— Merci, monsieur Major.

Le proviseur lui sourit gentiment. Ses yeux bleus s'embuèrent derrière ses verres. Allait-il pleurer ? Il avait la réputation d'être le type bien par excellence au sein de l'établissement, parfois même trop bien pour faire face à certaines tâches ardues qui lui incombaient. Les élèves suspendus voyaient souvent leur punition allégée. Il estimait qu'avant toute chose, les jeunes avaient besoin d'être écoutés. Cette approche bienveillante fonctionnait la plupart du temps. Les élèves de Nantucket High School le ménageaient et s'efforçaient dans la mesure du possible d'être à la hauteur.

— Comment s'est passé votre voyage ?

— C'était bizarre, pour tout vous dire, répliqua Jake.

Le proviseur inclina la tête sur le côté. Un geste caractéristique chez lui, preuve de l'intérêt qu'il vous portait. Jake n'avait pas envie d'être l'objet de son attention. Les élèves se glissaient autour d'eux comme de l'eau entre deux rochers. Ce n'était ni l'endroit ni le moment de s'étendre sur l'étrange séjour qu'il avait vécu en Australie.

— Je ne peux pas vous l'expliquer. Enfin, pas là, tout de suite.

— Entendu, répondit M. Major. Eh bien, cette école n'est plus la même sans Penelope.

Jake hocha la tête brusquement.

Le proviseur posa à nouveau sa main sur son épaule.

— Je voulais juste te dire...

Il laissa sa phrase en suspens et ses yeux s'embuèrent. Jake détourna le regard pour ne pas le voir pleurer...

— Si tu as besoin d'un moment de tranquillité, mon bureau t'est grand ouvert. J'y suis rarement, comme tu le sais.

Effectivement, Jake le savait. Tout le monde était au courant. Major passait son temps à déambuler dans les locaux. Pas une alcôve ni une fissure qui n'ait fait l'objet de ses investigations. Il pouvait surgir à tout moment. « Je fais ma ronde », disait-il. Il faisait halte dans la classe d'espagnol de première année pour apprendre à conjuguer les verbes irréguliers, il entrait dans la salle d'artisanat et demandait qu'on lui fasse une démonstration de poterie. Il n'aimait pas rester assis derrière son bureau, expliquait-il. Quatre à cinq fois par jour, on entendait la voix de Mlle Hanson dans l'interphone lui annonçant qu'il avait un appel téléphonique.

— Merci, dit Jake.

C'était gentil de la part de M. Major de lui proposer son bureau en guise de salle des pleurs personnelle.

— Je vous suis très reconnaissant.

Major sourit. Ses yeux scintillaient, mais il retint ses larmes.

— Nous sommes tous là pour te soutenir. Et contents que tu sois de retour.

Le lendemain, à l'heure du déjeuner, Jake se demanda quoi faire. Les dernière année étaient autorisés à sortir des locaux pendant les pauses ; c'était l'un des privilèges que Penny et lui attendaient avec impatience. En septembre, ils prévoyaient d'aller se restaurer au kiosque à hamburgers sur Surfide Beach quand le fond de l'air était encore doux ; en hiver, descendre en ville le vendredi au Brotherhood, et puis s'introduire en catimini chez Penny les jours où Zoe allait travailler.

Ce serait quarante minutes de bonheur absolu.

Il n'y aurait pas un seul élève de dernière année en vue à la cafétéria. Ce n'était pas grave en soi. Il pourrait manger tranquille. Aucun autre élève n'oserait lui adresser la parole, mais ils parleraient de lui et ce qu'ils diraient serait à moitié vrai, à moitié faux. Or il n'avait pas trop envie de faire comme si rien ne s'était passé. Quitter le campus l'attirait, mais son vélo ne lui laissait guère de marge de manœuvre. S'il rentrait chez lui d'une traite, il aurait tout juste le temps de boire un verre d'eau fraîche avant de repartir. La plage ? Il était à peu près certain de tomber sur Winnie Potts, Annabel Wright et la bande, ce qui ne l'enchantait guère. Il ne voulait voir personne en fait. Juste quarante-cinq minutes de paix, de solitude absolue, même s'il aurait bien aimé que Mme Hanson ou Mme Coffin, l'une des secrétaires, se montrent aux petits soins avec lui.

Il irait au cimetière en vélo, décida-t-il finalement, sur la tombe de Penny. Sinistre, songea-t-il, complètement Emily Dickinson, mais c'était un espace vert, paisible, relativement proche.

En sortant de l'école, il chaussa ses lunettes de soleil en s'efforçant d'avoir l'air de se rendre à un rendez-vous important. Il se rappela que Penny ne se trouvait pas au cimetière. Son père avait insisté là-dessus avant leur départ en Australie. Sous terre, il n'y avait qu'une boîte avec ses restes, marquée par une pierre tombale grotesque qui ne disait rien sur elle. Peu importe. C'était tout ce qu'il avait.

Il vit d'autres dernière année s'éparpiller autour du lycée. Winnie Potts dans sa Mini rouge décapotable recula de sa place de stationnement, et pour ne pas avoir à l'affronter à nouveau, Jake se replia dans un angle. C'est là qu'il tomba sur Hobby, assis sur un banc en granite, une jambe tendue devant lui.

Jake s'arrêta net. Il n'avait pas voulu se l'avouer, mais toute la journée, il avait cherché à l'éviter. Il avait poussé un soupir de soulagement en constatant que Hobby n'était pas en cours de physique. En revanche, Claire était en cours d'histoire européenne, mais comme M. Ernest plaçait ses élèves par ordre alphabétique, elle se trouvait à l'autre bout de la salle. Pas de contact direct, donc. Elle avait beaucoup changé physiquement – toute en rondeurs. Son père avait dit vrai.

Hobby tressaillit en le voyant

— Hé ! Jake ! J'ai appris que tu étais de retour. Je n'arrivais pas à le croire.

— Et ouais !

Il avait envie de partir en courant. Il n'aurait pas su dire pourquoi, mais la vision de Hobby lui était insoutenable. Hobby, le jumeau de Penny, l'être le plus proche d'elle, à ses côtés du début à la fin de son existence, au moment où elle avait perdu la tête, lors de l'accident. Il avait souffert à un point que Jake ne pourrait jamais imaginer. De plus, Jake lui avait confié la faute commise avec Winnie Potts, ce qu'il regrettait amèrement. Après avoir ruminé cet aveu plusieurs mois, que pensait-il de lui ? Que c'était un salopard ? Un sale hypocrite, à porter un jean gribouillé par sa sœur alors qu'il l'avait trahie ?

— Je me lèverais bien pour te faire l'accolade, mais je suis un peu lent à la détente, plaisanta Hobby en désignant sa jambe raide.

— Je comprends.

Ils échangèrent une poignée de main. Jake ne ressentit que de la bonne volonté de la part de Hobby.

— Content de te voir, mec, déclara Hobby. Ça fait vraiment plaisir. Le jour où tu es sorti de ma chambre d'hôpital, j'ai bien cru que c'était la dernière fois que je te voyais. Que tu partais pour toujours.

— Je me suis fait la même réflexion.

Sans l'intervention de sa mère, à l'heure qu'il est, il fréquenterait l'école américaine de Perth, arborerait un costume bleu marine et une cravate toute fine comme celle des Mormons, et lirait Yeats et Auden aux côtés des fils de cadres étrangers de l'industrie minière.

— Assieds-toi.

Hobby glissa sur le banc, déplaçant le sac en papier brun à l'évidence préparé par Zoe. Jake reconnut le sandwich au poulet agrémenté de pignons et de tomates séchées, le pot de coleslaw aux brocolis, les brownies enveloppés de papier sulfurisé. Son estomac gronda. Le plus drôle, c'est qu'au fil de toutes ces délibérations sur la manière de passer sa pause-déjeuner, pas une seconde il n'avait songé à ce qu'il allait manger. Il avait ce qu'il lui fallait à la maison – de la pizza, des plats thaïs tout prêts auxquels son père et lui recouraient pour survivre – et puis les offrandes de Zoe.

— Okay, accepta Jake.

Oserait-il avouer à Hobby qu'il s'apprêtait à aller se recueillir sur la tombe de sa sœur ? Non. Jamais.

— Je ne voudrais pas t'embêter.

— M'embêter ? s'exclama Hobby. Je suis là, tout seul. Je n'ai pas mon permis et je boite encore trop pour aller bien loin. La semaine dernière, j'ai mangé ici avec Claire, mais aujourd'hui elle donne un cours de géométrie à un élève de première année.

Il engloutit un grain de raisin.

— Elle vient de commencer. C'est bon pour son dossier scolaire.

— Oh ! fit Jake. Et Anders, Colin et les autres ?

— Ils ont pris l'habitude d'aller à Nobadeer, répondit Hobby. Ils vont nager et jouer au foot. Je ne suis pas encore assez agile pour les suivre.

Il mordit dans son sandwich. Jake essaya de ne pas le fixer, bien que cette laitue toute fraîche qui faisait saillie comme de la dentelle entre les tranches de pain complet aux noix lui mît l'eau à la bouche.

— En plus, Claire déteste Anders. Elle le trouve vulgaire.

Jake s'esclaffa.

— Elle a raison.

— C'est vrai.

Hobby mâcha puis il but une gorgée de thé glacé à même son thermos en plastique avant d'ajouter :

— Tu es au courant, alors ?

Jake hocha la tête, content d'avoir un sujet de conversation qui n'avait rien à voir avec lui.

— Mon père me l'a dit. C'est vrai ? Vous allez avoir un bébé ?

— Un garçon. Hobson III.

Un garçon. Penny disait qu'elle voulait cinq enfants – trois garçons et deux filles. Que l'aîné serait un garçon et qu'elle l'appelerait Ismaël, comme le héros de *Moby Dick*. Jake avait feint d'apprécier ce prénom pour lui faire plaisir.

— C'est génial, mon vieux, s'extasia Jake, malgré ses doutes.

Avoir un bébé, au lycée ?

— Ce n'était pas prévu. Elle est tombée enceinte... avant l'accident.

— Oh !

Jake n'avait pas pensé à ça.

— Waouh !

— On avait pour ainsi dire décidé de le faire passer. On avait sacrément la trouille, comme tu peux imaginer. Et puis pendant que j'étais plongé dans le coma, Claire a changé d'avis. Quand j'ai repris connaissance, j'étais tellement heureux qu'elle ait décidé de le garder. C'était la seule chose qui comptait.

— Oui, je comprends.

— On va donc avoir un bébé et on est fous de joie. On a décidé d'aller à la fac quand même – séparément, là où on sera acceptés. La mère de Claire et la mienne se partageront la garde du petit. (Il déglutit.) Ce n'est pas un arrangement habituel, mais Claire est déterminée à faire des études, et moi aussi. Nous finirons peut-être ensemble. En tout état de cause, le bébé aura quatre personnes qui l'aiment. Il faut espérer que ce sera suffisant.

Jake hocha la tête. Il arrivait tout juste à suivre.

— Assieds-toi, vieux, répéta Hobby. On dirait que tu es sur le point de prendre la fuite. Tu me rends nerveux.

Jake hésita, puis s'installa. C'était le banc en granite sur lequel Penny et lui flirtaient après les cours en attendant que leurs parents viennent les chercher. Il serra les dents. Impossible d'échapper aux endroits, aux objets, aux gens qui lui rappelaient Penny. Leur lycée était saturé de souvenirs d'elle.

— Tu veux l'autre moitié de mon sandwich ? Maman m'en a fait trop, comme d'habitude.

Pas question de refuser la nourriture de Zoe. En prenant le demi-sandwich, il pensa : Cela valait le coup de revenir, rien que pour ça.

— Il faut que je te dise quelque chose, reprit Hobby.

Jake essaya de se concentrer sur la composition parfaite du sandwich au poulet : l'acidité des cerises séchées, le moelleux de la mayonnaise, le poulet succulent. Il n'avait pas envie d'entendre ce que Hobby avait à lui dire.

— J'ai parlé avec Demeter.

Jake crut qu'il allait s'étrangler. Il avala péniblement sa salive et s'empara du thermos, bien que Hobby ne le lui eût pas proposé. Son cœur était comme de l'argile qui suintait entre les doigts puissants du poing serré de Hobby.

— Elle m'a révélé ce qu'elle avait raconté à Penny dans les dunes. Ça n'avait rien à voir avec toi.

— Comment ?

— Ça n'avait rien à voir avec toi ni avec ce que tu m'as confié avant de partir.

Jake prit une grande inspiration, expira avec difficulté. Il se massa la nuque.

Il n'en revenait pas.

— Je ne te crois pas.

— Pourquoi te mentirais-je ? Ce qu'elle a dit à Penny ne te concernait pas.

— De quoi s'agissait-il, alors ?

Hobby engloutit une poignée de raisins, le regard fixé sur le trottoir d'en face.

— Le problème, c'est que je ne peux pas te le dire.

— Allez !

— Je l'ai promis à Demeter. D'ailleurs, tu n'as pas envie de le savoir. C'est un truc d'adulte. Rien à voir avec nous. Ce ne sont pas nos affaires.

— Oui, mais ça a mis Penny dans un sacré état. Au point de vouloir planter la voiture dans le sable !

— Penny était malade.

— Quoi ?

— Elle était malade. Dépressive. Perturbée mentalement. Appelle ça comme tu voudras.

— Pas du tout.

Mais il savait, même s'il le niait, que Hobby avait raison. Ava l'avait confirmé. Penny était triste, fragile, elle pleurait beaucoup, chaque coup dur l'anéantissait, elle regrettait le père qu'elle n'avait jamais connu, elle se sentait brisée, perdue. Même sa voix était un fardeau pour elle. Personne n'avait pu l'aider à se sentir mieux. Ni Zoe, ni Jake, ni Ava.

— En définitive, peu importe ce que Demeter a dit à Penny, reprit Hobby. Ça aurait pu être tout autre chose. Cette histoire entre Winnie et toi, le fait que Claire soit enceinte et que je ne lui en aie pas parlé. Longtemps, j'ai cru que c'était la vraie raison. Qu'elle avait découvert mon secret avec Claire et que ça l'avait fait flipper. Mais c'était encore autre chose. Ou peut-être pas. Elle l'a fait en tout cas. Elle avait peut-être planifié ça depuis quelque temps. Ou alors, elle a agi sous le coup d'une impulsion. On ne le saura jamais. Nous blâmer ne nous aidera pas. Elle ne reviendra pas.

Jake hocha la tête. Penny ne reviendra pas. C'était l'horrible vérité.

— Nous devons nous pardonner, ajouta Hobby. J'y ai longuement réfléchi. J'ai même écrit à Demeter pour lui dire de ne pas s'en vouloir. Ce n'est pas sa faute non plus. C'est la faute de personne.

— Tu lui as écrit ?

— Elle ne m'a pas répondu, mais j'espère qu'elle a compris. Nous avons survécu. Nous devons en être reconnaissants. Et prendre soin de nous-mêmes.

Jake finit le sandwich en silence. Sans un mot, Hobby lui tendit le coleslaw aux brocolis qu'il dévora tout aussi voracement.

— Tu veux un brownie ?

Il ôta le papier sulfurisé. Zoe en avait mis deux.

— Je serais bien bête de refuser.

Ils mangèrent leurs brownies sans échanger un mot. La Mini rouge décapotable avec à son bord Winnie Potts et Annabel Wright réapparut. En sortant de la voiture, elles firent signe à Jake et Hobby qui leur répondirent.

Quelques secondes plus tard, alors que Hobby recueillait les vestiges de leur déjeuner, Claire surgit à son tour.

— Merci de m'en avoir laissé !

— Désolé. Mon frère est de retour.

Claire sourit à Jake. Elle était rayonnante.

— Ah, oui, il est de retour. La nouvelle court dans tout le lycée.

Jake sourit malgré lui.

— Tu sais que j'ai toujours voulu avoir un frère.

— Moi aussi.

Ils le dirent d'un ton léger, éludant les fantômes d'Ernie et de Penny, étonnés que ce soit possible. Puis la cloche sonna, annonçant le début du prochain cours. Ils se levèrent, Hobby prit le bras de Claire, et Jake s'aperçut qu'il les suivait avec plaisir.

NANTUCKET

Le premier match de football à domicile eut lieu le troisième vendredi de septembre. Le temps venait de changer. Les soirées commençaient à fraîchir et les couchers de soleil offraient de spectaculaires dégradés de rose et d'orange couleur sorbet. La ferme Bartlett avait produit sa première récolte de potirons, et le soir du match, les gens portaient des jeans et des pullovers.

On pourrait penser que personne à Nantucket n'avait envie de voir s'achever les somptueuses journées d'été, mais nous qui vivons ici apprécions les charmes de l'automne : les pommes croquantes, les canneberges, les places de stationnement libres dans Main Street, les plages désertes, balayées par le vent, les feuilles des poiriers Bradford virant à l'orange flamboyant, la température idéale pour une longue balade en vélo ou un jogging dans les landes cramoisies. Et le football, bien sûr. Nous adorions tous notre équipe, les Nantucket Whalers.

Pour ce premier match de la saison, il y avait foule. Le parking était plein à craquer et certains s'étaient même garés sur la pelouse. En face, sur Vesper Lane, les voitures s'alignaient à perte de vue.

Anne Marie, la femme du Dr Field, sortait de l'hôpital en compagnie de Patsy Ernst, l'infirmière qui travaillait aux urgences la nuit de l'accident. Elles s'émerveillèrent de l'ampleur de la foule qui se pressait aux guichets. Il y avait beaucoup plus de monde que d'habitude, semblait-il. Elles savaient pourquoi. Tout le monde le savait. L'année scolaire précédente s'était achevée de façon si tragique que nous voulions tous avoir nos enfants sous nos yeux, et nous persuader que tout irait bien pour eux.

Il était évident depuis longtemps que Hobby Alistair ne serait plus en mesure d'assurer son rôle de quarterback. Aussi l'excitation de le voir en action et d'avoir la certitude de gagner nous manquait-elle. À la place de Hobby, Jaxon avait décidé de lancer un élève de seconde du nom de Maxx Cunningham, aussi blond et carré d'épaules que Hobby, mais qui semblait terriblement jeune et inexpérimenté par rapport à son prédécesseur.

Quoi qu'il en soit, nous étions exaltés par la lumière vive qui éclairait la pelouse. Des odeurs de hamburgers et de hot-dogs grillés flottaient dans l'air. Il faisait assez frais pour apprécier un bol de soupe aux palourdes. Les pom pom girls aux visages radieux étaient pleines d'entrain. Annabel Wright, la capitaine, avait troqué sa sempiternelle queue-de-cheval contre trois tresses qui lui fouettaient le dos. Les gamins dans les tribunes paraissaient très jeunes, même si les garçons arboraient les casquettes plates des Red Sox et des baggy sur les hanches, comme des stars du rap. Quant aux filles, on aurait dit des top-models en herbe – certaines maquillées, parfumées et habillées de jeans moulants, d'autres exhibant des piercings au nombril sous leur T-shirt court. Nous éprouvions un mélange de tristesse et de nostalgie en nous remémorant ces mêmes filles à l'époque où elles étaient un peu grassouillettes, couvertes de taches de rousseur, et portaient des tennis roses dont les semelles s'illuminaient quand elles couraient après leurs frères et les amis de leurs frères sous les gradins.

La partie n'avait pas encore commencé. La foule continuait à se mouvoir, les gens se saluaient, cherchaient des places, achetaient des séries de billets de loto pour soutenir les Nantucket Boosters. Beatrice McKenzie, la bibliothécaire, et son mari, Paul, qui avait joué dans l'équipe Whalers en 1965, trônaient au premier rang, juste derrière la rampe pour handicapés.

Ce que bon nombre d'entre nous ignorait, c'est qu'à cet instant précis, Jordan Randolph et son fils, Jake, entraient dans le stade par la porte de derrière. Nous savions pour la plupart que Jake était revenu d'Australie avec son fils, mais sans Ava. Personne ne s'en était étonné. Nous avions tous compris qu'elle appartenait à sa ville d'origine, à ce pays, ce continent à l'autre bout du monde. Certains d'entre nous avaient entendu dire qu'elle allait adopter une petite Chinoise, ce que nous trouvions tous merveilleux.

Après s'être acquitté des cinq dollars pour leurs tickets d'entrée, Jordan et Jake descendirent la colline vers l'angle nord-ouest du terrain. Nous pensions qu'ils s'achemineraient jusqu'aux gradins, mais ils décidèrent de rester près de la clôture. Une habitude de Jordan. Journaliste dans l'âme, il tenait à ne rien rater de ce qui se passait sur le terrain. En revanche, Jake s'asseyait toujours dans les gradins avec Penny. Contrairement à ses camarades en tenue plus légère qui occupaient les bancs ce soir-là, Penny portait toujours le maillot bleu marine en jersey de son frère, avec ALISTAIR imprimé en grosses lettres blanches sur le dos, au-dessus de son numéro, le 11. C'était pénible d'imaginer Penny dans ce polo, et ce devait l'être encore plus pour Jake. Du coup, on comprenait pourquoi il tenait à garder ses distances.

Debout l'un à côté de l'autre, Jordan et Jake Randolph se ressemblaient étrangement. Nous nous réjouissions que Jordan ait repris les rênes du journal local, non seulement parce que le *Nantucket Standard* avait pâti de son absence (le contenu semblait moins bon, les textes moins soignés, si bien qu'on notait davantage de coquilles), mais parce qu'aussi loin que remontaient nos souvenirs, les Randolph avaient toujours dirigé le *Standard*. Nous espérions avoir raison d'estimer que Jake Randolph – en dépit de tout ce qu'il avait enduré ces derniers mois – reprendrait ses fonctions de rédacteur en chef de *Veritas*, le journal des étudiants, qu'il se lancerait ensuite dans des études de journaliste à l'université, et reprendrait au final le flambeau familial.

Mais nous en avions tous terminé d'essayer de prédire l'avenir.

Les gradins centraux étaient entourés d'un cordon portant la mention « réservée ». Nous avons tous notre petite idée sur la question. Comme de bien entendu, quelques minutes avant que l'équipe ne pénètre sur le stade, les brouhahas se turent, et Hobby Alistair, Zoe et une Claire Buckley enceinte passèrent en file indienne devant les tribunes, montèrent les marches et prirent place dans ce périmètre. Ils avaient fière allure tous les trois. Hobby traînait à peine la jambe. Zoe avait la tête haute. Elle avait relevé sa chevelure en un chignon broussailleux sophistiqué, les pointes relevées par des mèches dans des tons coca-cerise. Mais c'est Claire qui captait l'attention de tous. Pour la première fois, elle avait détaché ses cheveux qui flottaient sur ses épaules. Le décolleté de son chandail était joliment rebondi et laissait deviner ses seins pleins.

Nous avons tous envie de faire des commentaires à leur sujet – sur la force qu'ils irradiaient, leur luminosité, et surtout leur unité. Nous avons envie de parler des mystérieux aspects de la vie, de ceux qui vont presque au-delà du langage. Quel effet cela pouvait-il faire de perdre une fille de dix-sept ans ? Qu'avait éprouvé Hobby, plongé neuf jours durant dans le monde inconnu du coma ? N'était-il pas poétique, et justifié, que Claire ait pris conscience de cette vie sacrée en elle et qu'elle ait décidé de garder le bébé de Hobby ? Nous voulions explorer ces thèmes, et bien d'autres encore. Que se passait-il quand on mourait ? Et si la mort était une aventure aussi profonde que la vie ? Mais à cet instant, l'équipe investit le terrain, et la foule rugit.

Les noms des joueurs des Nantucket Whalers furent annoncés l'un après l'autre via le haut-parleur, et si nos regards étaient rivés sur le terrain, nous ne perdions pas de vue Hobby. Que ressentirait-il en entendant les acclamations destinées à ses anciens coéquipiers, sachant qu'il ne pourrait plus jamais jouer avec eux ? Et lorsqu'on présenterait Maxx Cunningham comme le nouveau quarterback de l'équipe ?

Il prit la chose avec bonhomie, voire avec enthousiasme. En dépit de sa jambe encore faible, il fut le seul de l'assistance à se lever à l'appel de chaque joueur. Il applaudissait et poussait des cris de triomphe. Quand on annonça ses lieutenants – Anders Peashway et Colin Fallow –, il siffla. Et ce fut sans doute quand son successeur, Maxx Cunningham, fit son entrée en trombe qu'il se déchaîna le plus.

Planté au milieu du stade, l'entraîneur Jaxon prit le micro.

— Messieurs, mesdames, j'aimerais appeler Hobson Alistair sur le terrain.

Hobby se tourna vers sa mère. La foule se tut. Hobby se glissa devant Claire, descendit les marches, et longea la travée qui menait au terrain. Les joueurs sur la ligne de touche s'écartèrent pour le laisser passer. Avec une aisance apparemment indolore, Hobby trottina jusqu'au centre de la ligne des cinquante mètres.

— Mesdames, messieurs, lança Jaxon, Hobson Alistair !

Nous nous levâmes tous d'instinct et un tonnerre d'applaudissements se fit entendre. Hobby paraissait sous le choc, mais il ne tarda pas à sourire et à agiter la main. Tous les regards se portèrent vers Zoé et Claire debout comme tout le monde, en train d'applaudir à tout rompre. Claire émit un sifflement perçant, assez fort pour réveiller les morts.

Jaxon brandit le polo n° 11 que Hobby portait jadis et qu'il aurait eu sur le dos à cet instant dans d'autres circonstances.

— Ce soir, nous retirons le n° 11.

La foule était en liesse.

L'entraîneur tendit le ballon à Hobby, qui en une spirale parfaite comme nous en avions gardé le souvenir, le lança à Maxx Cunningham. Un peu pris de court, le nouveau quarterback réussit néanmoins à l'attraper.

À cet instant même, sur le terrain des Whalers, nous pensions être témoins de l'aboutissement d'une histoire, mais bien sûr, d'autres ramifications se développeraient simultanément ailleurs.

À 7 heures du matin, dans l'air frais qu'embaumait le buisson de menthe, Ava Price Randolph finissait sa deuxième tasse de thé et les mots croisés de la veille. Ses mains tremblaient un peu quand elle lava sa tasse dans l'évier. Elle se sentait nerveuse. Dans une petite heure, sa sœur May passait la chercher pour la conduire à son tout premier rendez-vous à l'agence d'adoption. Lorsqu'elle avait parlé à Meaghan, la conseillère, au téléphone, celle-ci lui avait précisé que la procédure pouvait prendre jusqu'à cinq mois, qu'il allait falloir s'armer de patience et de courage.

— Je suis déterminée ! lui avait-elle répondu.

— Tant mieux.

Meaghan était au courant de la situation d'Ava. Elle savait qu'elle était mère d'un jeune homme de dix-sept ans qui vivait actuellement en Amérique avec son père et qu'elle avait eu un autre garçon décédé de mort subite à huit semaines. Bien que célibataire, elle s'était séparée en bons termes de son mari, qui l'entretenait. Elle bénéficiait du soutien d'une vaste famille prête à lui rendre service dans un rayon de vingt kilomètres. Elle tenait absolument à être mère à nouveau.

Jake et Jordan manquaient terriblement à Ava. Elle avait été mariée près de vingt ans, et mère pendant plus de dix-sept ans. Voilà qu'elle se retrouvait seule. Elle regrettait de ne plus entendre le bruit sec que produisait Jordan quand il tournait les pages du journal, le fredonnement de Jake quand il écoutait de la musique avec son casque. Mais dans le bungalow ensoleillé de Freemantle, loin des journées de grisaille qu'elle avait passées dans la chambre d'Ernie à sa maison de Nantucket, elle ne souffrait pas de la solitude. Elle appréciait sa tranquillité, et quand elle fermait les yeux, elle voyait une lumière vive qu'elle savait être son avenir.

Si elle avait assisté à la scène qui se déroulait sur le terrain de foot de Nantucket ce soir-là, si elle avait vu Jordan, Jake, Zoe et Claire applaudissant tous Hobby qui salua la foule, fit le signe V de la victoire, et hurla « À la retraite à dix-sept ans ! », elle aurait ri. Ils sont là où ils doivent être, aurait-elle pensé. Et moi aussi.

Son portable vibra. C'était un texto de Roger Polly : « Bonne chance pour aujourd'hui ! » Elle sourit en se disant : quel homme charmant ! Quoique, Dieu sait où cela pouvait la mener. « Nerveuse ! » répondit-elle.

Elle entendit klaxonner dehors. En jetant un coup d'œil par la fenêtre de devant, elle vit sa sœur May dans son minivan le long du trottoir, moteur en marche. Personne dans cette famille n'est donc capable de couper le contact et de venir frapper à la porte.

Ava attrapa son sac, sa veste légère et ses documents rangés dans une chemise en papier kraft. Elle ferma la porte à clé et dévala les marches du perron.

— Dépêche-toi ! cria May de sa fenêtre ouverte. Allons nous chercher un bébé !

À 19 heures, ce même vendredi de septembre, Al et Lynne Castle prirent la route de Vendever pour aller chercher leur fille, Demeter, qui venait d'achever avec succès une cure de désintoxication d'un mois. Lynne redoutait toujours que la nouvelle ait circulé. Comment Demeter avait-elle pu développer cette maladie en vivant sous le toit de ses parents, sans qu'Al ou elle s'aperçoive de rien ? Lynne était passée elle-même par toute une gamme d'émotions – du déni à la colère, puis au chagrin. Elle avait sondé le noyau même de son être. Elle avait pensé être une bonne mère et pourtant, sa benjamine, son unique fille, avait sombré sous ses yeux dans les fissures d'un monde obscur et sinistre. Lynne avait été trop occupée pour s'en rendre compte, trop arrogante, obnubilée par elle-même, aveuglée par sa trop grande estime de soi. Que faisait-elle le soir de l'accident ? Elle était allée à une série de fêtes de fin d'année données par Pumpkin Alexander, Patrick Loom, Garrick Murray et Cole Lucas. Il ne lui était pas venu à l'esprit que, pendant qu'Al et elle « faisaient leur apparition » à non moins de quatre réceptions, Demeter était seule à la maison. Et bien sûr, elle buvait. Rien qu'en imaginant la solitude que sa fille avait dû éprouver ce soir-là, Lynne fut tentée de se jeter elle-même sur un verre de bourbon. Elle n'avait pas été la merveilleuse mère qu'elle pensait être. Elle était à peine une mère, au fond. Une sotte qui avait fait passer ses affaires, son organisation domestique, ses activités caritatives, ses comités, son rôle au sein de la communauté avant sa fille.

Tandis qu'Al roulait sous la nuit tombante, elle soupira.

Pour toute réponse, Al alluma la radio. Il affectionnait les pires musiques qui soient – Tony Orlando and Dawn, Ambrosia, Dr Hook. Elle avait l'impression d'avoir cent ans quand elle écoutait la radio avec lui. Le fait qu'il monte le son lorsqu'elle poussait un soupir au lieu de lui demander ce qui la préoccupait la mettait hors d'elle. Elle faillit le prier de se ranger sur le bas-côté, le temps qu'il descende. Il n'accepterait jamais, bien sûr. Elle aurait au moins eu la satisfaction de le laisser en plan tandis qu'elle reprenait la route en écoutant des airs décents à la radio. Skynyrd ou Bruce Springsteen, quelque chose qu'elle avait écouté jadis avec Beck Paulsen dans sa Mazda RX4.

Mais jamais elle ne ferait une chose pareille.

Si seulement Lynne avait pu assister à la scène qui se déroulait sur le terrain de football – Jordan et Jake approchant des tribunes, puis après un hochement de tête de Zoe, prenant place sur les gradins, juste derrière Hobby, Claire et elle. Quand ils s'étaient levés tous les cinq au moment où Mme Yurick, la professeur de musique de l'école primaire, en personne avait entonné l'hymne national de sa voix de soprano chevrotante, et Zoe avait pressé la main de Jordan parce que chaque atome de sa personne à cet instant pleurait sa fille. Lynne aurait simplement souhaité être parmi eux. Elle aurait pleinement mesuré les circonstances qui avaient bouleversé leur vie – la mort de Penny, la mise sur la touche permanente de Hobby, la séparation de Jordan et Ava, le cœur brisé de Jake. Elle n'ignorait pas non plus que Demeter était alcoolique, que Claire Buckley attendait un enfant, que Zoe aimait Jordan mais ne savait pas comment faire pour que ce soit acceptable alors que Jordan lui, était déterminé à trouver un moyen. Aucun d'entre eux n'était plus que ce qu'il semblait être, ni même ce qui il croyait être. Et elle aurait dit : « C'est ainsi. Je vous accepte tous tels que vous êtes. Tant que nous restons tous ensemble. »

Demeter les attendait à la sortie de l'immense établissement, à des lieues de l'entrée qu'elle avait franchie un mois plus tôt. Elle avait perdu quinze kilos et elle était à quatre-vingts pour cent plus claire dans sa tête. Les vingt pour cent de maux restants, il lui faudrait continuer à les subir. Elle aurait toujours à lutter contre l'envie de boire, de sentir la lente brûlure dans sa gorge, la boule de chaleur douce comme du miel dans sa poitrine, la détente qui venait ensuite. Il lui faudrait se battre pour ne pas reprendre du poids. Admettre ce qu'elle avait dit à Penny Alistair le soir de l'accident. Reconstruire sa relation avec ses parents. Chercher un amour pas toujours partagé, des amitiés qui se feraient désirer.

Mais comme Sebastian, son thérapeute à Vendever le lui avait dit, vingt pour cent seulement de son cerveau se démenait encore, ce que beaucoup d'autres gens pouvaient lui envier.

— Tu es une bonne fille, Demeter. Tout va bien se passer.

Sebastian était beau, drôle, d'une gentillesse extrême. Demeter était à moitié amoureuse de lui, comme toutes les autres filles de l'établissement, si bien que ses paroles avaient un impact sur elle. Si Sebastian pensait qu'elle était une fille bien, qui valait la peine d'être récupérée, qu'elle allait se remettre, alors c'était sûrement vrai.

Sa mère lui avait envoyé des enveloppes en papier kraft remplies des devoirs et lectures obligatoires. Dans chaque lot, elle incluait un petit mot disant : « Je t'aime, Demeter. Ta maman. » Demeter les gardait près de son lit. Elle savait qu'ils disaient vrai, que sa mère l'aimait du fond du cœur. Elle avait été une enfant difficile, mais elle avait souhaité changer, faire amende honorable. Lynne lui avait également fait suivre une lettre de Hobby qui disait des tas de choses, notamment : « Tu n'es pas plus responsable de la mort de Penny que je le suis, ou ta mère ou les parents de Jake, ou tes propres parents. La seule personne à qui on peut imputer la faute est celle qui était au volant de la voiture, en l'occurrence Penny elle-même. J'ignore pourquoi elle a fait ça ce soir-là, mais quand je la reverrai – oh, je sais que je la reverrai –, je vais lui demander pourquoi et prier pour que le Seigneur m'aide à comprendre. »

Demeter décida de conserver cette lettre et les petits messages de sa mère pour le restant de ses jours, de sorte que quand les vingt pour cent lui donneraient du fil à retordre, elle puisse les relire.

Il faisait nuit maintenant, nuit noire à 7 heures et demie. Si Demeter savait qu'un éclairage puissant illuminait le terrain de football, à cent vingt kilomètres de là, les seules lumières qui l'intéressaient pour l'heure n'étaient autres que les phares de la voiture de ses parents. Lorsqu'ils se garèrent à la sortie de Vendever, qui symbolisait aussi le début du reste de sa vie, Demeter se retourna et lança à Sebastian qui gérait avec une patience infinie le bureau des sorties :

— Ils sont là ! Ils sont là ! Je rentre chez moi !

Les Nantucket Whalers perdirent leur premier match à domicile 35 à 7. Une correction comme on n'en avait pas vu depuis plus de dix ans, mais dans les gradins, tout le monde se fichait du score. Nous avions appris pas mal de choses au cours des derniers mois. Nous savions que lorsque nos regards se posent sur nos enfants, les jeunes héros et héroïnes de Nantucket, nous ne pouvions que vibrer d'espoir. Ils devraient lutter, nous en avions conscience, ils seraient les proies des mêmes tentations que nous ; ils connaîtraient des moments de tristesse, de solitude. Tout comme nous, ils mangeraient trop, ils boiraient à l'excès, ils tricheraient au golf, dénigreraient leurs voisins. Ils ne recycleraient pas assidûment, dépasseraient la vitesse autorisée dans Milestone Road, feraient ce qu'il ne fallait pas alors que la bonne voie était juste devant leur nez – comme nous l'avions fait nous-mêmes. Mais ce que nous avions sous les yeux alors que les joueurs quittaient peu à peu le terrain – certains souriant malgré la défaite, d'autres sautillant dans leurs chaussures à crampons tant ils se réjouissaient de rejouer la semaine suivante –, c'est qu'ils avaient survécu sans perdre leur âme.

Nous vîmes la main de Claire se porter sur son abdomen, sa bouche formant un « O » d'étonnement, et en quittant le stade, ce soir-là, nous sûmes que, pour la première fois, elle avait senti le bébé bouger. Hobson Alistair III.

Nous allions tous persévérer. Continuer coûte que coûte. En avançant dans la seule direction possible. Vers l'avant.

CET OUVRAGE A ÉTÉ COMPOSÉ
PAR NORD COMPO
ET ACHEVÉ D'IMPRIMER AU CANADA
PAR MARQUIS IMPRIMEUR
EN MAI 2013

N° d'édition : 01
Dépôt légal : juin 2013
Imprimé au Canada